LAURA SANTS

EMILI TEIXIDOR

LAURA SANTS

COLUMNA

COL·LECCIÓ CLÀSSICA
PRIMERA EDICIÓ: MARÇ DEL 2006
SEGONA IMPRESSIÓ: MARÇ DEL 2006
PROJECTE GRÀFIC: COLUMNA GROUP, S.A.

COLUMNA EDICIONS, S.A.
AVINGUDA DIAGONAL, 662 - 08034 BARCELONA
ISBN: 84-664-0716-2
DIPÒSIT LEGAL: B. 10.550-2006
FOTOCOMPOSICIÓ: VÍCTOR IGUAL, S.L.
CARRER PEU DE LA CREU, 5-9 - 08001 BARCELONA
IMPRÈS A: HUROPE, S. L.
CARRER LIMA, 3 BIS - 08030 BARCELONA

www.columnaedicions.com

A M. Carme Mur, «bene agere ac lætari».

M'havia imaginat la vida molt diferent.

JANÁCEK
Jenufa, acte II

En els somnis comencen les nostres responsabilitats.

YEATS

La creació literària d'una dona per un home o d'un home per una dona, són qüestions que cremen.

GASTON BACHELARD
La poétique de la rêverie

1

QUAN EL CAP DE PROGRAMES DE LA TELEVISIÓ EM VA DEmanar un guió —un primer esbós, va dir, un dramàtic— inspirat en una obra clàssica que tractés el tema de la infidelitat matrimonial en una petita ciutat provinciana, en un moment em van venir a la memòria tots els matrimonis amics i coneguts, i vaig constatar que tots havien acabat en divorci, en separació de dret o de fet o en parelles obertes que aguantaven la façana pels fills, per conveniència social o pels diners.

Em vaig quedar una mica parat, com quan el banc et presenta l'extracte del compte i resulta que tot són despeses, que has abusat alegrement de la targeta de crèdit i que et notifiquen el descobert.

Si era cert el que havia escrit Lleó Tolstoi al començament d'*Anna Karenina*, que tots els matrimonis feliços s'assemblen, però que en canvi els infeliços ho són tots a la seva manera, la diversitat argumental seria una mina d'inspiració per a qualsevol guionista. Només calia fer un bon treball de camp, o sigui observar l'entorn. Aquesta era la teoria del directiu, encantat amb la seva idea. I si el camp d'observació es limitava, com en un experiment científic, a una petita ciutat comarcal, els resultats podien ser molt més interessants, i fins i tot significatius.

La primera repassada, quan el director de programes —ara, de nous formats— em parlava del projecte que m'estava encarregant, va ser per dir-me que es tractava de barrejar el format cultural amb el popular per captar una audiència d'espectre molt ampli, d'un nivell d'exigència alt i mitjà, alhora que complia una de les directrius de la casa, una televisió pública, com era divulgar els clàssics de la literatura i «fer país». Jo encara no endevinava per què les llars destruïdes havien de pertànyer a una capital de província o de comarca i no a la gran ciutat, que era on hi havia més testimonis.

Mentre el directiu parlava jo reia per dins recordant que fins i tot la pobra Madame Bovary havia hagut de traslladar-se a Rouen per trobar-se amb el seu amant. I Anna Karenina havia començat el seu adulteri a Moscou, i el seu adorat comte Alexei Vronski l'havia passejada per mig Europa, lluny de les terres del marit. És clar que Rouen no deixava de ser una ciutat de províncies... I Ana Ozores, «La Regenta», s'havia trobat entre el foc encreuat de l'insubstancial Don Álvaro i del fogós Magistral sense sortir de Vetusta, la capital provinciana... El fet era que de tots els matrimonis que coneixia, els de la meva generació, la generació dels setanta o de la transició democràtica, que en deien, només en quedaven les cendres. Cendres urbanes o rurals, era ben igual. Tots eren infeliços a la seva manera.

El director de programes, repapat a la poltrona aconseguida feia poc, immediatament després de les eleccions, mirava al sostre del seu despatx, en els nous estudis de fora de la ciutat, i es deixava portar per una febre creativa inusual fins aleshores en els executius de la casa, com si volgués que el futur guió portés l'empremta de la seva inspiració, potser fins i tot del seu geni. Aquella temporada tot eren formats nous, i dels espais dramàtics o comèdies en deien *sitcoms*, *spin offs*, *telemovies* i altres mandangues més selectes, com ara *expanded books, docusoaps* o *classics reinterpreted*. Cada director nou estrenava un llenguatge nou, com si els programes que proposava no s'haguessin fet mai enlloc, com si el nom fes la cosa.

—S'agafa un clàssic —projectava— i se'l trasllada a l'actualitat, i així es posen en evidència les contradiccions de l'època, és a dir, es ressalta allò que hi ha de permanent en l'obra original i el que tenen de perdurable les situacions i els personatges malgrat els canvis de temps i de costums, a la vegada que es destaquen indirectament les transformacions socials que hi ha hagut, els condicionaments socioeconòmics i les estructures...

Es va quedar travat.

—Bé..., les estructures que aguantaven tota la concepció familiar de la fidelitat, la lleialtat, el compromís i la continuïtat. Per això hem triat uns quants textos clàssics que serveixen de referència, de punt de comparació amb l'actualitat. Les *Escenes de la vida parisenca* de Balzac o *La febre d'or* de Narcís Oller, que van embogir el públic fa més d'un segle, ¿són comparables a la febre consumista i especuladora que conforma les nostres societats avui dia? El Julien Sorel d'*El roig i el negre* de Stendhal o els *Camins de França* de Joan Puig i Ferrater, ¿són encara un retrat en el qual es pot reconèixer un jove inquiet i grimpaire del nostre temps? Etcètera.

El director de nous formats va llançar un sospir, alleujat d'haver pogut desencallar el carro del fangar estructural.

—Aquest ventall de temps, passat i present, també ens permet complir una de les obligacions que tenim tots els que treballem en aquesta cadena: fer ressaltar els trets d'identitat, el tarannà de la personalitat de la nostra gent i la nostra terra, que perdura al llarg dels anys i dels canvis generacionals i polítics. La terra marca, la història marca, i estic segur que descobrirem que si bé totes les famílies infelices ho són a la seva manera, també les parelles dissortades de la nostra terra ho són d'una manera diferent de la d'altres països. No és el mateix la infidelitat gratuïta i sense conseqüències d'una dona nòrdica, que l'assetjament sexual a què es veu sotmesa una dona mediterrània pels homes de països solars i calents com el nostre.

Vaig arrufar el nas, perquè el discurs començava a descarrilar, al meu entendre. Allò feia pudor de resclosit. Però no vaig dir res perquè ja havia après, en els anys que feia que m'arrossegava per aquella televisió, que el millor era deixar que els directius s'exaltessin als despatxos per després, un cop esbravats, passar a la lletra petita.

Em demanava quin clàssic em devia haver reservat per al nou format. De *Madame Bovary* a *Anna Karenina*, de *La Regenta* a *Pilar Prim* o *L'amant de Lady Chatterley*..., la literatura universal era plena de grans adúlteres, d'heroïnes fascinants, màrtirs socials de la religió de la infidelitat, ni que fos a un testament, perquè la tirania dels marits es podia estendre a més enllà del sepulcre. Això per no parlar de les òperes: *La Traviata*, *Madame Butterfly*, *Tosca*..., totes plenes d'heroïnes d'un amor apassionat i tràgic.

—Havia pensat... —va reprendre el directiu—, a veure què et sembla, que podries treballar el text de *Laura a la ciutat dels Sants*.

Laura a la ciutat dels Sants. Em va sorprendre l'elecció. No recordava bé si la pobra Laura havia arribat a consumar l'adulteri. No havia tornat a llegir aquesta novel·la des de feia anys, i ara em semblava que tot l'embolic girava entorn de les enraonies de la ciutat levítica i encarcarada que la forastera escandalitzava amb el seu comportament obert i espontani. Era més un adulteri platònic que una posada de banyes amb tots els ets i uts.

—Tenim una protagonista jove, moderna, forastera... —el directiu em concedia l'honor de fer-me partícip del seu projecte—, vençuda per l'ambient feixuc, endarrerit i carca d'una ciutat comarcal...

—Comarquinal —hi vaig inserir jo per dir alguna cosa.

—...sí, és clar... —va somriure el directiu—, que al final es veu obligada a deixar el marit i la hisenda, empesa per la germana conca i ressentida representativa del clan familiar opressiu, i a tornar a la gran ciutat... En fi, fins i tot l'amant, o l'aspirant a ferla feliç, l'advocat Pere Gifreda, l'abandona... ¿Reaccionaria de la mateixa manera avui la Laura en circumstàncies semblants o ja no existeix aquesta Laura i s'ha transformat en un altre tipus de dona? Abans, l'amor era el domini de la dona i fracassar en aquest camp era una derrota vital definitiva. Les dones només tenien l'amor per justificar la seva presència al món; «realitzar-se», en dèiem fa poc. Ara potser l'amor per a elles queda al mateix nivell que per als homes: un complement agradable de la vida, però no pas el seu punt central... En fi, tot això.

El directiu em va mirar esperant que digués alguna cosa.

—¿Heu pensat en mi per la meva relació familiar amb la comarca? —vaig dir—. Jo vaig néixer aquí, a Barcelona, tot i que el pare i els avis eren de la plana. Jo només vaig passar alguns estius de la infantesa a casa de l'àvia, al poble, i quan va morir la mare, el pare em va posar d'intern un parell d'anys en un col·legi de... Comarquinal.

—Aquest detall no ha fet decidir res. Tot i que el fet de conèixer el paisatge i la gent pot ajudar a fer bé la feina... La població de comarques és molt susceptible. N'hi ha, de comarques, que han destil·lat una filosofia de la seva identitat i tot.

Vaig pensar que el director anava a fer-me un predicot sobre com havia de tractar el tema per no ferir cap susceptibilitat, però va afegir:

—No sé per què els trets que defineixen les ciutats solen ser positius i els que s'atribueixen a les comarques, negatius. En fi..., et deixo el trencaclosques a tu.

Va fer una pausa, va posar les mans a la taula tot inclinant el cap endavant, en un gest que donava per acabada l'entrevista, i va dir, expeditiu:

—Pots anar-hi a donar un cop d'ull, a la ciutat i als voltants, vull dir, i anotar les localitzacions més importants. Tens un mes i mig de temps. Parla amb la productora per a les despeses de viatges i dietes. A finals de juny, el departament espera un primer esborrany per començar a treballar.

Jo ja me n'anava, quan ell va afegir:

—Tingues presents els tres punts sobre els quals hem basat l'èxit de tots els nous formats dramàtics: un lloc, una institució i una causa. Si poden esponsoritzar-los tots tres, esplèndid. Aquí tenim el lloc, la ciutat dels Sants, que es veurà beneficiada per la propaganda que en farem; la institució no pot pas ser la matrimonial, tot i que no n'hauria de sortir gaire tocada, que no se'ns emprenyin els carques del Consell, però potser sí que una casa de modes o una bona agència de viatges —vestits de núvia, per exemple, o viatges de plaer— podrien estar-hi interessades; i la causa seria la pervivència dels nostres clàssics, i penso en la poderosa editorial que té els drets de les obres originals; segur que podrem fer amb ells un *tie-in* o una *joint venture*.

2

AQUELLA NIT TENIA UN SOPAR AMB UNA PARELLA D'AMICS GAIS. Mentre em dirigia a peu a casa seva, rumiava si calia que visités Comarquinal o no per fer el guió. ¿Què trobaria a la petita ciutat que no sabés, ja? Es tractava només de redactar un esborrany de guió, no pas de fer un assaig o una tesi sociològica sobre l'evolució de les formes d'infidelitat en les parelles des dels anys setanta o vuitanta del segle passat fins a l'època actual, o sobre la crisi de la institució matrimonial a les capitals de comarca. A més, el sol fet de triar la infidelitat de les dones —amb l'excusa de presentar una obra amb una figura femenina coneguda pel públic, en un cicle dedicat als clàssics—, donar la dels homes com un fet acceptat i normalitzat, no em semblava gaire oportú en uns moments de sensibilització feminista, sobretot si es volia actualitzar el tema.

¿Què faria a Comarquinal, si hi anava? ¿Prendre notes assegut en un banc del passeig sobre els gestos d'amistat de les parelles? ¿Ficar-me en una discoteca a comprovar com lligaven els joves avui? Se m'acudien paraules com *festeig*, *anell de compromís*, *promesa*, *xicot* i *xicota*..., que en el meu temps ja començaven a trontollar i que avui dia ja no deia ni feia servir ningú.

¿Qui tenia xicota, avui, qui festejava, qui celebrava el regal de l'anell de compromís...? Normalment, quan una noia o un noi presentava als pares la seva parella —deien «parella», no deien «xicota», a vegades «nòvio» o «nòvia»—, ja feia setmanes o mesos que havien passat unes quantes nits junts, i quan parlaven de casar-se, ja tenien una o dues criatures.

Per un moment aquests pensaments em van espantar. ¿No em devia haver fet massa vell, jo, per a un tema com el que m'havien encomanat? La por em va fer decidir que potser sí que valdria més seguir els consells del director de nous formats i anar a passar uns quants dies a la meva antiga ciutat. Com a mínim podria justificar els viatges i les dietes, i si el resultat final no agradava o no era tan..., tan..., ¿què esperaven que fos, el guió acabat?, «tan nou en els plantejaments com respectuós amb la tradició», quina merda de frase!, se m'encomanava el llenguatge asèptic, pretensiós i buit dels manaies de la santa casa, una expressió que no volia dir res. ¿Com es podien casar els rituals tradicionals i encarcarats del festeig d'abans amb la desinhibició i l'espontaneïtat de les parelles actuals?, ¿i el matrimoni, que havia fet un gir de cent vuitanta graus, com a mínim, respecte a l'immobilisme i el sentiment d'eternitat sacramental d'abans?... ¿Què esperaven que mostrés, el guió? Situar una nova Laura a Comarquinal era com preguntar-se què faria una nova Emma Bovary en un Rouen ple de sex-shops i d'anuncis de contactes, o una nova Karenina al Moscou postcomunista i sense moral, segons els testimonis dels corresponsals, o una nova Ana Ozores en una Vetusta que ja no omplia la catedral i ni tan sols tenia prou capellans per assegurar els serveis mínims a totes les parròquies. La majoria de putes vénen ara dels països de l'Est excomunista: romaneses, russes, ucraïneses... Trobar una Laura, una Emma, una Ana... en aquests mons era com buscar una agulla en un paller.

Segur que em convidaven a allunyar-me dels estudis perquè s'acostaven eleccions sindicals. La meva independència —en realitat indiferència— sempre atreia els líders dels dos grups majoritaris i tots acabaven acostant-se'm i suplicant que acabés de fer el pes de la balança posant el meu nom a les seves llistes. Me'n sortia dient que jo votava però no em comprometia perquè respectava totes les opcions. Una excusa per amagar el cansament que em produïa la burocràcia i la xerrameca dels polítics. Procurava seguir, pel que fa a aquest aspecte, la màxima que em guiava en la política en general i en la vida social en particular, que m'havia aconsellat un vell amic maçó, al qual dèiem, i es deia a si mateix, «El Gran Meaulnes»: «Creure tan poc com sigui possible, sense arribar a ser heretge, per obeir tan poc com sigui possible, sense arribar a ser rebel.» Segur que els nous directius de la tele encara no havien pogut etiquetar-me, i per això m'enviaven d'excursió.

Encara era d'hora per anar a casa dels amics, i vaig perdre'm pels carrers de la ciutat vella, com un somnàmbul. Ho feia sovint. Quan tenia el cap carregat, engegava les cames i les deixava anar al seu antull pels carrerons més estrets i foscos, fins que arribava al port. A casa no m'esperava ningú. M'aturava arran d'aigua, admirava un moment les construccions que els arquitectes havien aixecat al moll —hotels, centres de convencions, magatzems, cinemes...—, i la lluminària i el traüt de la gent semblava que em despertessin d'un somni.

Sempre que trencava una relació —i en el meu cas, sempre solien ser més d'una, perquè jo jugava dues partides alhora—, em passava el mateix. Devia ser el símptoma depressiu que m'havia diagnosticat en Magí Tortosa, l'amic metge. Ell es negava a acceptar la meva denominació per a aquest estat d'ànim. Jo en deia «la síndrome de la sabata desaparellada». Ho havia après en un viatge a Israel per fer un reportatge sobre què quedava de l'esperit pioner dels kibbutz, que després no es va emetre. Pels jueus, em va dir un professor d'espanyol que vam incorporar a l'equip com a guia i traductor, un dels pitjors insults era titllar algú de «sabata desaparellada», perquè amb això es volia dir que no havia trobat parella, que no servia per a res, que era inútil per a la continuïtat del poblament de la terra promesa, en un país en què els joves eren més futur que en qualsevol altre lloc perquè els jueus depenien en bona part de l'exèrcit de joves, nois i noies, que els defensaven. Una sabata desaparellada. En Magí Tortosa em volia treure del cap aquesta frase desafortunada perquè deia que només servia per flagel·lar-me inútilment, per rabejar-me en els pensaments negres que em venien en les hores baixes, i que la nostra societat no era la dels països de l'Orient Mitjà, àrabs o jueus, que ho basaven tot en la solidesa del grup familiar. Aquí, deia com si es tractés d'una conquesta important, a la Península ja tenim sis o set milions de «*singles*», de solitaris, de persones que viuen soles, i la gent té la llibertat de portar un mitjó negre i un altre de vermell, o d'anar descalç, si vol.

—I el teu problema —afegia— no és que visquis sol, és que tens massa companyies.

Tenia en Bernat a Irlanda i la Júlia a Roma. Aquest cop, per sort o per desgràcia, no havien viatjat plegats. En Bernat era auxiliar de vol i es passava mitja vida d'un cap de món a l'altre. I la Júlia havia passat de dissenyadora d'una bona empresa d'alta costura a encarregada de les desfilades anuals a tres o quatre ciutats europees, incloses les que es feien cada tardor i cada primavera a casa. De veritat —m'havia confiat—, feia una mica d'espia industrial, perquè aprofitava els contactes i la presència a les passarel·les per copiar totes les novetats i enviar els dibuixos amb urgència a la casa mare, que preparava l'entrada de la moda industrial al mercat massiu dels grans magatzems amb una línia més popular, a preus baixos, que desplaçava la línia selecta i exclusiva.

Intuïa que la cosa no anava bé. Em trucaven tots dos, en Bernat amb més assiduïtat perquè, pel que deia, s'avorria sol a l'habitació de l'hotel. Però era una relació, unes relacions, que duraven ja feia més de tres anys i que es trobaven en un punt d'inflexió en què cada gest, cada paraula, cada oblit, cada mirada, fins i tot cada silenci, tenien una significació especial. El moment delicat en què tot depèn de la voluntat més que de la passió, o del sentiment si considerem la passió com una exacerbació del sentiment, el moment en què el passat ja comença a pesar per poc que sigui i la rutina és com el primer rovell que fa xerricar el lliure moviment de la parella. És el moment de decidir si hi posem oli —una altra expressió d'El Gran Meaulnes— perquè la cosa rutlli millor, o deixem que el verdet s'arreli i alenteixi el joc, l'impuls, i els grinyols ens facin tancar els ulls i serrar les dents fins que d'una manotada empenyem la roda o n'aturem el gir.

—No hi pensis —em receptava en Magí Tortosa—, no et martiritzis, ja passarà el que hagi de passar. Esteu massa temps separats, tots plegats, això és el que us passa.

—El motor s'ha aturat —deia El Gran Meaulnes—. Aquestes teves relacions són com un cotxe amb pana. Si és cosa del motor, o bé canvies de cotxe com has fet altres cops, o bé canvies el motor i conserves la carrosseria, perquè si no fas res pots quedar-te aturat al mig de la carretera en qualsevol moment. Un cotxe amb el motor espatllat pot sirgar uns quants dies més, o fins i tot setmanes i mesos, però està tocat i no pot anar segur enlloc. És allò d'aquí caic i aquí m'aixeco, però només per a trajectes curts. Si li exigeixes un gran rendiment, no respondrà. Et deixarà a l'estacada al mig del desert.

¿Era el motor? ¿Com m'ho faria per posar un altre motor a la mateixa còrpora? No volia pensar-hi. No tenia temps, ara. Vaig mirar el rellotge i ja era l'hora de presentar-me al sopar. Amb els amics, potser riuríem una estona amb l'encàrrec que m'havien fet a la televisió, precisament a mi, que coneixia de primera mà les infidelitats experimentades des de les dues bandes.

3

ELS AMICS VIVIEN A LA PLAÇA DEL PI. EREN PARELLA DES DE feia anys, o sigui des que eren molt joves. L'un era actor i l'altre, tècnic de so a la tele. Quan van celebrar la cerimònia o la festa per comunicar el seu compromís —a les targes d'invitació hi van posar la frase més senzilla que se'ls va acudir: «Us convidem per dir-vos que ens estimem!», però tothom ho va traduir per compromís, per la festa de prometatge d'abans, perquè a la majoria, per molt moderns que ens creguéssim, ens era difícil abandonar unes expressions impregnades de rituals de fidelitat i tota la ròssega patriarcal i eclesiàstica—, van convidar uns quants amics que en aquell moment treballàvem junts en un programa televisiu, i els pocs parents que es van atrevir a assistir-hi.

Eren els anys immediats a la transició i Barcelona semblava que tornava a ser la ciutat llibertària d'abans de la guerra, la capital de l'anarquisme, sobretot de l'anarquisme sexual, perquè les autoritats postfranquistes, predemocràtiques, protodemocràtiques o mini o neodemocràtiques no van permetre que cap més anarquisme alcés el cap. La Rambla era una festa, amb personatges increïbles, i als pocs que havíem sentit parlar de la Rosa de Foc ens semblava que arribava l'olor d'un nou esclat.

La festa de prometatge d'en Dani i en Gerard va començar com una perllongació de la Rambla i va acabar com el rosari de l'aurora. La parella havia llogat un pis a la plaça del Pi, un àtic amb una terrassa grandiosa, que els festejats havien enflocat amb cintes i paperets de colors. Tot el pis tenia un aire de provisionalitat, amb els mobles imprescindibles, la taula i quatre cadires, el televisor posat damunt una caixa de fusta, una estanteria improvisada amb unes lleixes de fusta i pilars de maons robats d'una obra del veïnat per posar els llibres, el tocadiscos i els discos, una safata amb una ampolla de whisky i sis gots, un armari vell a l'entrada amb una cortina en lloc de portes, cartells revolucionaris a les parets —el Che i tots els reis del rock i de la marihuana, més algun ídol de la cançó local—, un llit de matrimoni d'un sol matalàs a terra i un capçal fet amb un mocador indi...

Els convidats entraven i sortien de la casa a la terrassa, i al cap d'una estona de gresca animada amb el tocadiscos a fora, s'havien format dos grups irreconciliables: els amics, a qui el fet que fossin gais no els importava gens, i els familiars, que seien en un petit cercle d'un cantó apartat de la terrassa, amb un posat i una cara de set déus, que semblava que assistissin a un funeral. Tots els amics vam entendre que la família no acabava de pair la proclamació pública, que per ells era una escandalosa exhibició, d'aquella mena d'amor. I a poc a poc, vam anar abandonant el pis i deixant sols els dos enamorats amb la tragèdia que es coïa i que no volíem que ens esquitxés.

No recordo com va acabar la festa. En Dani i en Gerard van superar aquell entrebanc i molts d'altres, i amb els anys es van convertir en bons amics: amables, *bon vivants*, cínics, oberts, socialista l'un i comunista l'altre —fidel a totes les metamorfosis combinatòries de noms i sigles que va patir el partit—, tolerants, intel·ligents, satisfets d'ells mateixos..., anava a dir «progres» si aquesta paraula avui encara signifiqués alguna cosa.

Avui dia està fins i tot ben vist tenir amics gais, sobretot si viuen en parella de fet, però quan va començar la nostra amistat, en certes esferes —tothom deia això de «certes esferes»— no s'acceptava bé o no se sabia si s'havia d'acceptar o no, perquè encara no se n'havia produït l'aprovació social. De fet jo vaig ser testimoni de com a en Dani, l'actor, el van esborrar de la llista de candidats amb més probabilitats per presentar un concurs a la tele perquè a algú de l'equip que preparava el programa pilot se li va escapar de dir que era gai. Al director del programa, nebot del director general de l'Entitat —els agradava molt dir això de l'Entitat o també la Corporació o l'Ens—, no li va fer cap gràcia la notícia. Tot l'equip va suposar que el nebot havia comunicat aquella «particularitat» a l'oncle directiu i que aquest havia decidit que era millor no ficar-se en embolics. El cas és que el nebot va esborrar el nom d'en Dani de la llista i el programa el va fer un altre. La dona del secretari general del partit que governava l'Entitat era una fervorosa militant d'un grup de nous cristians d'estrictíssima observança que vigilaven fins i tot els embolics de faldilles dels militants destacats de la seva corda, i els feia la vida impossible amb denúncies i crítiques públiques si no abandonaven les amistançades o la vida nocturna. En algun cas havien arribat a parlar amb la dona legal d'algun esgarriat perquè es plantés i no aguantés més les infidelitats del marit; que el fes llaurar dret, vaja. Amb aquesta pressió al partit del Govern, no és estrany que l'orientació sexual d'en Dani —«orientació sexual» era una altra expressió nascuda aquells anys— aixequés la susceptibilitat dels directius. Podia ferir la sensibilitat dels espectadors, va comentar una productora, tot fotent-se'n. I allò que feria la sensibilitat era gairebé sempre qüestió de sexe.

El cas és que a mi em va semblar —«en consciència», una altra moda— que havia de parlar del que havia passat, de les veritables causes de la seva desaparició de la llista de canditats, a en Dani. Eren qüestions que podien afectar la seva carrera, el seu futur, pensava jo.

Li vaig trucar i em va convidar a sopar. El pis de la plaça del Pi ja es veia més moblat. Els vaig explicar, a ell i a en Gerard, el que havia passat amb el càsting del concurs i la raó de la seva inexplicada eliminació. La majoria de l'equip del programa, el vaig consolar, es va mostrar indignada pel fet.

—¿I per què no protestàveu? —em va dir en Dani amb naturalitat.

Vaig quedar una mica desconcertat.

—T'ho he volgut dir perquè vagis amb compte..., que sàpigues que les coses van mal dades... —vaig justificar-me jo—. Perquè siguis conscient de les travetes que hi ha.

Notava que potser havia fet un pas en fals. ¿Hauria estat més noble no dir-li'n res?

—¿Amb què he d'anar amb compte?

—Tio, no ho sé..., amb certs elements... ¿No t'interessa conèixer els teus enemics?

—No són enemics, són *gilipolles*. ¿Què vols que hi faci, jo?

—Gràcies, Andreu —el to d'en Gerard era conciliador—. Sempre és bo saber amb qui te les heus.

—Però jo torno a preguntar: ¿per què no protestava l'equip, si considerava que jo era prou capaç per portar el programa?

—Ningú no va dir mai la raó de la teva eliminació. El director va donar una excusa, va dir que un actor no era un periodista ni un presentador..., excuses d'aquest tipus. No donen la cara. Ho vam saber abans que digués res a la reunió de l'equip, per la secretària de direcció, que t'aprecia i es va escandalitzar quan va sentir la conversa entre oncle i nebot. Si no, també ens hauríem empassat l'excusa que un actor no presenta bé, que un actor interpreta un presentador, i que ells volen un presentador que sigui presentador i prou.

Mentre parlava, em prometia no ficar-me mai més en casos semblants, ni intentar obrir els ulls a ningú sobre les simpaties o antipaties que desperta en els seus superiors. Però tots dos van agrair el meu gest, que van prendre com un signe d'amistat i de suport, més ben intencionat que eficaç.

Amb en Gerard ens vam trobar un dia a la sala d'espera del metge de capçalera. La consulta era en un pis gran de la part alta de Muntaner, i al llarg del passadís que portava al despatx i a la sala de cures adjacent, s'obrien tres o quatre saletes d'espera individuals amb dues o tres cadires i una tauleta plena de revistes velles, que en cas de necessitat admetien dues persones com a màxim.

Aquella tarda devien haver fet ple a la consulta, perquè em van fer entrar a una saleta on ja hi havia algú esperant. La sorpresa va ser trobar-m'hi en Gerard. No sabia que teníem el mateix metge de capçalera. Després de manifestar-nos la sorpresa, em va semblar que ell es trobava incòmode, com si l'hagués sorprès en una acció vergonyosa. El metge es dedicava a la medicina general, cosa difícil de trobar perquè tots els facultatius —a vegades en deien així— cada cop es dedicaven més a temes infinitesimals.

—No diguis a en Dani que m'has trobat aquí —em va dir en Gerard sense mirar-me—. Ja t'ho explicaré.

—No m'has d'explicar res. No et preocupis gota.

—¿Tens confiança en el doctor?

—És el meu metge de tota la vida. És molt bo i de tota confiança. Vull deixar de fumar. Diuen que és dolent i em sembla que tinc els pulmons cascats. M'ha d'aconsellar sobre un metge que diu que desintoxica amb acupuntura. No sé si serà difícil.

En Gerard va semblar que s'ho rumiava i, al cap d'una estoneta, va proposar:

—T'esperaré al bar de sota. El Gambinus. A la barra. He de parlar amb tu.

Vaig fer que sí amb el cap. No imaginava de què em volia parlar. Quan la infermera el va venir a buscar, en Gerard em va fer un signe amb el cap per recordar-me la cita.

Quan vaig anar al bar de baix, ja era fosc. En Gerard m'esperava assegut a la barra i ens vam tornar a saludar. Va proposar que ens asseguéssim en una taula apartada, solitària, per parlar amb més comoditat.

—Endavant...

En Gerard evitava mirar-me de dret als ulls.

—És difícil... —va començar—, és difícil dir el que et vull dir, i és difícil la situació en què em trobo. Tot és difícil.

No vaig dir res. Havia de deixar passar el temps que li calgués per desbloquejar-se, agafar empenta i perdre la vergonya. Per un moment em va passar pel cap la paraula *sida* i la llista de noms de coneguts que n'havien mort al llarg dels anys que feia que ens coneixíem, gairebé tots actors, directors de teatre o de cinema, pintors, cantants, escriptors... Bé, em vaig dir, això és perquè els artistes de qualsevol ram són més coneguts i estan més exposats que altres professionals a la curiositat del públic i a l'atenció dels mitjans de comunicació. Segur que en el sector dels professionals liberals o dels empresaris, els obrers i els polítics hi havia el mateix percentatge de sidosos.

—¿Què n'opines, tu, de la vida que fem?

La pregunta em va treure de les meves cavil·lacions. ¿Què en sabia, jo? Era una manera ben curiosa de trencar el silenci. ¿Cap on volia anar amb aquella sortida, en Gerard?

—Bé..., més o menys sé tot el que vosaltres m'heu explicat.

—És clar... —va fer ell, com si hagués errat el tret—. De fet, els gais fan tantes menes de vida com els heteros, suposo. Hi ha parelles fidels i n'hi ha que s'enganyen, hi ha parelles tancades i obertes, n'hi ha d'ocasionals i de fixes, fins i tot hi ha parelles religioses...

—Tinc un amic —vaig dir jo pensant en en Bernat— que va sovint a les reunions d'una associació de gais cristians o catòlics, el moviment Respecte, em sembla que es diu. Té la vena mística.

—Jo diria que la té masoca.

—No exageris tu, ara.

—Bé, és igual. Hi ha parelles religioses i n'hi ha que passen olímpicament de tot; n'hi ha amb fills i sense fills; n'hi ha que s'entenen amb els pares i amb els sogres i n'hi ha que no es poden veure i han trencat totes les relacions familiars; hi ha divorcis, separacions, adopcions, reconciliacions, aniversaris, plets, herències...

Vaig estar a punt d'afegir que l'única cosa que no hi havia eren parts, però me'n vaig abstenir per por que s'ho prengués malament. ¿On em volia portar amb aquell preàmbul?

—Una de les diferències entre les dues parelles, la de gais i la d'heteros, és que nosaltres ho tenim més fàcil que ells a l'hora de lligar. I ho fem més ràpid. No m'atreveixo a dir si som més promiscus o no, perquè ara, amb els clubs de *swaping* o de canvi de parelles, els telèfons eròtics i els palaus del sexe, els heteros i els bi també ho teniu bastant bé per anar de dret a l'assumpte i no perdre el temps. El món gai disposa de mil maneres per contactar amb rapidesa amb qui vulgui: saunes, clubs, quartos foscos anònims en què no saps ni amb qui t'ho fas, llocs d'ambient, cafès, estacions, cinemes, àrees de repòs a les autopistes per als que busquen certs tipus de físic, óssos...

Es va parar, en adonar-se que això obria tota una altra línia de classificació.

—Óssos, boys, camioners, policies, uniformes, gossets, minets, bollicaos, grassos, cuiro, sexe dur, executius, panxuts, pilosos.... Hi ha tota una tipologia de gustos: tortis, lesbis, bolleres, homenots, donetes, estupendes... I no et dic res de totes les variacions que es practiquen.

Va fer un gest vague amb la mà per dir que la llista es podia allargar. Després d'una petita pausa, va declarar:

—En Dani no en sap res, del que et diré: he quedat enganxat.

4

EN GERARD RESPIRAVA MÉS DE PRESSA. JO NO DEIA RES, esperant que continués la revelació. Ara temia el pitjor, però ell va fer una altra marrada i em va preguntar:

—¿Quantes parelles has tingut, tu?

Em va agafar desprevingut.

—¿Fixes o *lligues* de pa sucat amb oli?

—Fixes i *lligues*, aventures, amants d'una nit, que diuen els francesos... Un total de quiquis per la cara.

¿Era un examen, allò?

—És que per mi, tenir parelles vol dir tenir nòvio i nòvia alhora. Parelles, dues, o sigui quatre relacions serioses, amb convivència de fet, els primers casos acabats en desastre. Vull dir que no ens parlem, no volem saber res els uns dels altres..., millor dit, no volen saber res de mi. Els darrers, en Bernat, que ja coneixes, i la Júlia, que sempre diu que us vol conèixer. Amb aquests darrers la convivència és discontínua perquè es passen mitja vida als avions. Potser per això encara ens aguantem. Però hi ha símptomes que la barca comença a fer aigües.

En Gerard movia el cap, com si anotés mentalment els resultats.

—Discontínua i alterna. No coincident, vull dir.

—Sí, és clar... No és gaire. Jo em pensava que els bisexuals ho multiplicaven tot per dos.

—*Lligues*, aventures, o el que serien amistats amoroses o contactes més o menys perllongats sense compromís, que un dia s'acaben per qualsevol fet: canvi de residència o de feina, aparició d'un tercer en discòrdia, oblit inconscient..., uns quants més, que recordi.

En Gerard va tancar els ulls com si fes un càlcul mental. Jo esperava que els obrís per sentir la sentència. Mentrestant vaig afegir, com si fos una disculpa:

—Bloqueig emocional, immaduresa afectiva, por de prendre responsabilitats adultes, hedonisme infantil... Ja sé què em diràs, i tot el que em puguis dir, amb etiquetes més o menys pretensioses, ja m'ho han dit per activa i per passiva.

—Ja saps què diu El Gran Meaulnes: que la bisexualitat és insubstancial, perquè hi manca el destí tràgic i irrevocable dels condemnats. No és cap recriminació.

—El Gran Meaulnes pertany a la vella escola. També diu que els moviments de l'amor són sempre els mateixos, siguin quins siguin els gèneres que hi participen.

—És igual —va sentenciar amb un to de veu que indicava clarament que deixava de banda els resultats a què havia arribat—. En tots els casos, la resta dels rituals de l'amor romàntic que encara regeix en les relacions heteros no permet més d'un aparellament per dia... o per nit, amb les repeticions que calguin, però sense canviar de parella.

Semblava que havia passat l'examen. Gairebé m'havia oblidat de la revelació, el motiu que ens havia fet seure en aquell bar, a la sortida de cal metge.

—Un gai pot estar en una sola nit, d'una sola tacada, amb una mitjana de sis o set *partners*, que diuen els anglesos; en alguns casos arriben a més i en altres es limiten a un o dos. ¿T'imagines la quantitat d'experiències, gairebé totes anònimes per a la majoria, que pot arribar a acumular un homo?

No tenia cap ganes de calcular-ho.

—Però bé hi deu haver parelles fidels.

—Els primers anys, sí. Després, la majoria es transformen en parelles obertes. Hi ha una amistat, una companyia, uns interessos, una rutina..., però el plaer es troba a fora. A vegades el comparteixen, a vegades, no. Els gustos canvien, surten noves amistats, nous descobriments... A veure, Andreu, pensa que si en les parelles heteros, fins i tot en les casades per l'Església amb tots els ets i uts, passats uns anys tot s'ensorra, els rics i famosos canvien de dona cada temporada com qui canvia de cotxe, i els rucs i fastigosos fan el que poden amb la perpètua, ¿què no ha de passar en el nostre món, que no té cap norma oficial ni cap obligació legal?

Vaig posar cara de fer-me'n càrrec.

—¿Saps aquell professor d'universitat jove que et vam presentar a la revetlla de Sant Joan a la terrassa i que anava amb el seu nòvio financer carregat de duros, que ens va convidar a la seva casa de Pedralbes? Feia un parell d'anys que vivien junts i ja tenen dos amants, un per a cada un, tot i que continuen vivint a la mateixa casa, aparentment units, i segueixen totes les convencions socials de rigor..., excepte que moltes nits i molts caps de setmana un se'n va a una finca de la Costa Brava i l'altre agafa l'avió per anar a Madrid. I fins que s'acabi potser durarà molts anys, tota la vida.

—Semblava que n'estaven molt, l'un de l'altre.

—N'estan. Però l'un ha descobert que només li interessa una pràctica concreta i que tota la resta és «vainilla» —una paraula d'argot que vol dir sexe lleuger, convencional, una mica romàntic i tot—, i a l'altre ja només li va una especialitat diferent del catàleg general.

Jo devia posar una cara de curiositat o de circumstàncies, perquè ell es va afanyar a afegir:

—El que vull dir-te és que per més que ens estimem, en Dani i jo no ens ho diem tot. I ara no vull fer-li mal, no cal que ens ho expliquem tot, no em ve de gust dir-li que m'han de curar una ferida que em vaig fer amb un altre... Res d'importància. Una esgarrapada de la mida d'una ungla, però no em dóna la gana que ho sàpiga, no el vull atabalar amb això. ¿Ho entens?

Vaig fer que sí amb el cap. Entenia que no volia que digués res de la visita al metge al seu company. La resta, l'entenia a mitges.

Aquests fets, i altres de menors que ens van acostar durant els anys, feien que l'amistat amb aquell parell, aquella parella, s'hagués consolidat —una paraula funcionarial horrible—, s'hagués afermat, i que ara ens consideréssim bons i grans amics.

I aquella nit de l'encàrrec televisiu sobre les peripècies de l'amor en una petita ciutat de comarques, jo havia quedat per sopar amb ells. Volien que els aconsellés sobre la festa d'aniversari que preparaven, quinze anys de convivència i els quaranta d'en Dani. Potser era una jugada del destí, que abans de capbussar-me en els laberints sentimentals i emprendre el viatge al cor de les tenebres emocionals, hagués de passar una vetllada amb aquells dos genets experts a cavalcar els cavalls desbocats i un pèl salvatges de l'amor, que ja deia el seu nom però que encara s'amagava a les cambres fosques.

Em va obrir la porta en Dani. El pis ja feia temps que estava a punt de sortir a la revista de decoració moderna *Kasual*. Combinava modernor, espontaneïtat i comoditat, els havien dit. Sortiria sota l'epígraf «La decoració postmoderna o l'estil *kasual*», que ningú sabia què volia dir. El més clar que havien dit els redactors i fotògrafs de la revista era que «estava molt ben decorat, però semblava que ho haguessin aconseguit sense esforç, sense proposar-se res, per acumulació de tòtems visuals». En resum, era *cool*, la paraula fetitxe del moment, que servia per a tot. A mi em semblava que sempre hi mancava algun moble o algun detall, però els meus gustos eren més aviat clàssics, en opinió dels experts.

En Gerard havia fet el sopar. Era un cuiner excel·lent i tots els amics el consultàvem, no solament per escollir un bon restaurant quan teníem un compromís o volíem deixar algú bocabadat, sinó que també el consultàvem sobre els vins, les marques, les collites, els anys bons i dolents, les bodegues i els decantadors i tot on havíem de posar el líquid.

Fins i tot havia aconseguit emular els mestres de tres estrelles i presentar a taula un pa amb tomàquet líquid servit en un got d'aperitiu, la deconstrucció del pa amb tomàquet. Era el que ell en deia una «mariconada».

Tot i que aquell vespre érem només quatre, cada plat era presentat amb una exquisidesa que em demostrava l'amistat que em tenien. O que ens tenien, perquè el quart convidat era El Gran Meaulnes, l'antic maçó i vell amic amb maneres d'aristòcrata, sempre impecablement vestit, la cara esquarterada per les arrugues —ell deia que només li faltava el rètol d'«Enderrocs Boix» penjat al front—, el cos fràgil però encara elegant —restes de l'antiga fortuna, deia—, que vivia de renda; els xafarders asseguraven que era propietari de tres-cents pisos a la ciutat, xifra que tothom considerava exagerada però que donava una idea del volum de la seva bossa. Vivia amb una majordoma, en un pis grandiós de Ciutat Vella, prop del pis de la parella d'amfitrions. Era com si fos el pare o l'avi de la parella. Com si se'ls hagués afillat o com si ells l'haguessin adoptat. Sempre eren a casa de l'un o dels altres. Li deien «El Gran Meaulnes» amb el seu beneplàcit, perquè ell assegurava que la lectura de la novel·la d'Alain-Fournier havia marcat la seva adolescència al Liceu Francès.

—Com en el llibre, sempre, tota la vida, he esperat l'arribada de l'amic absolut que no arriba mai —comentava amb la barreja d'acidesa i de nostàlgia que feia servir quan parlava d'ell—, i encara l'espero contra tota esperança. És una mica com *Tot esperant Godot* en clau romàntica.

De bon començament vam parlar d'amics comuns, o d'amics del seu cercle que jo coneixia només per referències i perquè ells els havien convertit en material de conversa. El Gran Meaulnes escoltava en silenci, ens deixava dir, com un testimoni del temps passat que ja no participava en les tribulacions de la joventut, com si s'hagués retirat del món.

—¿Saps en Gregori? —deia en Dani, tot d'un plegat.

—¿Quin Gregori...? —a mi em rodava una mica el cap.

—Aquell noi tan guapo, ex-cep-ci-o-nal, que es guanyava la vida de xapero amb un èxit fa-bu-lós perquè té una polla de campionat...

—¡Ah, sí...! —Me n'havien parlat alguna vegada i m'havia interessat, perquè la seva vida em semblava absolutament desllorigada i jo havia dubtat més d'un cop que es pogués aguantar, perquè, ara el situava, vivia en un piset del Poblenou amb els pares, la dona i un fill..., i ell no solament es dedicava al que es dedicava, sinó que es feia un tractament de pastilles, injeccions i implants de silicona per tenir uns bons pits, arrodonir les formes i aconseguir una cara imberbe i una pell de seda, des que havia descobert que els transvestits guanyaven molt més a l'ofici (l'oferta era més restringida, la competència molt inferior), i jo no m'imaginava en Gregori amb la família, el fill, la dona i ell, en Gregori, transformat en un pare transvestit i pitrerut, que no podia tenir cap autoritat, segons els meus criteris, possiblement caducs.

—S'ha operat —va dir en Gerard d'una manera definitiva, com si anunciés el final dels estudis d'un nebot o la mort d'un parent llunyà.

—¿S'ha operat de què? —va dir El Gran Meaulnes, sempre reaci a acceptar les obvietats de la vida moderna.

—¿De què vols que s'hagi operat, un professional com ell? S'ha transformat en dona. Al final ha fet el pas definitiu, a París.

—Ell sempre passava uns mesos a París, treballant al Bois de Boulogne, un dels paradisos del tranvestisme. Guanyava molt, darrerament. L'operació li ha costat un ull de la cara. Això sí, ha quedat perfecte, una meravella de dona.

—Però... ¿segueix casat? —vaig preguntar jo.

—Sembla que sí. Com a mínim continuen tots vivint a la mateixa casa.

—Encara és més fort el cas de la Pamela Anderson, un altre transvestit, no sé si us n'havíem parlat. La Pamela també es va fer l'operació de canvi de sexe a la mateixa clínica parisenca que en Gregori, que per cert ara s'ha arreglat el nom, es diu Gori, que queda més ambigu. Doncs bé, la Pamela, un cop tranformada en dona, s'ha ajuntat, i es veu que estan molt enamorades, amb una bollera, una lesbis.

—No hi ha un pam de net —va riure en Gerard tot mirant El Gran Meaulnes—, que deien abans.

—No em miris a mi, *mon cher*, quan parlis del passat —va dir ell, amb un gest de fingida ofensa—. En els meus temps hi havia de tot i bo, com ara, però abans d'arribar a la profanació dels quiròfans, procuràvem que la perfecció no depengués de la bellesa, i molt menys del sexe.

Ens vam quedar una mica parats. En Gerard va preguntar:

—¿Què vols dir, exactament?

—Que jo no puc triar la meva naturalesa, però sí que puc triar el que vull fer.

Jo em començava a demanar si seria prudent que en un ambient com aquell, acostumat a tot, digués alguna cosa del tema que m'anguniejava i sobre el qual m'havia proposat demanar-los el parer: la pervivència de l'amor romàntic en una petita capital de comarca. Per ells, era evident que l'amor no solament s'havia transformat, sinó que després de tantes operacions ningú no el reconeixia.

5

EN UN MOMENT DE PAUSA, VAIG DIR PER PREPARAR EL TERRENY:

—Doncs, no sé què us semblarà el que us vull dir.

De seguida van parar l'orella, perquè estaven acostumats que quan jo portava alguna notícia, cosa que no solia passar sovint, els proporcionés informació de primera mà sobre xafarderies de famosos més o menys locals i eventuals que recollia als estudis de la televisió. Ells dos també hi treballaven, però en Dani ho feia en una de local i en Gerard anava d'un plató a un altre i de vegades a algun teatre, sempre en papers secundaris, segons les temporades.

—Digues, digues...

Em vaig empassar la saliva. Intuïa que havia fet un mal pas, que aquells tres no entendrien res de res, que només podien ajudar-me per contrast, és a dir, per indicar-me els nivells d'allunyament a què arribava un marge de la societat que s'apartava cada cop més de la correcció oficial.

—¿Què hi ha de nou? ¿Quin altre escàndol està a punt d'esclatar?

—El cas és que...

Tots esperaven amb devoció d'incondicionals les meves paraules.

—El cas és que... avui voldria parlar d'una altra cosa. D'una feina que m'han encarregat.

Una ombra de decepció va aparèixer a les cares dels amics. Resignació.

—¿No deus haver acceptat la proposta que tens d'anar-te'n als Estats Units a fer de professor en una universitat de Phoenix, a Arizona, em penso que vas dir?

—¡Segur que en Bernat t'ha menjat el coco perquè aneu a enterrar-vos al cul del món, a purificar-vos en el desert provincià, a fer penitència pels pecats de la humanitat! En Bernat és un místic, un fanàtic perillós.

—Una proposta interessant... —va fer El Gran Meaulnes—. La universitat dóna més prestigi a tots els nivells, mentre que a la televisió només compten un parell de presentadors i quatre còmics.

—No és res d'això. La universitat és una carta que em guardo a la màniga. Us volia consultar una altra cosa, a veure què us sembla.

—¿Quin tema és?

—És un projecte. Potser me n'aniré una setmana o dues a passejar per l'escenari del crim, per inspirar-me.

—¿El crim? ¿Va de sèrie negra?

—Res de crims. És un dir. Va d'infidelitat matrimonial, d'adulteri, com si diguéssim...

—Un assumpte de banyes —va resumir en Gerard.

—¡Però si això ja no es porta! —a en Dani se li va il·luminar la cara de sobte—: ¡Ah, ja ho entenc! Serà una sèrie històrica, com Maria Estuard o els amants de la reina Isabel II.

—Vés amb compte —em va advertir en Gerard—, perquè l'èxit d'aquestes sèries històriques depèn moltíssim dels actors i dels decorats, vull dir de l'ambientació, el vestuari, els paisatges, els castells..., i el guió és només una excusa per muntar un gran espectacle...

El Gran Meaulnes no deia res. Ens mirava amb els seus ulls de tortuga mig tancats i ens deixava dir.

—Res d'històric. Actual. Volen ressuscitar la protagonista d'una novel·la de la primera meitat del segle passat que es va casar amb l'hereu d'una bona família d'una petita capital de comarca molt carca, levítica, en deien, ¡la meva!, la de la meva branca materna, vull dir, el comportament de la qual va escandalitzar tant la família: la germana que portava la casa, els oncles, tota la parentela..., i la burgesia botiguera de l'època, que va haver de fugir-ne escapada. La Laura. Volen una Laura rediviva.

Els dos amics em miraven amb cara de no acabar-ho d'entendre. El Gran Meaulnes va somriure una mica.

—Però... —va fer en Dani al cap d'un moment—, perdona, però no recordo gens l'argument, no sé ni si l'he llegida mai, la novel·la, però, ¿li va passar alguna cosa a la Laura, a la ciutat...?

—La ciutat dels Sants —va precisar en Gerard—. Es va enfadar molt, la gent, perquè el novel·lista, en Miquel Llor, els va motiuejar la ciutat per sempre. Jo tampoc no en recordo cap detall, excepte que la Laura em va semblar una bleda confitada.

—Vull dir si se'n va anar al llit amb algú.

—La ciutat ja no és tal com la va pintar l'escriptor —vaig dir jo—. Ara és una ciutat moderna, dinàmica, comercial... I la gent, com a tot arreu, passa molt de tot. El bisbat ha perdut bona part de la seva influència. Ara és plena de marroquins i gambians, i ha transformat les indústries tèxtils de la plana en indústries alimentàries, sobretot de derivats del porc... En fi, és una altra ciutat.

—¿Quin escàndol o peripècia has de rescatar? —va insistir en Dani.

—Al llibre només hi ha un enamorament platònic amb un advocat jove, en Pere Gifreda, que al final es fa enrere quan la Laura més el necessita, però les sospites i les enraonies de la gent, sobretot de la germana de l'hereu, cunyada de la Laura, que es pensava que en Pere anava darrere seu, estrenyen el cercle opressiu, que al final l'ofega i la fa fugir de casa i tornar cap a Barcelona.

Un moment de perplexitat, i en Dani conclou:

—O sigui que no passa res.

—¡Home, no exageris ara!

—¿No dius que no se'n van al llit?

—Es veuen en una capella o un indret semblant, a l'ombra de l'Església i els capellans, com l'Ana Ozores de *La Regenta* amb el seu Magistral.

—¿I què vols fer amb una història tan... estranya, de palles mentals i prou? Almenys la tísica de la Margarida Gautier, la Dama de les Camèlies, era puta. No hi havia escenes de llit, explícites que diries tu, però quedava clar que s'ensumaven els cossos.

—No siguis vulgar —va dir El Gran Meaulnes amb la veu d'un mestretites que repta un alumne llengut—. ¿Per què tracteu de putes les dones que simplement expressaven amb franquesa els seus sentiments?

—Era la seva professió —va protestar en Gerard—, no és cap insult.

—Abans potser no m'he explicat prou bé, quan parlàvem dels amics operats de canvi de sexe —va continuar El Gran Meaulnes—. Volia dir que la manera que teniu de parlar de sexualitat avui dia, com si fos el remei de tots els mals, ha eliminat els grups secrets i marginals que oferien aixopluc als que fugien de les famílies, de la procreació i fins i tot del sexe.

—¡Els elegits! —va riure en Gerard—. ¡Els marcats pel signe de Sodoma i Gomorra!

—Prefereixo la llibertat i la franquesa —va dir en Dani—, fins i tot la franquesa brutal d'ara, que la hipocresia sagristanesca.

El Gran Meaulnes em va mirar amb intenció i va dir:

—¡Compte! No oblidis que res no atabala més que haver d'escoltar les aventures sexuals dels altres.

—No sé què vols que et digui —va fer en Gerard amb una magarrufa, reprenent el fil—. Hi ha el perill que quedi una mica... cursi, penso jo. I l'ambient pesant i les xafarderies ja no fan cap pressió enlloc, avui dia. Als pobles petits, potser sí, encara, però a les ciutats i els pobles grans... la gent es fot del mort i de qui el vetlla.

—Però bé deuen quedar parelles estables, com les de tota la vida —vaig defensar jo, més per allargar la conversa que per convicció—. ¿I alguna Laura que pateix la dictadura de les convencions? Totes les dones víctimes de maltractaments, per exemple, ¿per què aguanten un tirà de marit i no fugen de casa a la primera enrabiada? Alguna cosa les deu mantenir al seu lloc i fer aguantar les amenaces.

—¡Ep, tu, aquest és un altre problema! —es va alarmar en Gerard—. Parlem de parelles... normals, civilitzades, no de dèspotes i mascles prehistòrics.

—Però Andreu —va fer en Dani, en un intent per trobar una tercera via—, és que fins i tot les parelles heteros han canviat. Hi ha parelles obertes, com en el cas dels gais, que permeten les aventures esporàdiques de l'altra part, sense problemes.

—¿Com un *ménage à trois*? —vaig dir jo.

—No exactament... Les combinacions són tan variades com les persones —va fer en Dani, i tot seguit va afegir, com si hagués trobat la manera de fer-m'ho entendre—: ¡Has de conèixer la Magda! Ella t'ho explicarà tot.

—És cert —va afegir-se a l'entusiasme del seu company, en Gerard—. És una tia fabulosa. Ja té una certa edat, passa dels cinquanta, divorciada de fa anys i una colla d'amants de plantilla...

—¿De plantilla? —vaig repetir jo, mig divertit.

—Vull dir que no són amants d'una nit i prou. Mira, perquè vegis com és, la Magda, et diré que la seva filla li va presentar el noi amb el qual sortia, un noi que segons la Magda no li convenia, no em facis dir per què, però ella estava convençuda que el xicot no feia per a la noia, pel físic, la classe social, la feina, les amistats..., tot plegat no feia una bona suma, i com que la filla s'hi volia casar, els joves d'ara són molt reaccionaris i es tornen a casar amb tots els ets i uts, doncs la Magda va convèncer la seva filla que l'agafés com a amant per sempre, però que no s'hi casés, que d'amant li aniria molt bé però com a marit no li feia el pes, i la noia al final li va fer cas.

—És una senyora que ha viscut molt —va recalcar en Gerard—. Només et diré que la nit del 23-F, la nit del cop d'estat, se la va passar follant en un hotel de la Rambla amb un militar de molts galons, si no era el capità general poc n'hi faltava, i l'endemà, quan tots dos es van presentar a la feina, no sabien res del que havia passat... i van quedar una mica en evidència.

—¿Treballa, aquesta Magda? —vaig preguntar jo.

—És funcionària. Un càrrec important en una Conselleria important. Si no ha arribat a consellera és perquè la deuen tenir classificada com a inclassificable. I ja saps que la dona del president no en deixa passar ni una.

—¿Què em dirà aquesta Magda que no em pugueu dir vosaltres?

—És una persona que val la pena de conèixer —va assegurar en Dani—. Com que has dit que vols prendre uns apunts o fer un treball de camp, o com se'n digui, d'això que feu abans de posar-vos a escriure de veritat, penso que la Magda és una bona font d'informació.

—Una dona de bona família burgesa tradicional, casada, mare de família, divorciada, i que ha evolucionat fins a assumir la revolució de costums actual —va afegir en Gerard—. Et pot explicar el seu alliberament: ara és una feminista no tan radical com fa uns anys però Déu n'hi do, encara. I et pot parlar de l'experiència de les seves amigues, de com han hagut de trencar les cadenes...

—Potser aquesta evolució ja queda una mica enrere —vaig fer jo, per provocar, i perquè sospitava que les coses ja no eren com en els temps de la Magda—, una mica anys seixanta-setanta, la revolució sexual, el feminisme, el maig del seixanta-vuit, Woodstock, els hippies, Nixon atrapat al Watergate, el campus de Berkeley, els beatniks, l'oposició a la guerra del Vietnam, la minifaldilla de Mary Quant, els Beatles, les drogues sintètiques, l'LSD, Timoty Lear, la psicodèlia, els primers cinemes porno...

—No queda enrere —va afirmar en Dani—. S'ha assumit o no. I punt. Ara no hi ha cinemes porno, però tot arreu és ple de sex-shops i pots veure pel·lis de porno dur a la tele. I tot igual:

no hi ha feminisme radical, però totes les dones coneixen els seus drets i planten cara als mascles com panteres. No hi ha Beatles, però a cada barri hi ha un grup de rock que vol arribar a la fama. I pel que fa a la guerra del Vietnam, pensa en totes les guerres que hi ha enceses i les protestes que provoquen. Les drogues te les trobes a l'escala de casa...

—Jo vull dir una altra cosa —vaig fer, dubtós.

—¿Què vols dir, doncs? —va acuitar-me en Gerard.

—És difícil d'explicar..., perquè no n'estic segur. És veritat que la societat actual ha acceptat una llibertat de costums que els nostres pares ni imaginaven, però em sembla detectar moviments, grups, tendències... que no estan satisfets amb aquesta manera de viure, que aspiren a alguna cosa més... consistent, més ferma..., no ho sé.

—¡Ah, és clar! Sempre hi ha la dreta reaccionària que vol tornar enrere —va dir en Dani—. Els grups neocatòlics, les sectes pseudoreligioses, el budisme com a nova forma d'espiritualitat i totes aquestes mandangues que en el fons el que volen és manar, controlar bancs, consciències i vides.

—No vull dir això, exactament. Parlo de gent independent, gent jove que vol trobar un sentit a la vida, que vol que la seva vida serveixi per a alguna cosa més que menjar i beure, ficar i treure, que diuen a la meva comarca, i em penso que cada cop són més els que estan cansats de tanta frivolitat i de tanta gatzara.

—¿Cada cop en són més? —va fer en Dani—. Jo diria que cada cop en són menys. Quatre sonats i prou. La gran majoria omple les discoteques i els locals d'esbargiment de les ciutats fins que surt el sol i després dorm tot el dia.

En Gerard es va aixecar sense dir res, va anar fins a la calaixera de ditada que servia d'aparador i va tornar amb un diari obert, que em va plantificar davant del nas, dient:

—Cada dia, a tots els diaris, hi ha quatre pàgines com a mínim d'anuncis eròtics. Llegeix, maco, llegeix. N'hi ha per a tots els gustos i preus: «Madureta calenta», «Mare i filla catalanes autèntiques», «Orgia al teu gust», «Mestressa i esclava a la seva disposició»... ¿Què vols més? Els anuncis gais encara són minoritaris, però Déu n'hi do... ¿Vols que comparem l'espai que hi dediquen els diaris més seriosos amb les pàgines destinades a espiritualitat, religiositat o com vulguis dir-ne?

—Amb l'agreujant —va reblar en Dani— que els anuncis eròtics són pagats, i els altres són per compromís o per compassió.

Vaig adonar-me que no hi havia res a fer. Em rendia. El Gran Meaulnes ens mirava, somrient i callat, com si ja hagués dit tot el que havia de dir. En Gerard i en Dani encara tenien corda per a estona, però jo vaig dir:

—¿No havíem de parlar de la vostra festa d'aniversari?

Aleshores El Gran Meaulnes va dir:

—Aquí tens el primer exemple de fidelitat conjugal a prova de bomba.

—El nostre cas és diferent —va protestar en Dani—. I vosaltres ho sabeu.

—Segur que trobaràs el que busques —em va animar El Gran Meaulnes—. La majoria de gent voldria trobar aquest fil invisible que uneix dues persones per sempre.

—¡Ell rai —va riure en Gerard—, que té un peu a cada banda!

—Per això li dic que vagi amb compte —va repetir El Gran Meaulnes—. És molt difícil mantenir per sempre dues parts contràries en harmonia: ¿quina té la veritat i quina la seducció?

—Jo el que veig —va dir en Dani— és que la majoria, homes i dones, gais i heteros, lluiten per conservar la joventut, es fan líftings, depilacions, musculació, massatges, banys de tota mena, sessions de raigs ultraviolats o uva, dietes, balnearis, fisioteràpies..., tot el que poden per amagar els anys i mantenir l'aparença i el poder de seducció. Volen seduir, encara. Surten cada nit o cada cap de setmana a lligar, amb parella o sense. No volen ser vells, ni rebutjats, ni retirats, ni fracassats, ni lletjos, ni pobres, ni assenyats.

El Gran Meaulnes es va aixecar per dir:

—Jo, sí. Els vells som els únics que dediquem mig dia a preparar-nos per poder viure bé l'altra meitat. I només nosaltres tenim el temps per estimar. He dit el temps. Em sembla que ho va dir Balzac.

6

NO VAIG VOLER AGAFAR EL COTXE PER TRASLLADAR-ME A Comarquinal. El record que tenia dels viatges amb tren era terrible, una experiència tercermundista que no estava disposat a repetir. Vaig saber que hi havia un servei de minibusos que sortien cada parell d'hores, i que utilitzaven els professors de la nova universitat per anar i tornar de les classes. El matí a primera hora vaig agafar el primer que sortia. Portava només una bossa de viatge i un exemplar de la novel·la que havia començat a rellegir uns quants dies abans.

El minibús anava mig ple i al cap de poca estona vaig comprovar, per la conversa que tenien, que els altres tres passatgers eren professors de la universitat. Em miraven amb una certa curiositat, suspicàcia, fins i tot diria, primer en adonar-se que llegia un llibre i després en comprovar-ne el títol. Però, com a gent discreta, no van fer cap comentari ni van intentar cap conversa.

Havia pres notes sobre la meva lectura, però de moment no havia trobat res que pogués ser interessant per al futur guió. Havia anotat: «En comparació d'altres novel·les que tracten de l'enfonsament de la institució matrimonial, *Anna Karenina*, per exemple, o *Madame Bovary*, o *La Regenta*, amb l'Ana Ozores, la primera cosa que sorprenia era que així com l'Anna, l'Emma i l'Ana havien aguantat el marit un cert temps —l'Anna fa nou anys que està casada en començar la novel·la, i l'Emma i l'Ana Ozores es casen, o més ben dit les casen, amb homes grans que els inspiren respecte, tot i que des del primer moment ja es veu que no fan el pes—, la nostra Laura mostra el fàstic que li fa el marit immediatament. La Laura sap des del primer moment que allò no és amor a primera vista. Les altres adúlteres tenen més corda. La Laura aguanta perquè es recorda constantment els seus deures, no estima, vol estimar, que no és el mateix. A més, l'Anna Karenina i la Bovary són més físiques, més sensuals, més obertes al plaer. I la pobra Regenta gairebé no té temps de tastar-lo, l'amor físic. La Laura fa la impressió d'una bleda que no coneix res de la Barcelona del seu temps, que per a molts testimonis era la ciutat més disbauxada i descordada del Mediterrani. No era solament la ciutat de la Rosa de Foc, era també la de la rosa als llavis. Però la Laura vivia d'esquena a la bona societat barcelonina, era una provinciana tot i ser nascuda a la capital. De fet, era la dona ideal per anar a enterrar-se en una petita ciutat de províncies i oblidar el marit després de les primeres calors.

»Hi havia diferències i coincidències entre la Laura i les altres heroïnes adúlteres. En Tomàs, per exemple, el marit de la Laura, era un disbauxat des de sempre, i en canvi els marits de les heroïnes de les tres novel·les europees eren uns ensopits totals. L'amor platònic de la Laura només és jove i viatjat, però no gaire res més; en canvi, els amants de les tres malcasades, des del comte Vronski de la Karenina fins a l'Álvaro Mesía de La Regenta o el Rodolf de la Bovary, són uns perdis considerables. Ni marits ni amants no es penedeixen de ser com són, són així i prou. L'entorn d'en Tomàs, el marit de la Laura, aprova la seva conducta de tarambana, i els entorns dels altres tampoc no diuen gairebé res. Tothom considera que el matrimoni és una institució caduca i que els únics matrimonis feliços que coneixen són els de conveniència. Al llarg de les tres obres hi ha un munt de citacions d'aquest estil: "Si hi ha tants cervells com caps —diu la Karenina en una ocasió—, hi ha tantes menes d'amor com cors."

»Hi havia més coses, com, per exemple, la vida social i el luxe dels salons de Moscou i Sant Petersburg al costat de la migradesa de la vida comarquinalenca. Però això no era un element tan important, atès que els escenaris on vivien l'Emma Bovary o La Regenta tampoc eren res de l'altre món, una en un racó del nord de França i l'altra en una ciutat levítica del nord d'Espanya. Precisament la fascinació per la vida suau i agradable dels rics i la intensitat intel·lectual d'una altra classe social havia influït en les passes de l'Emma i de l'Ana Ozores cap al camí de perdició, que en deien.»

Les comparacions amb altres casos literaris notables no em portarien gaire lluny, vaig pensar.

Vaig alçar els ulls dels apunts i del llibre que tenia a la falda per mirar el paisatge. El bus passava per carreteretes i tombants que no havia vist mai. Segurament que ho feia per evitar pagar el peatge de les autopistes. Trossos de l'antiga carretera comarcal i dreceres que travessaven boscos de pins i alzines, arbres soferts, austers, estalviadors. Trobava el paisatge una mica aspre, rocallós, poc amable. I les urbanitzacions que sorgien cada dos per tres eren d'una elementalitat decebedora. Una cosa era la modèstia menestral de la caseta i l'hortet de l'avi Macià, i una altra el mal gust de la totxana improvisada i l'obra vista, i el grapat de mates mortes de set d'un exterior que no pretenia ni ser jardí.

Sense cap interès, vaig escoltar les paraules que un professor, un home gras amb cartera suada, dirigia a una col·lega més jove asseguda al meu costat.

—Als meus alumnes sempre els dic el mateix —deia ell, que vaig suposar que feia classes de sociologia a la universitat—: per conèixer una ciutat, cal visitar els escenaris del poder, és a dir, el cementiri i el teatre principal on s'exhibeix la burgesia, que tant pot ser el casino dels senyors com el teatre d'òpera o el club de golf. A molts indrets, són els dos aparadors on el poder es manifesta més obertament.

—A Cuba el cementiri és interessantíssim —assentia la professora, que com totes les persones progres del moment havien fet com a mínim un viatge a Cuba, tot i el perill que comportava saber que la majoria de turistes anaven a l'illa per trobar sexe fàcil i barat—. Es pot estudiar molt bé l'estratificació de la societat cubana, abans de la revolució, és clar. Els rics en un cantó, amb tombes esplendoroses, i els pobres en un altre cantó, a terra o a la fossa comuna.

—Aquí, en temps de Franco, enterraven els republicans o els ateus a fora del cementiri —va afegir el professor panxut—. I abans, els còmics no podien ser enterrats en terra sagrada. Els cementiris italians són esplèndids; el de Torí, per exemple, és una ciutat sencera, amb els carrers principals i els ravals de la misèria.

—Hi ha tombes impressionants... —va corroborar la professora.

—El poder és difús —va continuar el professor—. Per això quan els oponents d'algun poder no poden actuar contra un símbol clar, com les bombes dels anarquistes contra el rei Alfons XII el dia del seu casament, o els atemptats contra Lincoln, Canalejas i Kennedy, aleshores llancen atacs indiscriminats contra els llocs de reunió dels poderosos: la bomba del Liceu, per exemple, o la de la processó de Corpus.

Em demanava per què escoltava amb tanta atenció la conversa d'aquells acadèmics. ¿M'interessava per al meu treball la distribució del poder a la ciutat on ens dirigíem? La Laura de la història, recordava, de fet havia topat amb el poder, el poder de la família Muntanyola. Molta gent deia que un o una es casava també amb la família, d'ell o d'ella. Si la Laura s'hagués casat amb un qualsevol, un minundi amb quatre quartos, o un botiguer de mala mort, un paleta o un mestre de minyons, la seva tragèdia hauria tingut un altre to, un altre ressò, tota una altra significació. Anna Karenina es movia en els cercles de poder de Moscou. Emma Bovary es delia per ser convidada a les festes de la noblesa, confonia l'amor dels homes amb l'amor a l'ascens social. Ana Ozores, «La Regenta», se sentia atreta pel poder de les claus que ostentava l'Església. Totes s'havien casat, no solament amb un home, sinó amb una classe determinada, amb una família determinada. Totes ho tenien molt present. I quan la Laura abandona el marit i la llar, té consciència que també diu adéu al seu estatus burgès provincial. Així doncs, el poder és important en els afers del matrimoni i, en conseqüència, en els de l'adulteri. Per alguna cosa l'amor cortès havia nascut a les corts occitanes, i no a les tavernes dels goliards o clergues que havien penjat els hàbits i es dedicaven a viure la bona o la mala vida. Per alguna cosa les destinatàries dels poemes d'amor més encesos eren casades amb barons i ducs poderosos, i no filadores o hostaleres. El poder, les condicions del poder, les capitulacions del poder, els detalls econòmics i patrimonials del poder, les conseqüències del poder, formaven part del matrimoni exactament igual que les regulacions i precisions del dret canònic per establir quan una parella havia consumat o no el casament. L'adulteri representava l'espai de llibertat, l'abandonament de les obligacions del matrimoni, la irresponsabilitat joiosa i gratuïta que tornava als sentits l'espontaneïtat perduda en les xarxes de l'amor imposat i reglamentat. L'adulteri era l'ombra del poder.

El doctor Milans, el professor de literatura medieval a la universitat, defensava que l'amor i el desig sexual no solament no són el mateix, sinó que són totalment oposats. Deia que l'amor després del matrimoni és un invent interessat i fals. L'amor, explicava, necessita l'allunyament, la idealització, la no-consumació. Per això avui dia hi ha tants fracassos, tants divorcis, perquè la manera més ràpida de matar l'amor és la unió física. Desvelat el misteri i saciada la carn, només queda el cansament i la rutina. I la imaginació vola cap a uns altres horitzons.

—L'amor —deia el doctor Milans— no té res de raonable, i per això només podem estimar les persones que amaguen algun misteri. És com la divinitat de la religió. No entenem la divinitat, però la podem estimar. Això ens portaria a parlar de les lluites que hi va haver fa segles, al món bizantí, quan la gent es prenia seriosament la religió, a favor i en contra de les imatges, la representació en forma humana del que és sagrat, la iconoclàstia, perquè veure la divinitat i els sants convertits en figures humanes podia fer-los més amables, més propers o no.

El doctor Milans assegurava que a poc a poc ens encaminàvem cap a un altre concepte de l'amor, que segurament quedaria l'amor platònic com a paradigma, com a ideal, però que els costums i les normes socials acabarien conformant un altre model de matrimoni. De fet, deia, els modistes i les cases de modes ja dissenyen vestits de núvia blancs i immaculats per al primer matrimoni, i de color crema o blanc trencat i no gaire llarg per al segon, i a partir d'aquí, per als tercers o quarts enllaços, amb un color discret n'hi ha prou.

—No sé cap on anem, però no anem bé —vaig sentir que deia la professora al meu costat, i no vaig saber si es referia al trajecte que feia el minibús o a alguna qüestió de moral que havia estat discutint amb els companys.

—Ara el poder és difús... —repetia el professor.

Però la conversa va derivar cap a aspectes històrics sobre els grups anarquistes i revolucionaris que ja no m'interessaven. Em vaig posar a pensar en quantes devien ser les famílies de la ciutat on anàvem que detenien el poder, que controlaven els fils del poder. No devien ser més de vint ni menys de deu, calculava. Mentalment, evocava edificis importants de Comarquinal, o millor encara, consells d'administració que existien, tot i que la indústria —sobretot la tèxtil, que havia sigut emblemàtica—, estava en crisi i molts antics propietaris de fàbriques importants, expotentats, treballaven en situació precària, amb un peu a la fallida i l'altre en el delicte ecològic... ¿Aigües de Comarquinal? ¿Caixa d'Estalvis Comarcal? ¿Els pellaires? ¿Les grans indústries càrnies? Les realment grans, perquè tota la comarca era plena de petits escorxadors i petits fabricants de fuets, botifarres de totes menes, foies, patés, llonganisses...: cada masia s'havia reconvertit en un hostal rural o en una indústria porcina familiar. ¿Què més quedava? ¿Hi havia grans constructors? ¿Tenien prou pes les companyies de transport? ¿Els pellaires, les fàbriques de pell, conservaven encara el seu poder després dels conflictes amb els grups ecològics, que els van dur als tribunals després d'acusar-los de la mort, assassinat segons ells, de tots els rius de la plana?...

Que el repartiment del poder s'havia difós, tal com havia comentat el professsor, ho demostrava el fet que havia dit ell mateix, que un parent de l'alcalde conservador era regidor de l'Ajuntament en representació dels comunistes transformats en grups ecologicofeministes. ¿I dels carques catòlics, què en quedava? ¿Conservava el poder d'abans, tota la força que representava l'estament eclesiàstic? Més aviat pensava que, com en totes les institucions decadents, s'havia transformat en mer ornament i màscara. Decoració espiritual. Rituals externs i convencions establertes. S'hauria de veure què n'havia quedat, de l'antic poder, que, en temps de la Laura, amb tants mossens que volien protegir-la, encaminar-la, salvar-li el matrimoni i l'ànima..., no havia pogut evitar el trencament final. El doctor Milans potser hauria dit que no era possible salvar al mateix temps l'ànima i el matrimoni, però ell era un pèl cínic i la immersió intensa en els autors medievals li feia veure les coses amb un distanciament perillós.

Bé, em vaig dir, tot plegat són disquisicions gairebé metafísiques. El que importa és la voluntat dels hereus del poder, sobretot de les filles, i el seu comportament, i això no seria difícil de comprovar. Tot i que no podia oblidar, em deia, que la meva feina no era elaborar un treball sociològic ni de cap mena, sinó que jo anava a prendre notes per donar més versemblança a un guió de televisió. Un guió que, si anaven mal dades, acabaria convertit en un serial, en un fulletó, culebró, colobrot o serpentot, les autoritats lingüístiques no es posaven d'acord. I la televisió era l'escenari ideal per fer ressuscitar tots els tòpics i tots els drames i melodrames haguts i per haver... Com deia El Gran Meaulnes, les passions exaltades ja només es troben als musicals americans dels anys quaranta del segle passat. ¿Què em proposava, doncs? ¿Buscar la Laura actual, la infidel d'ara, la insatisfeta d'avui, o presentar una noia senzilla i moderna per fer-la víctima de totes les maniobres de la infidelitat fins a deixar-la com un drap brut per culpa dels prejudicis que encara cuejaven, del masclisme prepotent i de les forces retrògrades que s'amagaven als racons de les petites capitals de comarca, terra endins?

Arribàvem a la ciutat. Al final de l'autovia destacava el campanar de la catedral i la silueta dels edificis més solemnes. Un cercle amb desviacions i rètols indicava totes les direccions que es podien prendre per no haver d'entrar-hi. El conductor, sense consultar, va agafar la sortida del mig, que donava al centre. A la nova universitat.

—Els francesos tenen una dita que fa: «Si no hi ha adulteri, no hi ha novel·la.» El matrimoni és la realitat. L'adulteri és la fantasia.

El professor va pronunciar aquestes paraules sense que, al meu entendre, vinguessin a tomb. Tots els passatgers van riure una mica, fins i tot el conductor, però jo només vaig dibuixar un somriure perquè no havia seguit tota la conversa per copsar bé la justesa de les frases que semblaven el final.

El minibús va parar davant mateix del nou edifici de la universitat, on van baixar tots menys jo i el xofer. Em van saludar amb una lleugera inclinació de cap, perquè en realitat havia fet el viatge sol, sense participar gens en la seva conversa. El conductor em va mirar, interrogant, i jo vaig preguntar:

—¿Hi ha una altra parada, més al centre?

—El puc deixar al passeig, allà on vulgui.

—¿L'hotel Colom encara funciona? —vaig dir jo, recordant l'establiment del començament del passeig.

El xofer em va mirar amb curiositat:

—¿D'on surt, vostè? Fa anys que van restaurar l'edifici. Ara són pisos de luxe, i els baixos, un bingo. Si en fa d'anys, que no deu venir per aquí, vostè.

—Uns quants, sí... —vaig estar a punt de dir que, a més a més, no m'havia instal·lat mai a cap hotel, sempre havia anat a casa de l'àvia, fora de la ciutat, però vaig pensar que no valia la pena donar tantes explicacions, i vaig demanar—: ¿Algun hotel còmode i tranquil?

—Els que vulgui, però no al passeig. El deixaré davant mateix de l'Abat Oliba, que han obert fa poc, tot nou, de disseny.

Vaig que fer que sí amb el cap, convençut.

7

UN HOTEL DE DISSENY VOLIA DIR SIMPLEMENT NET, DE línies rectes, regulars, amb molt vidre i poca decoració. Res més.

La recepcionista semblava discreta i eficient. Va començar a mirar-me malament quan no vaig saber respondre de pressa a la seva pregunta:

—Quants dies es quedarà?

No ho havia pensat. Vaig començar a mirar al sostre, però la mirada de fura educada de la noia no em deixava coordinar els pensaments.

—No ho sé... Uns quants dies.

—Ho dic perquè hi ha una fira aquest cap de setmana i tenim reserves. Ens ho hauria de dir al més aviat possible.

—Una setmana —vaig decidir.

—O sigui que es quedarà per la fira? —va insistir ella.

—Si coincideix, sí... —vaig admetre, amb desgana.

—Així li donaré una habitació gran, que dóna al carrer. És perquè si no ve expressament a la fira, suposo que es quedarà més temps a l'habitació. Totes tenen televisió i pot fer servir l'Internet de la sala del costat.

—Ah, perfecte! —vaig somriure jo, per fer-me perdonar la sobrietat inicial—. Això m'anirà bé.

—¿Que és periodista, potser? —em va mirar amb interès, ella. Tenia a les mans el carnet d'identitat que m'havia demanat i jo no recordava si hi posava periodista, professor o guionista. Seguia els consells d'un bruixot mexicà que deia que havíem de fer com els indis, esborrar totes les empremtes, dissimular tots els senyals, no deixar mai cap rastre.

Jo vaig fer que sí amb el cap. Potser m'aniria bé que em prenguessin per periodista.

—Més o menys...

La recepcionista va somriure amb murrieria, mentre omplia papers i buscava la targeta de l'habitació. Va esperar un moment a fer el comentari. Va dir, amb tota la mala intenció:

—Tots fan el mateix. Tots dissimulen. No volen que els coneguin. I després, diuen el que diuen o escriuen el que escriuen. Quan ja són fora. No ens faci quedar malament, vostè.

Em vaig quedar sorprès de la mala premsa que teníem. Potser era el caràcter comarquinalenc, reservat i desconfiat, deien. Vaig recordar com un llampec l'opinió que tenien els parents barcelonins dels comarquinalencs, quan jo era petit. Deien que quan anaven de visita a Comarquinal, quan ja marxaven i tenien un peu al carrer els comarquinalencs, que no els havien ofert ni un got d'aigua, els preguntaven, delerosos, com si se'ls acabés d'acudir en aquell precís moment: «¡Ai! ¿Potser hagueren pres alguna cosa per beure? ¿No tenien pas set? No ens ha passat pel cap d'oferir-los res, dispensin; amb la conversa, tan interessant, no hem pensat en res més...»

—No es preocupi —va assegurar-me la noia, tot donant-me la targeta de l'habitació i el carnet—, que podrà fer la seva feina amb tota discreció. És el segon pis, habitació número sis. Si algú pregunta per vostè, ¿què he de dir?

Aquella noia em sorprenia cada cop més. Era com si volgués ficar-me en una pel·lícula de lladres i serenos.

—No res —vaig respondre, sec—. No em trucarà ningú.

—Entesos —va fer un cop de cap ella, disciplinada—. Com si no hi fos. No pateixi.

Mentre agafava la bossa de l'equipatge vaig dir, perquè ara em semblava que les meves paraules anteriors podien resultar sospitoses:

—De moment... Vull dir que els primers dies no em trucarà ningú.

La noia va inclinar el cap amb un somriure enigmàtic. Un noi vestit de grum va oferir-se a portar-me la bossa, però vaig refusar. El grum i la noia es van mirar, amb intenció, o jo m'ho vaig imaginar. Em semblava que el fet de no voler que agafés l'equipatge era un altre gest que em feia encara més sospitós. Devien pensar que portava algun secret i no volia que ningú ho sabés.

Mentre agafava l'ascensor vaig pensar que el xofer del minibús m'havia portat a aquell hotel perquè estava conxorxat amb la recepcionista i el grum per controlar tots els moviments dels desconeguts que arribaven a la ciutat. ¡No podia ser! No podia ser que l'atmosfera opressiva, o més ben dit la fama de l'atmosfera opressiva de Comarquinal, m'influís d'aquella manera. Vaig recordar l'anècdota d'un càmera de la televisió, amic d'en Dani, que viatjava per fer grans reportatges, que explicava que així que va arribar a la ciutat de Bogotà, amb el cap ple dels segrestos i assassinats al carrer, va contemplar des del cotxe que el portava a l'hotel com mataven a trets un home al mig d'una placeta i que, al·lucinat, va exclamar: «¡No pot ser! ¡És impossible! Segur que és una escena preparada pel Ministeri de Turisme per acollir els visitants amb color local des del primer moment.» Jo pensava el mateix, ara, mentre obria la porta del meu quarto: «¡No pot ser! ¡Són tot imaginacions meves!» El sabor comarcal, la tradició de sospites i suspicàcies, no podia manifestar-se just en el moment de posar els peus a la ciutat.

Mentre obria la bossa i penjava la roba a l'armari, el cap m'anava com una baldufa. Bon senyal, vaig pensar. Sempre em passava als inicis d'una feina que m'agradava. Se m'acudien tot d'idees, bones i dolentes, fins que començava a esbossar un pla, a anotar algunes dades, a traçar les línies mestres del futur guió o programa. «La Bíblia», en deien els experts. Una bíblia sotmesa a les ires de l'audiència. En fi, redactaria els textos sagrats per on havia d'anar la peripècia de la meva Laura, de la Laura que em proposava trobar.

Estirat al llit, amb el quadern d'anotacions i un bolígraf al costat, vaig començar a gargotejar alguns noms, algunes idees. Al cap d'una estona, em van aparèixer tres opcions per a una Laura d'avui dia a la petita capital de comarca.

«Primera versió: la Laura immigrant. La Laura és una noia marroquina establerta a la ciutat des de la infantesa. S'adapta bé als costums i fa amistat amb un noi de bona posició del país. S'enamoren. Es volen casar. L'imam i les famílies s'hi oposen amb tota mena de males jugades. La comunitat musulmana, cada cop més nombrosa, se'ls gira d'esquena, igual que la catòlica local, tot i que d'una manera més subtil i hipòcrita. Els dos grups tenen la mateixa reacció que el cor de malparlats i malpensats del temps de la Laura primigènia. Acaba amb la noia fugint dels prejudicis d'una societat immadura. Seria la Laura Laïssa o la Laura Boumajhil.

»Segona versió: la Laura política. La Laura és una noia de casa humil que ha cursat amb esforç la carrera de polítiques i econòmiques i està a punt d'arribar a alcaldessa de la ciutat, la primera dona que en tota la història municipal ocuparia aquest lloc. El marit de la Laura és un gran industrial de la comarca, un *«homme à femmes»*, que diuen els francesos, i des del moment del seu matrimoni un cercle de maldiença —el de la família d'ell per començar— escampa que l'hereu s'hi ha casat no tant per atracció física —tothom sap que ell s'enganxa a qualsevol cosa amb faldilles—, sinó per les seves qualitats com a gestora i aprofitar els seus coneixements per ampliar el negoci. La seva elecció com a alcaldessa és el resultat d'una colla de tripijocs polítics entre forces rivals, en les quals té un paper important, a l'ombra, el marit. Un grup immobiliari format fa poc, amb el marit com a accionista, vol controlar l'Ajuntament a través d'ella. Quan la Laura se n'adona, abandona la política i el marit. Seria la Laura Batlle d'Abadal.

»Tercera versió: la Laura feminista. La Laura és una barcelonina, una mica a l'estil de la Laura original, que accepta casar-se amb un hereu de la plana, amb l'esperança que amb temps i paciència convertirà el marit en un home modern, que li consultarà la gestió del patrimoni familiar i l'explotació de les terres i les granges, i li farà costat en el canvi d'estil de vida que vol imposar al casal on encara viu una germana soltera que es considera mestressa i per la qual la Laura és una intrusa. Els esforços de la Laura per canviar els hàbits masclistes del marit fracassen. El cercle de maldiença, atiat per la germana d'ell i cunyada seva, funciona a la perfecció. Un advocat jove i galant la ronda, però només vol una aventura sense conseqüències, sense brogit, sense que cap de tots dos quedi malament amb la societat comarquinalenca. Al final, ofegada per les convencions familiars i socials, la Laura s'escapa. Seria la Laura Nova.»

Podia haver-n'hi més, de Laures, però em semblava que amb les tres esbossades ja n'hi havia prou per començar a treballar en l'actualització de la figura. Un personatge que potser no arribava a mite, però s'hi acostava. ¿Recordava el públic d'avui dia el que va representar la Laura en el temps de la publicació de la novel·la i l'escàndol que es va armar i que va obligar l'autor a publicar-ne una segona part, *El somriure de Laura*, en què la protagonista tornava a Comarquinal i quedava tot d'acord amb la moral vigent, en una asfixiant i llefiscosa bassa d'oli?

Ara només calia prendre nota dels detalls i les anècdotes que pogués pescar en la meva visita i encaixar-los en algun dels tres esborranys. Els directors i els regidors agraïen molt les indicacions que podien afegir un toc d'autenticitat a les gravacions.

En una altra pàgina de la llibreta vaig fer una llista de persones que recordava a l'atzar, amics i coneguts dels meus anys passats a la comarca, per decidir si els anunciava la meva presència i els en podia treure alguna cosa d'interès. Els companys d'estudis, d'entrada, fora, excepte algun, potser, que em semblés interessant per al tema. Res de família, tampoc. A part que me'n quedava poca, perquè tots s'havien escampat per la plana o havien pujat, com deien, a Barcelona, els pocs parents que restaven m'eren llunyans i pràcticament desconeguts, fills de cosins i llaços semblants.

Havia d'anar amb compte, perquè segons amb qui parlés seria com publicar la meva visita a la ciutat al butlletí oficial, tot i que els polítics no m'interessaven, de moment. Hi havia dues dones, una de casada i una de vídua, que havia conegut feia temps. La primera s'havia convertit en una empresària important i m'havia trucat per si podia portar les relacions amb la premsa de la seva indústria de moda de pell per tot el país. El seu marit era pellaire i entre tots dos formaven una empresa familiar cada cop més gran. Li havien donat el meu nom com a periodista que treballava a la tele, a la capital, i la paraula *tele* era màgica per passar per qualsevol porta. Li vaig agrair l'oferiment, però li vaig dir que jo em dedicava a una altra cosa i li vaig donar el nom d'una companya que havia obert un gabinet de comunicació, despatx de relacions públiques o oficina d'imatge industrial, com es digués, perquè els noms eren cada vegada més complicats. Ens vam veure tres o quatre cops i em va regalar un gec de pell, agraïda per la recomanació. Era una dona de mitjana edat, amb dos fills adolescents, que havia creat la seva empresa del no-res. En una de les trobades, va tenir un moment de confiança i em va comentar:

—Si t'expliqués el que m'ha costat arribar allà on sóc i el que em costa encara mantenir-m'hi...! Jo no sóc de Comarquinal, sóc del Maresme, i després de casada, quan jo vaig insinuar que volia fer alguna cosa, no saps com s'ho va prendre la família del meu home. I la gent de la ciutat encara no m'ha acceptat completament, tot i l'èxit aconseguit. Encara em tracten com una forastera. L'altre dia van venir a la botiga que tinc oberta sota les voltes de la plaça unes senyorasses de les de tota la vida, com si el seu arbre de família tingués les arrels al temple romà, de sang comarquinalenca pels quatre costats, i em van comentar com qui no diu res, mentre repassaven el catàleg de la temporada d'hivern: «¡Quina satisfacció que les coses et vagin bé! Al final et sentiràs integrada gràcies a la feina. Aquí, fins i tot les coses de menys valor s'enfilen amunt com les mongeteres. El nostre ambient els facilita la pujada. La feina de mestressa de casa és poc apreciada, de fet eres com una criada, i has fet bé de canviar-te a dependenta. Ens n'alegrem molt. Per tu i pel teu marit. Treballar a casa o al taulell, tot és feina, ¿oi?» ¡Quines bruixes! Com si el casament amb l'Albert i tot el que he hagut de passar no fos prou per posar-me al seu costat.

La segona, la vídua, era una coneguda de la meva època d'estudiant de batxillerat. Ella era la noia, més gran que jo, més vistosa de la ciutat. I la més rica, també, pubilla del propietari de telers a tota la plana. Era el model de totes les noies i l'admiració de tots els nois. Portava uns vestits i uns pentinats que feien caure d'esquena els fadrins, que encara deien, i morir-se d'enveja les fadrines. Es passava la vida entre Comarquinal i Barcelona, anava i venia amb cotxes llampants i rabents i vivia en una casa amb piscina, i amb això ja està tot dit: una casa amb piscina en aquell temps era el pic més alt del luxe en un indret de «nou mesos d'hivern i tres d'infern», i ells, els rics, els tres mesos d'infern els passaven a la casa de la costa, i la costa era, naturalment, la Costa Brava. La noia es va casar aviat amb l'hereu de les farineres de la comarca, un partidàs, i el casori va fer delir tota la plana. Després, de casada, se la veia menys. Van tenir fills. Se'n van anar a viure a Barcelona. Van dir que el marit estava malalt. Es va quedar vídua i carregada de duros. Un dia me la vaig trobar al Liceu, a la sala dels miralls, i encara conservava tota l'elegància i la seducció dels anys juvenils. Ens vam reconèixer, o més ben dit, jo la vaig reconèixer, ella va respondre a la meva admiració i em va demanar, amb delicadesa, si jo encara vivia a Comarquinal, jo li vaig explicar una mica la meva situació, vam parlar de música i de cantants, ens vam tornar a trobar en altres funcions, érem abonats del mateix torn a diferents pisos i coincidíem a la sala dels miralls, un dia vam quedar per anar a sopar a un restaurant popular a la sortida, li interessava el món de l'art, fins i tot havia pensat a obrir una galeria «per ocupar el temps i aprofundir en el tema», trobava fascinant el món dels artistes, creia, ¡insensata!, que jo en formava part d'alguna manera pel fet que jo treballava a la tele, em va confessar que per ella l'art era una escapatòria del món dels negocis, un món brutal, va dir, que «en morir el meu marit em va tocar de prop, no vaig poder fugir de les meves obligacions», ho va fer pels fills, ara l'hereu ja era gran i començava a agafar les regnes i a ella li quedava més temps lliure, respirava, ho havia fet pels fills, repetia, no pas pel marit, va afegir un dia, que no es mereixia cap sacrifici per part d'ella, els hereus de casa bona són difícils, les mares els han malcriat i l'ambient social no els ajudava gens a desfer-se dels vicis de família, va dir vicis de família, «jo estava acostumada a una altra mena de vida», va confessar, també, «abans de casar-me, a casa, el meu pare era un senyor, tot va canviar en entrar a la casa dels sogres, i quan la sogra es va morir i vam quedar sols, ja estava tot espatllat, en fi..., no et vull marejar amb problemes de dones que no tenen cap importància», cada cop que parlàvem anava una mica més enllà en la confessió del que havia estat la seva vida de casada, i la conversa va quedar oberta, quedava oberta, per al dia que jo volgués insistir en el tema, ella m'havia demostrat que estava disposada a contar-m'ho tot, el meu distanciament a les seves primeres confessions i la meva aparent manca d'interès li devien inspirar confiança, jo no preguntava mai res de la seva vida a la petita ciutat però el tema sempre sorgia, qualsevol espurna encenia una foguerada que mostrava que encara hi havia caliu per poder calar foc i inflar un incendi. No s'estranyaria si li trucava, li explicava el projecte en què treballava i li demanava que em donés detalls dels vicis de família que li havien amargat la vida de casada en aquella ciutat.

¿Qui més quedava? Repassava mentalment la llista per veure si queia algun testimoni més, però tots els que em sortien no em servien per a res. Si conegués el regidor excomunista de l'Ajuntament de què havia parlat el professor en el minibús, m'hauria servit perquè m'expliqués la composició de les forces polítiques de la ciutat i em dibuixés una mica el mapa dels colors dels partits i la seva influència, per evitar ficades de pota en la meva, diguem-ne, investigació.

Tot el que sabia de la política a les petites ciutats comarcals era el que havia dit un dia un professor de la Facultat de Ciències de la Comunicació, comentarista en una tertúlia matinal del meu canal:

—Pràcticament tot el territori comarcal és governat per famílies de la carcúndia catòlica que ve dels carlins, passa per la Lliga i en Cambó, s'adapta al franquisme i acaba als braços redemptors del partit nacionalista conservador governant que fa com el Netol, el detergent més poderós i de les galtes més grosses: ho neteja tot.

Sempre es referia al president del partit com «el Petit Rei», perquè era rodanxó i autoritari com un ninot de tebeo que sortia en una revista satírica del franquisme, i al secretari general com «el Canceller de Ferro» i a vegades «el Gran Conspirador», perquè era d'una ambició desmesurada i d'un maquiavel·lisme descarat, fins i tot per a un polític sense escrúpols.

És clar que el professor amic, per comentaris com aquest, tot i que fets en petit comitè, va ser marginat de la tertúlia matinal fins a desaparèixer de la petita pantalla i quedar reduït a la trepa de ressentits i insatisfets de la universitat.

Aleshores vaig sentir la trucada de telèfon. El telèfon de l'habitació.

—Digui? —vaig preguntar, imaginant a l'altra banda del fil la cara de llúdriga de la recepcionista.

—¿Senyor Andreu...? —va demanar la veueta obsequiosa de la noia, la mena de veu que sona com el fregadís d'un vidre sobre un ferro rovellat.

—Sí...

—Tinc una trucada per a vostè...

—¿Qui és...?

—El senyor Albert Deltell.

—¿Qui és? ¿Què vol? No el conec de res...

—Si m'ho permet, li passo la trucada.

Em va connectar amb el desconegut sense esperar que jo ho pogués refusar. Una veu aflautada, prima, però decidida, es va presentar:

—Bona tarda, senyor Andreu... Perdoni que el molesti...

—¿De què em coneix, vostè? —jo començava a reaccionar, a oposar-me a la invasió dels meus dominis, que volia mantenir en la discreció i, si fos possible, en el secret—. ¿Com ha sabut que era aquí?

—Perdoni —continuava la veu amb untuositat—, vostè no em coneix de res, però la seva personalitat i la seva obra periodística, sobretot a televisió, és coneguda per molts aficionats del país...

No es pot sortir a la tele impunement, ni que sigui en els títols de crèdit, vaig pensar amb amargor mentre intentava imaginar què podia voler aquell mitja cerilla. ¿Un admirador pesat? ¿Un mitòman que s'acontentava amb peixos petits, ja que a comarques no sovintejaven els grossos?

—...i aprofitant la seva visita a la nostra ciutat, li voldria demanar que em concedís uns minuts, una conversa, quatre paraules, sobre un assumpte que li pot interessar, segur que sí.

Hi va haver uns segons de pausa, en els quals vaig estar a punt d'engegar-lo amb males maneres, però ell va reprendre de seguida la paraula, com si endevinés els meus pensaments:

—Perdoni, no m'he presentat. Sóc l'Albert Deltell, editor d'un butlletí confidencial, amb una bona quantitat de subscriptors per tota la comarca i a fora, sobretot als centres oficials. La informació de les meves activitats d'investigació també surten en unes quantes webs molt visitades. Els confidencials...

—No entenc quin interès podria tenir la nostra entrevista —vaig començar a posar bastons a les rodes, sense gaire convenciment, però, perquè en el fons del cervell començava a notar un pessigolleig de curiositat i, qui sap, una possible font d'informació per al meu treball.

—Els confidencials, li deia, ofereixen informació reservada, complementària dels mitjans convencionals. Els confidencials no es venen a la publicitat, són més independents, i per això poden tractar els temes amb més profunditat i sinceritat que els diaris del quiosc, ho sap prou bé. Fem informes d'investigació per a grups reduïts, empresaris i polítics, sobretot, que han de prendre decisions amb coneixement de causa, no poden decidir a la lleugera. I no sempre tenen temps ni possibilitats d'encarregar informes seriosos sobre persones o situacions que els poden afectar.

—Repeteixo que no veig en què podria ser-li útil —deia jo, tot i que interiorment ja estava decidit a veure'l— i que no entenc com ha sabut que era aquí. Acabo d'arribar, es pot dir que gairebé no he obert les maletes.

Mirava la bossa buida abandonada en un racó de l'habitació. Les maletes.

—Si em permet, li ho explicaré tot quan ens vegem. ¿Puc convidar-lo a dinar aquest migdia? Si no té cap compromís, és clar.

—No en tinc cap, de compromís, però...

—A tres quarts de dues al bar de l'hotel, li va bé?

—A veure...

Vaig mirar el rellotge. Eren dos quarts de dotze del matí.

—Reservaré taula en un restaurant nou que li agradarà. Nova cuina, una delícia. Han obert fa poc i ja els han concedit una estrella Michelin. No pot visitar la ciutat sense anar a aquest lloc. Fins a dos quarts de dues. Moltes gràcies.

8

PER FER TEMPS FINS A L'HORA DE LA CITA, VAIG SORTIR A FER un volt per la ciutat. En passar pel davant del taulell de l'entrada vaig estar temptat de dir alguna cosa a la recepcionista, que em mirava de reüll, però no vaig fer-ho. Era millor anar a cop segur i parlar amb aquell Albert Deltell del *Confidencial*.

La passejada em va servir per comprovar que la ciutat s'havia modernitzat notablement i que fins i tot els carrerons estrets i foscos del centre, el barri vell, proclamaven alguns rètols recordatoris de monuments romans i cases on havien nascut o viscut il·lustres poetes o eclesiàstics, s'havien transformat en carrers de vianants plens de botigues d'amples vidrieres i rams de flors, molt ben disposades i d'aparadors atractius.

Abans, en el meu temps, deien que coneixies que eres a la ciutat perquè en qualsevol carrer sempre tenies un capellà al davant, si no el tenies al davant només havies de girar-te perquè anava darrere teu, i si no en veies cap al davant ni al darrere, era perquè tu mateix eres un capellà o un seminarista. Deien el mateix d'altres ciutats levítiques, i les forces progressistes feien els mateixos acudits sobre la munió de fulls parroquials i catequístics que segregaven totes les institucions religioses que tenien la casa mare a la capital episcopal. Però ara tenia entès que el seminari que havien construït als anys de la postguerra, un edifici enorme d'arquitectura austera, freda i grandiosa, l'estil oficial d'aquells anys, era buit i tenien problemes per trobar-li una nova funció. I pel que fa a les publicacions, havien nascut dos periòdics comarcals que es proclamaven independents i que fugien de qualsevol contacte amb els grups religiosos com el gat escaldat de l'aigua tèbia.

Em va cridar l'atenció que molts aparadors exhibien en un lloc destacat, o bé enganxada al vidre, una esquela gran en un rectangle ample de color negre de dol i amb unes lletres grosses també negres. ¿Era una nova manera d'anunciar les defuncions? La insistència del recordatori feia pensar en la mort d'algú important. Vaig acostar-me a un aparador per llegir-la. Amb sorpresa vaig veure que deia amb lletres grosses, sota una creu: «Mort del barri vell.» I després, amb lletra més petita: «Els comerciants del nucli històric comuniquem als veïns i amics la mort del parent més vell i característic de la ciutat. Us convidem a l'enterrament del barri vell amb una manifestació davant de l'Ajuntament, el dimarts vinent a les set de la tarda. El barri vell ha mort de pàrquing després de centenars d'anys de vida plàcida i feliç.» Escampats entre les mercaderies exposades als aparadors, hi havia uns fullets blancs, com eslògans comercials, que deien: «Volem la plaça lliure de cotxes», «No a l'aparcament subterrani», «Menys cultura i més economia»..., i d'altres de més explícits, com ara: «Alcalde, dictador i personalista», «Alcalde, titella i aprofitat», «Alcalde, ja no t'aguanta ni Déu»... i penjaments semblants.

Em vaig fixar que alguns dels pasquins es repetien enganxats a les parets, al costat dels anuncis comercials. Els botiguers, des de darrere del taulell, em miraven divertits en observar la meva curiositat. Vaig estar temptat d'entrar i demanar què passava, però em vaig retenir, pensant en la discreció que m'havia imposat. Havia de ser només un observador, invisible si pogués.

En algun aparador, hi havia enganxada fins i tot una auca contra l'alcalde. Amb dibuixos grollers i caricaturescos, els rodolins desgranaven la història del conflicte: «El comerç de la ciutat / ha dit prou i està emprenyat», i versots per l'estil que l'acusaven de tots els mals de la població. Em va sobtar veure el nom de Laura sota una imatge que representava una parella vestida com uns nuvis d'un parell de segles enrere, ell amb barret de copa alta i corbatí, i ella amb gandalla i llacets al cap i mitenes: «Es casa amb la bella Laura, i només l'ajuda a caure.» En el fals gravat es veia com el nuvi clavava una empenta a la noia i ella queia per un cingle amb les mans enlaire, esverada, i el ram de núvia deixat anar. Laura.

Vaig continuar la passejada amb l'auca i els fullets que acabava de veure ficats al cap. No sabia fins a quin punt deien la veritat o eren el producte d'una campanya de desprestigi contra el batlle.

En la paret escrostonada d'un carreró, baixant cap a la catedral, fora del barri de botigues vistoses i atractives, vaig llegir algunes pintades més atrevides que deien: «¡Serrallonga! ¡Bach de Roda! ¡Rocaguinarda! ¡Trucafort! ¡Us esperem!», «¡Som Nyerros!», i una altra de més gran en què posava: «¡Laura, torna!»

A dos quarts de dues en punt es va presentar al bar de l'hotel un individu baixet i rabassut, mig calb però amb els cabells llargs com per compensar la pèrdua de la meitat de la cabellera, igual que el típic director d'orquestra o el savi despistat, una mica greixós i desmanegat, amb el coll de la camisa descordat i el nus de la corbata desfet, tot ell una mica pengim-penjam. En veure'l, em va caure l'ànima als peus. El clàssic emprenyador erudit local, vaig pensar.

—¿Senyor Andreu...? —se'm va acostar, tot allargant la mà, després de dirigir una mirada de comprovació a la recepcionista.

—Jo mateix. Vostè dirà —no vaig poder evitar la brusquedat.

Em trobava incòmode, com assetjat. Ell va dir que havia reservat taula en un restaurant bo, a prop de l'hotel. Si no em feia res, hi podíem anar tot caminant.

Pel camí vam parlar del temps, de la boira, del bon aspecte de la ciutat..., i jo notava que tots dos fèiem l'estira-i-arronsa per no dir res, per no comprometre'ns, per endevinar les intencions de l'altre. Seria un dinar difícil. En passar davant d'un aparador amb l'esquela enganxada, ell no va poder evitar el comentari. Va dir, com si jo ja sabés què passava:

—¡Ja ha vist com l'hem armada! Això està a punt d'explotar.

—Sí —vaig dir jo, en to neutral—, sembla que estan una mica esvalotats.

El restaurant era nou de trinca. De disseny, si aquesta paraula vol dir alguna cosa o significa algun estil determinat. Per començar cada paret tenia un color diferent, això sí, tons delicats: liles, malves, torrats, blau cel... Algunes pintures abstractes. Flors metàl·liques. Taules i cadires irregulars, totes diferents, de metall daurat. Plats quadrats i gots massa amples o massa estrets. Pocs cambrers, vestits com personatges de ballet. Pocs clients. El senyor Deltell em va aconsellar el menú de degustació. Tres plats i dues postres.

—Convido jo —va dir de manera un pèl grollera, o a mi m'ho va semblar.

El cambrer anunciava el nom de cada plat com si fos el títol d'un quadre o d'una òpera. Raviolis de paté amb salsa de soja, confit d'ànec amb pomes laminades i vinagre de romaní, gelat de gingebre amb trossets d'anís cremat..., coses així.

Ell portava la conversa. De bon primer parlava de banalitats. Continuava amb els llocs comuns de la xerrera del carrer: la transformació de la ciutat, la nova categoria universitària, cosa que havia inaugurat una nova etapa, la decadència de la influència eclesiàstica tot i el poder que encara mantenia... Jo responia de manera rutinària, com un autòmat, decidit a no moure fitxa, entre altres raons perquè no tenia cap peça per jugar i ni tan sols sabia quin joc em proposava. No vam tornar a parlar de la protesta ciutadana.

De sobte, en el segon plat, aquell desconcertant Albert Deltell em va etzibar:

—El *Confidencial* està al corrent de tot, com pot comprendre. I també estàvem al corrent de la seva arribada.

Vaig quedar-me amb la cullera enlaire, dubtós de si ficar-me-la a la boca o tornar-la al plat per decidir, sense obstacles a la gola, com m'havia d'empassar aquella confessió.

—¡Ah...! —vaig fer, deixant la cullera penjada a mig aire—. ¿Vol dir que sabien...? ¿Quan diu «estàvem», es refereix a les persones de la redacció de la publicació...?

—El *Confidencial* sóc jo —va respondre ell amb un punt d'orgull—. Jo m'ho manego tot, per això la confidencialitat està garantida..., ha, ha!

—¿Llavors..., és un plural de modèstia?

—Era per dir que no sóc l'únic que està al corrent de la seva presència a la ciutat i del que ha vingut a fer-hi.

Vaig abandonar definitivament la cullera al plat. No sabia com agafar-m'ho. Segurament, em prenia per un altre. Vaig estar a punt de dir-li-ho però vaig preferir continuar amb l'equívoc. ¿Què hi podia perdre? La primera sensació d'avorriment i rutina que m'havia agafat només de trepitjar Comarquinal, anava deixant pas a un punt d'emoció i de joc intrigant que m'empenyia a seguir-li la veta. Només havia de fer el misteriós i el desmenjat, i que ell m'anés informant del personatge que s'havia pensat que era.

—¿De la feina, també n'està al corrent? —vaig dir, més segur, entrant en el joc.

—Sí, de l'informe també —va assentir ell, segur, mirant-me amb fixesa, com un repte.

«Un informe», vaig processar. Així doncs, es tractava d'un informe. ¿Quina mena d'informe i per compte de qui?

—¡Ah! —vaig fer amb un punt de resignació fingida, com si no em quedés més remei que acceptar el fet ineluctable.

El senyor Albert Deltell se'm va quedar mirant, amb els ulls immòbils, com si esperés una reacció més contundent a la declaració que havia fet.

—Bé... —vaig veure'm obligat a dir alguna cosa, a mig camí entre la vaguetat i la repetició indeterminada per no posar de manifest la meva inòpia—, un informe és sempre un assumpte important.

El senyor Deltell no va reaccionar. Devia esperar més. Potser la meva reacció havia estat escassa per l'envergadura del misteriós informe.

—Una eina essencial per prendre segons quines decisions... —vaig avançar una mica més per la corda fluixa, sense saber cap on anava.

—¡Això és el que més ens preocupa! —va exclamar ell, impetuós. Semblava que aquest cop havia encertat el punt.

Jo vaig fer un sospir de satisfacció i vaig afanyar-me a portar la cullerada a la boca.

—Les decisions que es podrien derivar d'un informe... esguerrat —ho va completar ell.

—¿Esguerrat? —vaig repetir jo, atrevint-me una mica més—. Deu voler dir parcial o partidista, subjectiu...

Ell va assentir amb energia.

—Vaja, que tenen por que no digui tota la veritat —vaig concloure, com si ja hagués trobat la clau del misteri.

—¿I quina és la veritat en aquest afer? —va fer ell—. ¿Hi ha una sola veritat? ¿Quina seria, segons el seu parer, la veritat sense interferències de cap dels dos cantons? ¿Qui guanya: els conspiradors o els de la Crosta? La veritat serà la que dicti la Comissió de Disciplina del partit, oi?

—És clar... —vaig donar allargues, jo, indecís.

—Però la cúpula també té les seves preferències, ¿o no? ¿Qui ha atiat, sinó, els conspiradors amb tota aquesta campanya de linxament moral contra l'alcalde? El que cal és saber amb quins suports compta cada rival. Aquí, el comitè local està dividit, com ho estan el president i el secretari general.

Jo obria les mans i les apartava de la taula, i abaixava una mica la cara en signe de conformitat, de comprensió, de pau.

—Jo també disposo d'un informe sobre les pressions que arriben de dalt de tot. I l'alcalde ha pagat de la seva butxaca una enquesta sobre el suport de l'electorat. Vull dir que, per informes i dossiers, no ens quedarem pas curts a totes dues bandes.

De sobte, se'm va acudir una sortida. Vaig dir, amb tota la seriositat del món:

—Miri, jo, així que arribo a una ciutat, la primera cosa que faig és visitar els escenaris del poder.

El meu interlocutor es va enretirar un pam del seient, apartant-se una mica de la taula, per mirar-me amb una curiositat nova.

—Els escenaris del poder... —va repetir, com si no ho acabés d'entendre—. Interessant...

—Sí. El primer que faig en arribar a una ciutat per conèixer quines són les famílies que compten, és visitar el cementiri principal i les llotges dels teatres o els locals socials dels clubs de golf o de tenis. No falla mai.

El senyor Albert Deltell em va mirar amb més curiositat, encara. Amb una mà es tocava la barbeta, com si rumiés una resposta adient.

—Interessant... —va repetir—. Però aquí no li caldrà visitar cap d'aquests... escenaris. Aquí, jo m'ofereixo perquè pugui anar de dret al gra.

—Sí, és clar. Hi ha una cosa, però: he vist el nom de Laura en un d'aquests impresos anònims. I en una paret, reclamant que torni.

—¿La Laura...? —es va sorprendre ell.

—Sí. Hi havia una vinyeta a l'auca contra l'Ajuntament, amb ella i l'alcalde...

—¡Ah, això! —va dir ell, com si s'hagués tret un pes del damunt—. No és res. Una broma. Vam pactar que la Laura no es tocaria, que no faríem sang amb aquest assumpte. La Laura és sagrada, per dir-ho d'alguna manera, no participa en aquesta guerra.

Em va mirar als ulls com si em volgués llegir el cervell. Jo vaig aguantar-li la mirada i ell va seguir:

—I pel que fa al seu retorn, no pateixi. A les pintades hi ha els noms de personatges mítics com Serrallonga, Bach de Roda, els Nyerros... i la Laura, però es refereixen a la Laura del llibre, al meu entendre, la que va haver de tocar el dos de la ciutat, no pas a la real.

—El dibuix no és gaire afalagador... —vaig insistir amb timidesa—, diu que el seu home li fa la traveta.

—¿Pensa parlar de la Laura a l'informe? —em va tallar ell.

—No..., no ho sé..., depèn... —jo el mirava per copsar algun signe que m'orientés, però la cara d'ell semblava un bloc de ciment—. El paper de la dona a vegades és decisiu en aquests afers.

Ell continuava impassible, sense moure ni una cella, amb els ulls clavats a la meva cara.

—Fins fa quatre dies, manaven els homes —vaig dir jo, per guanyar temps—. Les dones no tenien dret ni a obrir una botiga de vetesifils sense permís del marit o del pare. Llegim els articles del codi civil de fa pocs anys, i veurem com tot era permès a tothom... menys a les dones, els bojos i els nens.

—Les dones, els bojos i els nens... —va repetir ell, i els ulls van començar a desglaçar-se, com si comencés a entendre la meva intenció.

—Ara això ha canviat —vaig continuar, temptejant el terreny—. Hi ha dones empresàries, metgesses o jutgesses, i fins i tot n'hi ha que han entrat a la carrera militar, guàrdies civils i mosses d'esquadra...

—Sí, les dones ara tenen despatx professional i els homes, tocador i dermatòleg, i discuteixen per la millor ombra d'ulls i el millor regenerador de pell —va riure ell, amb unes rialles falses—. Però això són mirallets. La societat no canvia d'un dia per l'altre. Hi ha una gran part, la majoria, que segueix com abans: la dona a casa subjecta al marit i l'home a fora amb llicència per matar i menjar-s'ho tot, com James Bond.

Ara vaig haver de riure jo i em va semblar l'acció més falsa que havia fet des que havíem encetat la conversa.

—Ja ho dic —va fer ell—, la Laura no es toca. Ni parlar-ne. Les qüestions de faldilles, i no dic que el tema de la Laura ho sigui, n'han de quedar fora. Una cosa és l'anorreament personal i polític, i una altra, la destrucció de la família.

Em va mirar de manera amenaçadora.

—¿Entesos? —va dir ferm.

Jo vaig acotar el cap en senyal d'assentiment. Es va fer un silenci que vam aprofitar per xarrupar la copa de les postres. Després, ell va dir amb veu més suau, còmplice:

—Si vol, li puc presentar quan li vagi bé la Feli de ca la Gitana.

Me'l vaig mirar amb cara de no entendre de què anava allò. Ell va continuar:

—És la mestressa de la casa més selecta de la ciutat. Canvien de bestiar cada quinze dies. La Feli és sempre al seu lloc, ho veu tot i ho controla tot, com el pare etern. La seva agenda guarda els secrets més foscos i més picants de la comarca. I ara, amb aquests exemplars de l'Est que han arribat...

El senyor Albert Deltell em va tornar a mirar amb fixesa i curiositat.

—Ja en parlarem més endavant —vaig dir jo—. Moltes gràcies, de totes maneres. He portat feina i llibres per llegir, entre altres coses.

—Jo fa temps que només llegeixo coses de política i economia. Articles. Hi ha qui diu que ja només llegeixen les dones.

—No sé què resultaria —vaig divagar jo— si es restés del que elles llegeixen les novel·les destinades específicament a un públic femení. Vull dir les obres que tracten de problemes que van de la cirurgia estètica al descobriment del clítoris o als diferents tipus d'orgasme..., en fi, totes aquestes cabòries.

Em vaig adonar que parlava massa. Ell em continuava mirant amb cara de preocupació. No farem res, vaig dir-me, decebut. No sabia per on tirar.

—¿Han establert contactes amb la Unió Europea, amb Brussel·les? —va dir ell de sobte, com una empenta per desencallar la situació.

Se'm va encendre una llumeneta.

—Un company de facultat amb el qual vam coincidir a la feina és l'actual corresponsal de la cadena a Brussel·les.

—I... —el senyor Albert Deltell va acostar el cap i els ulls se li van il·luminar amb una significació especial— ¿sap de què va la cosa? Vull dir si n'està al lloro i fins a quin detall. Per si cal la seva col·laboració, és clar.

Jo em vaig remoure al seient. Ens acostàvem a la línia de foc i jo em trobava desarmat.

—Farà el que convingui —vaig respirar fondo— i sap fins on cal que sàpiga.

El meu interlocutor no va semblar gaire satisfet de la resposta.

—¿Té bona mà a les oficines dels fons comunitaris?

—Coneix bé els eurodiputats, els nostres, vull dir. I té bones relacions amb molts altres.

—Això és interessant... —va fer el senyor Albert Deltell repapant-se bé al seient, com si s'hagués tret un pes del damunt.

—És el que se'n sol dir una persona de contactes.

—¿De tota confiança?

—Total. Discreció absoluta.

L'home va deixar passar un moment, va treure's una petaca metàl·lica, en va agafar un cigarret i me'l va mostrar per demanar permís per fumar, i veient que jo feia que sí amb el cap, el va encendre amb parsimònia, com per convocar les secretes intencions.

—¿I vostè..., tu, què voldries guanyar per fer el fet?

«Fer el fet.» Una expressió ben ambigua, però que ho volia dir tot. Vaig estar a punt de preguntar-li quin era el fet que havia de fer.

—Bé... —vaig repenjar-me en el seient com havia fet ell—, veurà..., jo he vingut amb unes instruccions. L'informe que he de presentar.

—D'això es tracta. A Barcelona tampoc els interessa que arribin a Brussel·les certes coses.

—És clar... Ja parlarem d'això més endavant.

—Nosaltres..., jo..., li puc proporcionar tot el material que necessiti per justificar les subvencions. Sobre el paper, tot quedarà conforme. Tenim comprovants i justificacions de tot. Factures i nòmines al dia. Les llistes amb els noms de tots els beneficiats..., etcètera.

—Bé..., jo he de justificar el meu temps aquí, una o dues setmanes a tot estirar.

—Pot aprofitar-ho per llegir. Li puc presentar el bo i millor de la comarca. I no només la Feli de ca la Gitana.

—Estaria bé...

—La qüestió és que aquests dies no s'avorreixi gens, que passi les hores tranquil, amb la confiança que nosaltres farem tot el que calgui, en tots els sentits. Ja tens el meu telèfon —ara, de sobte, em tutejava, com si ja haguéssim signat un pacte—. Visc en una urbanització a pocs quilòmetres d'aquí, res, cinc minuts amb cotxe. Qualsevol cosa i amb un salt sóc al teu costat.

—Moltes gràcies.

—La política és molt bèstia —va fer ell, amb un gest de celles que indicava que la conversa s'havia acabat—. El pitjor és que una mentida només es pot aguantar amb més mentides. I els crims, igual.

Vaig sentir un tremolor al cor. Em veia com qui prova d'obrir una porta que no sap si trobarà tancada, com la dona de Barbablava, que acaba triant entre les sis o set portes del castell de l'ogre la que li revelarà la bassa de sang de les esposes degollades abans que ella.

—Tots els pecats tenen perdó —va dir mentre deixava els diners a la safata que li havien portat amb el compte—, si la recompensa és prou important. ¿Tens el meu mòbil, oi? Truca'm per a tot el que necessitis.

Va posar una targeta damunt la taula i jo la vaig agafar sense mirar-la.

—¿T'acompanyo a l'hotel? —va dir tot aixecant-se.

—No cal —jo vaig fer el mateix—. Fes el teu fet, així jo podré passejar una mica més.

Ens vam acomiadar a la sortida del restaurant. Semblava que tenia pressa.

Tot caminant, jugava amb la targeta que m'havia ficat a la butxaca. La vaig mirar i em va sorprendre llegir un nom que no era el seu, Albert Deltell, sinó el d'un tal A. F. Porta, que no coneixia de res. Per acabar-ho d'adobar, l'adreça era a Barcelona, al carrer Mallorca, i el càrrec i l'empresa que hi figuraven eren Promo Consulting, SL, Director General Executiu. ¿Potser s'havia produït un error i m'havia donat una targeta per una altra?

La situació ja explotaria per ella mateixa, no calia fer res perquè rebentés abans d'hora. Em mantindria en la posició adoptada des del primer moment. I si calia, quan explotés tot, jo diria que havia interpretat les insinuacions de l'intrús com una invitació a col·laborar amb les autoritats locals per fer publicitat indirecta de la ciutat —la seva indústria, la seva cultura, la seva gastronomia...— en el serial televisiu que preparava.

Els carrers eren cada cop més estrets i deixats. Sense adonarme'n havia anat a parar a la part més descurada de la ciutat. Les botigues eren pobres, algunes islàmiques —carnisseries, sobretot—, i alguns vianants portaven gel·labes i les dones, les faldilles llargues i el cap cobert amb un mocador.

«¡Laura, torna!», vaig veure altra vegada en una paret rònega, aquest cop una guixada blanca, sense res més. Mentre m'allunyava d'aquells carrerons vaig tornar a tenir la sensació de ser una sabata desaparellada, una mena de personatge estrambòtic, sense lligams amb res ni amb ningú, i jo mateix em vaig trobar sobrer. Caminava de pressa per sortir d'aquella humitat i tornar a la ciutat lluminosa i neta.

En arribar a l'hotel, m'esperava una sorpresa. La recepcionista no em va dir res, només em va saludar amb un somriure de conill per sota el nas. A l'habitació, vaig trobar un parell d'exemplars del *Confidencial* a la tauleta de nit.

No els vaig agafar fins al cap d'una estona. De bon primer me'n vaig apartar amb repugnància, com si es tractés d'un verí, d'una trampa, com si el seu contacte em pogués enrampar. M'ho vaig prendre com un avís, una advertència, un toc d'atenció inadmissible. ¿Com s'havien atrevit a entrar a la meva habitació sense permís i deixar-hi aquelles confessions i secrets, materials de xantatge i coacció? ¡No era cap informació turística o interna que l'hotel posés a la meva disposició! «¡Compte —em deien aquells papers importuns—, et tenim vigilat i controlat!»

Vaig estar a punt d'agafar el telèfon i protestar, però passat el primer moment d'indignació, vaig seure al llit per retrobar la calma i pensar bé quina havia de ser la meva reacció.

9

ERA MITJA TARDA. VAIG AGAFAR EL TELÈFON PER MARCAR EL número de la consultoria de la targeta que m'acabava de donar el confidencial. Així sortiria de dubtes. Segons com anés la trucada, diria que m'havia equivocat de número i llestos. Era conscient que així entrava en la nova personalitat que l'Albert Deltell m'havia assignat: una mena d'agent secret o informador privilegiat que, segons el que havia entès, volia convertir en un agent doble perquè jugués a dues bandes. Els meus amics gais deien això dels bisexuals: que jugaven a dues bandes. Una frivolitat, segons El Gran Meaulnes, perquè no assumien el destí —tràgic, segons ell— d'una opció clara.

Em va respondre la veu d'una noia, una secretària, potser.

—¿El senyor Porta? —vaig demanar.

—El senyor Porta no hi és. ¿De part de qui?

—Miri... Truco de part de la Corporació de Ràdio i Televisió, el Consell Audiovisual —se m'acabava d'acudir en aquell mateix moment, era la instància més alta que coneixia dintre de la meva empresa, una mena de comitè de savis una mica fantasmal, que em permetria despistar segons com anessin les coses—. És un afer... confidencial.

A l'altre cantó de la línia, la veu de la noia va semblar que respirava més profundament, mentre processava la informació i decidia cap on dirigir-la.

—¡Ah...! Bé..., però, ¿ha de parlar amb el senyor Porta mateix, o pot resoldre-ho amb algú altre?, amb la gerent, la senyora Magda Mir, per exemple, que arribarà d'aquí a un moment. ¿És molt urgent?

—Si em diu quan serà al despatx, el senyor Porta, li diré si puc esperar o no.

—És que el senyor Porta no ve tan sovint, ara. ¿Vostè té el número del seu mòbil?

—Un moment... —vaig fer veure que fullejava una agenda—, no el trobo..., no..., em sembla que no.

—Si no troba el mòbil, li pot trucar a la Secretaria del partit, avui hi ha reunió de la Comissió Permanent fins al vespre.

—Moltes gràcies.

Vaig penjar el telèfon amb compte, com si cremés. ¿La Secretaria de quin partit? ¡Del partit del Govern, naturalment! Em vaig quedar uns minuts assegut al capçal del llit, immòbil, com si acabés de rebre una revelació. ¡Així doncs, A. F. Porta era una persona diferent de l'Albert Deltell! Segurament era el seu escut, la seva protecció, el seu aval enfront de possibles interferències. I com que jo devia representar una interferència, l'Albert Deltell m'havia fet un toc d'atenció, un avís, fent-me saber amb qui me les havia.

Se'm va acudir que el millor que podia fer era tocar el dos, agafar la bossa i fugir. Les localitzacions de la sèrie no havien pas de limitar-se a la ciutat, podia visitar tota la comarca per situar escenes exteriors, paisatges, pobles d'estiueig... Abans, la riquesa dels senyors que vivien a les ciutats procedia de la terra, tots tenien masies i conreus, que controlaven de tant en tant fent-hi una visita. Ben pensat, l'endemà mateix marxaria. No tenia cap obligació amb ningú i no havia de deixar cap avís d'on anava o deixava d'anar, així el malentès es dissoldria tot sol.

La decisió d'anar-me'n em va treure un pes del damunt. La tarda em va semblar més lleugera i suportable. No volia tornar a sortir a passejar, no volia trobar-me altre cop navegant sense nord pels carrerons de la vella ciutat, amb aquell sentiment ambivalent de disponibilitat per a qualsevol aventura que em sortís al pas i d'invisibilitat, perquè la doble solitud —la personal i la de trobar-me en un lloc on no em coneixia ningú— em produïa al final de la passejada un cansament anímic que em predisposava per a qualsevol rauxa, una peresa que jo anomenava accídia i que era la barreja de l'esgotament intel·lectual amb la malenconia i unes gotes d'avorriment mortal, que m'agafava cada vegada que deixava una relació, un temps de desencís que, un cop superat, presagiava una temporada de tranquil·litat, de pau interior, de deseiximent total envers les persones i les coses.

Abans de seure a l'escriptori per repassar el quadern on havia anotat els apunts sobre la Laura i les altres protagonistes de les novel·les del segle XIX, vaig mirar-me el mòbil per si hi tenia cap missatge. Res. Podia trucar a en Bernat o a la Júlia, però l'hora no em va semblar oportuna, semblaria que els controlava. A més, tal com estaven les coses, m'havien de trucar ells, el primer pas l'havien de fer ells. De manera que vaig deixar l'aparell encès en un racó de la taula i vaig agafar amb recel les dues publicacions del *Confidencial* que m'havien deixat.

Les cobertes eren com una mena de carpeta que contenia fulls impresos trets d'Internet. A fora hi havia la capçalera i una colla d'anuncis sobre com subscriure's a la publicació i com connectar-hi a través d'una sèrie de webs, totes de pagament, i una adreça postal, un apartat de correus i les diferents maneres de rebre les notícies, simple propaganda. Els textos de l'interior, mal impresos, semblaven resums de dossiers sobre afers anunciats, com ara: «Com es fa la recollida de vots als convents de frares i monges, sobretot als de clausura, i a les residències d'avis», «Qui és qui en els grups religiosos més selectes i privats», «El maremàgnum del Consorci Hospitalari», «Ecologistes contra adoberies: la contaminació de les aigües residuals», «Pedres i Carn, els promotors immobiliaris a punt de guanyar els industrials carnis» i altres de semblants. Em va fer mandra llegir els informes. Vaig deixar-los en un dels calaixos i em vaig posar a treballar en les notes del quadern.

Em va fer gràcia trobar una nota on observava l'evolució de les dones des de les heroïnes de Shakespeare —Rosalinda o Viola, per exemple—, que eren nois disfressats de noia, i no em referia solament a l'aspecte extern sinó també a la determinació i l'ardidesa, un tret clarament masculí en aquells temps, fins a les criatures angèliques i sentimentals de les novel·les de Dickens, com Agnes Wicklow o la petita Dorrit. Les primeres ja s'apartaven totalment del model d'home del moment, del caràcter tòpic dels homes, sobretot. L'observació l'havia treta d'un estudi sobre la masturbació, en el qual havia subratllat l'expressió «cultura de la vigilància» aplicada al jovent per les institucions educatives per evitar la manipulació sexual, i que jo aplicava al règim que havien patit les dones fins als inicis del feminisme, una «cultura de la vigilància» o la «cultura de tenir les dones i els joves sempre ocupats», per evitar els perills que representaven per a elles i ells mateixos. Així, durant segles el cos femení va ser vist com una versió inferior al cos de l'home, i els òrgans específics de la dona eren una mena de reducció o caricatura, a l'inrevés dels de l'home, i fins feia relativament poc la societat no havia comprès que els òrgans femenins tenien especificitat pròpia i uns trets i uns valors diferents. Com en el cas de les dones, el fet de poder disposar d'una cambra pròpia, d'un espai reservat, havia propiciat també la desdramatització, la desmedicalització i la desculpabilització del pecat solitari. I encara, ho havia anotat amb un gargot, es podia allargar el paral·lelisme entre la cultura de la vigilància de les dones i del jovent per evitar la masturbació i la reflexió, amb el paper de la imaginació en els dos processos: reflexionar o acariciar-se eren vicis solitaris tots dos.

Una trucada em va treure de l'examen del quadern. Era l'Albert Deltell, i el cor em va fer un salt perquè per un instant vaig témer que no hagués endevinat la meva telefonada anterior per esbrinar qui hi havia darrere del nom de la targeta que m'havia donat.

—La Fina de ca la Gitana et pot convidar a dinar demà al migdia, si no tens res a fer —em va comunicar—. Apunta't l'adreça i el telèfon i poseu-vos d'acord, si no és per demà, per quan sigui.

Vaig apuntar-me el número i l'adreça sense cap ganes ni cap intenció de fer res. Havia decidit escapar-me l'endemà mateix, fugir del foc i de les brases, que si bé no havia ajudat a encendre, tampoc havia fet res per apagar, ben al contrari.

Immediatament se'm va acudir que podia trucar a la Regina Loris per sopar. La Regina era l'empresària de moda de pell que m'havia volgut contractar perquè li portés les relacions públiques de la seva marca. L'havia convençuda que jo no era la persona adequada per a aquella feina i l'havia adreçada a la Lara Ros, una antiga companya de redacció que havia obert un despatx d'aquesta mena amb èxit, perquè li havien caigut una colla d'encàrrecs institucionals, més que res organitzar festes i recepcions per a visitants il·lustres, perquè deien que era l'amant del regidor del ram. Les coses havien anat bé per a totes dues empreses, i les dues dones també havien congeniat molt bé. Totes dues estaven agraïdes amb mi, i la Regina Loris, que era una dona alegre, emprenedora i vital, m'havia obert una mica el cor:

—Algun dia et contaré tot el que he hagut de patir per arribar on sóc. M'han fet suar sang.

Potser havia arribat aquest dia. Vaig parlar amb la Regina i, després de la sorpresa inicial, em va convidar a sopar a casa seva. Estaríem sols, perquè tenia el marit fora en un viatge de negocis. Potser algun fill rondaria per la casa, però els joves no s'asseien mai a taula per sopar, només pensaven a passar la nit a fora.

La Regina Loris vivia al passeig més elegant de la ciutat, entre la plaça Major i l'estació de tren, en un pis ampli d'un edifici nou de trinca, en el qual l'ascensor et deixava al mateix vestíbul de la casa.

—El tinc a Itàlia —la Regina em va rebre amb una copa de cava a la mà—. Podrem parlar del que vulguis sense entrebancs.

La Regina portava un vestit negre mig transparent, que li deixava les espatlles nues i li arribava fins més avall dels genolls, amb dues cintes negres que començaven als pits i li travessaven l'esquena. Era evident que s'havia vestit per rebre'm. Em va posar la copa a la mà i em va fer passar endavant, cap al saló menjador.

—¿Quina feina t'ha portat per aquests verals? Fa poc vaig veure la Lara Ros. Ens hem fet íntimes. Sempre que baixo a Barcelona, dinem o sopem juntes. És una tia molt enrotllada, la Lara. Em vas fer un bon favor, quan me la vas presentar.

—M'alegro que sortís bé. A vegades, les recomanacions, per més que t'hi miris...

El pis estava decorat amb molt bon gust, tots els mobles d'última generació, que en deien, molt metall i vidre, aparells audiovisuals plans, colors blancs i il·luminació perfecta. No hi faltava ni un detall però no hi sobrava res, tot al seu lloc. Un aparador.

—L'odi es transforma en una força aterridora en els matrimonis que sobreviuen al seu fracàs.

La Regina va pronunciar la frase de forma juganera, com si recordés el fragment d'un poema. Estava asseguda en una de les dues butaques de cuiro amb braços tubulars d'acer cromat, que permetien posar els peus en un reposador mòbil, segons la llargària de l'ocupant. Tenia la copa de cava a la mà i va fer un gest com de brindis, al qual jo vaig correspondre sense entendre gaire bé de què anava aquella sentència.

—Sempre he recordat aquesta frase que em vas dir la darrera vegada que ens vam veure, ja fa dies, ¿ho recordes?

Jo devia fer cara de mussol, amb la copa a la mà, assegut a la punta del sofà de pell blanca, al seu costat, perquè ella va continuar de seguida:

—Ja veig que no. Parlàvem de si havia canviat gaire la situació de la dona, sobretot de les casades, a fora de la ciutat, a comarques.

No en recordava res, ni una paraula. ¿D'on podia haver tret jo la sentència que ella havia conservat a la memòria tant de temps? ¿I amb quina finalitat havíem acabat parlant d'un tema com aquell precisament amb una dona de comarques? Em seria més fàcil trobar la pista de la frase, treta d'alguna novel·la que estava llegint en aquell moment, que no pas entendre com havíem arribat a escatir una qüestió tan delicada amb una dona guapa i emprenedora com aquella.

No em preocupava gaire per la frase perquè era un exercici habitual en mi el fet de subratllar les frases brillants dels textos que llegia, i fins i tot de copiar-les a la meva agenda. Al cap de l'any en recollia més d'una dotzena, que repassava i sovint memoritzava per tal de quedar com un senyor a les reunions professionals o socials. Havia començat a fer-ho des dels temps d'estudiant, des que havia après que Kant opinava que la vida dels homes havia de ser regida per un recull de màximes definitives que el definien a ell i guiaven la seva vida. Coneixent les màximes que regien la vida d'algú, coneixíem el valor d'aquella vida, deia el filòsof. Però jo crec que havia començat la collita de màximes abans de conèixer el mètode kantià d'avaluació moral d'una persona. Jo no volia que guiessin la meva vida, sinó la meva presentació en societat. Eren sentències brillants, a vegades contradictòries, que ben col·locades en una conversa situaven qui les pronunciava al lloc més alt. Jo era conscient que la meva vida no s'adaptava, ni de bon tros, al nivell d'exigència de les màximes que recollia, però m'era igual. Havia començat a acceptar la radical nul·litat de les meves aspiracions íntimes i la necessitat de destacar mínimament en la societat en la qual em movia, si volia aconseguir algun èxit professional important per tal de preservar la parcel·la d'intiminat que em calia per fer la meva vida. La meva vida ja es movia aleshores entre el no-res interior i la cridòria externa, entre el tranquil desesper íntim i l'apassionada agitació mundana. Les màximes m'ajudaven a passar de dintre a fora. A dins no hi havia gairebé res, i a fora tot eren castells de focs.

A vegades repassava els quaderns o les agendes dels anys passats, que guardava ben ordenats, i em sorprenia amb pensaments que tornava a repescar, com ara: «El matrimoni és un remei accidental per a una infelicitat irremeiable»; «L'enamorat ofereix el que no té a una persona que sovint no ho vol»; «El matrimoni és com un àpat insípid amb les postres de primer plat»; «En l'amor sempre n'hi ha un que pateix i un que s'avorreix», segons Balzac; «Per fer bé l'amor a algú, cal que hi hagi tres persones: tu, l'altra persona i el diable», màxima que va escriure el fotògraf Robert Mapplethorpe... Hi havia també diàlegs de pel·lícules, com la rèplica que donava Elizabeth Taylor a Paul Newman a *La gata sobre la teulada de zinc roent*: «Jo no visc amb tu. Ocupem la mateixa gàbia, això és tot», o aquesta frase d'un melodrama del qual no recordava res: «Sospito que no habito en el teu amor, sinó que em tens rellogat als suburbis del teu plaer.» També hi havia frases tretes de les novel·les que m'agradaven i que, sovint, fora del seu context prenien una significació diferent de la que volia l'autor, com aquesta de Saul Bellow a *Ravelstein*: «L'amor és la funció més alta a què està destinada la nostra espècie, la seva vocació.»

Però l'expressió que acabava de dir la Regina Loris no la recordava de res. Tampoc era de les més afortunades. Pertanyia al repertori de les que feia servir per temptejar el terreny i veure si podia atrevir-me a anar més enllà, al de les dites suades, com la mexicana que diu que el matrimoni és l'única guerra en la qual cada nit dormim al costat de l'enemic, quincalleria sentencial.

I pel que fa al tema de la situació de les dones casades, sobretot fora de les grans ciutats, encara m'agafava més despistat. El fet, però, és que n'havíem parlat i que jo havia anotat les seves confessions, tot just insinuades, a la memòria i al quadern de notes, amb la promesa de tornar a tocar el tema amb més profunditat algun dia.

—El tema va sorgir perquè jo et vaig explicar pel damunt les dificultats amb què m'havia trobat, tot just casada, per arrencar el meu marit de les faldilles de la mare i de la tutela del pare i muntar un negoci tota sola —va ajudar-me la Regina, traient-me de dubtes.

—¡Ah, sí...! Em demanava com havíem arribat a parlar d'una qüestió tan... complicada.

—Aquesta frase, i alguna altra observació que vas fer, em van fer pensar que eres un home amb molta experiència en aquest terreny. Sempre les he recordades. A vegades les repeteixo als matrimonis amics i es fan un tip de riure..., sovint per no plorar.

—És deformació professional. M'interessen totes les històries que comencen, prometen molt... i no acaben. En tinc unes quantes llibretes plenes. El fet que no s'acabin els dóna un aire de misteri, de vida oculta que escapa a la mirada dels curiosos, d'història que encara s'està cuinant i que no se sap com acabarà... Les històries inacabades donen un poder al que les coneix, per incompletes que es presentin i precisament perquè es presenten sense completar, perquè concedeixen una mena de poder al coneixedor, el poder d'intervenir d'alguna manera en el seu acabament segons els seus desitjos. Els romanços cantats o les llegendes populars, per exemple, tenen diferents finals i moltes variacions segons les èpoques i els autors anònims que les van cantar i adaptar als gustos del públic o als seus gustos propis... És la democratització de l'autoria, tots els autors hi afegeixen la seva aportació, com una catedral aixecada al llarg dels segles amb pedres i estils diferents.

Hi va haver un silenci després del rotllo, que em va obligar a demanar disculpes:

—Perdó per la tabarra.

—No passa res —va fer ella, aixecant-se de la butaca—. És normal entusiasmar-se quan es toca un tema que interessa.

—Hi ha molts temes a mig acabar —mentre parlava, notava que la meva veu era com si demanés disculpes—: crims no resolts, a milers; persones desaparegudes, a centenars; secrets matrimonials, un fotimer...

—Bé, ara podem dir que el tema que vam encetar aquell dia va acabar bé —va riure ella convidant-me a seure a la taula que hi havia parada en un angle del saló—.Tot i que jo penso que ha acabat bé perquè no hem tancat definitivament cap porta.

—Interessant... —vaig comentar jo, seient a la taula—. ¿Com les meves històries inacabades?

—Més o menys. Encara que t'ho proposis, no saps mai com acabarà una relació. Penso que un dels errors, o de les trampes, de les relacions és voler assegurar-les i tancar-les definitivament. És millor trobar-se, com en els aeroports, en *stand by*, a la llista d'espera.

Va obrir-se la porta de la cuina i va aparèixer una noia estranya amb un ansat de sopa, que va començar a servir en silenci. Devia tenir uns trenta anys, portava un vestit senzill de color gris que semblava un uniforme i tenia els cabells molts negres, els ulls també i la pell d'un roig apagat com de coure. Una bellesa exòtica.

—He demanat a la Consuelo que es quedés... —va dir la Regina, com una presentació.

Jo m'havia pensat que estaríem sols i no sabia si l'aparició d'aquella noia, evidentment llatinoamericana, em sorprenia o no. En qualsevol cas, a partir d'aquell moment, la presència de la criada va pesar en tota la resta de la vetllada i de la conversa.

—És equatoriana i no fa gaire que viu aquí —la Regina continuava la presentació—. Primer va venir el marit, i després del calvari dels papers i totes aquestes mandangues, ha pogut venir ella i sembla que els va bé, ¿oi, Consuelo?

L'equatoriana va ampliar el somriure i va fer que sí amb el cap. Es movia amb una elegància innata i una gran discreció. Em va fer l'efecte que se li notava la sang d'alguna princesa inca en el rostre i els moviments, i la reialesa es manifestava en tota la seva manera de fer. Va desaparèixer per la porta de la cuina com un cometa que es fon a l'univers.

—Deia que fins que nosaltres no vam trobar aquesta fórmula de l'*stand by*, que no és només un terme del llenguatge dels transports, «esperar, estar a l'expectativa del que pot passar», sinó que també vol dir «fer costat a una persona, ser-li lleial», no vam començar a anar bé.

Jo assentia amb el cap, però pensava en la noia equatoriana. La seva presència havia desvetllat en mi alguna cosa íntima, com si fos la solució que havia vingut a buscar a la ciutat, la solució de tot el que parlàvem.

—Al principi no va ser gens fàcil...

—És el que em vas explicar una mica. L'hostilitat de la família, de l'ambient de la població...

—Exacte. Jo era la forastera i aquí això és com si fossis d'una altra raça. I només venia del Maresme. La família em va acceptar amb reticència, em van fer saber des del primer moment que no era dels seus. No era mestressa ni de posar la meva roba com jo volia a la calaixera. Rentar, planxar, cosir, cuinar..., tot s'havia de fer segons les normes de la casa. I no et dic res de sortir a passejar o tenir amigues: absolutament prohibit. Pitjor que prohibit: no imaginaven ni que fos possible que una jove casada de feia poc sortís de casa sense dir on anava i amb qui es veia; i d'amigues cap: amb una bona família, les cunyades i el marit, ¿per què volia amigues?, ¿per què havia de sortir de casa? Era la vida no viscuda, sobretot la de les cunyades, que omplia de pols mortal tota la casa.

Havíem acabat la sopa i jo esperava amb neguit la segona aparició de la Consuelo. Em feia l'efecte que tot el que em deia la Regina era antic, passat, una relíquia. Vaig començar a comprendre, per sobre de les paraules de la Regina, que la noia equatoriana era el futur, un altre món, i no només en sentit geogràfic.

La Regina em parlava dels sogres: la dona seca i eixuta que vetllava per la sacralitat de la llar, «la sacralitat de la llar» era una expressió capellanesca que encara regia, i l'home alt i prim —i ella afegia tot rient «parent d'en Bufa»—, que vetllava per la continuïtat i l'honradesa del negoci, un negoci de mercadeig de pells de xai per vendre-les a les fàbriques. Però les fàbriques cada cop compraven més directament als ramaders i tenien les pròpies fonts de subministrament; per això, el que abans havia estat un negoci moderadament net, s'apagava de dia en dia de la mateixa manera que s'apagaven la vida i l'alegria d'aquella casa antiga amb els dos magatzems pràcticament buits i amb un sol treballador, vell i atrotinat, que no se sabia ben bé si esperava la jubilació o la mort.

Hi havia també dues germanes solteres, més grans que el marit de la Regina, que ja havien passat l'edat de merèixer i que vagaven per la casa com dos fantasmes sense destí, ocupades a polir gerres de plata antigues i treure la pols dels mobles amb draps humits. Gairebé no sortien mai de casa, excepte per assistir a les funcions religioses de la parròquia, i per això quan s'acostaven les festes assenyalades de Nadal o Pasqua, i les setmanes d'advent o de quaresma, els agafava un neguit, una frisança, un deler per netejar i polir-ho tot més que mai, com animals que ensumessin la llibertat o l'arribada de l'amo.

Tots els intents del marit de la Regina per convèncer els pares per canviar el rumb de la feina, per modernitzar l'empresa, per trobar altres camins en el món de la pell, eren rebuts com intents de rebel·lia, i cosa que era pitjor, com a moviments dirigits en secret per la nora per animar el marit a aterrar la muralla de la unitat familiar i ensorrar la casa.

—El teu pare ha portat el negoci i sap el que es fa —li deien—. Sense experiència no es pot fer res. Les relacions del teu pare no les té ningú. Tu no tens dret a balafiar així com així el patrimoni de la família, pensa en les teves germanes, és tot el que tenen.

I quan el marit, empès per ella, insinuava que si no feien res es quedarien sense feina, que ell tenia idees noves i que si no les podia realitzar a casa se n'aniria i es plantaria sol a fora, se li'n reien:

—¿On aniras tot sol? ¿Qui et deixarà els diners? ¿Què faràs? Pensa que tot està inventat i que no hi ha negocis nous en aquest camp, ni gairebé en cap altre. Molts atrevits s'han arruïnat intentant establir-se pel seu compte.

I quan ell deia que la Regina l'ajudaria, que no pensava pas fer res tot sol, ella també rebia:

—¡Què sap aquesta de fer diners!, si no ha treballat en sa vida, a ca seva l'han criada amb l'esquena dreta. Ja podríem cantar victòria si fes les feines de la casa bé i ens estalviés algun escarràs a les altres, que li hem d'anar al darrere amb l'escombra i el drap com si fos la reina, allà on va hi deixa la petja.

Jo pensava en allò dels fills que vagaregen com somnàmbuls a l'ombra dels fracassos dels pares. Entenia molt bé la situació que m'explicava la Regina i en una altra ocasió m'hauria interessat el tema, però els moviments silenciosos de la Consuelo servint el segon plat em distreien. No era la seva bellesa rara, sinó alguna altra cosa que s'anava definint a poc a poc, el que m'atreia i em distreia. Hi havia la torbació de la distància, és clar, i l'angoixa del desconeixement. La torbació de la distància: la fossa entre l'amo i el criat, el blanc i l'indi, el ric i el pobre, el savi i l'ignorant, el xerraire i el callat, el resident i l'immigrant, el ciutadà i el bàrbar...

—Quan vaig tenir el primer fill, em vaig plantar. Vaig dir a l'Albert que era el moment de jugar-nos-hi el tot pel tot. Que amenacés el pare de marxar a treballar a una altra població, a Mataró els meus pares li trobarien feina, i que reclamés la seva part si es negava a deixar-li la direcció del taller. Que jo acabaria els estudis de disseny i obriria una botiga de moda de pell, que oferiria els meus serveis com a dissenyadora als millors fabricants, que ja no podien fabricar només pells, que les havien de transformar en abrics, en roba, en complements... Ens va costar sang, però ho vam aconseguir, tot i tenir en contra la família, que criticava cada pas que fèiem.

Vaig veure amb claredat que la Laura d'avui, no tant com la Bovary, La Regenta o la Karenina i tantes altres víctimes de la gàbia matrimonial, es trobava a l'altre cantó de la distància, a la banda dels criats, els pobres, els ignorants, els callats, els immigrants i els bàrbars. Que a les novel·les del segle XIX les heroïnes representatives eren dones de classe mitjana o de bona família, o bé casades amb homes de bona família —el marit de la Laura era un terratinent que vivia de renda; el de l'Emma Bovary, el pobre Charles, era un metge de poble que l'enverinava amb la seva mediocritat i els seus deutes; el de l'Anna Karenina, un noble terratinent; el de l'Ana Ozores, «La Regenta», un ric professional... Només les dones que podien disposar d'una cambra pròpia, d'un espai propi i d'una mica de temps propi es podien permetre triar, o desitjar haver triat, alguna cosa millor del que tenien. Les de classe baixa, abans i ara, gairebé no tenien possibilitat d'elecció, és a dir, de jovenetes potser sí que podien triar, però un cop muntades al carro matrimonial, era molt més difícil baixar-ne. «La misèria no permet pensar a l'home», va dir Nietzsche, i potser es va oblidar d'afegir que la misèria no permet triar a les dones.

Semblava que la reflexió que em feia entrava de ple dins l'anàlisi marxista, que ja havia passat de moda, però el fet era que als pobles i entre la classe obrera —expressió que havia d'evitar, semblava que ja no existís la classe obrera, potser quedaria millor dir els estaments més desfavorits, frase que trobava estúpida perquè semblava indicar que la fortuna, l'atzar o l'Estat devien algun favor a algú—, en fi, que entre certes capes de població l'índex de divorcis era més baix i la parella eren més estable per les circumstàncies que fos, i els anhels de llibertat miraven cap a una altra direcció, que podia ser la millora de la feina, l'obtenció de la propietat d'un pis, la dedicació total a la carrera dels fills..., fonaments que a les capes més altes ja no aguantaven l'edifici. La classe obrera, hi havia qui predicava en els meus primers temps a la universitat, era l'única de la qual encara podien sortir herois. Potser el que pensava ara era una mica el ressò d'aquella mística proletària.

—Aviat ens vam canviar de casa, vam anar a viure sols a un pis nou i vam deixar que la família es florís sola. Treballo molt, i l'Albert encara més que jo, i les germanes ara viuen gràcies a nosaltres, al que els passa ell cada mes, però no et pensis que ens ho agraeixen, ara diuen que si anem bé és gràcies a elles, que van deixar que l'Albert alcés el vol, que s'hi podien haver oposat i no van dir ni mot per no perjudicar-lo. I els potentats de la ciutat, les famílies tradicionals, la Crosta, la mitja dotzena de cognoms que no es poden pronunciar sense fer una reverència i tots els llepaculs que els envolten, encara no m'han admès entre les seves relacions ni m'han convidat mai a casa seva. Per ells, encara sóc la forastera, la sobrevinguda, la vanitosa, la dona equívoca de mala mena perquè va haver de posar-se a treballar per tirar la casa endavant, una morta de fam vestida com una còmica, una barcelonina afamada... Una d'aquestes senyores, un nom il·lustre a la ciutat, va venir a la botiga i mentre triava un abric de pells va deixar anar aquest comentari: «La pobresa ja no és un pecat imperdonable. Ningú no pot negar que has triomfat, Regina, però has hagut de treballar tant que no sé si val la pena. Tantes hores a la botiga és com treballar a les fàbriques tèxtils d'abans. Un cul de fàbrica.»

Hi havia una altra cosa que la presència de la Consuelo em feia present. La dona, després de posar les postres a taula, va acomiadar-se amb un somriure delicat i una veu suau.

—Vagi, vagi, Consuelo, ja serviré jo el cafè i despararé la taula.

Se'm feia present el fantasma de la infància. La noia equatoriana i els seus gestos humils, la seva submissió assumida com a natural, la manca de rebel·lió i d'iniciativa, em portaven els records i l'aroma de la infància.

10

LA VEU DE LA REGINA EM VA FER BAIXAR DELS NÚVOLS.

—Amb l'Albert ens entenem molt bé. Els dos fills ja són grans, un estudia empresarials a Barcelona i l'altre l'hem enviat a estudiar anglès i disseny a Los Angeles. Que visqui una mica, abans de posar-se a treballar a casa. Els primers temps són els més difícils...

—Vosaltres vivíeu amb els sogres, els primers anys.

—No, vull dir en l'aspecte íntim. Hi ha tres moments difícils, tres proves per superar. Primer, adaptar-se a la passió. Segon, adaptar-se a la manca de passió. Tercer, adaptar-se a les passions temporals externes. Si no es mena el tren de la unió amb compte en aquests tres trams del trajecte, la parella pot descarrilar. És la meva experiència.

Jo vaig opinar, per dir alguna cosa, que el tercer tram devia ser el més perillós. Ens vam embolicar en disquisicions sobre si les passions són sempre temporals i no permanents. Ella va recordar la saviesa dels francesos, que es permetien cinc tipus d'amor legal i això facilitava les intermitències: el permanent per contracte; l'amic del cor, que no ha d'implicar res de físic i és una amistat amorosa; l'amor *fou*, foll, fugaç, que és la breu trobada de tantes pel·lícules romàntiques; el gran amic del qual abusem i que ens afalaga amb la seva adoració; i el petit amic, que és la situació contrària, el noiet o la noieta que ens roba el cor. Tret d'aquestes cinc categories, va riure ella, tota la resta és adulteri.

—Això era quan París es considerava la meca de l'amor —vaig dir—. Ara ja no hi ha categories, només hi ha estadístiques, és campi qui pugui.

—Com que fins fa poc les dones no podien triar, no es casaven, *les* casaven, l'adulteri era el company natural de la institució.

La Regina va riure de manera franca i, a mi m'ho va semblar, còmplice. Es va alçar i amb un gest em va convidar a tornar a seure al sofà, mentre ella entrava a la cuina a buscar la safata dels cafès.

La Consuelo m'havia deixat la sensació de retrobament d'alguna cosa perduda i molt temps oblidada. Era la tranquil·litat de saber que, si em convenia, podia retrobar-la i parlar amb ella. No veia clar en aquell moment en què em podia convenir, però el fet de saber que treballava a casa de la Regina em produïa una sensació de placidesa. En aquell moment no sabia destriar quina de les dues claus que m'havia desvelat la presència de l'equatoriana era la més important: si el món humil dels desposseïts o el món de la infantesa. O potser eren els dos mons barrejats, indestriables. Ni els infants ni els desposseïts poden triar, són obligats per les circumstàncies, accepten els pares, els marits, els fills, les tasques... imposades pels superiors. Ells només obeeixen. Observen i callen. Esperen el seu moment.

La Regina va servir el cafè i em va demanar si volia algun licor. Res, gràcies, vaig dir. I ella va tornar a repapar-se a la butaca.

—Hi ha moltes dones sentimentals que encara esperen un príncep blau —va recomençar ella—. Moltes encara mitifiquen la parella. Tenen vocació de repòs del guerrer, i la rutina que per a altres seria d'una grisor insuportable, per a elles és un bany daurat. Practiquen amb el marit allò que fa l'exèrcit dels Estats Units amb els homosexuals: «No preguntis, no confessis», i tots contents.

Tot seguit, sense esperar que jo digués res, va afegir:

—Però queda el desig... ¿Què fem amb el desig?

—És que també hi ha moltes formes de desig —vaig replicar jo.

Ella va esperar, educadament, que m'expliqués.

Jo vaig improvisar sobre el desig universal del tipus Don Joan, ara extensiu a les Joanes, que avui dia seria catalogat com a addicció sexual; el desig dels narcisistes, que necessiten proves constants de l'adoració que provoquen; el desig de satisfacció dels que pretenen que la seva unió és perfecta i no podrien viure sense aquesta imatge de felicitat: són els monògams intransigents; i els que pretenen el contrari, els perpetus insatisfets, els masoquistes que s'enamoren del desamor... També hi havia el desig de competició, els que responen amb infidelitat a la infidelitat de la seva parella, i que tant poden ser els gelosos, que responen amb les mateixes armes, com els que busquen amants a la seva parella i els porten a casa perquè han fet la promesa absurda de ser absolutament francs, de dir-s'ho tot, de permetre-ho tot a l'altre menys la mentida. En fi, vaig sospirar, hi pot haver, encara, i pensava en mi, els de desig dèbil, que cauen per desprevinguts, per accident o per feblesa, per curiositat... L'amor seria el món ideal, i el desig, la realitat imprevisible, ingovernable, caòtica..., l'ordre i el desordre.

—¿Ho has tret d'una càtedra de sexologia de la universitat? —va tornar a riure ella—. Ara s'estudien tots els comportaments, i les dones no podem pas conduir-nos com fa quaranta o cinquanta anys.

—Ho he tret dels llibres. Madame Bovary, Anna Karenina, Ana Ozores..., Laura, no eren pas uns models d'amor etern, sinó més aviat de malcasades, atrapades en un matrimoni de conveniència, que creuen trobar l'amor romàntic als braços d'un amant atractiu. Ells hi posen el sexe i elles el romanticisme.

—Ho veus amb ulls d'home...

—És una qüestió que m'he demanat moltes vegades. ¿Tenim dret, avui dia, els homes, guionistes o novel·listes, de ficar-nos a la pell de les dones, ara que ja poden agafar la ploma elles mateixes i expressar-se amb tota llibertat?

—Moltes encara callen...

La Regina es va quedar amb els ulls mirant al sostre, com si recordés alguna persona en concret. Jo vaig aprofitar-ho per comentar:

—He vist que teniu la ciutat una mica esvalotada...

—Sí —va dir ella—, és la baralla política entre els de la Crosta i els Forasters, que en dic jo.

Jo em vaig quedar esperant una explicació i ella va afegir:

—L'alcalde pertany a una de les famílies no només de tota la vida sinó de tota la història. Té més duros que un ca puces. El seu pare ja era alcalde en temps de la dictadura. La família sempre ha remenat les cireres. I un tinent d'alcalde, que presideix un no sé què municipal de Promoció i Economia amb un pressupost important, li sega l'herba sota els peus amb els seus partidaris, com una mena d'ajuntament paral·lel, vaja. No pararan fins que el facin fora. Aprofiten totes les ocasions, com ara el projecte d'un aparcament a la plaça vella, per tirar-se-li al damunt.

—He vist que es fiquen també amb la seva dona, la Laura...

—Es fiquen amb tot. Li han dit de tot, han tret tots els draps bruts, que si negocis inconfessables, que si subvencions als ajuntaments amics, que si ajuts econòmics a empreses i entitats de parents, que si el seu pare era del règim i ell no té conviccions profundes...

—Però, ¿per què es fiquen amb la seva dona?

La Regina va tornar a alçar els ulls com per recuperar alguna imatge i va dir:

—Fa temps hi va haver comentaris, enraonies..., tothom hi sucava pa, però ara no en diuen res. Com si s'hagués fos.

—¿Quina mena de comentaris? ¿Què vols dir, que s'ha fos?

—De tota mena, ja saps què són aquestes coses. Fa temps que no és a la ciutat, diuen que està malalta.

—¿Ha desaparegut?

—No ho crec pas. Vull dir que no la veiem mai, que no surt mai. Com si no existís.

—¿No viuen junts?

—Ell, l'alcalde, viu al casal de la família, amb una tia vella que li porta la casa. Però té moltes masies escampades per la comarca. No para mai en un sol lloc.

—¿I d'ella, de la Laura, no se'n sap res?

—Diuen que està malalta, que necessita tractaments molt cars. Segur que la traginen d'aquí cap allà per les millors clíniques de fora.

—¿Què té?

—No t'ho sabria dir. Leucèmia, deien, o depressió profunda...

—¿I abans..., vull dir abans de desaparèixer, com anava la parella?

—Aquesta gent, ja ho saps, és tot aparença. Una de les normes de la ciutat és que mai no s'ha de quedar malament amb ningú. Una altra és que el cul i la bossa no s'ensenyen mai. O sigui que no parlen mai d'amors, de sexe ni de diners.

—¿Ella era rica també? ¿De la... Crosta?

—Era molt guapa, això sí que ho vaig poder veure. La va portar de Barcelona, era una forastera. Aquest detall no va agradar gaire a les famílies del crostó, sobretot a les que tenien filles per merèixer. Molt guapa i intel·ligent, això sí. Amb carrera, economista, diria. I simpàtica. Deien que influïa molt en el marit, que era el govern a l'ombra, i va aconseguir coses bones per a la ciutat: la universitat, l'hospital general, la restauració d'edificis històrics... Al final, la gent li va perdonar que fos de fora i se l'estimava més que al marit. I tot d'un plegat, sense dir ni ase ni bèstia, va desaparèixer de la circulació.

—¿Vivien junts a la casa familiar, els primers anys, abans de desaparèixer, vull dir?

—Ella anava i venia de Barcelona a aquí perquè va voler continuar la feina al seu despatx, bo i casada. Però al final es va quedar a viure aquí i va provar de traslladar el negoci a la ciutat. Per desgràcia no va durar gaire...

—¿Per què?

—Li va costar engegar el despatx nou i els únics clients que tenia eren els que li enviaven des de l'Ajuntament, gràcies al seu home. Aquí no volen ser mai plats de segona taula. No volen refetons. I va ser quan va desaparèixer per primer cop.

—¿Què vols dir per primer cop? ¿Abans de caure malalta?

—Sí. Deien que ho havia deixat tot, marit, fills, casa, situació social..., per no se sap quina causa. Com pots suposar, es va dir de tot. Potser ja eren els primers atacs calumniosos contra l'alcalde.

—Devia ser per seguir algun amant...

—No ho sé. Potser eren els primers símptomes de la malaltia i les primeres estades a sanatoris.

La Regina parlava amb desgana, com si la meva curiositat l'obligués a recordar un tema que li desplaïa profundament.

—Explicaven històries estranyes... A mesura que passava el temps i a ella no se la veia enlloc, la gent va anar descabdellant fantasies, que si s'havia tirat al tren, que si el marit l'havia segrestada i la tenia tancada en algun lloc segur, que si havia estat captada per una secta religiosa de les que es mouen per la comarca..., la gent deia de tot.

—Però ella va tornar, aquest primer cop, vull dir.

—Sí, tot d'un plegat se la va tornar a veure al costat de l'alcalde en algun acte oficial i passejant per la ciutat. Com que s'havia parlat de malaltia, ningú no gosava preguntar-li res i així el xafardeig va anar minvant i al final es va oblidar. Ara fa temps que no en sento dir res.

—I també fa temps que no es deixa veure.

—Sí.

La Regina va tornar a tirar el cap enrere, com per trobar altre cop el dipòsit dels records abandonat en l'aire, al capçal de la butaca, a mig camí entre la materialitat dels mobles i la nuesa de les parets i el sostre. Jo notava una mena d'obstacle, algun impediment intangible que impedia que la Regina parlés amb desimboltura, amb espontaneïtat. Era la bossa dels records o el pes de la tradició, de la conformitat, l'enrariment de l'aire que sovint, a les ciutats petites, impedeix girar el cap enrere o als costats, i fins i tot clavar els ulls a la cara i mirar amb franquesa els vianants que passen desconfiats vora teu pel carrer, o que se't fica a la boca tot respirant, et dificulta la respiració, et paralitza la llengua i et deixa la boca seca, pesant, i et costa parlar, no trobes les paraules o te les dissol a la mateixa gola com si fossin un terròs de sucre i les converteix en no res, en una mena de so inexpressiu que només mostra la confusió interior.

Era evident que la Regina feia esforços per dir alguna cosa, potser per recordar, i jo em vaig demanar, sobtadament interessat, si el poder que encara sotmetia les dones —les dones i els homes, però en el cas concret en què em trobava eren dues dones, la Regina i la Laura, protagonista de la misteriosa història— ja no era l'home, el marit, el patriarca, el mascle..., és igual el nom que li posem, sinó el poder amb majúscula, simplement el poder de l'autoritat. Continuava dominant el poder del més fort.

—És igual —vaig fer jo per alleujar la tensió i treure el pes del damunt a la meva amiga—, només era curiositat perquè he vist el seu nom en uns versos satírics i unes guixades a les parets.

La Regina em va agrair amb un somriure la meva comprensió. Va tornar a tirar el cap endavant i després d'un moment, en què l'aire va semblar que s'afinava, que es feia més lleuger i respirable, va repetir:

—Ja els he vist. I, com sempre, donen la culpa al marit, que li fa la traveta i l'estimba cingle avall. No...

Jo vaig esperar les seves paraules en silenci. Sabia, per experiència pròpia, que les grans passions s'amagaven a la part més profunda de nosaltres, «com un foc silenciós i fosc», segons un poeta, i que més enllà d'aquest punt íntim i central tot és indiferència i fredor. Ardència interior i impassibilitat exterior, aquests eren els trets de les grans passions, no pas els crits i l'excitació i els gestos melodramàtics amb què solen representar els melodrames alguns autors.

Això és el que jo endevinava, imaginava, per la contenció mostrada per la Regina, la seva repugnància a confessar el que jo intuïa com el testimoni d'una gran passió, una prudència i una circumspecció causades al meu parer per l'admiració o l'enveja que li devia provocar aquella Laura, protagonista d'algun amor arrauxat i irreflexiu que ella, pel que m'havia dit, no podia experimentar, no era capaç de sentir. Ella no tenia la capacitat de donar-se absolutament, sense reserves ni condicions, a un altre, masoquisme pur, pel que havia manifestat abans.

—No en sé res més.

Jo vaig esperar un moment, per si volia afegir-hi alguna cosa.

—És normal que la facin sortir a les riotes contra l'alcalde, si tota la ciutat va anar plena de les seves desaparicions... —vaig comentar jo, per donar aire a la conversa.

Però hi havia alguna cosa que no quadrava. En el meu interior sentia que alguna cosa no encaixava bé. ¿La dona d'un alcalde de tota la vida podia fer-se invisible del matí al vespre, sense deixar rastre, i tornar de sobte sense donar cap explicació, i fondre's altre cop com un fantasma, i la gent callar i no dir res? La mateixa Regina havia dit que, després de la dictadura, a la ciutat sempre havien governat els mateixos i el mateix. ¿Quina edat devia tenir, doncs, la Laura? ¿A quina edat es devia haver casat l'alcalde?

—És que jo vaig molt a la meva i no paro gaire atenció a les males llengües —la Regina va tornar a somriure com si s'hagués tret un pes del damunt, i amb una actitud més distesa, per bé que a mi em va semblar un pèl forçada, va afegir—: ¿I tu, què? Els periodistes només pregunteu sobre els secrets dels altres, però no badeu boca sobre els vostres afers. ¿Com vas tu d'amors, esporàdics o definitius?

—Provisionals —li vaig seguir el joc—, jo en diria provisionals. Ja saps que a mi em costen els pronunciaments massa precisos.

—No he aconseguit mai que em parlessis d'alguna de les teves parelles.

—És que hi ha molt poca cosa a dir..., potser aquí rau el problema.

La Regina em va mirar amb interès. Vaig pensar que potser havia anat massa enllà en la meva resposta, potser m'havia enfilat massa.

—Ara entenc el teu interès, vull dir l'interès del teu canal, per fer una sèrie sobre les primeres dones que van sublevar-se contra les imposicions de tot tipus que les tenallaven... ¡Que llestos que sou, tots plegats!

No vaig saber si agafar-m'ho com un afalac o com una crítica irònica. La conversa s'havia temperat, com si per fi haguéssim sortit de les zones perilloses. Cada cop veia més clar que havia de fugir corrents de la ciutat, si no, hi havia el perill que aquella boira mental, feta de malentesos, mitges veritats, vagues sospites, atacs exagerats i possibles calúmnies..., se m'encomanés.

La infància. L'única llum clara que veia en tot el que se m'havia ficat al cap era el territori de la infància. Aquesta era la força definitiva que m'empenyia fora vila i que em podia salvar d'aquella confusió.

—¿Vols prendre alguna cosa més?

La veu de la Regina va sonar amb el to lleugerament cansat, com la cadència final d'una llarga pregària. Era aquell dir sense dir, aquell acomiadar sense treure fora de casa a empentes, aquell convidar que no espera ser correspost, aquella lleugera cantarella de fàstic o d'avorriment de l'amfitrió que ja ha complert el seu paper amb escreix. Malgrat tot, la Regina havia caigut sota la hipòcrita blederia nyeu-nyeu dels comarquinalencs. La ciutat havia imprès la seva marca distintiva a la forastera. Ja era dels nostres, ja podia acomiadar les visites sense ofendre però sense pietat. O potser era la meva impressió carregada de prejudicis. També literaris.

11

RECORDAVA EL PAISATGE BLAVÓS DE LES MUNTANYES AMB els Pirineus nevats al fons. Els pujols sorrencs amb clapes de verdor i alguna alzina petita o algun pi esquifit, i matolls de boix, argelagues i herbat. Les cases de pagès amb porxos amples i acollidors, la majoria destrossades pels afegits de les corts de porcs de totxana a la vista, i màquines de barrejar segones al mig del prat. Molts cotxes i camions per la carretera. Benzineres i supermercats als afores de totes les poblacions.

Assegut a la part posterior del taxi, procurava no pensar en res, buidar-me completament per dins, acceptar amb placidesa tots els estímuls que m'arribessin tant del paisatge com de la gent o dels records que em poguessin venir.

Havia sortit de l'hotel a primera hora del matí, abans que arribés la recepcionista xafardera, que d'alguna manera em controlava. Així que van obrir el menjador per a l'esmorzar, jo ja era a recepció davant del vigilant nocturn per demanar la factura.

—Tornaré aviat —vaig mentir—. A la tele s'han encallat amb un programa i hi he d'anar a donar un cop de mà. Tres o quatre dies, com a màxim. Avisaré per telèfon, abans.

L'home va semblar sorprès, no sabia què fer, si trucar per telèfon o treure la nota de l'ordinador. No estava avesat a fer factures, ningú no deixava l'habitació a aquelles hores. Jo vaig dir que tenia pressa, que m'esperava un taxi, i l'home es va decidir a cobrar. Vaig sortir sense ni esmorzar.

Havia trucat al taxi pel mòbil i li vaig donar la direcció de l'hotel rural del poblet on havíem rodat, feia un parell d'anys, un documental sobre restes i testimonis de la guerra civil. Va ser el primer lloc que se'm va acudir. Tot l'equip del programa n'havia quedat satisfet, i el propietari era un amic de les temporades de vacances.

Dos anys enrere, tot i ser el lloc que concixia de la meva infantesa, la terra del pare, la terra dels avis, jo no havia dit res als membres de l'equip de la meva coneixença dels escenaris. Des que vaig deixar de visitar el poble després de la mort de l'àvia, no hi havia tornat mai més. El pare hi havia nascut i hi havia passat els primers anys d'infantesa, i hi tenia tirada tot i que el visitava poc.

En morir la mare, em va posar d'intern en un col·legi de la ciutat que acabava d'abandonar, i molts caps de setmana i les vacances les passava amb l'àvia, al poblet. Em mostrava indiferent a tot, llocs i persones, com si fos la primera vegada que els veiés. Era el lloc dels avantpassats però ja no el sentia meu, jo era un foraster com els altres. No hi tenia res a veure. No hi volia tenir res a veure. Ara no hi tenia ningú, ni casa ni parents. Rebutjava aquell sentiment de pertinença que experimenten alguns, del qual fins i tot es glorien i que transformen en senyal d'identitat, i tota la sensibleria nostàlgica que acompanya aquestes efervescències. No era duresa de cor, em justificava, era objectivitat. Jo era fill de la gran ciutat, i un lloc que té tants fills vol dir que no en té cap de propi. A les grans ciutats tenen clar que el fet de néixer en un lloc determinat és un accident, sobre el qual no es pot edificar una mitologia. Les arrels i totes aquestes coses em deixaven indiferent. No entenia com la gent volia tornar a unes terres de les quals la gana o la necessitat, i a vegades fins i tot la persecució i les armes, els havien expulsat. Un ha de ser lliure per triar el lloc al qual vol pertànyer i per renegar del lloc del qual ha estat expulsat. Com deia El Gran Meaulnes:

—De tots els paradisos se n'ha de sortir, però mai se n'ha de ser expulsat.

El problema, em demanava, mentre veia desfilar els plàtans de la carretera, era: ¿a quin lloc volia pertànyer, jo, exactament?

Però ara em tornava un sentiment d'infantesa, un afebliment del cor, una mena de nostàlgia enterrada dins meu que algun estímul havia revifat. La noia equatoriana, segurament. L'ambient de la petita ciutat, també. El fet d'abaixar les defenses per deixar-me penetrar per tot allò que em pogués inspirar per a les desventures amoroses d'una dona del segle passat..., i també l'assetjament psicològic a què l'Albert del *Confidencial* m'havia sotmès, la perplexitat de trobar-me gairebé amb un canvi d'identitat, un regal inesperat per a un guionista, que és sempre un espia. Tot això m'havia fet més sensible, segurament, i ara em deixava penetrar pel paisatge i pels records.

Vam arribar a l'hostal, als afores del poble abans industrial i ara ple de jubilats i segones residències. Els joves treballen a Comarquinal, ja ens ho havia advertit l'amo de la casa dos anys abans, i l'antic poble ple de fàbriques ara és només un poble dormitori. Moltes fàbriques s'havien convertit en apartaments, en residències per a la tercera edat, en biblioteques i centres de cultura, i fins i tot en museus tèxtils. No en quedava ni una en funcionament. I les antigues colònies, al llarg del riu Ter, abandonades, en ruïnes, tret que haguessin tingut la sort de ser reconvertides en cementiris de cavalls rics.

—¿Cementiris de cavalls rics? —vaig repetir quan en Ton, l'amo de l'hostal, m'ho va dir—. Això és nou. No me'n va informar l'altra vegada, quan vam venir a filmar el documental.

—Doncs ja fa temps que dura.

El taxi m'havia deixat a l'esplanada, davant la masia reconvertida en hotelet, i en Ton, que va sortir a veure qui arribava, em va agafar la bossa de viatge així que em va reconèixer.

—Els xeics àrabs i alguns senyors anglesos porten els cavalls vells en aquesta mena de granges geriàtriques perquè se n'ocupin bé i acabin la vida amb totes les comoditats i afalacs. També hi ha algun potentat d'aquí, però pocs. La majoria són àrabs i els cavalls són de raça, de carreres; alguns han guanyat premis importants als hipòdroms de més anomenada i els propietaris volen que passin els darrers dies sense cap dificultat, enmig de comoditats. Alguns amos els vénen a veure de tant en tant i tot. Ha sorgit una nova indústria al poble, com la de la tercera edat de les persones, i molts vailets que no volen estudiar fan la primera pela treballant en aquestes granges. N'hi ha que han après oficis antics, com el de ferrer, i es passen el temps viatjant a l'Aràbia Saudita, a Dubai i a països d'aquests del desert, treballant per als àrabs. Fins i tot un parell de genets, hi ha, i se'ls han endut a Dubai a córrer amb els cavalls... Ja t'ho dic: una nova indústria.

Vam entrar a l'antiga masia. Vaig comprovar que havien ampliat el porxo de l'entrada amb la decoració d'un antic carro ple de testos de flors i antics atuells de coure, com ara olles, gerres i paelles.

—Ens hem d'espavilar per anar tirant endavant... —va comentar en Ton quan passàvem davant l'ampliació.

Vaig demanar que no volia que em destorbés ningú, ni trucades ni visites ni res. Havia vingut a treballar en un nou guió i necessitava pau i tranquil·litat. ¿Podria fer servir el cotxe petit de la casa, si em calia arribar fins al poble per a alguna cosa? En Ton feia que sí amb el cap a tot. La televisió, la gent de televisió, teníem un prestigi immerescut però enorme en els pobles. Sobretot aquells que, per la raó que fos, érem coneguts perquè havíem tret la cara alguna vegada per la pantalla —un debat, una substitució, la presentació d'un documental... El sol fet de treure-hi el nas volia dir entrar a l'Olimp televisiu i transformar-se en objecte d'adoració. La respectuosa adoració que em mostraven a mi era de tercera categoria, autèntica però llunyana, semblava que no entenguessin com podia ser que trobant-me tan a prop de la glòria celestial, m'acontentés amb els llimbs dels programes culturals, documentals i derivats, un pèl llunàtics, excèntrics, desplaçats. Exactament com els consideraven els directius i molts companys de feina.

—Quan baixis per dinar et contaré tota la reguitzella de comentaris que va provocar l'emissió del programa dedicat a la comarca —em va anunciar en Ton després d'ensenyar-me l'habitació, en un to que significava una convidada a compartir la seva taula.

La cambra tenia pretensions rústegues, les bigues a la vista envernissades de feia poc, el sòl de fusta, la calaixera de ditada, el llit amb un capçal imitant els d'Olot..., però era còmoda. Em vaig estirar al llit procurant no pensar en res. ¿Què havia de fer, ara? La temptació era trucar a en Bernat i a la Júlia, però m'entestava a exigir mentalment que ho fessin ells. Els posava a prova, a veure fins on arribaria la seva inèrcia.

Havia disposat un parell de llibres, un bloc en blanc, el quadern de notes i uns quants bolígrafs al costat de l'ordinador portàtil, a la taula, davant la finestra oberta al bosc. Vaig alçar-me per treballar una mica, però no vaig fer res de bo. A la tarda trucaria a la productora del programa i li diria que no era a l'hotel de la ciutat, que passaria uns dies voltant per la comarca perquè havia trobat temes i escenaris interessants. Ella em podia localitzar al mòbil. Vaig pensar que la qüestió de les granges geriàtriques equines podia ser un bon tema per a un documental. A l'hora de dinar miraria si en Ton em parlava més dels cavalls desnonats. Pel que fa a la Laura, la real i la fictícia, parlaria amb més gent, a veure si en treia l'entrellat.

En Ton m'esperava amb la taula parada per a tres comensals en un racó del menjador: jo, ell i la seva dona.

—El documental sobre els records de la guerra civil a la comarca —va encetar ell el tema, tot just començar el primer plat, després de les salutacions a la dona— va tenir molta repercussió, va agradar molt.

—A la gent li encanta veure's a la pantalla, ser protagonista... —vaig intentar rebaixar els elogis.

—No, no, ja sé que sortir a la televisió torna lera la gent. Però, com que sabien que us havíeu allotjat aquí, molts van venir a dir-me coses, a dir què els havia semblat i a afegir material per si tornàveu i us animàveu a fer una segona part. Es devien pensar que teníem línia directa amb vosaltres o que paràveu per aquí sovint.

—Les coses van ser molt més dures de com les que vau pintar —va dir la dona amb veu suau, sense gota de crítica ni agressivitat—. Per exemple, la fam. El reportatge parlava només del racionament d'oli, sucre, llet i pa, però no dèieu res de la llet en pols que arribava com a ajut de no sé quin país, de la sopa de peles de patata que es veien obligats a fer molts, de les rates que van arribar a menjar a molts llocs.

—És que si haguéssim explicat tota la misèria que va passar la gent, el documental hauria sigut només de tipus alimentari. El tema era la difícil postguerra, la manca de llibertat, no la fam.

—Les condicions de les obreres de les fàbriques tèxtils —va afegir la dona, sense fer cas de la meva observació— tampoc van sortir tan dures com havien sigut. Al documental fèieu sortir testimonis de treballadores velles que havien començat a treballar als nou o deu anys, però als pobles de la comarca encara hi ha dones que recorden que les seves mares o àvies van entrar a la fàbrica als sis o set anys, i que treballaven dotze i catorze hores diàries, sense ni descans dominical. Algunes dones ens van dir que quan les obreres dels pobles petits, els pobles agrícoles que no tenien indústria, havien de fer camí cada dia travessant el bosc per anar a les fàbriques de la vora del Ter, ja havien passat els temps pitjors; poder tornar a casa cada dia, tot i la caminada d'anar i tornar, ja era el cel per a elles, perquè les seves àvies treballaven tantes hores que s'havien de quedar a la fàbrica a dormir, a les golfes o enmig de la borra, i només podien anar a casa a canviar-se un cop per setmana...

Jo escoltava amb resignació. No havien entès res del documental. Però ara comprenia i acceptava que era natural que aquella gent que guardava com un patrimoni moral, com la seva contribució a la història social del país, els patiments que els seus avantpassats havien sofert demanés una atenció i una consideració, com un homenatge pòstum, per part de l'únic monument que importava en els temps actuals: l'eternitat de la imatge televisiva. Sortir a la televisió, ser vist a la televisió, que parlessin dels seus records a la televisió, era per a ells la consagració definitiva, el pas decisiu cap a la història col·lectiva. L'entrada al paradís de les imatges.

—L'Ajuntament de... —i aquí en Ton va dir el nom d'un poblet veí, un dels llocs on els autobusos de les fàbriques havien recollit més noies— té a la vostra disposició, per quan vulgueu, tots els documents del procés que es va fer als assassins de les noies del Cós, les dones degollades en plena nit quan tornaven de la fàbrica travessant el bosc, i tot el paperam que explica el rebombori que es va armar a la ciutat, on van ser ajusticiats en públic al mig de la plaça, escanyats amb el garrot vil. Hi va assistir tota la comarca. I a les estacions on passava el tren que portava els condemnats, la gent els esperava per insultar-los i apedregar-los. Va ser un acte que tothom va recordar durant molts anys. Un d'aquells casos en què els pares clavaven una bufetada als fills en el moment que els condemnats torçaven el coll, perquè se'n recordessin tota la vida i els servís d'escarment, de lliçó.

En Ton va fer una petita pausa i va afegir, com si fos la moralitat de la història:

—I vosaltres només dèieu que quan passaven pel bosc, en tornar de treballar a la fàbrica, a mitjanit, van tallar el coll a unes noies. Res més. Dels assassins i de l'ajusticiament, ni una paraula. ¡I tot està documentat, hi ha papers i records vius!

—També dèiem que per això aquests grups de treballadores cantaven cançons i passaven el rosari en veu alta —vaig intervenir jo—, perquè el pagesos de les masies de la vora del camí del bosc les sentissin i així sabessin que no hi havia perill, que tot anava bé.

—I dels afusellaments i assassinats de capellans i de gent de dretes durant la guerra i d'esquerres després, morts de tots colors, tampoc no en vau dir gran cosa —va dir la dona, per afegir més llenya al foc—. Penseu que a cada poble, per petit que fos, hi va haver una dotzena o més de morts.

—Vam parlar del tret al clatell d'un capellà a la cuneta, on fins fa poc hi havia un petit monument, i de la presó comarcal on condemnaven a mort la majoria dels que hi entraven —a mi començava a cansar-me aquella mena d'interrogatori.

—Sí —va concedir en Ton—, però pensa que encara avui en dia hi ha qui busca familiars desapareguts durant la guerra civil. Prop de set-centes persones a tot Catalunya, imagina't per tot Espanya, la majoria soldats republicans. ¡Això més de seixanta anys d'acabada la guerra! Diuen que tenen localitzades cent cinquanta-dues fosses comunes, quatre d'elles per aquests indrets, nou mil morts en total que no se sap on són enterrats. Fa pocs dies van obrir una fossa a Prats i en van treure sis cossos de soldats republicans i un d'un civil, a més de restes d'armament i altres estris. ¿No en podíeu dir res, d'això?

—He llegit no sé on que l'exhumació es va fer en secret, o amb una gran discreció, per evitar la visita de curiosos —vaig recordar jo—. Diu que era una prova pilot secreta per establir un protocol d'actuació en aquest tipus d'operacions. Vull dir que fa dos anys, quan vam fer el documental, encara no havien fet res.

L'argument va calmar una mica l'ardor comarcal de la parella.

—¡És que hi ha tantes coses encara per explicar! —es va lamentar la dona—. Per això tothom té la impressió que us vau quedar curts. Mira, l'altre dia tot just van identificar un soldat nazi de la Legió Còndor que va participar en els combats de la comarca, quan la retirada de l'exèrcit republicà. Hi havia un monòlit al costat de la carretera, en alemany...

—Un caporal primer del grup F-88 d'artilleria antiaèria de la Legió Còndor de l'exèrcit nazi —va precisar en Ton—, mort el febrer de 1939, quan les tropes nacionals van entrar a la ciutat. Es veu que també han elaborat un cens exhaustiu dels legionaris alemanys que van desaparèixer durant la guerra civil, i han localitzat ja unes tres-centes làpides. El cos antiaeri de la Legió Còndor, pensat per combatre l'aviació rival, va ser utilitzat com a artilleria de campanya per neutralitzar els efectius terrestres de l'exèrcit republicà, mancat d'aviació. ¡Aquests són els que van bombardejar Guernica! Potser podríem demanar indemnitzacions al Govern alemany pel mal que ens van fer.

—Bé... —vaig fer jo, en un gest de cansament, com per indicar que ja n'hi havia prou—. Si arribeu més amunt, fins a Portvendres, trobareu un grapat de monòlits d'aquests dedicats als resistents i als aliats, anglesos o nord-americans, que van caure al sud de França.

—Però és que el d'aquí era el d'un soldat nazi... ¡seixanta-cinc anys després de la guerra! —s'indignava en Ton.

—Sí, ja ho sé, però el documental no anava d'això, el que volíem era només deixar testimoni dels sofriments de la població durant la postguerra: la fam, la repressió, la injustícia, la por..., les dificultats de tota mena.

La parella va fer un gest de resignació.

—La situació de les dones, per exemple —jo vaig mirar de trobar una sortida honorable—, em sembla que va quedar ben reflectida. La submissió total al marit, l'escarràs de la feina a pagès i a les fàbriques, la moral repressiva que no les deixava anar sense mitges o espitregades, la passivitat amb què havien d'esperar la iniciativa dels homes fins i tot per sortir a ballar...

—¡Ui, a ballar! —va riure la dona—. La mare sempre em deia que durant molts anys va estar prohibit. Que els balls agarrats, que en deien, eren pecat mortal. El bisbe va escriure un llibre i tot contra el ball que començava dient: «*El beso es un intercambio de microbios...*» Es titulava *¿Bailamos o no bailamos?*. Em penso que encara el tinc en algun racó, me'l va deixar la mare. Algun dia n'hem llegit un tros i ens hem fet un panxó de riure.

És com un altre més antic d'un canonge de Sabadell que es titula *El liberalismo es pecado*. Tot era pecat, en aquell temps.

—Però ara... —vaig començar jo, i em vaig interrompre perquè no sabia com continuar, vaig dubtar de com els manifestava el tema amb què havia d'omplir el meu guió, i potser ells no eren les persones indicades per informar-me'n. ¿Quin matrimoni està preparat per parlar d'infidelitat i d'insatisfacció? Tolstoi tenia raó: cada parella és fidel o infidel a la seva manera, igual que pel que fa a la contentació.

Ells es van quedar esperant les meves paraules. Jo vaig dir, pensant en veu alta:

—Ara, potser, ens agrada mirar enrere perquè hi descobrim una història terrible, de repressió, obscurantisme i sang, que comparada amb la nostra, en què sembla que tot estigui permès, sembla més fascinant. La gent d'aquells anys havia de lluitar contra uns poders injustos. Abans, cada acte de llibertat era una aventura arriscada.

—Ara, no hi ha gaires més prohibicions que atracar els bancs i cremar les propietats, fins i tot pots fundar una religió nova, si vols... —va riure en Ton.

—Els plaers de la bondat se centren en ells mateixos i són més aviat avorrits, en canvi els de la maldat són molts i molt més variats. És el que em va dir, més o menys, un amic ianqui.

La parella no va dir res, com si no entengués de què anava la qüestió.

—Això per a un guionista és una de les regles d'or. El que manté l'audiència enganxada és el conflicte, la lluita del bé contra el mal, aquestes bestieses... Ara volen fer una sèrie sobre el matrimoni actual.

—Però si hi ha molta gent que ja ni es casa —va riure en Ton—. I els que es casen ho han provat tot abans.

—Més que el matrimoni clàssic, són els problemes de la parella.

Tots dos es van mirar amb el que a mi em va semblar un punt d'escepticisme. Jo vaig deixar passar un moment per veure si s'enganxaven al fil que els havia llançat, però la parella no va dir res més sobre la qüestió. Territori vedat, propietat particular, no volien intrusos. Potser eren feliços i tot, per què no podien ser-ho. Com deia aquell altre, Déu es troba entre els ignorants.

—Penso en allò que m'has dit abans, allò dels cavalls vells que porten de lluny perquè acabin tranquils els seus dies —jo vaig introduir un nou tema de conversa—, i pot ser interessant per a un altre documental.

—¿Vols visitar alguna de les granges? —es va oferir de seguida en Ton.

—M'agradaria, sí. La més... —no sabia quina podia ser la qualitat que les distingís entre elles—, la que tu consideris millor.

En Ton va fer que sí amb el cap.

—Aquesta mateixa tarda, si vols, cap al tard.

—A veure si en surt un altre reportatge. Així, el poble quedarà content i us perdonarà els oblits i les simplificacions del de la postguerra —va dir la dona.

Vaig renunciar a explicar-los les dificultats que hi havia perquè el cap de programes acceptés un projecte nou. Un projecte nou que no hagués parit ell o algun dels Set Magnífics. Com les set petrolieres que controlaven la producció i el preu del petroli, els caps estaven lligats de manera més o menys directa a productores d'antics directors de la casa o exconsellers o personalitats properes al Govern que treballaven a cop segur, només produïen amb els contractes signats, sense cap risc. Només els ingenus o els molt desesperats portaven noves idees i nous projectes al cap de programes —una sinopsi, un resum, dos folis de lletra grossa..., si no, ni s'ho miraven—, perquè els veterans ja sabíem que anaven a parar a l'arxiu o, encara pitjor, que si eren llegits i subratllats amb un retolador vermell era habitual trobar aquella idea, aquell projecte, fins i tot els gags o els títols, en una producció dels Set Magnífics sense que en diguessin ni fava als autors. Això sí, sempre deixaven passar un temps, sovint anys i tot, abans de mostrar el resultat del plagi.

Potser m'havia interessat aquella història dels cavalls perduts o desnonats que acudien a morir amb dignitat a la comarca pel que tenia d'inversemblant, de bogeria, de fet insòlit... ¡Pagar diners i perdre temps i sofrir viatges carregosos per ocupar-se d'animals vells, malalts, agònics, inútils! Tot plegat per morir amb una mica de decòrum, de noblesa, de decència, fins i tot amb una certa bellesa i majestat... ¿On s'era vist?

Perdonava la murga que en Ton i la seva dona m'havien donat durant tot l'àpat per aquella informació. Sentia que els cavalls morts m'acostaven al món de les primeres vivències i m'atreien amb una curiositat infantil, mòrbida. El documental havia sigut només una excusa. El que m'empenyia era l'aire de novetat, de llibertat, de risc que suposava aquell fet d'acarar-se a la mort amb els ulls oberts, decidits, lúcids.

—Quedem a mitja tarda —vaig fer jo, tot tornant a la meva habitació—. Ja em faràs un crit quan sigui l'hora d'anar a veure els cavalls.

12

EN TON CONDUÏA UN QUATRE PER QUATRE NOU. ANÀVEM TOTS dos sols. Vam deixar el poble enrere, agafant la carretera que feia la volta per fora d'un cap a l'altre, fregant les cases i travessant el riu per un pont nou. No dèiem res. Potser en Ton endevinava les onades de records que em pujaven al cap i que jo em resistia que es transformessin en emocions. Pels afores hi havia cases noves, del tipus torre amb jardinet, però el conjunt que formaven el pont vell amb l'església al capdamunt i els carrers més arraulits al seu entorn era idèntic, una postal.

Mirava les fàbriques abandonades a la vora del riu, algunes només amb les parets negres dels incendis o mig enrunades, amb les finestres de les quadres desballestades, obertes al buit. Només algunes, les més importants, semblaven esforçar-se per conservar l'aparença dels bons temps del tèxtil. Dotzenes i centenars de finestrals tancats, sense cap fressa a dins, esperant una possible resurrecció. El temps havia ensorrat tota una època.

Vam agafar el camí d'una antiga colònia, a les envistes dels boscos i les cinglers de les Guilleries. Aviat vam començar a baixar per una carretera de sorra, plena de sots i invasions herbòries, gairebé inservible. La mola majestuosa del Montseny, a l'altra banda, es va anar empetitint fins a desaparèixer. Com si no volgués protegir-nos en aquell descens a l'avenc.

Jo em fixava en tot per esborrar les imatges que m'omplien el cap. Havia desitjat per primer cop, de manera plenament conscient, un retorn a la infantesa, i ara feia esforços per enterrar altre cop la memòria.

Sempre m'havia pres la crònica familar, tal com la recordava i tal com el pare me la va contar per sobre perquè no li agradava remoure el temps passat, com una història llunyana, petita, sense cap classe de grandesa. Una miserable saga de perdedors aclaparats pel pes del fat. Lluny del desafiament majestuós dels cavalls que anàvem a veure, que plantaven cara al destí final amb una impassibilitat i una presència que portaven a la sang. O almenys, era el que jo imaginava pel poc que m'havien dit i m'havia encès la imaginació.

Havia passat uns quants estius a casa de l'àvia, al poble. I després, molts caps de setmana, durant els dos anys d'internat a la capital de comarca. Els estius, el pare m'hi portava amb el Siscents i m'hi deixava un mes o dos. Ells, el pare i l'àvia, no parlaven gaire, com si els fes por petonejar-se o abraçar-se. L'àvia treia alguna cosa per berenar i el pare seia i menjotejava una mica, com per no menysprear l'obsequi. L'àvia em feia festes i m'assegurava que m'ho passaria molt bé, que faríem fontades, que em deixaria anar amb els amics del poble, que a la nit sortiríem a la porta de casa, amb els veïns, per prendre la fresca... A mi, aquelles vacances em semblaven cada cop més una penitència, una factura que el pare pagava per un deute contret amb l'àvia temps enrere, i el preu era jo. L'àvia era molt vella, havia treballat a la fàbrica tota la vida, «per treure les castanyes del foc —deia— i encara no me'n vaig saber sortir, tota sola»; l'avi, el pare del pare, havia mort a la presó condemnat per republicà del morro fort. «Vaig aguantar fins que no vaig poder més», continuava l'àvia, i aclaparada per les desgràcies i la misèria va haver de deixar el pare amb deu anys a mans d'uns senyors molt missaires que es van ocupar que fes el batxillerat mentre vivia amb ells, com un afillat.

—Ja gairebé hi som —va dir en Ton—. ¿Et recordes de com era abans?

Abans era una colònia tèxtil, Còdol Dret, l'edifici imponent de la fàbrica al centre del conjunt, i al voltant, a banda i banda, tot de casetes de planta baixa idèntiques, el mateix color blau mecànic a portes i finestres, el color oficial de la colònia, i una esglesiola amb escola i dependències parroquials al final, al lloc on les dues fileres de cases es trobaven darrere la fàbrica, arran mateix del riu. Ara, a mesura que ens hi acostàvem, es notava tot atrotinat i sense la brillantor del color blau, la teulada de la fàbrica mig enfonsada, les casetes abandonades, l'església i l'escola que gairebé no es distingien entre els excessos de vegetació que envaïen la colònia pel darrere, arbres i arbrissons, mates espesses d'un verd triomfant, agressiu, que amenaçava de convertir-ho tot en un tros més de bosc.

—Més o menys —vaig dir jo—. No hi venia gaire, per aquests verals.

La infantesa era el bosc, la llibertat del bosc, la potència dels arbres, la intensitat de la verdor, el misteri de l'espessor, l'ànsia de la infinitud... Això era la infantesa, la part de la infància que contrastava amb el paisatge retallat de teulades irregulars i façanes grises de la ciutat que tancaven l'horitzó. La infantesa era la figura de l'àvia, el seu silenci, els seus ulls humits, els moviments feixucs, el somriure perenne a la boca, els seus comentaris divertits, sempre indirectes quan tractava de fets familiars, com el divorci dels pares.

—Les àvies hem aguantat massa i les mares massa poc —deia amb veu pausada, que no acusava ningú—. Ja veurem com t'ho trobaràs tu amb les noies d'ara, ja caldrà que t'espavilis per sortir-te'n millor que nosaltres.

O bé:

—¿Saps què passa? Que els homes no han canviat gens i les dones ja no són el mateix.

O també:

—Oh, no et pensis pas que em queixo! Jo no em queixo de la meva sort. Vaig tenir l'home que vaig voler, i amb això ja n'hi ha prou per omplir una vida. Tota la resta, per més que s'hagi de patir, no té importància. Però hi ha persones que no saben què volen i ho volen tot i tot no pot ser. Són tan bons per ells que no valen res pels altres. Si vols anar bé, una sola cosa o una sola persona ho ha de ser tot.

L'àvia sempre deia:

—Jo ja me'n vaig i no ho veuré, però em penso que ara el món va malament perquè ningú no vol sacrificar-se per res. Jo ho veig així, és com si en un joc del que sigui, l'acuit a l'amagada o el cavall fort, ningú no vol perdre... ¡Malament rai, si ningú no vol parar i encalçar els qui s'amaguen o ajupir-se i deixar-se pujar a l'esquena!

Entenia que la nostàlgia de la infantesa que m'havia agafat al sopar amb la Regina per la presència de la serventa equatoriana era en realitat i en gran part el record de l'àvia. Possiblement la figura humil, eficient i disposta de la Consuelo m'havia recordat les dones del poble durant les meves vacances i sobretot la imatge de l'àvia, totes igualment humils, feineres, eficients i dispostes. Gairebé segur que aquesta figura ja no existia, i el retorn a la infància i les ganes de tornar al poble no eren res més que el desig amagat de comprovar-ne la desaparició definitiva. ¡Però si ja no hi havia ni àvies! ¿Qui volia ser vell, avui dia? Una humanitat uniformada intentava allargar la joventut amb elixirs diversos. ¿Serien possibles avui dia el suïcidi de l'Emma Bovary, la fugida de la Laura, la mort buscada sota el tren de l'Anna Karenina, el fracàs de l'Ana Ozores...? Sí, és clar que sí, cada dia hi havia suïcidis, fugides, morts violentes, fracassos...

—Ja hi som —va dir en Ton, deixant el cotxe en un prat, a l'entrada de la colònia.

Vaig sortir, sense dir res.

—L'amo es diu Pere, en Pere dels cavalls —va explicar el meu hostaler dirigint-se cap endins, jo al seu costat.

No hi havia portes. La carretera arribava fins a l'entrada de l'antiga fàbrica, travessava la doble filera de casetes i després es bifurcava en dos carrers que encerclaven l'edifici central amb només una fila de cases a cada banda fins al final de tot, en què els dos braços es tornaven a trobar a les escales de l'església i l'escola. L'aire feia olor d'estable i no es veia ningú per enlloc. En Ton avançava per l'antic carrer de la dreta, com si anés buscant algú, i jo el seguia unes passes enrere, mirant les cases transformades en quadres, algunes sense portes o amb la porta partida per la meitat, les finestres sense vidres i algunes amb reixats, amb palla a dins i una forta olor de bestiar.

Al final del carrer va aparèixer un cavall roig, que es passejava lentament, amb el cap baix, el ventre una mica inflat i la crinera desmanegada. El cavall, que s'aturava i avançava a batzegades, com si no sabés on anar, va alçar una mica el cap i el va girar a un cantó per mirar-nos amb un sol ull, com una taca d'aigua. Es va quedar aturat al mig del carrer com una estàtua, com si s'hagués quedat travat pel seu propi pes.

Mentre en Ton s'acostava al cavall i l'amanyagava, jo vaig entrar en una de les casetes convertides en estable. Les parets d'obra o envans que separaven el menjador de la cuina i el dormitori s'havien aterrat per fer-ne un espai únic, tot i que es notaven les antigues estances pels colors dels murs de la casa i tot de cicatrius de maó. El terra era ple de palla i la pica de l'antiga aigüera s'havia convertit en abeurador i menjadora. No hi havia cap cavall, però, només la ferum intensa de la femta.

Vaig sortir per la porta del darrere, que donava a un antic hortet ara enganxat als de les cases veïnes, i tot plegat formava un prat rectangular que arribava a la falda del puig que s'alçava a poca distància. Al prat hi havia nou o deu cavalls que pasturaven tranquil·lament. Em vaig fixar sobretot en un de negre lluent com l'atzabeja, amb fils blanquinosos als peus, i en un de blanc una mica brut i menys elegant. Els altres eren de color roig més o menys intens. Tots semblaven pacífics, de moviments lents i formes una mica feixugues, com si els hagués abandonat la lleugeresa i el vigor. Vaig acostar-m'hi sense que cap d'ells semblés inquietar-se per la meva proximitat, no van fer cap moviment ni van dignar-se a alçar el cap o a girar-lo per mirar-me. De prop la pell semblava més seca, amb llargues estries a les cames i als costats i els unglots mig desfets, desmanegats. Alguns tenien els ulls plens de mosques.

El cavall negre va començar a caminar a poc a poc fins a una de les casetes i jo el vaig seguir una mica apartat. Es movia amb la parsimònia i l'elegància dels grans senyors avesats a l'admiració, als afalacs i al triomf.

—¡Negre, fot el camp! —vaig sentir una veu que el renyava des de dins de la caseta.

Era una veu estranya, trencadissa, com de dona o de noi molt jove, però el cavall no es va moure. Vaig esperar per si sentia algun altre crit, però no es va sentir res més. Em vaig acostar amb precaució a la caseta.

La porta del darrere havia estat arrencada i el pas era lliure. Hi havia també una finestra sense bastiment i vaig mirar a dintre.

Per la porta oberta del davant es veia el cavall negre, que havia sortit al carrer. En Ton i el cavall roig devien ser més endavant o més endarrere, no se'ls veia. I al mig de la quadra, inclinat d'esquena a una menjadora de fusta penjada a la paret, hi havia un noiet nu de cintura per amunt i un cavall fosc, d'aparença més jove que els que havia vist abans, que li acostava el morro a la pell com si li fes festes.

—Molt bé, Xeic, ho fas molt bé —li deia el noi en veu baixa, sense girar-se.

Des de la finestra veia que el noi tenia l'esquena ratllada, amb dues llargues línies vermelles i tot de cicatrius menors, blaves i roges. El noi no es movia, inclinat com en un altar. I la llarga llengua humida i rosada del cavall li llepava les ferides amb delicadesa.

13

NO VAIG INTERPRETAR BÉ AQUELL SOBTAT INTERÈS PELS CAvalls fins que el vaig associar als éssers indefensos, vulnerables, sotmesos al poder del més fort, igual que els infants, els immigrants, les dones..., els animals.

A la universitat m'havia inscrit en un seminari de filosofia sobre l'animalitat, en el qual a més de parlar de la semblança o afinitat entre l'home i l'animal, i de la compassió envers tots els éssers vius com a condició indispensable per a un concepte complet de dignitat, hi havia una part pràctica sobre els drets dels animals i les organitzacions que els defensaven. El professor era un catedràtic de filosofia de la ciència, mig alemany, que atacava amb fúria els toros i donava suport a les organitzacions ecologistes, tot i que les trobava massa esquerranoses. Ell era l'ànima del curset i a mi em va atreure, entre altres coses, perquè em servia de pantalla per excusar la meva despolitització, tant en organitzacions estudiantils com polítiques, en el moment en què la nova llibertat donava empenta a totes les possibilitats d'intervenció en els partits. La causa dels animals i la dels ecologistes eren unes de les que em semblaven més honestes, allunyades de les politiqueries i mesquineses que havia vist a casa, amb l'exemple del pare. Recordava el professor comentant frases tretes d'un filòsof francès de moda, com ara: «El feixisme comença quan s'insulta un animal, fins i tot l'animal que hi ha en l'home.» O bé: «L'idealisme autèntic consisteix a insultar l'animal que hi ha en l'home o a tractar l'home com a animal.»

Aquest reconeixement de l'animalitat en l'home, en un temps en què el poder de la reacció carca es notava fins i tot pels carrers amb manifestacions que barrejaven el feixisme residual amb el catolicisme en retrocés, m'engrescava. Recordava molts d'aquells actes contra la llibertat, que a vegades acabaven amb violència, bé per les contramanifestacions que tenien lloc a les portes d'un cinema perquè s'hi estrenaven pel·lícules minoritàries amb títols considerats una provocació blasfema, bé pels atemptats a les revistes humorístiques a causa de caricatures o ironies sobre temes polítics. La transició no tolerava cap postura crítica o foteta.

No era estrany, doncs, que aquella insòlita combinació d'un noiet que semblava tenir quinze o setze anys i un cavall abandonat a la seva sort em produís una fascinació gairebé morbosa.

El noi tenia una espatlla llarga i delicada, de pell blanca zebrada per les ratlles vermelles, amb els omòplats —el plat de l'esquena— que es movien alternativament i accentuaven la curvatura del cos anònim i el dotaven de vida pròpia, com un peu que es mou per dessota d'una taula, segons les carícies de la boca i la llengua del cavall. Les llepades de la bèstia deixaven a l'espatlla del noi uns regalims de bava humida que apagaven la brillantor del vermell de les ferides com si hi passés pel damunt un reguerall de plata.

De sobte, en Ton i el cavall roig van aparèixer per la finestra del davant de la casa i el noiet es va alarmar.

—¿On t'has ficat? —va començar a cridar en Ton des del carrer, sense aturar-se, tirant endavant.

El noi es va dreçar com un jonc que s'allibera de la força que el tenia doblegat, es va posar la samarreta que havia deixat al costat, a la menjadora, va apartar el cavall amb un gest decidit i amable i, mentre es ficava els faldons dins les calces, va sortir a la porta del davant.

Jo vaig tirar enrere i vaig travessar per una casa de més amunt per sortir també al carrer, sense que el vailet pogués sospitar que l'havia espiat.

—Sóc aquí —vaig cridar jo—. Mirava aquesta quadra buida. Els cavalls són al prat del darrere.

—Hola, noi —en Ton va tornar enrere per acostar-se al vailet, que no s'havia mogut de la porta de la casa.

—Hola —va fer ell, amb veu plana—. En Pere no..., ell és fora.

El noi girava el cap per mirar-nos alternativament a en Ton i a mi, com si demanés al meu amic si em coneixia, qui era jo.

—Acosta't —em va dir en Ton, ja al costat del vailet—. Aquest és en Marçal, l'ajudant de l'amo.

I adreçant-se al noi:

—Aquest és un amic periodista de la televisió que potser farà un documental sobre els cavalls.

En Marçal em va mirar amb ulls freds, més aviat amb hostilitat. No vaig gosar allargar-li la mà perquè ell les tenia al darrere i no va fer cap gest per moure-les.

Era un noi alt i esvelt, més alt del que corresponia a la seva cara de nen. Tenia uns ulls grans, de color oliva, el nas arremangat i els llavis molsuts. Les galtes rosades, com enrojolades per la timidesa, eren com una resta de la infància que perdurava en tot de detalls d'un cos que havia crescut massa. Portava una samarreta de màniga curta, blanca i bruta, uns pantalons negres de fer feina i unes sabates plenes de fems. Tota l'atenció i l'energia se li manifestaven en la mirada, nerviosa, atenta, lluent. Hi havia una cosa especial, magnètica, en aquella mirada, i el posat una mica corbat, trencadís, com si tingués dificultat per mantenir-se dret, era com un signe de debilitat, de cansament.

—Està amoïnat perquè creix massa de pressa —va bromejar en Ton— i no podrà ser un bon genet. Prim, sí que ho és, però si no para de créixer, pesarà massa per fer córrer un cavall.

—S'haurà de posar una pedra al cap —vaig seguir la broma, jo.

El noi em va mirar amb odi.

—Bé, ¿què ens pots explicar que pugui interessar a aquest amic? Aprofitem el temps, mentre esperem l'amo.

El noi no va dir res, ni va fer cap gest que semblés que havia entès la invitació d'en Ton. Va continuar amb el cap lleugerament inclinat mirant a terra, sense dir ni una paraula.

—Farem un tomb pels prats —va dir en Ton— per veure els cavalls. ¿Ens acompanyes?

Jo em vaig posar al costat de l'hostaler i després d'unes passes el noi va seguir-nos amb desgana. Els dos cavalls, el roig i el negre, tiraven carrer avall molt lentament.

—Deuen anar cap al riu a beure —va dir en Ton—. A vegades, l'aigua del pantà arriba a frec de les cases.

En Ton va girar el cap per convidar el noi a afegir algun comentari, però el noi va abaixar els ulls i no va obrir boca.

—Fan la volta i entren al prat per la part de baix, ¿oi? —va continuar en Ton—. No els deixen que s'acostin al riu. Si s'entrebanquessin i es fessin mal, podrien negar-se.

—Tenen ai...gua —vam sentir que deia el noi amb una veu fluixa, que tant podia ser de timidesa com de tartamudeig—. Als seus boxs, tenen ai...gua.

Vam travessar una de les casetes i vam sortir a la part del darrere, on ja havia estat abans.

—¿En dius boxs, tu? —li va dir en Ton, més que res per amigar-s'hi més.

El noi va moure una mica el cap per afirmar-ho, com sorprès de les preguntes estranyes que fèiem.

Vam seure en un banc de pedra, resta de l'antic hort, en un espai que ara s'havia menjat el prat. El noi va quedar-se dret molt a prop nostre. Els cavalls continuaven pasturant amb moviments feixucs, com si cada gest els costés un gran esforç.

—¿Vénen de molt lluny? —vaig preguntar jo.

El noi va fer que sí amb el cap i va mirar a l'infinit com si volgués indicar l'altra punta del món.

—També n'hi ha que són de gent de la comarca que els ha tingut sempre i que, en fer-se grans, com que no serveixen com abans, els venen —va explicar en Ton—. Hi ha de tot.

—¿S'enyoren, els que vénen de lluny? —vaig continuar jo.

—Sí... —va dir el noi, a qui la pregunta semblava interessar més—, no és pas pels amos d'abans..., no, pels amos no. Els primers dies... es troben estranys pel bosc... i el riu... i tot...

—Pel paisatge —el va ajudar en Ton—. Els cavalls són animals molt espantadissos i sovint tenen por dels llocs que no han vist mai.

El noi va fer que sí amb el cap tres o quatre cops, amb força. Semblava que s'havia trencat definitivament el gel amb el vailet. Com que ell mantenia sempre els ulls baixos o mirant al costat, jo l'observava per atrapar algun senyal de les cicatrius que amagava a l'esquena, una inclinació, un gest amb la mà a l'espatlla com si es gratés, una ganyota de dolor..., qualsevol cosa, però el noi es mantenia només un pèl inclinat i sense cap signe de molèstia, com si fos un altre i l'única cosa que portés al damunt fos el pes del creixement.

—¿A tu et coneixen?

En Marçal em va mirar com rient-se de la meva ignorància. Es veia que li agradava el tema.

—Els cavalls tenen bona memòria —va dir sense dificultat, aquest cop, com si hagués arrencat a parlar—. Si el cavall està bé amb tu, llavors pot ser el teu amic.

—¿Els teniu tots aquí? —vaig preguntar.

—Els més vells, només —el noi va dir «veis»—. Van bé per aprendre a mun...tar. Tranquils. Estan malalts..., van coixos, tenen ferides a l'esquena.

—Els cavalls tenen unes potes molt fràgils —en Ton va afegir informació, amb ganes de col·laborar—, i qualsevol problema greu, com el fet que se'n trenquin una, en comporta la mort.

—I... el tap als budells —va dir el noi—, és el que tenen més sovint.

—Els vells tenen tota la llibertat —va continuar en Ton—, mentre que tots els altres es passen bona part del dia tancats en els boxs, com diu en Marçal. I els poltres s'han de domar, sense por però sense perdre'ls el respecte.

—La ratlla..., un tros mort... —va començar en Marçal, amb dificultat.

En veure que no se'n sortia, en Ton el va ajudar:

—Vol dir que els que han estat malalts porten una ratlla a la peülla. És la ratlla de la temporada que han tingut un cop de sang, com el senyal de la tardor als arbres. Els en queda un tros mort.

En Marçal assentia amb el cap i se li animaven els ulls.

Jo vaig girar el cap per mirar les casetes, per si n'hi havia alguna amb cavalls joves a dintre.

—Els joves... són a l'altra banda, a l'altre carrer —va dir el noi, entenent la meva curiositat—. No els tenim tots... aquí, aquí no.

—A vegades hi ha gent que en lloga un o dos per passejar una mica i se'ls enduen tres o quatre dies..., els fa gràcia. Però alguns no els lloguen mai, els amos no ho volen.

—No... —el noi tornava a parlar amb dificultat—, ara només en tenim un deixat a la Mallola, amb la Laura.

Vaig estar a punt de preguntar qui era la Laura, però no vaig dir res per no demostrar massa curiositat.

—Abans els por...ta...ven amb camions —va continuar el noi—. Ja duen la muntura i només han de treure'ls i cui..., cuidar-los. Ara els porto jo.

—Però..., ¿què en fan, per què els volen, qui els munta...? —la veu se m'havia animat i jo mateix vaig notar-ho.

El noi es va mirar en Ton com demanant-li si jo hi era tot o què. Va respondre en Ton:

—¿Què vols que en facin? S'hi passegen. Els cavalls vells, sobretot els que han fet raids pel desert, van molt bé per portar dones i criatures. Pel desert es corre molt, però la sorra els destrossa les potes. Quan arriben aquí, caminar pels prats d'herba els sembla com si volessin, el cel.

—¿Com ho saps tu, això dels raids i del desert...?

—Els manàgers d'un xeic de Dubai, Muhammad bin Raschid, van proposar a un xicot del poble que treballava aquí, com en Marçal, d'anar a fer de genet allà, a entrenar cavalls per als raids àrabs. Un raid és una cursa de cent quilòmetres. El noi ve a veure la família, de tant en tant. I ell i els manàgers del xeic han menjat moltes vegades a casa, per això ho sé tan bé. En Marçal espera amb candeletes conèixer bé els animals, la tècnica i el medi per veure si li ofereixen la mateixa feina, ¿oi, noi?

En Marçal va fer que sí amb el cap.

—Per a un genet, els Emirats Àrabs són el paradís. Ni el mateix xeic sap quants cavalls té. Només per fer raids té quatre mil cavalls escampats pel món. Per a ells és una afició com aquí el futbol. La màxima rivalitat és entre Dubai i Abu Dhabi. Els cavalls que arriben aquí vells no vénen d'allà, són els que té per Europa, a França sobretot.

Jo no sabia com fer tornar la conversa cap a la Mallola i aquella Laura misteriosa.

—La Mallola és una casa de pagès, ¿oi? —vaig dir—. ¿Cap on cau?

El noi va fer un gest desmanyotat amb el braç, en direcció al riu.

—A l'altra part del riu —va dir en Ton—. No és lluny, però s'ha de fer la volta al poble.

—¿Hi estan d'acord, els àrabs, que lloguin els cavalls a la Mallola? ¿Són perquè els munti la Laura?

—Mentre el cavall s'ho passi bé i no prengui mal... —va fer el noi.

—Els nois i les noies de l'escola hi juguen i els va molt bé... —va dir en Ton, mirant de reüll el vailet—. Aprenen a muntar.

«Una casa de colònies», vaig pensar jo.

—¿La Laura...? —vaig començar jo.

—És la meva... ami...ga —va dir el noi—. És com jo.

—En Marçal va a la Mallola un parell o tres de cops per setmana, hi porta un cavall i s'endú el que tenen.

En Ton va mirar el noi per veure què hi deia, però en Marçal no va dir res, com si la cosa no l'afectés. Després va mirar el rellotge i va dir que no es podia esperar més.

Vam deixar en Marçal davant la porta d'un dels boxs, que en deia ell, amb la mirada com perduda, interrogant, jo pensava que preguntant-se el perquè d'aquella visita.

A la pujada, dins del cotxe, jo vaig dir com si res:

—¿Es pot visitar la Mallola?

En Ton va trigar a respondre, com si es rumiés la resposta:

—Són una gent molt estranya. No sé si t'hi deixaran acostar.

Em va semblar que en aquell moment no havia de dir res, que era més prudent esperar a l'hora de sopar o una altra estona per estirar-li la llengua sobre aquell lloc.

En acabar de sopar, quan ens vam asseure en Ton i jo al bar de l'hostal per prendre cafè plegats, un a cada banda del taulell, vaig preguntar-li:

—¿Què hi ha a la Mallola que no m'hi pugui acostar?

—No hi ha res d'especial —va somriure en Ton—. El lloc, vull dir, no té res d'especial.

—Deu ser per aquí a prop, si el noi hi va un parell de cops per setmana.

—No tan a prop. És a dins de les Guilleries. Una bona mitja hora de camí, hi ha. També s'hi pot anar per un altre camí, pel Montseny.

—¿Vols dir que són les persones, les que són especials?

—Una mica —en Ton va riure, evasiu—. La gent que viu en aquestes masies entaforades enmig del bosc són una mica salvatges, repelosos, no els agraden les visites, millor dit, no volen que els visiti ningú, tots et reben amb una cara de fàstic que et treu les ganes de dir-los ni Déu vos guard.

—¿I tenen una casa de colònies amb aquest caràcter?

—¿Qui t'ha dit que és una casa de colònies?

—Has dit que hi havia nois i noies.

En Ton va fer un gest amb les mans indicant vaguetat, ignorància, misteri:

—Hi van d'excursió. Tenen una pallissa preparada per als joves i hi fan classes de..., ¿com en diuen?, experimentals, agricultura, coses així.

—¿I viuen d'això?

En Ton em va mirar amb curiositat, com si es fixés per primera vegada en mi.

—¿De debò t'interessa aquest lloc? ¿No pots trobar una altra... localització, com en dieu vosaltres? Hi ha deu cases més boniques i vint trossos de bosc o de muntanya més atractius, visualment més atractius. Tu els has de conèixer de quan venies al poble de petit, a l'estiu. ¿No te'n recordes, de la Mallola?

—No gaire. Em sona com altres cases de pagès: la Coromina, la Garriga, el Raurell..., una masia important, i prou.

—Per als paisatges no tindràs problemes, hi ha mil indrets per triar.

—El noi..., en Marçal, podria sortir en el reportatge sobre el geriàtric equí. I la Laura i els joves de la granja experimental.

En Ton va esperar un moment per contestar:

—La Laura no ho voldrà de cap manera. No volen sortir mai enlloc. Ni la mare ni la filla.

Mare i filla. Vaig preguntar, amb la consciència que feia un mal pas:

—¿I si parlo amb el noi i li demano si puc acompanyar-lo quan hi vagi a dur el cavall?

—No ho facis abans que jo no ho hagi dit a en Pere, l'amo.

Em va semblar assenyat.

La cosa es va acabar aquí. Al vespre i tot l'endemà em vaig dedicar a repassar les notes sobre el futur guió. Al matí sortia a caminar fins a les envistes del poble, però no gosava entrar-hi. Una mena de força, una muralla protectora, m'ho impedia. Era com si un pes que em naixia al pit m'anés fent cada cop més sòlid a mesura que m'aproximava a les primeres cases, com si fes més pesat i lent el meu pas i m'anés transformant en mineral fins a quedar clavat en un indret on es podia contemplar una bona vista, o aturat al peu d'un marge darrere el revolt del qual ja començaven els carrers dels afores.

Vaig pensar que podia entrar al cementiri, apartat del nucli de població, a visitar el nínxol de l'àvia, però ho vaig deixar per més endavant, abans d'anar-me'n, em vaig dir. Segurament trobaria la làpida bruta i escrostonada perquè no crec que ningú, mai, hi hagués portat un ram de flors. ¡La pobra àvia, que no passava un sol dia de Tots Sants que no hi anés a netejar i penjar flors en record del seu home! Cada any es passava una bona estona davant el nínxol com si parlés amb algú, un cop per portar-hi flors i una llàntia i un altre per retirar-les.

Però el pare deia que no hi creia, en aquestes coses, i que les persones, com els pobles —potser deia les nacions, ell— tiren endavant gràcies a l'oblit, no a la memòria. Deia que per a la vida sentimental era més important l'oblit que la memòria. Deia que tots, pobles i persones, cal que reprimeixin les emocions si no volen quedar presoners del passat, paralitzats pel record. En l'origen de les famílies i els països rics hi ha algun fet traumàtic, violent, un crim fins i tot, que no es pot suportar psicològicament i que cal esborrar. Les famílies, com les nacions, segueixen unides perquè han après a oblidar els episodis desagradables, els fets brutals que les poden desunir.

I jo em demanava, encara, ¿per què s'havien divorciat, doncs, ell i la mare, si tan important era l'oblit i la família?, ¿què era el que no havien aconseguit oblidar?, ¿quin fet hi havia en el fonament d'aquella unió que no havien estat capaços de superar? M'ho havia preguntat moltes vegades sense trobar resposta. Encara em feia mal acostar-me, ni que fos amb el record, a aquell episodi que em va trencar la vida en dues meitats, abans del divorci dels pares i després del divorci.

Jo era molt jove, i recordo amb pànic que a l'escola encara

tractaven els fills dels divorciats com a casos especials, amb hores de visita a la psicòloga escolar i mirades de commiseració de professors i companys. Ara, em diuen els amics divorciats i amb fills, en inscriure els nanos a les escoles ja els demanen quan omplen la matrícula si són separats, divorciats o parella de fet, sense més complicacions. Però jo vaig haver de passar per la vergonya de l'estigma de les víctimes, en deien, del fracàs familiar. Famílies desestructurades, en començaven a dir. En primer grau, això sí, la meva només ho era en primer grau, perquè jo no havia presenciat mai a casa baralles ni crits ni violència de cap mena. Era estrany, comentava la psicòloga, que tot s'hagués produït de manera tan... civilitzada.

A mi també m'ho semblava, d'estrany, incomprensible em semblava, que aquella pinya familiar que jo havia vist com a indestructible tot d'una s'esberlés per la meitat i no es pogués tornar a enganxar mai més. Un port segur i tranquil que de sobte desapareix com si no hagués existit mai i ja no pot oferir protecció a cap vaixell perdut o en perill per la tempesta.

La mare era una dona serena, bellíssima, de pell blanca i ulls grisos, semblava nòrdica, de la mateix edat del pare. S'havien conegut a la universitat, ella estudiava dret i ell, dret i periodisme, encara no s'havia creat la Facultat de Ciències de la Informació, i es trobaven pels passadissos, al bar, a les festes estudiantils, a alguns seminaris comuns... Ella era més activista i ell sempre s'havia mostrat repelós a apuntar-se a cap causa, a comprometre's amb res, deia que volia conservar la seva independència, explicava la mare, i afegia que ell l'esperava a la sortida de les reunions clandestines i de les manifestacions, sempre al bar de la cantonada, i es mostrava escèptic quan ella li parlava entusiasmada de les assemblees, dels sindicats paral·lels, dels boicots i les assegudes. Ella pensava que quan morís el general dictador hi hauria un daltabaix, i ell responia que no passaria res, que ningú no mouria ni un dit.

—Era enervant —explicava la mare—, jo em creia tot el que deia el partit, i ell em minava la moral fent-me veure el fracàs de les convocatòries de vaga general que gairebé ningú no havia seguit. Discutíem perquè jo opinava que la culpa era de la desinformació i el rentat de cervell dels diaris i la televisió única, i ell, que la culpa era del desinterès i la por de la gent, que el que volien era un Sis-cents i una caseta al Maresme per anar a passar els caps de setmana en pau, que jo no tocava de peus a terra.

La nit de la mort del dictador es van reunir amb un grup d'amics de la corda d'ella i a les quatre o a les cinc de la matinada, quan la notícia els va arribar mentre escoltaven una emissora francesa, van obrir una caixa d'ampolles de xampany. Jo era al llit i feia esforços per no adormir-me i entendre què passava. Ella ja treballava en un despatx d'advocats i es feia un nom com a especialista en dret laboral, i ell treballava de redactor en un gran diari. Sempre deia que era un gran diari, fos el diari que fos, i sempre acabaven tancant tots, primer perquè no podien aguantar el pes de la censura de la dictadura i després perquè no podien aguantar el pes de la competència de la democràcia. Per cada graó professional que pujava ella, ell en baixava un altre o es mantenia en el replà de l'espera eterna cap a un càrrec de més responsabilitat que no arribava mai. El pare va passar per gairebé tots els diaris i mitjans de comunicació de la ciutat, una mostra segons ell de la seva neutralitat política i imparcialitat professional, segons la mare una demostració de la seva indefinició política i incapacitat empresarial. Aquesta indefinició el revestia d'una capa de seny, de reserva intel·ligent, de prudència sàvia, que era molt apreciada pels empresaris i polítics de tots els colors, tant pels que manaven i es preparaven per sobreviure a la mort del dictador, com pels clandestins, que conspiraven a l'ombra en despatxos d'advocats, bancs o empreses culturals per reinstaurar la democràcia. Per això ell figurava a totes les llistes dels futurs càrrecs, però mai en primer lloc.

—Era l'home de tothom... —comentava a vegades la mare—, menys de la persona de qui havia de ser.

Per això, també, quan es produïa la clausura dels diaris o les revistes on treballava, immediatament era rescatat per algun amic de les altes esferes per col·locar-lo en un altre diari o revista, o als gabinets de comunicació i relacions públiques que començaven a crear-se en aquells temps de, tal com deien alguns, tímida obertura. Sempre a l'ombra, com una peça a la reserva en espera de l'oportunitat que no arribava mai, sempre hi havia algú més decidit, més compromès, més agosarat o més barrut que li passava al davant.

—No fa nosa, però tampoc fa gaire servei —reia la mare, quan el volia fer empipar perquè reaccionés o li llançava una ironia en forma de crítica—. Sempre hi és, però no saps mai a quin lloc.

Li van oferir moltes vegades que s'afiliés a un partit, els primers carnets serien els més ben vistos... després; s'entenia després de la mort del dictador, però ell sempre va creure que el principal valor que podia oferir era la imparcialitat, la neutralitat, l'objectivitat.

—L'ambigüitat, la tebiesa, la manca de passió —en traducció de la mare, quan ja s'havien separat.

I això que no es van pas divorciar per divergències polítiques. Les diferències en aquest terreny havien quedat clares i assumides des dels temps d'estudiants. Era alguna altra cosa que jo no vaig saber veure o entendre mai. Els horaris del pare eren caòtics, gairebé no sopava mai a casa, sempre hi havia una notícia de darrera hora, una reunió de darrera hora o una substitució de darrera hora que reclamaven la seva presència fins a altes hores de la nit. Quan no era el tancament del diari, era una estrena important o un sopar d'empresa, i la mare ja s'havia acostumat a fer la seva vida sola, es quedava a casa després de sopar, mentre jo feia els deures, i treia tot de carpetes amb els dossiers en els quals treballava. Estudiàvem en silenci, però ella, de tant en tant, no podia estar-se de llançar algun comentari amarg o irònic sobre la situació. Deia, per exemple:

—La incompatibilitat dels horaris familiars hauria de ser causa de dissolució del matrimoni com ho és la incompatibilitat de caràcters. Ho inclourem a la reforma del codi, si ens ho admeten.

O bé:

—Els bombers o els encarregats de locals de nit veuen més la família que els periodistes.

O:

—Començaré a fer cas de les amigues feministes i reclamaré la proclamació de la família monoparental o, en el meu cas, monomaternal.

Jo m'ho prenia com una broma, com un senyal de complicitat en la invocació del pare absent, en unes paraules que incloïen el pare i trencaven per un moment aquells vespres d'intimitat silenciosa amb la mare. Jo no podia entendre que hi hagués res més.

Però hi havia més, hi devia haver alguna cosa més. Als fills els és molt difícil imaginar les relacions afectives dels pares, i prefereixen sempre donar per fet que són bones. Una mena de necessitat de supervivència i de protecció dels seus espais de felicitat els fa tancar els ulls a les petites desavinences que observen en la convivència, prendre-les com a anècdotes atribuïbles a caràcters diferents, a dèries personals o momentànies, mai com a símptomes d'un mal més profund i aterridor. El fantasma de la solitud i de l'abandonament sempre ronda en el si dels membres més desprotegits de la família, i els rituals festius i les litúrgies anuals són cerimònies grupals per exorcitzar aquestes pors, per mirar d'estrènyer els lligams, per refermar les promeses de fidelitat amb el ritme constant de la roda del calendari, que torna sempre i sempre és idèntica a les commemoracions passades.

No és fins a l'adolescència, quan els joves es veuen obligats a escollir entre les comoditats de la família, que van des de l'estatus social fins a la continuïtat de la professió o del patrimoni, i que poden comportar també la submissió ideològica i la solitud de no pertànyer a ningú, que els fills no comencen a entendre la complexitat de les relacions dels pares i la renúncia que sovint han hagut de fer per mantenir-les.

El pare va escollir sempre la solitud de no pertànyer a ningú. Ho vaig endevinar quan ens va tocar de viure sols, després del divorci, quan la mare se'n va anar a Suïssa a obrir un bufet internacional amb un advocat alemany, amb l'excusa que el futur de la Unió Europea dependria dels especialistes en dret laboral internacional, amb el qual es va casar poc després. Les multinacionals exigien noves estratègies laborals. El pare ho deia així, sense ressentiment, amb una gran malenconia:

—Va començar per defensar els obrers i ara està al servei de les multinacionals que els exploten. Hem passat de dignificar el treball a precaritzar-lo. És un canvi subtil, un pas estret, com el de l'amor a la indiferència. L'estimació també es pot dignificar o precaritzar amb contractes temporals i deslocalitzacions. Sortiria més rendible estimar-nos a Suïssa.

Jo no deia mai res. Entenia la seva ferida. Ell no parlava mai malament de la mare, i la mare trucava cada dos per tres per preguntar per ell, per mi, per la feina, pels estudis, per quan jo aniria a Zuric a visitar-la... Deia que m'havia buscat una bona universitat a Suïssa per quan acabés el batxillerat, que la universitat l'havia de passar amb ella i amb en Bernd, l'advocat, i el pare somreia i no deia res, quedaven uns quants anys, encara... Fins que va arribar la notícia que ella i en Bernd s'havien estimbat amb el cotxe, tot anant a esquiar a Àustria: el cotxe havia relliscat per la carretera gelada i havien anat a parar al fons del barranc, destrossats.

A partir d'aquell moment, el pare, i potser jo també sense advertir-ho, va semblar il·lustrar aquella dita que vaig sentir cantar a un personatge d'una òpera, que no hi ha alegria en la bondat, ni joia en la maldat, només una vastíssima i eterna solitud.

De la mateixa manera que en un primer moment, a la infantesa, els nens no volen entrar en la intimitat dels pares ni en les causes profundes de les seves discòrdies, més endavant, de joves, sobretot, quan s'han d'acarar amb el seu futur, furguen en els records per trobar el punt de desunió i entendre'ls més, acceptar-los més. Jo vaig atribuir la causa del divorci dels pares a la insatisfacció de la mare i a la vocació de solitud i independència radical del pare. La vida de la mare estava envoltada d'activitat, de participació, d'una mena d'escalfor vital que encomanava a les persones que tenia més a prop; en canvi el pare portava sempre un aire de reserva, de cautela, de llunyania. Semblava que la mare sempre esperés alguna cosa del futur, i el pare, al contrari, era com si s'hagués deixat alguna cosa important al darrere, en el passat.

—És com una criatura —opinava la mare—, sempre espera algú que decideixi per ell, es deixa portar com un infant.

—No està mai contenta amb el que té —deia el pare—, ¿algun dia es podrà quedar tranquil·la sense esperar res més?

Era com si el pare l'acusés d'alguna malaltia que l'obligués a moure's, a buscar oportunitats, a conèixer nous amics, a interessar-se per tot... Ara pensava que potser era la infecció que va agafar la Laura, com la Karenina, i la Bovary o La Regenta. Moltes dones d'aquella època van descobrir aquesta infecció que va minar el matrimoni. La insatisfacció i l'avorriment, la llibertat i el desig, la imaginació esbojarrada i una nova societat... Des d'aleshores el matrimoni havia quedat ferit. Els contractes temporals convenien a la bona salut de les empreses, i el matrimoni també era una empresa.

—¿Per què no et cases? —explicava la mare que demanaven en els seus temps d'estudiant al catedràtic de dret canònic i matrimonial, un professor que feia sortir de classe les alumnes durant els quinze dies que tocava explicar les causes de nul·litat matrimonial que ell considerava massa explícites, amb les proves de consumació nupcial i les diferències entre matrimoni rat i consumat o rat i no consumat, amb tots els detalls escabrosos, perquè, malgrat la seva fama de faldiller (li deien «el Bisbe del Rigat» perquè es passava les nits en aquest local de la plaça Catalunya), era d'una rigidesa extrema amb el dogma catòlic i volia protegir l'honestedat de les alumnes.

—No em caso per la mateixa raó per la qual no tinc cotxe —responia ell, amb tota la seva fatuïtat—: perquè hi ha taxis.

Els pares reien quan la mare explicava aquestes coses i em miraven a mi, amb l'esperança que no hagués copsat tota la intenció de l'anècdota. Però jo recordava aquestes bromes i altres que es feien, sempre iniciades per la mare, i més tard, en pensar-hi, les atribuïa a l'interès d'ella per moure una mica la impassibilitat del pare, o bé per donar els primers senyals de l'esllavissament del seu matrimoni.

Fins i tot en els seminaris o en els cursets especialitzats que ens obligaven a seguir als guionistes a la televisió a fi de perfeccionar la feina, i que impartien professors estrangers —al principi tots brasilers o veneçolans, que eren els grans especialistes en els fulletons de més èxit—, entre les normes essencials i els resums que dictaven n'hi havia un que deia que no podia haver-hi cap parella sense conflicte, i que no hi podia haver cap matrimoni que aguantés tots els capítols, cap passió era capaç d'aguantar la tensió de més de dos-cents episodis seguits.

Coneixent els directius de la Santa Casa i la seva armadura ideològica, havia d'entendre que el que em demanaven no era que presentés el problema que des del segle XIX infectava i corroïa la institució matrimonial, sinó que trobés un remei per a aquesta malaltia. Així com a Hollywood era obligatori un final feliç, aquí els nostres pròcers de la comunicació de masses exigien la ficció d'una medecina per a tots els problemes. O, com a mínim, un pal·liatiu.

14

EN PERE, L'AMO DELS CAVALLS, VA DEIXAR-SE CAURE PER L'HOStal abans de dinar per conèixer les intencions que ens havien portat a visitar Còdol Dret.

—El noi és un talòs —va dir-nos a en Ton i a mi, asseguts a la barra del bar—, un ruc de feina, però no toca ni quarts ni hores. Tot el que us interessi sobre els cavalls us ho puc dir jo.

Era difícil explicar-li que el que m'interessava del noi era com s'havia acostat a la vida de les bèsties. A la seva edat molts solen veure el bestiar com un món allunyat, aliè i menyspreable. Després d'haver conegut l'escenari i el noi, amagava la curiositat per descobrir la intimitat que havia sorprès del vailet amb el cavall, el secret de les seves ferides. I les dues Laures.

—Pel que fa al que m'heu demanat d'acompanyar el noi, la cosa ja és més peluda —en Pere feia una magarrufa i girava els ulls cap al sostre per expressar la dificultat del tema—. En Marçal va a la Mallola perquè se'n fien, és... com us ho diria, jo, és com un vet'ho aquí, no té malícia, és de bona jeia. I ell també aprofita els exercicis que fan al prat amb els altres afectats. Abans venien a Còdol Dret a jugar amb els cavalls, de fet encara hi tenen un lloc en una quadra de la fàbrica, però des que han reformat la pallissa, els va millor allà, a la Mallola. Així la Laura no ha de sortir de casa.

Va fer una pausa i fa afegir, com per tancar la qüestió:

—Els jardins ja no fan el goig que feien abans, i la casa tampoc. Us puc fer veure dues o tres finques al mateix indret o més cap al Montseny, molt més espectaculars i on podreu gravar les cintes que vulgueu. I pels cavalls, no patiu, que triaré els millors, no els desnonats que heu vist, que estan a punt de morir.

Jo vaig assentir lleugerament amb el cap per indicar que ja entenia les dificultats i que li agraïa l'oferiment. En Ton em mirava com per animar-me a acceptar l'oferta. Quan vam sortir al portal per donar-li les gràcies i dir-li adéu, jo ja tramava altres plans. ¿Amb la paraula «afectats» volia dir els estudiants, els apuntats als cursets, els assistents...?

A la tarda vaig gosar entrar al poble. Algunes cases havien canviat i, en general, la població es veia més neta, amb les façanes pintades, la plaça tota cimentada i els arbres tallats, un redol dur, bancs de ciment i columnes de ciment que no s'adeien gens amb l'entorn. Però el traçat bàsic era el mateix: la mateixa església, el mateix ajuntament, les mateixes escoles nacionals del temps de la República... L'únic canvi radical era la conversió de les fàbriques en esquelets, murs enrunats o baluernes buides on semblava que encara ressonés el brogit de les màquines que es confonia amb la fressa de l'aigua del riu, el sobreeiximent impetuós de les rescloses, els xocs amb el rocam. Un altre canvi era la multiplicació de botigues d'embotits, tots artesanals i del país, i petits tallers de tota mena de feines auxiliars per a la indústria alimentària: envasatge, enllaunament, confitats...

Els carrers eren gairebé deserts, i les poques persones amb les quals em vaig encreuar no em van ni mirar la cara. Vaig entrar al bar Central, al mateix lloc, però remodelat. Vaig demanar un cafè i vaig preguntar a una dona grassoneta que feia de cambrera si sabia l'adreça de la casa d'un noi, en Marçal, que treballava de cuidador de cavalls a Còdol Dret.

—¿Vol dir en Marçal de cal Ferrer? ¿En Marçal Tanoca, amb perdó, vaja?

—No sabia que es digués així —vaig dir.

—Bé, aquí li diem així perquè va una mica fluix de pistó —va somriure demanant-me complicitat—. Ja sap com som als pobles. Pobret, ell no en té cap culpa, és clar.

Em va orientar bé, no em podia perdre, no era gaire lluny, cap als afores, en una casa de planta baixa amb jardinet al davant.

En va sortir una dona de mitjana edat, prima i una mica encorbada, com si l'esquena no la pogués aguantar, vestida de fosc i amb el pentinat cap enrere. Tot plegat la feia més vella del que devia ser. Li vaig dir que buscava els pares d'en Marçal, i em va dir que era la seva mare, com jo havia suposat. Li vaig dir que m'agradaria parlar amb ella, si podia entrar un moment. Ella va fer un gest de dubte:

—És que estic sola, ¿sap? —es va excusar—. El meu home no hi és. No torna fins al vespre.

Jo li vaig dir que podíem seure en un banc de fusta del jardinet; ella s'ho va pensar un moment i, després de clavar una ullada pel carrer, va decidir que era millor entrar a la casa.

Asseguda davant meu a la sala menjador, la inclinació de l'esquena era més pronunciada, com si la tendència del cos fos a l'horitzontalitat completa.

Em vaig presentar com el director d'un programa de televisió que volia fer un documental sobre els cavalls i els seus cuidadors, les noves ocupacions que els cavalls proporcionaven a la gent de la comarca.

Ella m'escoltava amb interès, la paraula «tele» era un bàlsam que curava totes les suspicàcies. De tant en tant la dona em preguntava, plena de dubtes:

—¿Ja servirà en Marçal per a això que volen fer? A ell se li han de dir les coses molt clares i sempre han de ser les mateixes. Va haver de deixar l'escola perquè no podia seguir. ¿Vol dir que no aniria millor un altre noi?

—Ho podríem preguntar a ell —responia jo—. Potser si algun dia l'acompanyés a la Mallola quan va a buscar el cavall que lloguen —insinuava.

En sentir el nom de la masia, la dona va semblar que es redreçava:

—¡Ui! —va dir—. Fer camí amb ell, sí, però sense que ho vegin els de la casa. No volen de cap manera que ningú s'hi acosti. No volen que ningú els empipi, ja ho deu saber.

A mesura que la dona parlava, a mi se m'encongia el cor. No era pas que la casa fos lletja, ni bruta, ni desmanegada, al contrari, hi havia un ordre casernari i una netedat humil pertot arreu, uns quadres a les parets amb unes pintures d'aficionat, escolars, i uns sobretaules i uns respatllers de ganxet al sofà i a les cadires amb un dibuix de labor de col·legi de monges. Tot plegat respirava l'aire asèptic i neutral d'un hospital o d'un convent de clausura, l'aire fred d'una casa d'orfes.

La visita, pensava, si més no m'hauria servit per convèncer-me que entre la gent del poble, obrers i menestrals, els problemes de la parella es devien plantejar d'una manera molt diferent que els de la burgesia del segle passat i de l'actual. Entre les capes socials cultes i ocioses l'escapatòria de les dones —com la dels homes durant segles— era l'adulteri i el divorci; entre la gent de nivell més baix la sortida només podia ser el suïcidi o el crim. Qualsevol forma de suïcidi, fins i tot l'autoimmolació.

—Si no és la Mallola —vaig dir jo—, serà un altre indret, el lloc és igual. També ens podem trobar als estables de Còdol Dret, però hauria de poder parlar amb el noi, tots dos sols, sense entrebancs, amb tota llibertat, per això proposava acompanyar-lo. No voldria aixecar la llebre sobre el documental. Si corre la notícia que la televisió vol fer alguna cosa, de seguida plouen recomanacions, prohibicions, curiositats... Només és un projecte, un primer pas d'exploració, i després, si no es fa, hi ha una decepció general.

Tot, en aquella llar, respirava l'esforç de la vida treballadora i la contenció dels impulsos més vitals, la desconfiança en les forces desconegudes i l'exaltació de l'autorenúncia, l'acceptació submisa de les conductes morals socialment acceptades. Era l'aroma dels estius a casa de l'àvia. Totes les cases del poble devien desprendre amb més o menys intensitat el mateix perfum de llar honesta, i era evident que els personatges sense consciència, alliberats de les convencions acceptades, des de Don Joan a Madame Bovary o a Laura, exercien en ells a la vegada una estranya fascinació i una repulsió immediata, perquè amenaçaven l'ordre establert i el guiatge superior que els protegia i que evitava que caiguessin a la ruïna dels qui es lliuraven als impulsos destructors.

Vaig sortir de la casa amb el cor encongit. La dona va acompanyar-me fins a la porta a dir-me adéu, «estan a punt d'arribar», comentava, però jo no volia esperar més. Em va prometre tota la discreció del món i que en parlaria amb el marit i amb el noi.

Al capdavall del carrer em vaig trobar amb en Marçal. Començava a fer-se fosc, i el noi es dirigia a casa seva sense fixar-se en res ni en ningú. Jo em vaig plantar davant seu, gairebé barrant-li el pas, i el vaig saludar.

—Vinc de casa teva —li vaig dir—. He parlat amb la teva mare. ¿Et puc acompanyar fins al jardinet?

El noi es va quedar parat. Després em va mirar i va fer que sí amb el cap. Vam començar a caminar amunt, sense dir res, i vaig estar temptat de posar-li la mà a l'esquena, però em vaig contenir.

—¿Cansat? —vaig preguntar en un to casual.

Ell va arronsar les espatlles en un gest de treure-hi importància.

—¿Et canses més de les cames o de l'esquena?

El noi em va mirar de reüll.

—Les cames —va dir—. L'esquena..., no. L'esquena és diferent.

—¿Diferent?

En Marçal va fer un gest com si anés a dir alguna cosa però no va dir res.

—L'altre dia —vaig començar jo, amb molt de compte—, a la colònia, vaig passar pel darrere de les casetes, et vaig veure i em va semblar que l'esquena et feia mal.

El noi va respondre immediatament, com si tingués la resposta apresa, sense mirar-me.

—Un esbarzer. Un cavall jove em va tirar a un esbarzer.

—¿Et va fer mal?

Li tornava la dificultat de parlar. Amb treballs, va dir:

—Un bon... juli..., que li vaig clavar. Amb una fusta llarga. Aprenen..., així aprenen el que no han de fer..., així. Si vols... que cre...guin, han de saber qui... mana.

—Molt bé. O sigui que no és res de greu.

En Marçal es va aturar i em va mirar a la cara amb ulls ferms.

—Es...ga...rrinxades, res —va dir, desafiant.

Jo no vaig fer cap comentari. Vam fer unes passes en silenci.

—¿Tu... què vols? —em va dir, directe.

Vaig trigar un moment a reaccionar. Aquell noiet no semblava tan aturat com deien. Potser tenia la llestesa i la franquesa dels benaventurats. No m'havien especificat quina discapacitat patia, el noi. Podia ser només una lleu disminució d'intel·ligència, o un autisme mal diagnosticat, vés a saber.

Vaig decidir tirar pel dret, com havia fet ell. La immediatesa dels infants i dels pobres d'esperit.

—Vull parlar amb l'amo de la Mallola per veure si em dóna permís per retratar la casa, que diuen que és molt antiga, com un palau.

—No hi... és, l'amo —va fer el noi, sec—. No hi viu pas.

—La mestressa, doncs. Et podria acompanyar quan hi vas a portar el cavall.

Tornava a sentir el mateix buit que havia experimentat al restaurant, amb l'Albert Deltell, del *Confidencial*, el sentiment de trobar-me en fals, de no saber mentir amb prou aplom, de no creure'm a mi mateix, de trepitjar un terreny tou que s'enfonsava a cada passa que feia. I ara, els ulls d'en Marçal, el posat seriós d'en Marçal, les dificultats d'en Marçal i el pes de la seva innocència feien més incòmode el meu abús. Si la resposta no em satisfeia, no insistiria més per respecte al noi.

—No ho sé... —va respondre ell, evitant-me els ulls i fent un gest de perplexitat—. La vella..., la Palmira.., mana més que la Laura.

—¿La Laura..., la teva amiga?

Ell va fer que no amb el cap.

—La meva amiga munta els cavalls... Cau, si algú no l'aguanta..., sempre cau. El que més li agrada... és rentar-los, pentinar-los i ama...nyagar-los.

—¿La teva amiga es diu Laura, també?

El noi no em va fer cas, semblava que perdia la timidesa parlant de cavalls.

—No són pas per a ella només. A tots els agraden molt, els cavalls. L'Enric els fa servir per fer-los moure.

—¿Vols dir els nois de la granja?

En Marçal va fer que sí amb el cap. Va riure una mica per sota el nas, per primera vegada el veia alegre, com si fes una entremaliadura. Va dir:

—Els gànguils.

Vaig haver d'empassar-me bé aquella paraula, «gànguils», abans d'avançar, per por d'una ensopegada. ¿Gànguils? La primera imatge que em va venir al cap va ser la d'un ocell de potes llargues i coll corbat de plomatge blanc i rosat. Després vaig pensar que també deien gànguils als gossos que feien carreres, de cos prim i esvelt, com un llebrer. ¿Es referia als llebrers, el noi? ¿Els cavalls jugaven amb els gossos?

—Hi juguen... —vaig dir jo, mirant de no mostrar el meu desconcert.

—Sí..., però no poden pujar-hi, a cavall..., no poden muntar-los perquè com que no tenen gaire força, caurien. N'hi ha que sí que en tenen, de força, però no saben aguantar-se..., no tenen gaires coneixements i hi ha dies que no saben què fan.

¿Gànguils? En la infantesa, a les vacances al poble, fèiem servir aquesta paraula per indicar una persona alta, prima, desmanyotada, «com un gànguil», dèiem.

—¿Són molts...? —vaig dir.

—Van amb el monitor —va respondre el noi, que anava a la seva—. L'Enric, el monitor es diu Enric.

Havíem arribat al jardinet de casa seva. Li vaig dir adéu i que ja ens veuríem quan tornés a la colònia a parlar amb en Pere. Ell va esperar un moment a la porta, fins que vaig ser un tros avall.

Al vespre, a l'hostal, després de sopar, vaig prendre cafè amb en Ton i la seva dona. Li vaig preguntar pels gànguils, que m'havia assabentat que hi havia un grup de gànguils que llogaven els cavalls del seu amic Pere per fer una mena d'esplai o de jocs, el que fos. M'ho han dit pel poble, vaig dir, això dels gànguils ho deu saber tothom, i jo no ho sabia.

—El que passa —va protestar ell— és que a ningú li agrada proclamar als quatre vents, si no n'hi ha necessitat, que tens algú disminuït a la família.

—¿Vols dir discapacitat? —ja començava a veure-ho clar.

—Sí, tares petites... —en Ton va fer un gest imprecís, vague, amb la mà— que no requereixen internament, només tenir els nois ocupats tot el dia, que arribin a casa cansats, retuts. En alguns, si van sols, no hi coneixeries res. I amb els cavalls fan equinoteràpia.

—¿Per què els diuen gànguils?

—Per no motivejar-los d'una altra manera, suposo. Primer els deien els bojos, però no era veritat, perquè de bojos no en són. Gànguils, suposo perquè alguns són molt alts, prims i malairosos, caminen com si trepitgessin vidres, sembla que estiguin a punt d'ensopegar a cada passa, amb el cap penjat endavant com si els pesés massa..., però no tots són així, n'hi ha de ben plantats i noies que fan el seu goig. Ja has vist en Marçal.

—¿En Marçal... és... disminuït?

—No se li nota gaire... ¿Quants anys diries que té? En té dinou o vint i sembla que en tingui quinze o setze, ¿oi?

—¿I per què a la Mallola?

—Tenen una nena amb la síndrome d'Asperger —va dir la dona—, una mena d'autisme. És molt bona en música i ciències, però està carregada de manies i no parla amb ningú, només amb els gànguils i els cavalls. Els amos de la Mallola conviden a tota la colla, així la nena té companyia i no ha de sortir de casa. Si no fos per ells, els gànguils només podrien anar a Còdol Dret i encara rai.

—¿Els amos? Em pensava que l'amo o els amos no sovintejaven gaire la casa..., tinc entès que són tot dones.

En Ton i la seva muller es van mirar, com interrogant-se. ¿Qui em responia? ¿Què havien de dir i què havien de callar? Això és el que em va semblar que es deien amb els ulls.

—Hi ha masovers, és clar —va dir en Ton—. Fan una mica de tot, la dona ajuda en les feines de la casa i l'home fa de jardiner i treballa a la granja... I tenen gent llogada, treballadors escadussers.

—¿I l'amo?

—No viu a la Mallola... —en Ton va alçar les dues mans obertes en un gest de resignació—, hi va de tant en tant, però ell s'està a la ciutat.

—¿Viu amb una altra?

—No se sap ben bé quina vida fa... —va dir la dona, amb veu cansada—, però que se sàpiga no s'ha pas divorciat de la Laura.

Va ser com si la dona hagués pronunciat un nom màgic. Anava a repetir-lo: «¿Laura...?», però em vaig contenir.

—És l'alcalde —va afegir en Ton de mala gana—, i té tot de negocis i indústries que li vénen de família. Un divorci no li convé. No s'ha parlat mai que ells dos no s'entenguessin. Es veuen poc, això sí, i viuen cadascú a la seva manera. Ella, la dona, la Laura, no està gaire bé, ja fa temps que va tancar-se a la Mallola i no en surt gairebé mai, com si visqués en un convent de clausura. Des que va tenir un accident, que ho va empitjorar tot, es van adonar que no..., que no era..., que tenia problemes, vaja.

—Avui dia no és cap vergonya, això —va fer la dona, cosona—, abans sí, abans els amagaven com si fossin esguerrats. En Marçal mateix sembla ben eixerit, i en canvi...

—¿Què té?

—Brots esquizoides. De tant en tant, li agafen atacs com si fos epilèptic. Però fora d'això, és ben normal. I la feina dels cavalls, li ve com l'anell al dit.

—El que no entenc és per què han de passejar la colla de... gànguils amunt i avall, ara a Còdol Dret ara a la Mallola —vaig dir jo per fer temps, necessitava pair totes les dades—, ¿no seria més fàcil fer totes les activitats en un sol lloc?

La parella d'hostalers es van mirar per veure qui responia i cap de tots dos no va dir res, es van arronsar d'espatlles i al cap d'una mica en Ton va balbotejar, com si fos una excusa:

—Són coses dels de dalt. Les autoritats sanitàries. Metges i ajuntaments. Centres de salut. Subvencions. Complicacions.

15

A LA MEVA CAMBRA, EM VAIG TROBAR AMB TRES MISSATGES AL mòbil. Eren d'en Bernat, de la Júlia i d'en Gerard. En Gerard em recordava el sopar de la festa d'aniversari, que l'avisés així que tornés a casa. La Júlia em deia que ja era a Barcelona, que li truqués, que em volia veure i parlar. En Bernat, que tornava l'endemà i que tenia quinze dies de vacances, que pensés alguna cosa per fer plegats.

Vaig deixar les respostes per més endavant i vaig obrir el quadern de treball. Havia de pensar bé què havia de dir a la Júlia i a en Bernat, i si havia de fer l'ofès per malmetre encara més les relacions, o bé havia de fer veure que ja no recordava res per salvar-les. Amb en Bernat seria més fàcil, només havíem discutit perquè m'empipava que continués les visites al grup de gais cristians que, segons el meu parer, li feia perdre el temps i li menjava el coco amb falòrnies espirituals que ell s'entestava a prendre's com un mannà de redempció. Amb la Júlia era més difícil: m'havia plantejat el dilema de l'exclusivitat o el trencament, ja havíem jugat prou, segons ells, i era hora de posar seny i pensar en el futur, ja ens havia passat l'edat de les provatures i les indefinicions.

Mentre repassava les notes, pensava de manera somorta en la manera d'acostar-me a la Mallola. Imaginava el grup de gànguils travessant la comarca en un autocar atrotinat —segur que en realitat anaven en un bus rutilant amb un nom més rutilant, encara, com Niça Cars o Miami Tours— amb la cara d'ulls mongòlics aixafada als vidres, uns ulls absents, buits, inerts. No sé per què m'atreien aquella colla de discapacitats imaginaris. Potser l'esquena tacada de sang d'en Marçal els emparava a tots en la meva imaginació.

I després hi havia la Laura. ¿Havien dit Laura?, em repetia. Ignorava si el nom de Laura era corrent a Comarquinal. La Laura retrobada, la dona de l'alcalde. Feia esforços per imaginar aquella Laura reclosa al mas de la Mallola, amb un infant disminuït, dedicada a una missió humanitària. Veia una Laura malmesa, gànguil, deprimida, fora del món, apartada de la vida, lluny de l'amor.

Però si no recordava malament, les heroïnes wagnerianes no tenen fills. I de les grans heroïnes romàntiques, només Anna Karenina té fills. Com deia un amic amant de l'òpera, cal traduir els herois de Wagner o qualsevol altre personatge mític, real o imaginari, a la realitat, als temps moderns, amb crueltat si convé, cal traduir-los no sols al món i a les circumstàncies burgeses, sinó a la realitat més baixa, a la pobresa, a l'atur i a la Seguretat Social. Era el que m'havia recordat la Consuelo, l'equatoriana, al pis de la Regina. I la mare d'en Marçal també, tot i que no amb la mateixa intensitat. La Consuelo no era res més que la Regina despullada de la pellofa burgesa, la qual era una pelleringa amb el punt d'heroïcitat que encara conservaven certs estaments socials provinents de les classes superiors, aristocràtiques, les quals havia substituït. ¿Quantes dones actuals no s'assemblen a Madame Bovary? La mateixa passió pels diners, el mateix neguit familiar, la mateixa insatisfacció matrimonial, el mateix somieig verinós, la mateixa decepció vital... Només la Consuelo o la mare d'en Marçal han assumit el no-res de la condició humana, femenina sobretot, i de l'absurd de la vida. La Consuelo i la mare d'en Marçal lluitaven pels fills i per la mera existència, d'una manera animal, irreflexiva, automàtica, sense transcendències ni estridències. Sense queixes. Exactament com l'àvia, com el fantasma de l'àvia, que es passejava pel poblet.

¿Era possible avui dia una Laura bleda, presonera d'un marit desmenjat i d'una família amb pretensions ridícules, víctima d'un amor platònic que s'esberla en contacte amb l'ambient carrincló de la petita capital de comarca? A la televisió no acceptarien mai una Laura obrera, marroquina, equatoriana, revolucionària o sindicalista. Entre altres coses perquè la condició obrera de les dones —la condició obrera, una expressió amb regust del temps universitari que ja no deia ningú—, o la condició immigrant o lluitadora de les dones, ocupava un espai que els poderosos no volien que habités. Ni tan sols en l'espai imaginari. Ells volien tot l'espai, tot el temps, tota la pantalla... per a la passió, els desencerts de la passió, les trampes de la passió, l'exaltació de la passió, les ferides de la passió, la tragèdia de la passió..., i una dona obrera, immigrant o lluitadora no estava, en general, per aquests maldecaps. Havien trobat altres maneres de desfer-se dels marits desmenjats, de les passions malaltisses i de les insatisfaccions vitals. Tenien feina. Tenien fills. Tenien hipoteques. Tenien altres cabòries.

No parava de donar voltes sobre el mateix tema. Potser el que feia era dibuixar els barrots de la meva presó, com aquell mico que va servir d'inspiració a Nabokov per escriure *Lolita*, un mico al qual van ensenyar a dibuixar amb grans esforços, i el primer dibuix que va fer va ser el dels barrots de la gàbia.

Els barrots de la meva gàbia. ¿Es pot escriure alguna cosa bona i autèntica que no siguin els barrots de la pròpia consciència, de la pròpia memòria, de la pròpia experiència? Així s'entenia allò que va dir Flaubert, que Madame Bovary era ell. ¿La Laura que em conduïa pels camins de la comarca eren les meves pròpies dèries?

Un vell escriptor havia dit que no pot haver-hi una obra d'art bona, una obra que valgui la pena, si l'artista no s'exhibeix, si no es posa al descobert, si no es despulla. Però els manaires de la tele, els caps de programes, en realitat comissaris polítics o de propaganda disfressats de tecnòcrates audiovisuals, no volien cap obra d'art, cap exhibició personal, cap despullamenta. Volien una telenovel·la amb protagonista femenina que reforcés els tòpics de la feminitat moderna: una Laura provinciana atrapada en un matrimoni de conveniència que s'escapa dels límits resclosits de la comarca i conquista la llibertat, una llibertat que és al mateix temps personal i representativa de les llibertats que ha aconseguit la dona —la Dona, així, amb majúscula— en la nostra democràtica societat actual, la més perfecta de totes les societats democràtiques possibles. Les solucions pràctiques també volen que siguin tòpiques: la Laura alliberada es posa a treballar de dissenyadora gràfica o bé de relacions públiques d'un consorci i comença a sortir amb un jove advocat que la tracta com una igual: sous comparables, drets i obligacions semblants. Fins i tot poden pensar a adoptar un nen xinès o equatorià, així s'estalvien els sofriments físics de la maternitat, l'adopció identifica els patiments espirituals del pare i de la mare: el nen adoptat l'han patit tots dos. Fi.

Però, ¿què més podia donar, jo, pobre de mi, que aquesta visió adotzenada i pedestre de la Laura televisiva? ¿Quina era la Laura de veritat que havia de descobrir, lluny dels llocs comuns que imposava el mitjà? El «mitjà» era la paraula sagrada, per parlar de la televisió, sobretot. ¿Què havia aportat la visió masculina dels autors de la Laura novel·lística, de Madame Bovary, d'Anna Karenina, d'Ana Ozores... i de tants altres homes escriptors que havien aconseguit entrar tan profundament en l'anhel femení? ¿O és que ells també es consideraven, com a escriptors, bisexuals com jo i, per tant, amb un costat femení que els feia germans de les germanes malcasades?

¿Eren els escriptors en general —i el d'aquestes obres en particular— una mena d'androgin grec, el *koúros* clàssic, aturats en una cruïlla que procedia d'un passat femení i es dirigia cap a un futur mascle? ¿Com era possible que tractant-se d'homes haguessin entès tan bé les necessitats d'aquelles dones?

¿Com és que havien concentrat en les protagonistes tota l'energia creativa i havien abandonat a la seva sort, la seva mala sort, les figures secundàries —la Teresa, la germana conca de la Laura; la Félicité, que protesta que ella ha sigut més bona mare de la filla de Madame Bovary que la mateixa Emma; la descarada Petra de *La Regenta*; la família dels mugics a *Anna Karenina*...— sense atorgar-los cap possibilitat de redempció? ¿És que el mal del temps que corcava les heroïnes d'aquestes novel·les només afligia les dones principals i deixava de banda, irrecuperables, les dones secundàries, les Consuelos equatorianes de tots els temps? ¿Eren només un símbol? Tampoc tots els homes eren igualment un Julian Sorel o un Fabrizio del Dongo.

Veia clar que totes aquestes qüestions eren giragonses per aturar l'arribada a la pregunta principal: ¿com tenyiria la meva història personal, la meva personal sexualitat, el retrat tòpic o autèntic, bo o dolent, de la Laura que m'havien encarregat?, ¿què hi deixaria de mi i què hi hauria de les aspiracions de les dones actuals en el guió?

Recordava una anècdota del pare que em semblava reveladora del nostre caràcter, el d'ell i el meu. Em va explicar que a la Facultat de Dret, la de la plaça Universitat, va fer amistat amb un falangista del SEU, el sindicat espanyol universitari obligatori i únic. Era un becari eixerit, sense cap moral, que s'havia afiliat per grimpar i per a res més. Els altres companys l'evitaven, el tractaven com un empestat. La majoria d'alumnes es mantenien allunyats de qualsevol compromís polític, amb una indiferència freda i una secreta hostilitat envers la dictadura omnipotent, mentre que una minoria molt activa lluitava en partits clandestins i prohibits, sobretot d'esquerres radicals. I una minoria encara més exigua era declaradament franquista. El pare no es volia ficar en res i per guardar les aparences s'havia afiliat a un moviment catòlic d'inquietuds socials, que organitzava trobades i seminaris sobre els nous teòlegs: el personalisme de Mounier, l'espiritualisme de Jacques Maritain i coses així. D'aquesta manera, tots els grups el deixaven tranquil i no intentaven atreure'l cap al seu bàndol. Era com la seva carta de llibertat. El prenien per un carca, cosa que ja li anava bé, deia. Van arribar a sospitar que era de l'Opus. Però aquest becari falangista, procedent dels barris humils, li va fer gràcia. Eren com dues illes minúscules i solitàries en aquell arxipèlag de grans formacions minerals que s'atreien i es repel·lien com imants. El pare no m'ho va dir, però vaig endevinar que el becari falangista li va obrir les portes de la mala vida de la ciutat, perquè a vegades es referia a ell com un perdis, un disbauxat o un poca-solta simpàtic. Bé, mig de broma mig seriosament, els dos amics van fer un pacte. Un es ficaria encara més en les entranyes del règim, i l'altre havia d'entrar a fons en els grups que començaven a alçar el cap i presentaven oposició a la dictadura, de manera que si en acabar la carrera es mantenia el règim, el pare faria de passant del despatx del guanyador, i si queia el Govern del general i guanyava l'oposició, el falangista treballaria de passant del despatx del pare. Així els dos socis guanyaven sempre, manessin les dretes o les esquerres. El pare reia, en contar-ho, i deia que no van fer res. A poc a poc va declinar l'amistat dels dos homes que havien d'associar-se per assegurar-se el futur. L'amic va arribar a governador civil d'alguna província i va fer carrera fins i tot després de la mort del dictador, com a assessor de sindicats o alguna bicoca semblant. El pare, en canvi, va veure que es necessitaven molta energia i moltes influències per obrir un bufet amb èxit i es va dedicar al periodisme, com a avantsala de la seva entrada a altres empreses més grans, polítiques o empresarials, entrada que no va arribar mai.

L'anècdota em semblava reveladora de la duplicitat en què vivia el pare i que ara veia que m'havia transmès a mi. Així com hi havia famílies amb un passat carlí o dretà o revolucionari, famílies arrelades en les conviccions i els interessos de classe i de clan, també hi havia famílies —la majoria— amb un passat gris, acomodatici, ambivalent, versàtil, sempre a l'ombra del poder. Jo havia fet més o menys el mateix que el pare a la universitat, només havia canviat el refugi moral del catolicisme amb el comodí de l'anarquisme, un anarquisme que no es comprometia ni amb el mateix anarquisme: ni Déu, ni pàtria, ni amo... ¡ni anarquisme! La diferència amb el menfotisme era inexistent, o només era qüestió de bones maneres. La perplexitat sexual també devia ajudar en totes les indefinicions. Si bé el mentor del pare pels mals camins de la ciutat havia estat el seu fallit soci del SEU, el meu guia havia estat un company dels primers cursos d'universitat que es deia Robert i que m'havia obert els ulls a les meves veritables inclinacions. Era un xicot desinhibit i pràctic, fill d'una família de fabricants progres —una paraula de moda en aquell temps, que incloïa per damunt de tot una concepció oberta de la sexualitat i de les diferents opcions de parella, i una visió de la política des de les esquerres moderades—, que es declarava gai sense estridències i freqüentava els primers moviments d'alliberament sexual que sortien a la llum a la ciutat en actes socials i manifestacions al carrer.

—En principi —em va dir un dia de confessions mútues—, tant jo com els de l'agrupació gai no crèiem en la bisexualitat. Pensàvem que era una mena d'excusa que permetia amagar la tendència i l'experiència homosexual o anar-s'hi apropant a ritme lent, sense comprometre's en res. Però he conegut un parell de casos d'homes seriosos, ja intal·lats en la quarentena i en un matrimoni satisfactori, que de tant en tant necessiten escapar-se cap a l'altra direcció, tenir relacions gais, i algun que ha establert una relació estable amb un altre home sense deixar la dona. El món és ple de sorpreses i el sexe, ple de misteris.

En Robert m'havia confessat que, malgrat la suposada progressia dels pares, fins feia molt poc no els havia parlat de la seva orientació sexual. La màxima preocupació de la família havia sigut el què diran: què diran les famílies amigues, què diran els companys del club de golf, què diran les noietes que papallonejaven a l'entorn de l'hereu, quin serà el destí de la nissaga familiar estroncada per aquell sexe funest. Li havien fet prometre que no en parlaria amb ningú i que ho portaria tot amb discreció. Fins i tot la mare li havia suggerit que potser seria bo que ho consultés amb un psicòleg amic de molta autoritat o amb un capellà molt obert que l'entendria molt bé i el podria aconsellar per evitar-li mals passos. El pare va comentar que algun dia, segons com veiés que anaven les coses, el tancaria tota una setmana en un bordell de luxe que un amic seu coneixia molt bé i on li farien veure les coses d'una altra manera. Però no van insistir gaire més en aquestes solucions. Els mals passos, reia en Robert, ja els he fet jo tot sol, perquè com que no volia que em veiessin entrar a bars o saunes notòriament gais, i com que em feien anar molt curt de butxaca, «són uns garrepes de primera», havia acceptat treballar en un pis de relax de nois per així poder tenir relacions en la discreció més absoluta. ¡I a més, em pagaven bé!, reia en Robert. Ho va deixar perquè els horaris eren molt esclaus, «m'hauries d'haver vist, esperant en una saleta amb sofàs, enmig dels altres nois que mataven el temps jugant a cartes, al parxís o mirant la televisió, i jo amb el text de filosofia del dret a les mans, jo estudiant i ells mirant-me com si fos un extraterrestre, tots a punt per quan arribés un client i l'encarregat ens cridés que sortíssim un per un al saló». Em deia que jo tenia sort, que els meus gustos no eren tan limitats com els seus, i que hi havia moltes dones madures que pagarien fortunes per passar una estona amb mi. Però jo em coneixia i sabia que si una persona no em queia bé, no m'entrava pels ulls a la primera i després no la trobava prou agradable i al meu gust, podia ser absolutament aspre, fins i tot arribar a la crueltat per allunyar-me'n, era incapaç de simular simpatia i, encara menys, interès sexual, patia una mena d'anestèsia sentimental i sensual, m'era molt difícil enganxar-me a algú, i per això els amics de la infantesa, tant els de l'internat i els del poblet com més tard els de la facultat, m'abandonaven o era jo qui els abandonava sense cap remordiment ni recança, simplement havien passat i ja en tenia prou, el temps em rovellava les afeccions, la meva emotivitat era instantània, volàtil, caduca.

—Tu ets com jo —m'observava el pare—, som arbres de cors caducs. Ens costa conservar la verdor tot l'any.

No vaig entendre mai si m'ho deia per justificar la separació amb la mare o perquè realment havia observat aquest tret del meu caràcter. Després del divorci amb la mare, sempre l'havia vist sol, llunyà, absent, com si tingués el cap en un altre lloc, com si algun taxidermista li hagués dissecat el cor o la vida. Tornava tard de la feina o desapareixia després de sopar dient que havia d'anar a la redacció a fer el tancament del diari. Jo em quedava sol amb els llibres de text, la televisió o el telèfon de la mare, abans de l'accident.

—El pare busca alguna cosa que no troba —reia la mare, a l'altre cantó de l'auricular—, i quan la trobi ja serà massa tard.

Ara pensava que també hi havia Laures o Emmes en masculí, homes tan insatisfets de la seva vida i del seu matrimoni com les dones. La mare havia estat capaç de fer un pas endavant cap allà on creia trobar la seva felicitat, però el pare feia la impressió que no sabia el que volia i per això no podia fer ni un pas en cap direcció, no era completament feliç en la situació en què es trobava i no deixava ser completament felices les persones que vivien amb ell, entre altres coses per la seva perplexitat, la seva incapacitat per gaudir de cada instant i de cada presència, i així posava en evidència la fragilitat del benestar dels seus pròxims, la seva ceguesa per mirar més enllà, la seva mediocritat per acontentar-se amb el que tenien a l'abast de la mà.

L'àvia havia dit un dia:

—Deixa'l, el teu pare, no l'amoïnis gaire, que ja ho té prou difícil ell tot sol. Amb el pecat ja hi té la penitència.

A vegades, l'àvia tenia sortides d'aquesta mena. Sempre es mostrava animada i riallera, sobretot amb mi, però tot d'una, molt de tant en tant i quan feia alguna feina dura, com rentar la roba —mai no havia acceptat la màquina de rentar perquè deia que per a una sola persona no valia la pena i que, a més, les màquines en general no eren de fiar i que les de rentar, especialment, no netejaven bé, perquè havia vist que després sempre s'havia d'acabar maurant la roba amb les mans—, doncs tot d'una, quan semblava que no l'escoltés ningú, tot i que parlava suficientment alt perquè les persones que estaven a la vora la poguessin sentir, deia coses sorprenents, com ara:

—No val la pena tenir fills, no t'agraeixen per res els esforços que has fet per ells. Jo en vaig tenir només un perquè no fos dit que no servia per a això, ni per pondre ni per covar, que no era bona per criar, que no...

Jo notava que les relacions entre el pare i l'àvia eren estranyes. La mare ho atribuïa al fet que, de jove, el pare havia hagut d'allunyar-se'n per anar a estudiar a una ciutat, lluny del poble, i que després, per fer la carrera a Barcelona, havia hagut de treballar al despatx de la família dels seus padrins, però això no explicava, al meu entendre, la fredor de les relacions entre ells dos. Els padrins del pare haurien volgut que es fiqués al seminari, que fos capellà, reia la mare, però ell va refusar sempre aquesta sortida, i sembla que els padrins es van desencantar d'ell.

—Potser porta a dins aquests desenganys causats a la gent que creia en ell —reflexionava la mare—. És com un sant que cau de l'altar sempre que un devot s'agenolla per adorar-lo.

Imagino que la línia de vitalitat de la mare i la línia d'esmorteïment del pare, que al principi semblava que podien fer camins paral·lels, es van anar apartant amb els anys, la mare vertical, cap amunt, i el pare aturat en algun punt, sense saber ben bé cap on orientar-se.

Em feia por haver heretat la indecisió, l'aturament, la perplexitat paterna.

Els anys d'adolescència, sobretot, vaig enyorar la vida que sobreeixia dels ulls i de la boca de la mare i que, em deia, m'hauria ajudat a definir-me millor. En contra de les aventures gais d'en Robert, les meves primeres aventures van ser sòrdides.

Amb uns companys d'universitat vam anar —no vull dir que em van portar com diuen alguns— a un bordell de luxe del carrer Consell de Cent, dos o tres pisos ben connectats, i em vaig deixar manipular per una noia més gran, no podia calcular si molt o poc, sense gaire entusiasme. Quan ho vaig explicar a en Robert, es va posar a riure i em va dir que si volia provar una altra cosa, em portaria a un club petit del barri de Gràcia —després vaig veure que tot el carrer era ple de clubs petits— espès de fum, de música, de foscor i de joves com nosaltres barrejats amb algun madur que anomenaven reina o carrossa. L'aventura que en va resultar no va ser gaire més gratificant que la primera, però sí més equitativa pel fet que no hi havia diners pel mig. La rutina sexual em va fer adonar que, com en el cas de l'art, tal com deia Flaubert, el sexe és un luxe que exigeix mans netes i circumspecció, i que una primera concessió, per petita que sigui, en porta una segona, i una cinquena..., fins al desastre final.

La curiositat dels primers contactes suplia la passió, després el costum i l'abandonament suplien la curiositat, i al final t'adonaves que sense passió no hi ha sinceritat ni vida, que la passió és millor que la hipocresia i la facilitat, i que fins i tot és millor trobar la passió en la perversitat que perdre's en la bassa d'oli de la moral tradicional i l'acontentament banal dels sentits. Que hi ha una bondat i una sinceritat en els camins perduts, en els cossos perduts, sense cap mena de consol, que sovint no trobes ni en les relacions venals ni en les beneïdes per la societat i les seves institucions. ¿És això el que van descobrir les meves heroïnes de ficció? ¿És la manca de llibertat que comportava la dependència econòmica i els tabús morals allò que va portar les meves pobres heroïnes al desesper i al suïcidi? ¿O el suïcidi de Madame Bovary i d'Anna Karenina era només una mena d'exorcisme per foragitar el transsexualisme espiritual de l'escriptor mascle?

El codi moral al qual havien de sotmetre's les meves heroïnes, totes, era fet a conveniència dels homes. Però la llibertat sobtada de què jo havia gaudit, o de la qual gaudien les Emmes, les Laures, les Annes... d'avui dia, ¿no era una mena de cercle viciós que corria adelerat a la recerca frenètica d'una sacietat enutjosa? Elles havien començat a treure'ns a tots, no només a les dones casades, de la presó de les convencions socials i morals i ara ens trobàvem tots plegats amb la llibertat a les mans i no sabíem què fer exactament amb les nostres vides. La inútil recerca ens cansava i ens amoïnava. La tria constant de noves sensacions ens esgotava. Potser desitjàvem, de manera inconscient, un nou codi, unes noves regles de joc, més amples i flexibles, però clares, que encarrilessin una mica la força i la irracionalitat del sexe, la tirania de la natura, i que preservessin l'amor de perdre's enmig de l'obsessió pel plaer.

A les meves heroïnes, com al pare i com a mi mateix, ens havia perdut una cosa:

—Us heu hagut de cuidar de vosaltres mateixos —segons el que havien diagnosticat la mare i l'àvia amb expressions semblants.

Les meves heroïnes desvalgudes, soles, desprotegides. I el pare, massa jove. Jo, potser, massa tardà.

16

UN DELS CAMINS PER ARRIBAR A LA MALLOLA ERA EL QUE travessava el poble, passava arran del riu i en un trencant s'endinsava cap a les Guilleries per un bosc rocallós amb clarianes i el Montseny al fons.

Vaig demanar el cotxe petit a en Ton i vaig conduir pel camí de carro de vora el riu fins a un prat, prop de la Mallola, on vaig aparcar. Després vaig caminar un tros fins al revolt del camí que ja desembocava directament al portal de la casa, prou lluny per no ser vist i prou proper per poder observar tot l'escenari.

El casalici era el centre d'un jardí salvatge, protegit per parets de pedra i portals de ferro, amb tot d'horts i conreus al voltant, fins al límit on començava el bosc i el vessant de la muntanya. Em va fer l'efecte d'un petit monestir protegit per l'ombra de la muntanya propera, aïllat del món, voltat de silenci i de verdor. Els camins es desdibuixaven, esborrats per l'herbei, el poc trànsit i els xargalls. Una pau que no encomanava seguretat envoltava el conjunt. No sé si era el jardí abandonat, l'amenaça del bosc veí que envaïa els conreus o les parets escrostonades del casal, allò que afeblia aquella tranquil·litat. Potser era el silenci estrany, sense moviment de masovers o bèsties, ni lladrucs de gossos, ni crits i corredisses de criatures, el que infonia el respecte, la sospita, el recel. Era un silenci expectant, que podia trencar-se en qualsevol moment, i el paisatge i el casal il·luminats pel sol de mig matí suggestionaven la mirada com si la preparessin per descobrir-hi alguna cosa amagada.

Vaig enfilar-me pel marge escabrós del revolt, deixant el camí a sota, per asseure'm i decidir què feia. Com sempre, m'havia deixat portar pels impulsos i ara havia de resoldre si tirava endavant o me'n tornava cap al poble. I, com sempre, la indecisió em va fer passar una bona estona assegut contemplant la masia i el paisatge que l'envoltava, procurant que la imaginació no em fes veure el que no veia.

Un autocar arribava per l'altre camí, el de la muntanya, i això em va distreure de les meves quimeres. Era un autocar vell, despintat i atrotinat, amb el morro amb el motor al davant i una escaleta al darrere per pujar al sostre, un model antic, aprofitat. Es va aturar davant mateix de la porta de ferro de la finca i en va anar baixant, a poc a poc, un grup de gent que de seguida vaig identificar com els gànguils.

Eren una quinzena de nois i noies, alguns més closcadets, de diferents edats i proporcions, desmanyotats, amb el cap bellugós, vestits sense cap mirament amb roba antiga, aprofitada, o potser era que ells no sabien portar-la bé ni fer-la lluir, amb gestos lents i feixucs per a la seva edat, com si cada moviment els costés un esforç enorme. Feien l'efecte de masses de carn flonja, sense nervi, i malgrat tot el conjunt desprenia una mena de simpatia, de pau interior, perquè s'agafaven les mans, s'esperaven els uns als altres abans de fer un pas endavant, dirigien mirades enrere per veure si havien baixat tots de l'autocar i per demanar l'aprovació del monitor que els acompanyava, un jove que es movia amb agilitat i els parlava amb autoritat.

El grup va aturar-se davant de la portalada de ferro i, al cap de poca estona, una dona de mitjana edat, vestida de negre com les àvies d'abans però sense mocador al cap, va obrir la porta i va donar una clau al monitor. Aleshores i tots van fer la volta al jardí, per fora, i jo vaig suposar que es dirigien a la part del darrere on hi devia haver la porta del seu local, la pallissa, havien dit. Es van perdre a la cantonada pel mig de l'arbram i no els vaig poder seguir amb la mirada.

En aquell moment va aparèixer per un revolt del camí per on jo havia vingut, el de la vora del riu, un cavall amb en Marçal al damunt. El cavall avançava massís i lent, com en una desfilada, amb la figura fràgil i airosa del noi amb les regnes a la mà. Semblava que el cavall menés al genet, perquè el noi es deixava portar, abandonat al poder de la bèstia.

En l'instant de decidir si pujava més amunt per amagar-me millor entre els arbres i els matolls o bé si sortia al camí per topar el vailet a cavall, devia fer un moviment inconscient amb les cames contra la roca que tenia als peus i vaig provocar una petita allau de pedres, que van rodolar rost avall fins al mig del camí de terra.

El cavall es va esverar. Va alçar les potes del davant com per protegir-se d'un perill, com si anés a fer un salt, i després va intentar girar endarrere; una pota li va ensopegar amb una pedra grossa de la vora del camí i li va quedar un moment suspesa en l'aire per por de tocar el terra, i amb la sotragada, que va fer caure el genet, l'animal es va aclofar pel cantó de la pedra i va rodolar marge avall com un bocoi de vi, mentre renillava amb un crit que sembava un lament. En Marçal havia saltat cap enrere, d'esquena, i ara era a terra amb els braços oberts i el cap inclinat, sense moure's. El cavall, un tros més avall, havia quedat de costat, movia la pota del davant com si busqués el terra i mantenia la del cop quieta, com enrampada.

Vaig córrer cap al noi. El cavall, des de baix, intentava aixecar el cap, torçant el coll i emetent un renill suau, lent, perllongat.

En Marçal tenia els ulls oberts i una ferida al cap. Els cabells xops de sang. Li vaig demanar si l'esquena li feia mal i va dir que no. Vaig intentar passar-li el braç per l'esquena per alçar-lo i ell em va rebutjar amb un cop de colze brusc. Es va incorporar i, sense posar-se ben dret, va rossolar fins al prat de sota, on hi havia el cavall. Jo el vaig seguir.

El noi va ajupir-se al costat de la bèstia, primer li va mirar la pota i després li va amanyagar el musell, mentre li deia, gairebé a cau d'orella:

—Negre, Negre..., ¿et fa mal?..., no ha sigut res...., ara mateix anem a buscar el manescal per curar-te.

—¿No pot alçar-se? —vaig preguntar jo.

En Marçal em va mirar amb ulls negats, furiosos. Va dir, sec:

—No. Amb la pota així, no.

—Vas ple de sang —vaig insistir—, et portaré a la Mallola i de passada avisarem algú que vingui a buscar el cavall.

—En Pere i el manescal, han de venir.

—¿Segur que et pots quedar sol...?

Vaig esperar un moment, i veient que el noi s'havia abraçat al coll del cavall i ni em mirava, vaig córrer cap a la masia.

La porta de ferro era oberta i una dona vestida de negre m'esperava. Devien haver-nos vist des del porxo de la casa. Un home d'una cinquantena d'anys, ferreny, cepat, de cabells grisos curts i trets durs, vestit com un mosso, va aparèixer pel jardí i se'ns va acostar sense dir res. Devien ser els masovers.

Jo vaig dir que el noi, en Marçal, havia caigut amb el cavall que portava, que jo tenia aparcat el cotxe un tros abans per mirar el paisatge i hi havia acudit. El noi tenia el cap esberlat i el cavall, potser, una pota trencada.

—¡Mare de Déu, Mare de Déu! —es planyia la dona—. Que no sigui res de greu. Ja ens ho ha semblat, que en passava alguna.

—Pugeu a dalt per trucar a en Bori i a en Pere dels cavalls —va dir l'home—. Ja hi vaig jo, a veure què podem fer. ¿No té mòbil, vostè?

Jo vaig fer que no i l'home em va mirar com si fos un inútil total.

—L'acompanyo —vaig dir, quan ell sortia, apressat.

—Millor que aneu a trucar, primer. Porteu benes i esperit de vi, de pressa. Ja faré un crit si hi ha alguna cosa de nou.

La masovera i jo vam entrar a la casa i vam pujar una escala que hi havia al final de l'entrada. La dona remugava en veu baixa, dient que no es podia estar mai tranquil, que encara no havien instal·lat el telèfon a les obres noves que havien fet a la pallissa i a la masoveria, i que la colla dels gànguils esperava el cavall amb delit i els sabria molt greu quan sabessin el que havia passat. En ser a mitja escala va començar a cridar perquè la sentissin els que devia haver-hi a dalt: «¡Pujo amb el senyor que ha vist com en Marçal queia amb el cavall! Hem de trucar a en Pere i a en Bori, el manescal. ¿Pugem, oi?»

A dalt hi havia una gran sala molt ben moblada i decorada, amb butaques, sofàs, tauletes i calaixeres repartides amb gust, i dues dones que ens esperaven amb cara d'esverament. Una era més gran que la que m'acompanyava, tot i que se la veia més distingida, més ben vestida i pentinada, amb un posat digne, de senyora. L'altra era més jove, potser d'una trentena d'anys, i era esprimatxada i pàl·lida, de fesomia estranya, asimètrica, d'una lletjor gens repulsiva; ben al contrari, la força dels ulls i un somriure franc i agradable la feien simpàtica al primer cop d'ull. Totes dues portaven vestits foscos, com la masovera, i els cabells pentinats enrere, nuats en un monyo amb una cinta. Feia la impressió que vestien un uniforme de servei o bé que eren d'alguna congregació religiosa.

—No crideu tant, que la Laura dorm —va dir la més gran guiant-nos cap a la sortida de la sala, i després, dirigint-se a la jove que l'acompanyava va afegir—: I tu, Berta, porta'ls la farmaciola de seguida, mentre truquem. Porta'ls aiguanaf, també, i esperit de vi, i cotó fluix i benes..., tot el que trobis al quarto de les cures.

Vam sortir al porxo, ple de bancs encoixinats i taules llargarudes. En un racó hi havia una tauleta amb un telèfon negre, antic. La senyora parlava amb el manescal i en Pere dels cavalls, mirant-me a mi per veure si aprovava tot el que deia.

—Vénen de seguida —va anunciar penjant l'auricular. Però s'hi va repensar així que va penjar el telèfon i va tornar a agafarlo tot dient:

—El doctor Molins. Hem de trucar també al metge per si el noi té alguna cosa. ¿Dèieu que el noi, pobre, ha rebut una bona patacada?

Devia haver sentit el que parlàvem amb la masovera, des del porxo. Va aparèixer la dona jove, la Berta, amb una farmaciola i una bossa a les mans. Va dir:

—La Laura s'ha despertat i demana què passa. M'ha vist agafar les medecines. S'està vestint i vol sortir a veure què hi ha.

La dona gran es va esverar. Mentre entrava a la sala, va empènyer la jove cap a l'escala, dient-li:

—Tu vés a portar-los tot això.

Jo vaig fer unes passes per seguir-la, però ella em va parar:

—Vostè quedi's. ¿Que no veu com va?

Llavors em vaig adonar que la sang d'en Marçal m'havia tacat la camisa i l'americana i que portava els pantalons bruts de terra. Es devien pensar que jo també m'havia clavat algun cop. La dona va continuar:

—¿No és del poble, oi? Si no podem aturar la Laura, vagi amb compte si parla amb ella. No li digui res que la pugui sobresaltar. Després anirem a calmar els altres borinots a la pallissa. Deuen estar esperant el cavall. Tu, Anna, vine amb mi, a veure si la podem convèncer que no surti.

Em vaig quedar sol al porxo. Des de la barana, es distingia la taca fosca del cavall a terra i de l'home i el noi ajupits al seu costat. Del fons de la sala, arribaven veus, arguments i protestes, com d'una discussió. Afinant l'orella, em va semblar que més enllà, a fora, a la part del darrere de la casa, hi havia moviment, corredisses i algun crit aïllat. De sobte es va fer el silenci i jo em vaig trobar incòmode, com un intrús o com un lladre a punt de ser descobert d'un moment a l'altre.

Em va semblar que sentia una remor pausada darrere meu. Al fons de la sala, confosa amb el blau pàl·lid i les flors delicades de la pintura de la paret, entre les cadires groguenques i els sofàs daurats, vaig distingir dues figures que avançaven a poc a poc cap al porxo. Una forma negra ajudava a caminar una figura blanca. Era la dona gran que ja havia vist guiant l'altra dona com qui guia un cec amb les mans. La blanca semblava un fantasma, tot de vels clars, transparents, finíssims, que es movien en la penombra de la sala com empesos per un vent suau; els moviments del seu cos, tot avançant, agitaven les gases.

La figura, amb la dona negra al costat, es va quedar parada a l'ombra abans d'entrar en el quadrat de llum que projectava el sol a la sala, unes passes abans d'arribar a la porta del porxo, com si tingués por de la claror del migdia. Duia el rostre tapat per un vel blanc, i els trets de la cara es desdibuixaven esborrats per la claror i la gasa, tot i que s'endevinava un rostre pàl·lid i uns cabells esbullats, clars, indecisos. Era una dona de complexió delicada, vestida amb una camisa de nit blanca, transparent, plena de brodats, amb una mena d'abrigall també blanc al damunt, com un barnús de seda. A través del vel, només s'endevinava una cara de cera, com una calavera, i el més estrany era que no li lluïen els ulls, com si fos cega. Ara, més que en un fantasma, em feia pensar en una aparició. S'aguantava amb la mà al braç de la dona negra. Quan va sortir al porxo va semblar que la llum la fonia, de tan resplendent que semblava. Es va posar la mà a la boca, com sorpresa per la meva presència, però va fer un pas endavant, deixant el braç de la dona i recolzant-se al cantell de la taula, tot dient:

—¡Ai, perdoneu...!

La dona negra la va ajudar a asseure's en una butaca de boga amb coixins. Jo m'hi vaig acostar, inclinant el cap per saludar-la.

—¿Qui ha pres mal, que la Berta ha agafat tot de medecines? ¿Que és el metge nou, vostè?

Vaig mirar la dona per endevinar-li a la cara què havia de dir. L'Anna, la masovera, s'havia quedat a dins.

—No és cap metge —va avançar-se ella—. És un senyor que ha caigut mentre passejava pel bosc. No té res. Ara li canviarem la roba, si vol. Ja hem trucat al doctor Molins.

—Moltes gràcies —vaig dir jo mirant de reüll la dona negra per veure si deia el que havia de dir—. No voldria molestar.

—Només faltaria... —la senyora, la Laura, parlava arrossegant una mica les paraules, com en un estat de lleugera embriaguesa o endormiscament—. Però la Berta, ¿on és amb la farmaciola?

—En Marçal ha caigut una mica, també —va dir la dona, agafant-li la mà com per protegir-la d'algun perill—. Però no s'ha fet res. Unes quantes esgarrinxades. S'ha quedat amb el cavall, a veure si s'aixeca. Serà aquí en un tres i no res.

La Laura es va apartar el vel de la cara amb un gest nerviós.

—¡Ai...! —va dir—. ¿En Marçal amb el cavall ha caigut? ¿I a la Laureta no li ha passat res? ¿On són els altres?

Vista de prop i sense vel, la Laura semblava més gran del que aparentava de lluny. El cos era prim i lleuger com el d'una adolescent, però la cara se li veia molt marcada de petites arrugues al voltant dels ulls i a les comissures dels llavis, tenia dues llargues línies horitzontals al front... i bosses molt marcades però gens inflades sota els ulls petits, enfonsats, com si la llum se li hagués menjat les ninetes. Les mans també vellejaven, amb venes blavoses a la vista i una pell rebregada que contrastava amb les ungles llargues i com esmaltades o de color de plata. Era o havia sigut molt guapa, però era difícil precisar-ne l'edat.

—Ara ve en Bori, també, per mirar el cavall. No és res, Laura. La Laureta és a la pallissa amb els altres. No val la pena que els diguem res perquè d'aquí a un instant seran tots aquí. Calma. ¿Vols prendre una pastilla?

La Laura va dubtar un moment i després va dir:

—Potser sí...

—Ara vinc —va dir la dona, i mentre entrava a la sala va girar el cap per mirar-me i fer-me un senyal que anés amb compte.

La Laura va mirar-me i va dir:

—Vostè..., perdoni, però és que em sembla que no l'havia vist mai.

Jo vaig dir el meu nom i d'on era i vaig afegir:

—He deixat el cotxe en un prat, abans del revolt, i mirava de trobar un parell de racons per fer fotografies.

—¿És fotògraf, vostè?

La Laura semblava plàcida, somnolent, una mica cansada.

Jo vaig fer que sí amb el cap.

—¡Ai, sempre he volgut tenir una fotografia meva al costat de la Laureta, totes dues juntes, com els retrats emmarcats dels pares i dels avis que tenim penjats al despatx d'en Joan!

Va fer una pausa per respirar amb més força, com si li manqués l'aire perquè l'hagués consumit tot amb la intensitat amb què acabava de parlar, i va continuar, espontània, despreocupada, confiada:

—La Laureta és molt maca, no se li nota gens la..., l'accident —va pronunciar aquesta paraula de pressa—. ¿No voldria pas retratar-la? Em faria un favor. A en Joan no li agraden gaire aquestes coses, no vol records... Els homes no entenen que hem d'anar deixant pedretes pel camí per no perdre'ns, com en els contes, per saber tornar a casa, ¿oi que m'entén?

Jo vaig tornar a fer que sí amb el cap.

—Ara és a la pallissa amb els companys, que vénen cada dos dies. ¿És dimarts o dijous, avui? Donen menjar al cavall abans de muntar-lo una estona... Els agrada molt. El metge diu que fan equinoteràpia.

—Avui he vingut sense res, només per prendre vistes, però podem quedar un altre dia, quan vulgui.

No sabia si «prendre vistes» era un terme correcte, però ella va semblar que m'entenia.

—¡Ah...! Podrem fer-li un retrat sobre el cavall. Fa molt de goig quan li puja al damunt i es passeja una mica pel prat, no li fa gota de por, en controla tots els moviments, com una noia..., com una noia corrent, alegre, ¿oi que sí que tracta molt bé el cavall, la Laureta, Palmira?

La Palamira era la dona gran de negre que havia tornat a entrar i portava un platet amb un got d'aigua i una capseta amb lletres blaves, oberta. La dona va somriure amb amabilitat i va dir que «molt» mentre li acostava el platet.

—¿És fotògraf, saps? —es va animar la Laura, mentre treia una safata de blísters de la capsa, agafava una pastilla del sot de plàstic i se la ficava a la boca, tancant els ulls, amb el cap enrere. Després es va empassar un glop d'aigua.

La Palmira es va acostar a la barana perquè se sentia fressa a baix. Jo vaig mirar la capsa que tenia la Laura a les mans. Amb unes lletres discretes de color blau cel hi posava «Retard», i a mi em va fer mala espina, com si fos un anunci per retardar un mal moment o un moment final.

La Palmira va recollir la capsa i el got, mentre deia:

—La Berta ja ha tornat. Ara puja.

La Berta va entrar al porxo amb la cara vermella, panteixant una mica.

—Ja ha arribat en Bori, el manescal. I en Marçal està bé. Un bony al cap i prou. Ara el portaran.

—¿On és l'Anna? —va dir la Laura—. Que prepari alguna cosa per a aquest senyor. I per quan arribi en Marçal, també.

Jo vaig protestar que no volia res, però la Palmira, en silenci, va entrar a la sala, segurament per comunicar les ordres de la mestressa a la masovera. La Berta va netejar un moment la taula i també es va ficar a dintre.

La Laura va estirar els peus i va deixar els braços penjant, com si li hagués agafat un cansament i volgués reposar. Amb els ulls tancats, va dir:

—A vegades m'amaguen coses i no em deixen sentir què diuen. Demà, o demà passat, ens retratarà a totes dues, no m'enganyi.

Jo vaig dir que sí, i ella m'ho va fer prometre: «No goso dir que m'ho juri perquè no sé si és creient —va explicar—, i si no ho és, el jurament no tindria cap valor.» I després va afegir:

—És una cosa que ningú no pot entendre..., això dels retrats, vull dir.

I va semblar que es quedava adormida. Jo vaig aixecar-me i vaig anar cap a la barana. Al revolt del camí hi havia dos cotxes aturats. I al prat, més avall, es notava un moviment d'homes.

Quan va tornar, la Palmira va obligar la Laura a anar-se'n a la seva cambra i ella no s'hi va oposar. Abans de desaparèixer cap al fons de la sala, la Laura em va donar la mà, una mà delicada, blanca, ossuda, malalta, em va mirar amb aquells ulls mig morts de punta d'agulla i em va dir en veu baixa, com en una súplica:

—M'ho ha promès. L'espero.

Girava el cap i torçava el coll mentre la Palmira la conduïa amb la mà a la cintura a la seva cambra. Fins al darrer moment no va deixar de girar el cap, com si volgués acabar de dir-me alguna cosa.

La Palmira, quan va tornar, em va dir si volia canviar-me de camisa i jo vaig dir que no valia la pena. La Berta va portar unes estovalles, i una safata amb begudes, torrades i embotits, i un setrill d'oli i un platet de mantega.

Jo volia anar-me'n, però la Palmira i la Berta em deien que m'esperés, que en qualsevol moment arribarien «els homes» i en Marçal i que després me'n podria anar més tranquil. Deien «els homes», i jo m'imaginava que es referien als que havien trucat per telèfon i al masover que havia vist en arribar. Em feien preguntes sobre la meva professió de fotògraf, i la Palmira ho va aprofitar per fer-me saber que no fes gaire cas de la petició de la Laura de retratar-la, que tenia el cap una mica esbarriat, que hi havia un munt de retrats d'ella i de la seva filla per la casa, era una dèria d'ella, això de col·leccionar retrats i més retrats, fins i tot quadres de pintors d'anomenada, tenien, però a ella li semblava que les fotografies eren com un mirall màgic que aturava el pas del temps i que deixava per sempre el testimoni de la bellesa d'un instant fugisser.

—Què té —vaig preguntar jo—. ¿Què li passa?

—Distròfia muscular —va dir ella amb tota seguretat—. Ja ho ha vist, amb treballs pot servar-se ella mateixa, pobreta.

Les dues dones s'acostaven cada dos per tres, ara l'una ara l'altra, a la barana per veure si arribaven «els homes», i deien que hi havia tot de cotxes al revolt.

El metge va aparèixer a la sala, acompanyat de la masovera. Era un home d'una cinquantena d'anys, alt, robust, de cara vermellosa i cabells blancs abundants, pentinats endarrere, com engominats. Portava un vestit de vellut fosc i un maletí a les mans. Tot ell, malgrat la seva relativa joventut, feia la impressió d'una mica antic, d'estampa de temps enrere. Es va aturar, en veure'm, a la porta del porxo, com demanant explicacions de qui era. La Palmira va dir que era un retratista que s'havia perdut i havia portat la notícia de la caiguda d'en Marçal i el cavall. La masovera feia que sí amb el cap mentre tornava a baix, als seus dominis.

—Sembla un sant Llàtzer —va dir el metge, anant cap al fons de la sala—. Ara torno i li faig un cop d'ull.

Mentre el metge va ser a dins, a la cambra de la Laura, suposava, les dues dones van quedar-se al mig de la sala, amatents per si demanava alguna cosa. Jo em vaig acostar a la barana. Els cotxes seguien al seu lloc, però no es veia cap moviment de persones.

De sobte es van sentir un parell de trets seguits i va ser com si retrunyís tota la vall i les ones arribessin fins al riu. Em vaig apartar sense voler de la barana. Les dues dones van sortir al porxo, esverades, i es van aturar al meu costat, sense atrevir-se a passar més enllà. La Berta es va posar la mà a la boca i va mormolar:

—No l'han pogut salvar, pobre!

Immediatament es va sentir un xisclet, com un crit d'ajuda, i les dues dones es van agafar les mans. Després, el silenci va tornar. Vam esperar un moment, però no es va sentir res més. La Palmira va dir a la Berta:

—Corre a la pallissa, que no s'esveri ningú.

—¿Què dic? —va fer la Berta, desorientada.

—Que han sigut unes barrinades a les obres que fan més amunt, a la nova urbanització, que no és res. A vegades disparen l'escopeta o fan explotar petards per treure pedra. Si et demanen pel cavall, digues que en Marçal està refredat, que el portarà en Pere més tard.

Va sortir la Berta i va entrar al porxo el metge. L'home i la Palmira es van mirar. El metge va fer un gest de calma que va satisfer la dona.

—¿Es troba bé? —em va demanar—. ¿No li fa mal res?

—M'he embrutat i prou.

—Jo me'n vaig. El puc portar fins on vulgui.

Jo vaig dir que tenia el cotxe a prop, vaig donar les gràcies a la Palmira i vam marxar tots dos.

En girar i allunyar-se el cotxe, m'adonava que el jardí era una extensió gran de terreny, sobretot per la part del darrere, on s'endevinaven horts de tota mena i una pallera gran.

—Doctor Lluís Molins —va dir el metge tot conduint i allargant-me la mà—. No sé si li ho havia dit.

Era una invitació que jo em presentés. Vaig fer-ho, afegint que treballava a la televisió i que corria per la comarca per localitzar paisatges per a una nova sèrie.

—Segons què vulguin fer, serà difícil que els donin permís —va dir el metge—. No els agrada gaire que se'ls fiquin a casa.

Vaig dir que jo només m'encarregava de portar fotografies d'alguns indrets, i que després el realitzador ja ho decidiria.

Pel camí ens vam trobar amb un jeep que s'acostava a la Mallola. Es van aturar els dos cotxes i el metge va sortir. En Pere dels cavalls conduïa el jeep amb el masover que havia vist abans al costat, i al darrere hi anava un home jove, el veterinari, potser, que portava en Marçal agafat, abraçat a sobre d'ell. El noi portava el cap embenat, la cara bruta de reguerons de llàgrimes, s'agitava amb tremolins com si tingués fred i de tant en tant feia un moviment brusc, com una convulsió o una enrampada.

El metge el va mirar des de fora estant i va dir que tot anava bé, que reposés una mica i després el portessin a casa. En Pere va comentar, sense un bri de simpatia:

—No es pot ser tan delicat. Més hi he perdut jo. Muntar un cavall vol dir dominar-lo.

—Si vol tractar amb bestiar, s'haurà d'acostumar a rebre alguna trompada —va afegir el masover.

El veterinari, amb en Marçal agafat, va dir que el ferit demanava que no enterressin el cavall al cementiri, que el portessin a una torrentera, prop d'una font, al mig del bosc.

El metge em va presentar com la persona que havia vist l'accident i havia donat l'avís. Jo vaig sortir del cotxe per donar-los la mà. En Pere va dir que ja em coneixia, que era el de la tele, i el masover em va agafar la mà amb desgana. Em trobava doblement culpable: de l'esllavissada de pedres que havia esverat el cavall i de callar-ho com un mort. Confessar-ho, em deia, no serviria de res.

Quan vam reprendre el camí, el metge va comentar:

—Els cavalls a vegades són remaleïts i aquesta canalla encara no els domina bé. Sort que no li ha clavat una guitza que el podria haver deixat malmès per a tota la vida.

—¿Fan equinoteràpia, oi?

—Els va molt bé. El contacte amb els cavalls, el contacte físic, vull dir, és l'única cosa que els fa sortir d'ells mateixos. A tots, però més als autistes. No ho sembla, però són malalts. Aquí en diuen «tocats». Sovint fan bestieses sense ni adonar-se'n. No regeixen bé. Un dia, una noia, tot jugant, va esllavissar-se rostolls avall per aquests marges i va anar a parar al riu i es va ofegar, com si res, com si no hagués tingut esma per aturar-se, com si s'hagués deixat anar tota sola. Són així. A vegades costa recordar que són com criatures de poc seny.

—¿La Laura... també? —vaig dir—. ¿Els cavalls també li van bé?

El metge va trigar un moment a respondre. Vaig tenir la impressió que alguna cosa s'havia trencat.

—¿Vol dir la Laura... gran?

—Sí. ¿Quina malaltia té, ella?

—La Laura és una altra cosa. No té res d'això. És una depressió molt forta que té des de fa temps.

Va semblar que anava a afegir alguna cosa, però va canviar de tema i em va preguntar:

—¿Quants dies pensa rondar per aquí?

—Pocs —vaig dir jo—, un parell de dies a tot estirar.

Semblava que m'empenyia.

—Allà té el cotxe. Apa.

Em va venir al cap un dels principis —en deien així— de les classes de redacció de guions per a grans sèries, que deia que «els personatges neuròtics són com el jòquer que serveix per a tot el que li vulgui fer fer l'autor», però que el fet de recórrer-hi tenia un gran perill, perquè «quan es fan servir personatges neuròtics és que no s'està segur del que s'està explicant». Era evident que el meu interès per la Laura, abans de conèixer-la i fins i tot abans de sospitar que en trobaria una més enllà de les pàgines del llibre inspirador de la sèrie, era degut al fet que em servia de material per a la meva feina. Però ara que n'havia conegut una —una de les possibles Laures—, em preguntava si una Laura malalta, neuròtica o reclosa a la seva cambra per la raó que fos, em serviria.

—Una de les condicions del guionista —comentava sempre en Pitu, un dels guionistes més prestigiosos de la tele, tot i que era *free lance* perquè d'aquesta manera podia facturar per la seva feina quantitats que els que estàvem en nòmina no podíem ni somiar— és que tot el que fas, tot el que veus, tot el que coneixes..., tota la teva vida, ho processes com a material per als guions. Sobretot la gent, els amics nous que fas, les amigues noves que se't presenten..., tot ho talles amb el mateix patró: ¿deurà ser bo com a personatge d'una sèrie o no val la pena?

Era una dèria professional en la qual havia evitat caure tant com havia pogut, però cada cop m'atrapava més aquesta reducció de la realitat a les possibilitats de la ficció. Temia que aquesta subjecció limités l'amplitud de les meves experiències, i a vegades m'havia passat que perdia tot l'interès que m'havia despertat una nova amistat en el moment que m'adonava que ja no amagava cap misteri, que ja havia esgotat totes les històries de la seva vida, que ja no guardava cap secret per poder descobrir. Ja no em servia com a material fictici. «Robatori i expropiació: els artistes agafen el que volen i el que necessiten per a la seva obra.»

De manera que era possible que l'atractiu i l'expectació que despertaven en mi en Marçal i la Laura fos degut al misteri que els envoltava i al desconeixement de les seves vides. Així, poc coneguts, gairebé només entrevistos, arrossegaven un buit biogràfic que jo podia omplir lliurement amb la imaginació. Podia completar les seves vides a partir del petit detall que n'havia observat, com els arqueòlegs, que són capaços de reconstruir una ciutat antiga a partir d'unes pobres restes —unes pedres, uns mosaics o unes parets enterrades...— que han descobert. Per exemple: ¿aquell doctor Molins, de què tractava la Laura exactament, de depressió o de distròfia muscular? ¿I la Laura tenia interès de veritat per retratar-se amb la filla o volia alguna altra cosa? ¿I el cavall, què havia passat exactament...?

Imaginar la vida, completar la vida, d'algú que acabaves de conèixer i amb el qual s'havia establert un vincle de simpatia o d'atracció, era un impuls gairebé normal en tothom, no només en mi, tot i que formava part de la deformació professional dels que treballàvem trenant la realitat amb la ficció. Per això, quan la imaginació no es corresponia amb la realitat, es produïen la decepció i el fracàs. Aquest era un dels avantatges que jo trobava a la meva posició de mantenir-me al marge de tothom el màxim de temps possible, fugir de les relacions massa enganxoses, dels compromisos massa tancats: preservar la imaginació, evitar que la realitat espatllés la fantasia, tal com diuen que els periodistes eviten que la veritat els espatlli una bona notícia. Però al final, la realitat sempre era diferent de tot.

Hi havia un perill en la vida imaginària, en les biografies somiades, a més de la total submissió de la imaginació als desitjos de l'individu, i era la invasió de sentiments com la tendresa, la malenconia i la compassió. El pitjor de tots els mals era la compassió. La compassió col·locava les persones en una posició privilegiada. Els desvalguts reclamaven tota l'atenció. Desdibuixaven els altres. La compassió ens toca de prop perquè ens obliga a demanar-nos, quan coneixem algú que ens inspira aquest sentiment, ¿com és que això que li passa a aquest no ens passa a nosaltres? Experimentem a la vegada una sensació de refús, «no vull ser com ell», i una sensació de pietat, «podria haver sigut com ell, però jo sóc diferent, tinc la sort de ser un altre i ell sempre serà així, objecte de compassió». Nosaltres tenim un futur, ells no. Nosaltres nedem en l'abundància, ells estan clavats en la seva misèria, del tipus que sigui. Nosaltres som lliures, ells no. La vida és per a nosaltres, no per a en Marçal i la Laura.

En Marçal viuria presoner de la seva casa, de la seva família, de la seva discapacitat. La Laura vivia presonera, a la Mallola, de les seves criades, masoveres o infermeres, de la seva neurosi. L'inici de compassió que sentia per aquelles dues persones me les feia més properes, més meves, més desemparades. Com si m'haguessin adreçat, sense dir res, només per la seva presència muda i innocent, una súplica: protegeix-nos. Havia de fer força per trencar aquesta petició. Allunyar-me'n abans que la infecció compassiva m'infectés l'ànima.

17

EN ARRIBAR A L'HOSTAL, VAIG NOTAR PER LA CARA D'EN TON i de la seva dona que passava alguna cosa. Així que vaig obrir la porta, en Ton va sortir de darrere el taulell del bar i la dona va sortir de la cuina i se'm van acostar per dir-me en veu baixa:

—Han demanat per tu. Es pensaven que ja te n'hauries anat.

—Els hem fet seure al menjador petit perquè pugueu parlar sense destorbs.

El menjador petit era un reservat del fons del restaurant, separat de la sala comuna per l'angle format per la paret i les plantes que feien de cortinatge. Vaig donar un cop d'ull al menjador gran per comprovar que no hi havia gairebé ningú, encara.

—Pujo un moment a dalt. Torno de seguida. ¿Qui són?

—Sembla gent important. Els vaig a dir que ja has arribat.

Vaig dubtar un moment. El primer moviment havia sigut de fugir, tancar-me a l'habitació o escapar-me altre cop. Em vaig empipar amb mi mateix per aquesta reacció immediata de poruc, com si hagués de témer alguna cosa d'algú. Ja no era una criatura que havia de donar explicacions dels meus moviments i intencions. Els fantasmes de la Laura i en Marçal i els cavalls vells i neulits començaven a prendre possessió de la meva imaginació, m'habitaven com hostes invisibles, i segur que eren ells els que m'inquietaven d'aquella manera. Vaig dirigir-me cap al reservat sense pujar a la cambra.

Darrere la paret, asseguts a la taula parada, vaig trobar-me amb l'Albert Deltell, del *Confidencial*, i un directiu de la televisió, l'Ignasi Reig, el cap de personal.

—¡Home! —va fer l'Albert en veure'm, tot movent les mans, però sense aixecar-se—. Per fi hem trobat el nostre home.

L'Ignasi Reig, que era una mica més jove que jo, alt i fort, esportiu, de cabells curts i cara expressiva, va allargar la mà sense moure's de la cadira i va dir:

—No ens pensàvem pas trobar-te. ¿No et funciona el mòbil? Hauries de deixar les coordenades.

«Les coordenades.» Era una expressió típica dels nous dirigents joves, formats a les escoles d'administració d'empreses.

—He trobat indrets interessants per a la sèrie —vaig dir jo, fent el desmenjat, mentre seia a la cadira buida, emmig d'ells—. A la ciutat la filmació sempre és complicada. Es poden trobar els mateixos escenaris als pobles del voltant. Tot és més senzill i barat.

Es va fer un silenci i els dos homes es van mirar, com per veure qui començava a atacar.

—En veure que havies tocat el dos sense deixar ni rastre —va continuar el periodista confidencial—, vaig trucar a l'Ignasi per veure què havia passat, si t'havien fet tornar a jóc de pressa. Ens coneixem de fa temps d'algunes escaramusses, l'Ignasi i jo.

—L'Albert m'ha explicat l'encàrrec que t'han fet. No en sabia res —va respirar fondo un moment i va continuar—. És clar que tu tampoc no sabies quin número calço, jo. I tots dos coneixem quin personal corre per la Casa.

—Ara podreu desfer tots els malentesos —va somriure l'Albert.

Per sort, l'entrada d'en Ton amb el menú a la mà em va alliberar un moment de la situació. Tots tres vam mirar la carta i al final els visitants em van demanar que els recomanés el més típic de l'hostal. Quan en Ton va ser fora, no em vaig poder escapar de dir alguna cosa.

—Em fa l'efecte... —vaig començar, titubejant— que m'atribuïu unes funcions que no són les meves..., exactament.

Em feia la impressió que repetia un examen, i era una sensació incòmoda, com si ja sabés per endavant la nota final, el suspens definitiu. Per un altre cantó, volia i dolia, trobava un punt de diversió perversa en la situació. La comèdia potser ja havia arribat al límit. Em temptava saber si seria capaç de continuar la funció sense comprometre'm més del compte.

—A veure... —el cap de personal va posar els colzes sobre la taula i es va agafar la cara amb les mans—, sabem de bona tinta que els trets no van dirigits solament contra l'alcalde de la ciutat. Ell és només el peó que farà caure el cavall o l'alfil. I deixarà obert el camí per arribar al rei i a la reina. No oblidem la reina, perquè tant aquí com a la capital, les reines tenen molta importància. I tot el ròssec de germans i cunyats que la família comporta. Aquesta iniciativa del Consell General pot ajudarnos, però hem de vigilar-la. Un ensorrament controlat. A ningú no li interessa una explosió sobtada, per això han començat per aquí, per la comarca, un dels punts febles.

—Tu ets d'aquí, del poble, de la comarca —va dir l'Albert en to de complicitat, com qui et dóna un cop amical a l'esquena—, i ho deus tenir tot minat. Hi véns poc, però hi deus tenir informadors a dojo.

—Hi vivia l'àvia —vaig dir jo, sempre per guanyar temps—. I hi tinc coneguts d'aquella època, sí, però molt pocs.

—El teu dossier —va fer el directiu—, el de la feina, diu que tens simpaties en els dos partits de la coalició, però que no et decantes per cap. Ho has portat molt bé, noi. Tots ens pensàvem que eres un ve't-ho aquí sense ambicions. Però es veu que estàs ben connectat.

Jo vaig arronsar les espatlles, com acceptant el veredicte. Em trobava perdut com el pare en el món de la política, ingenu com ell, pensava. Dels dos partits que formaven la coalició del Govern, m'ho havia de pensar dos cops per recordar quins càrrecs pertanyien al partit majoritari i quins al minoritari. Per mi, tots eren iguals, el germà gran i el germà petit, i jo els imaginava ben avinguts, per devoció o per obligació, però ben avinguts, i sempre que sortien els malentesos, les baralles i les ganivetades, em venia al cap allò que en política no hi ha pitjor enemic que el company del teu propi partit. Coneixia les disputes de la coalició i els pactes que havien hagut de fer per formar govern, però no tenia presents les quotes d'alts càrrecs i de funcionariat que es repartien entre ells. Ara mateix, no sabria dir ni que em matessin si el cap de personal que tenia al davant pertanyia al cap o a la cua de l'aliança, com tampoc no havia aconseguit desentranyar mai quina era la filosofia de fons que propugnava cada una de les parts, només que una era de dretes i l'altra encara més, una cristiana i l'altra encara més, una nacionalista i l'altra encara més..., totes dues molt socials, de manera que la petita era com un concentrat essencial de la gran, i la gran, una dissolució estantissa dels principis de la petita. La meva indiferència pel joc polític em portava a situacions com aquella, i tot i que en aquell moment em sentia una mica culpable, no deixava d'experimentar al mateix temps una repugnància pel tripijoc que es portaven entre mans.

—El teu pare no va tenir sort —va continuar el cap de personal—. La política és molt bèstia. El gos es menja el llop. O claves mossegada o et devoren. Les connexions, les amistats, els interessos... no són suficients, a vegades cal tallar el cap de l'amic, del col·laborador lleial, del germà, fins i tot. La llista de càrrecs sacrificats per fer callar els mitjans o per acontentar alguns sectors no s'acaba mai... En fi, no et canso, en saps tant o més que jo, d'aquestes lluites florentines.

—El que vol dir l'Ignasi —va aclarir l'Albert Deltell— és que l'informe que t'han encomanat és una arma poderosa que no es limitarà a moure la cadira d'algun càrrec important.

—¿Vols dir que pot desestabilitzar...? ¿Que volen dinamitar la coalició...? —vaig dir jo, de nord, per temptar la sort i no quedar com un estaquirot.

—Crema, crema —va riure l'Albert—, no t'acostis massa que et cremaràs.

L'Ignasi Reig va somriure amb complicitat.

—El secretari general té cura dels mitjans de comunicació —va dir amb veu pausada, ferma—. Segur que no ets l'únic que treballa en aquest afer. Primer es carregaran l'alcalde, aquest serà el primer desafiament al President, que el vol mantenir. Després, faran servir tota la merda que hagin trobat per llançar-la contra els fidels al President. La direcció de la tele és un dels objectius. I el cap de programes. L'informe que t'han encarregat és només una tapadora legal per carregar-se la facció més dura dels súbdits del Petit Rei. Dessota la tapa hi ha tots els escàndols que vulguis: la depuració de les aigües residuals, la constitució del nou Centre de Salut, la venda dels terrenys de les fàbriques tancades, l'aparcament subterrani i la destrucció del barri vell...

—Aquí, el tèxtil i la pell, que havien estat els puntals del nucli històric del partit, s'enfonsen. De la metal·lúrgia ni se'n parla. Ara manen els industrials carnis i els immobiliaris, gent nova que no és de l'olla. I aquests volen canvis, fan costat al president del Centre Comarcal de Promoció i Economia, que és l'alcalde a l'ombra... Fins i tot els terratinents s'han aliat amb els immobiliaris, que els han inundat de diners. Només un nou alcalde pot canviar aquest anar fent, aquesta prudència clerical, aquest no tocar res, aquest no destacar mai..., que paralitza els negocis nous.

—I només parlem d'aquí, de la comarca. Sé de bona font que hi ha gent treballant en altres informes a tres o quatre comarques més.

Em vaig quedar un moment parat. Sentia un vertigen interior que em costava controlar. Del secretari general del partit només sabia que li deien «el Canceller de Ferro» i «el Gran Conspirador» i poca cosa més, i tampoc sabia què significava el Centre Comarcal de Promoció i Economia... I pel que fa a la resta... ¿creien de veritat que l'encàrrec de visitar la ciutat per inspirar-me a l'hora d'adaptar un clàssic per a la televisió era en realitat una altra missió?

—I tota la gent implicada —va insistir l'Ignasi— negaria encara que la matessin que fa una altra cosa que no fos buscar localitzacions per al nou serial televisiu o visitar terrenys per a noves construccions governamentals.

M'ho vaig prendre com una advertència. O sigui, que havia d'escapar-me per un altre angle. Potser dir un no ben alt, o inventar-me una malaltia, o fugir altre cop, molt més lluny, la fugida definitiva.

—T'has acostat massa al foc —va dir l'Albert, i les seves paraules em van fer baixar dels núvols—, rondant per la Mallola. Ho hem sabut aquest matí i t'hem de dir que les coses no van per aquí. Aquesta, la Mallola, és una munició que deixem en reserva, per si l'enemic no es rendeix amb la primera envestida. La Mallola és un afer massa privat, personal, i no voldríem entrar en aquest terreny.

Vaig fer cara d'esperar noves revelacions o noves instruccions, aclariments en qualsevol cas. No volia pensar en aquell moment en la implicació d'en Ton i la seva dona en la xarxa d'espietes al seu servei. Tenia el cap confús, ple de pensaments contradictoris: ¿com és que m'abordaven obertament i sense embuts i em parlaven d'una guerra oberta entre la coalició si se suposava que jo elaborava un informe per arbitrar la situació? I sobretot, ¿què passava a la Mallola, que la deixaven com a arma segura i definitiva per a la darrera batalla?

—Et proposem una cosa —va dir el cap de personal amb veu tranquil·la, com si parléssim d'un negoci—. Hi ha gent que et pot proporcionar detalls per al teu report. No cal que vagis a les palpentes. I nosaltres estarem al teu costat en tot i per a tot. Només et demanem una cosa.

Una pausa i va continuar:

—Volem conèixer l'informe abans que el facis arribar a mans del Consell General. L'excusa del guió és perfecta. Tens temps. Quan tornis amb l'esborrany de l'adaptació de *Laura a la ciutat dels Sants*, el lloc de cap de programes quedarà lliure. És un càrrec de confiança, com saps molt bé. El fet que a tu no se't coneguin simpaties partidistes et presenta com a independent, i això et pot beneficiar per a aquest càrrec.

Semblava que el món es tancava entorn meu. Tot el que en la meva vida social i sentimental havia deixat obert a la imaginació, al vent de la improvisació, a l'incomplet de la nostra condició d'animals incomplets del nostre món corrupte i incert, es definia amb precisió.

—És una bona proposta —va fer l'Albert—. Un cap de programes dedicat només a la creació. Res de lluites internes pel poder.

El cap em voltava. Era allà i no hi era. Actuava com un autòmat. No sabia què havia de fer.

—M'ho pensaré... —vaig fer l'interessant.

Van arribar els plats i la conversa va derivar cap a altres temes, per bé que de tant en tant ells dos feien al·lusió al que havíem parlat abans. En un moment donat, jo vaig intentar desfer l'equívoc:

—No conec ningú del Consell General, em sembla que us confoneu...

Però ells dos es miraven i em tranquil·litzaven:

—No pateixis. No sortirà cap nom a la premsa. Discreció absoluta.

Al cap d'una estona, vaig intentar-ho per una altra banda:

—Si vosaltres ja coneixeu millor que ningú els draps bruts de la comarca, ¿què us interessa de la merda que pugui arreplegar jo o que em feu arribar a les mans?

Les meves objeccions eren massa febles, a mi mateix m'ho semblaven.

—¿Ens vols fer creure que has arribat fins a la Mallola tot solet? —va dir l'Albert Deltell.

—Torno a dir que us equivoqueu amb mi.

—No hi tornis —va tallar-me el cap de personal—. Tu fes la teva feina i no et preocupis de res més.

—La visita a la Mallola ha estat un accident... —vaig dir, i em va fer la impressió que altre cop em llançava cap endavant en aquell balanceig en què em gronxava. Era com temptar la sort.

—¿T'interessa tornar-hi per veure tot això del Centre de Salut que han enviat a Brussel·les? —va dir l'Ignasi Reig.

Abans que pogues dir res, l'Albert va afegir:

—El problema és com fer-ho sense que l'alcalde se n'assabenti.

Em semblava veure el fantasma de la Laura, tota blanca, transparent, boirosa, amagant-se pels racons del menjador.

—Sanitat és d'ells —va continuar el cap de programes, pensant en veu alta—. Però hi tenim gent nostra. Es podria obtenir de Brussel·les una ordre d'inspecció.

—És perillós —va precisar l'Albert—. S'esbombaria de seguida. Seria millor trobar algú d'aquí. Podria ser una inspecció d'obres...

—Ja trobarem alguna excusa. Et trucarem.

Vaig tornar a protestar dient que em prenien per un altre, que estaven equivocats, que hi havia una confusió..., però era inútil, com més m'entestava a convèncer-los que ningú no m'havia encarregat cap informe i que la meva presència a la plana era prou coneguda pels directius de l'Ens i que la meva feina era fàcilment comprovable, amb més força ells rebutjaven els meus arguments, i amb gestos plens de suficiència em feien veure que ja coneixien les excuses, que comprenien que la meva obligació era protegir no solament les fonts —deien «les fonts» com si ens trobéssim en una reunió de professionals, no sabia ben bé quina mena de professionals—, sinó també la xarxa —¡la xarxa!—, i negar, fins i tot, que hagués parlat mai ni que fos amb el número dos.

Això del número dos em va desarmar. Era inútil intentar dirlos la veritat. Ells estaven convençuts del pla que portaven al cap, i els meus esforços per treure'ls la bena dels ulls l'única cosa que aconseguien era reforçar la seva idea, com l'incaut que cau en un fangar i per sortir-ne fa gestos desesperats que encara l'empastifen i l'enfonsen més. La conducta més assenyada, en un fangar, és no moure's gaire i calcular mil·limètricament cada pas per sortirne. El número dos em va fer riure perquè en un dels cursets per a guionistes a què vaig assistir, vaig conèixer un guionista anglès que havia escrit un guió titulat «L'enemic públic número dos», i el títol em va semblar tan bo que jo li hauria atorgat el primer premi de seguida. Tot el que coneixem de l'entrellat del món, em va comentar l'anglès, són els números dosos, i això si tenim sort. I en les relacions personals, va afegir quan el vaig portar a donar un cop d'ull al que quedava del barri xino de Barcelona després de la neteja urbanística i de la conversió d'aquell espai en un Raval multicultural, multiracial i multitudinari, també passa el mateix, sempre ens hem d'acontentar amb el o la número dos, el o la número u no l'aconseguim mai i ens quedem amb la il·lusió que algun dia, potser, si hi ha sort, toparem amb ell o amb ella. El número dos. El número dos de la xarxa.

A partir d'aquest moment em vaig desconnectar de la conversa. Era millor moure's poc i no enfangar-se més. Ja trobaria una sortida, com la fugida de l'hotel de la ciutat. Potser tornaria a Barcelona a parlar amb el cap de programes, a veure què passava. Ells dos continuaven parlant d'estratègies sense precisar gairebé res. M'era una mica igual. La conversa amb la Regina i els retalls que havia recollit aquells dies m'havien fet veure algunes coses sobre la Laura i el seu entorn de cavalls moribunds, joves discapacitats i dones mig majordomes mig infermeres que la cuidaven.

Les imatges d'en Marçal, del cavall sacrificat, de l'angoixa de la Laura... em tornaven com avisos, ecos d'alguna commoció, i cada cop venien de més endins. Les imatges interiors em protegien contra la temptació d'entrar a la conversa, em mantenien lluny dels tripijocs d'aquells dos. A mi ja em convenia aquella mena d'estranyesa, així jo mateix em podia prendre per un foraster curiós que no volia cap implicació personal en els assumptes que tractava. Un testimoni sense cap responsabilitat. Ells ho van dir en un moment de la conversa:

—Aquest és un sistema molt subtil, una societat de favors mutus, en el qual cap foraster pot jugar un paper important.

Aquesta era la condició d'irresponsable que em retreien sempre els amics com en Dani i en Gerard o El Gran Meaulnes les poques vegades que els confessava les meves desventures amoroses, gairebé sempre el final d'una relació:

—És que tu ets com un tastaolletes sentimental, no vols implicar-te en res i l'amor o la parella volen dedicació, voluntat, compromís...

«Compromís», repetia jo, uix!, quina paraula més gastada! Recordava que el pare em deia que tots els engatjats de la universitat no paraven de parlar del compromís amb la societat, amb el tercer món, amb les classes més desfavorides..., i al cap d'un quant temps gairebé tots havien acabat compromesos amb el cotxe oficial o amb l'equip directiu de multinacionals o amb consultories financeres.

I a més, les persones —no m'agradava dir-ne parelles— amb les quals m'ajuntava, tampoc no volien cap compromís. Algunes s'enganxaven una mica, elles a mi o jo a elles, però de seguida comprovàvem que el futur no era l'horitzó de les nostres relacions. ¿Imaginava tota una vida amb els esmerlits? La darrera relació, la que tenia la impressió que estava a punt d'acabar-se, era amb els esmerlits. Els Germans Esmerlits, els deia jo, perquè els imaginava com germans bessons de diferent sexe, però que es complementaven molt bé. Tots dos sumaven la perfecció: en Bernat i la Júlia.

En la conversa de la fonda de l'hostal, que ja s'acabava, de sobte el cap de programes, l'Ignasi Reig, va dir:

—Ja et farem arribar papers per completar l'informe.

Jo devia fer cara de preguntar com i l'Albert va afegir:

—Hi ha mil maneres. Tenim temps, encara. Tu fes el que hagis de fer, però no et tornis a escapar gaire lluny.

18

NO VAIG FER CAP COMENTARI ALS HOSTALERS, EN TON I LA seva dona. L'endemà al matí, vaig deixar anar les cames i em van portar cap al cementiri del poble. Potser el consell del professor de visitar els cementiris i els temples del poder per saber bé on ens trobàvem es manifestava de manera irreflexiva. Però a mesura que m'hi acostava, un sentiment estrany m'omplia el pit.

Era la primera vegada, després de l'enterrament, que visitava el nínxol del meu pare. Els darrers dies de la seva malaltia, a l'hospital, el pare m'havia demanat que volia ser enterrat al poble, al nínxol de la família. M'ho va dir com de passada:

—Si un dia em passa alguna cosa —va dir, sense mirar-me, amb el cap mig girat cap a la finestra—, embolica'm amb una flassada, agafa un taxi i porta'm al poble. Vull ser enterrat al nínxol de casa. Te'n recordaràs, oi?

El pare devia veure que se m'humitejaven els ulls, que feia esforços per contenir l'emoció, i va canviar de seguida de conversa. Es va morir al cap de pocs dies. Un capellà amic seu em va ajudar a fer els tràmits i va dir la missa de difunts a l'església del poble, amb tan poca gent que el rector se'm va excusar, com avergonyit:

—És que feia tants anys que era fora d'aquí... El poble recorda més la teva àvia que el teu pare. De fet, ningú no es pensava que l'enterressis aquí.

Vaig fugir després de la cerimònia, com si m'empaités el dimoni. Hi havia alguna cosa enganxosa en el clima del poble, en l'aire enrarit de l'església, com si cada hora que hi passés m'hi trobés més envescat, més presoner, i intuís que si no en fugia de pressa no en podria sortir mai més. I mai més no hi havia tornat.

Cada any, per Tots Sants, hi havia un moment en què notava un pessic, una petita molèstia, recordant-me els morts que esperaven el meu homenatge, el meu record, al cementiri del poble, però em deia que això eren ximpleries, ritus ancestrals que costava de deixar, les urpes dels difunts que surten un dia a l'any de la tomba per mirar d'arrossegar-nos cap a la seva foscor i enfosquir la nostra vida amb la seva llobreguesa.

Mentre entrava al cementiri i buscava el nínxol, recordava els retrets que l'àvia feia al pare al final de l'estiu, quan ell venia a buscar-me, acabades les vacances al poble, per tornar a la ciutat. L'àvia el renyava:

—No véns mai per Tots Sants a portar flors a la tomba del pare. Sembles un ocell sense niu o un gos sense amo. Algun any podries venir i ajudar-me a netejar el nínxol. Jo ja no ho puc fer, tota sola. Podries encarregar a Barcelona una làpida de marbre, ben maca, i la hi posaríem. Fes-hi gravar el nom, el dia i el lloc del naixement i de la mort, i unes espigues, res més, ni creus ni romanços, només un manat d'espigues. Un ram d'espigues està bé, ¿no trobes?

Però el pare no en volia parlar, girava el cap i s'enutjava.

—¡Ai, quin caràcter! —feia llavors l'àvia—. No podem parlar mai de res. Tot t'amoïna. ¿Què vols que aprengui el teu fill si no respectes els que se n'han anat?

El cementiri era desert. Només, en un racó del primer carrer de nínxols, hi havia una escala amb estris de paleta, i més lluny, mig tapat pels xiprers, es movia un home amb gorra i armilla, un enterramorts, potser.

En el segon carrer hi vaig trobar el nínxol, el nostre que deia l'àvia. Els paletes l'havien tapat amb totxanes, les havien encalcinat, i algú hi havia pintat amb lletres negres el nom dels avis i del pare, per ordre de defunció, i una creu negra que ho presidia tot. Em va fer mal al cor. Les espigues, vaig dir-me, com a mínim el manat d'espigues.

—Sóc un bord amb una llengua borda —vaig mormolar—. Tot és inútil, jo mateix sóc un inútil, un estèril..., amb una professió improductiva que només fa que aprofitar els retalls que copsem dels grans relats per convertir-los en xerrameca vana, en enraonies i bajanades estupiditzants que corquen el cervell del públic badoc.

Entenia els penitents que en alguna ocasió es flingantejaven amb cordes o fuets per treure's de sobre el sentiment de culpa. Entenia també aquella sensació que havia experimentat anys enrere d'envescament, de morbidesa sentimental que t'amorrava als orígens, i em tornava la imatge de les urpes dels morts que se t'arrapaven a la pell i t'arrossegaven al seu regne de tenebres.

Vaig apartar-me'n amb esforç. Amb els ulls tancats i els punys closos vaig anar a seure al pedrís de la capella, oberta al mig del primer carrer. Amb el cap cot, sense mirar res, pensava que malgrat l'allunyament de tota la vida, tant el pare com jo trobàvem tota la força, tota la resistència interior, tota la salvatgeria que ens feia intractables i solitaris en aquell poble, en aquella terra, en aquells morts. Al fons del fons de tot, sempre hi trobàvem el paisatge que ens acompanyava a tot arreu i que no ens abandonaria mai. No el vèiem, no hi pensàvem, semblava que l'haguéssim oblidat, però era com la sang que no vèiem mai si no era per una ferida o un cop greu; els records i els morts es comportaven igual, només apareixien quan el perill extrem ens aculava a l'únic paisatge que no ens deixava mai. Ara m'adonava de l'orgull íntim del pare, que en el fons menyspreava profundament tots els trepes caragirats de la capital, els polítics sinuosos que disfressaven la veritat, i que havia preferit una vida marginada i fosca que la humiliació dels pactes o les baixes complicitats. Ell no servia per fer segons quins papers, i a mi em passava igual. M'avorria la comèdia social i la pèrdua de temps i d'humor que comportava. Vaig somriure lleument en recordar les recomanacions de l'àvia de no rendir-se mai, d'aixecar el cap sempre, de no sortir al carrer amb llàgrimes als ulls ni tristesa a la cara.

—A vegades s'han de fer paperots que no voldries —deia—, però només es poden fer si t'hi va la vida, si no, val més passar amb menys i anar amb el cap ben alt.

Ella va mantenir-se fins al darrer moment amb el cap clar, i mai no li vam sentir una queixa.

—Qui no et vulgui com ets, és que no et vol per a res de bo —deia—. ¿Qui es creu tan poderós que pugui assenyalar amb el dit algú?

¿M'hauria volgut ella, si hagués sabut com sóc?

Segurament no em reconeixeria. Fora de la norma, de la política, de l'ambició de poder..., m'havia hagut de refer a mi mateix des de les arrels, inventar-me fins i tot una nova moral —com deia El Gran Meaulnes, millor sense moral que acceptar una moral que ens rebutja—, en permanent construcció i desconstrucció de la identitat, i sempre amb la sensació de mancança, de marginalitat, de por a l'exclusió i a la rebufada. En Dani i en Gerard, en una festa de les tradicionals —Nadal o Pasqua—, quan els lligams familiars són més evidents i festejats, rebien els convidats a la porta del pis amb un petó i aquestes paraules:

—Nosaltres sí que som germans de veritat. Els germans sense família, els fills perduts i bords. La família que hem triat.

—Això! —replicaven alguns—. Arreplegats, som una colla d'arreplegats!

I rèiem tots plegats amb unes rialles toves, una mica buides, massa estridents per ser alegres. Era com si, junts, ens despulléssim una mica de nosaltres mateixos i volguéssim confondre'ns amb la colla, en una aventura més segura que la nostra soledat.

Però, igual que em passava amb la política, mai m'hi acabava de trobar bé, entre aquests grups massa iguals, massa rebullits en les pròpies obsessions, sempre focalitzats en els mateixos temes..., potser perquè eren un mirall massa cru d'un jo que només s'afirmava en les ziga-zagues, en l'anar d'un punt a l'altre sense plantar-se definitivament en cap, un estat transitori permanent, un culcuitós, que deien els amics.

—Els bi —reien en Dani i en Gerard— sempre trobeu aixopluc en algun dels dos costats, però no us quedeu mai arrelats enlloc.

—Diuen que tots els artistes —rematava El Gran Meaulnes— tenen més pronunciat el costat femení que el masculí.

El costat femení dels artistes masculins. Un altre aspecte de la constant reinvenció de la identitat. Hi havia qui opinava que la mort de Madame Bovary, com la d'Anna Karenina o la de la reina de Cartago, Dido, a l'*Eneida*, i tantes d'altres, no era altra cosa que l'assassinat ritual de l'element femení rebec que hi havia en els escriptors masculins. La venjança de l'home contra la dona que portaven a dins. Una cerimònia d'exorcisme.

Tornava a pensar en la feina, en el guió... El que menys em preocupava era l'aparició d'aquell parell de gamarussos —el periodista confidencial i el cap de personal— i l'equívoc que s'havia creat. En sortiria així que volgués. Podia dir que havia presentat el suposat informe al meu superior imaginari i que m'incorporava a la feina, i que em vinguessin al darrere amb un flabiol sonant. I encara gràcies que no esbombés les seves propostes fastigoses. Em quedava sense la bicoca del despatx de cap de programació. Bon profit.

Una ombra davant meu em va espantar.

—¿Que li passa alguna cosa?

Era el paleta, que trafegava amb l'escala al final del carrer i s'havia acostat. Tenia la cara tallada per solcs profunds, com cicatrius de ganivetades antigues, els ulls blaus, amables, una mica encorbat pels anys i la feina, cepat, no gaire alt, la cinquantena. Portava una gorra bruta de guix, una armilla vella al damunt d'una camisa descordada i unes calces balderes i apedaçades.

Jo vaig dir que no, que gràcies, que només estava cansat, i quan l'home ja es girava per tornar a la feina, se'm va acudir proposar-li un encàrrec:

—Perdoneu... —vaig alçar la veu per cridar-lo—. ¿Treballeu per aquí, oi?

L'home es va aturar i, girant-se, va fer que sí amb el cap. S'esperava, per si li volia dir alguna altra cosa.

—És que..., voldria posar una làpida nova en un nínxol.

—¿En sou el propietari?

—Sí...

No m'ho havia plantejat mai, però segurament que sí, que era l'hereu del nínxol. La constatació em va encongir una mica el cor.

—¿Teniu la llosa?

—Visc a Barcelona i no vinc gaire sovint. Si ens entenem, us la faré arribar. També m'agradaria que us encarreguéssiu de netejar-la de tant en tant.

L'home va arronsar les espatlles i se'm va acostar fins a quedar plantat davant meu. No deia res, com si esperés més ordres.

—Jo... —vaig dir, sense saber ben bé per on anava—, jo..., tinc família enterrada aquí, ¿sabeu?

L'home em va mirar amb uns altres ulls, jo diria que compadint-me.

—Tots hi tenim algú enterrat, aquí —va dir, com si allò pogués servir de consol—. A mi, abans, de jove, em feien feredat els cementiris. Però des que hi vaig haver de venir a portar-hi la meva gent, em fan una altra impressió. De fet, quan vaig agafar aquesta feina em va semblar que seria una manera d'estar més a prop d'ells. Hi tinc la dona, jo, i dos fills. Un accident de cotxe, ja veieu si és fàcil de posar fi a tot.

No ens decidíem a dir res ni a separar-nos, com quan algú acompanya un enterrament i no sap com abandonar els familiars amb la seva pena.

—¿Sap què he après, jo, després de temps de fer aquesta feina?

Me'l vaig mirar de dret als ulls i ell va dir amb veu segura:

—Els morts ja no ens necessiten a nosaltres, però nosaltres els necessitem a ells.

Em va sorprendre aquella reflexió.

—Per això cada any, per Tots Sants, s'omplen tant els cementiris.

Jo vaig treure'm un paper i un bolígraf de la butxaca i vaig dir:

—¿On us puc enviar la làpida i els diners?

—A l'Ajuntament —va dir ell—. Ells m'ho faran arribar a casa.

Va afegir, en veure que jo em quedava una mica parat:

—És que no tinc telèfon, jo. Ni rebo cartes. I a vegades passo temps fora de casa. Quan plego d'aquí faig feinotes en altres llocs. He sigut paleta, jo. Ara ja no. Sol, amb poc en tinc prou.

Vaig fixar-me en un panteó que hi havia al jardinet, abans de la capella. Era l'únic que hi havia, un mausoleu bastant gran amb una porta de metall rovellat, i uns àngels i una creu al cim, tot de pedra, tan humit i ple de verdet que semblava que hi hagués caigut al damunt una pluja de cendres.

L'home va seguir la meva mirada i va comentar:

—Aquest em dóna una mica més de feina.

—¿També us en cuideu? ¿Encara el fan servir?

—Quan convé, de tant en tant, com els altres. Però els que hi ha a dins els conec menys.

—¿Què voleu dir?

—Que no hi he ficat mai ningú. Els dels nínxols els conec gairebé tots. Un amic pastor m'ha dit que a ell li passa el mateix amb el ramat: coneix pel seu nom totes les bèsties i els parla, i elles l'entenen ben bé. M'ha arribat a passar que, algun dia, he entrat amb alguna xafarderia de les que fan córrer pels pobles, que si aquest va amb aquella o aquella s'ha embolicat amb aquell, i sense adonar-me'n m'he posat davant del nínxol d'un amic al qual sabia que li agradaria saber de què anava tot plegat, i he començat a explicar-li el que passava... ¡I el més curiós és que estic segur que m'escoltava!

—¿Quant em cobrareu? —vaig somriure jo.

—No us desdinerareu pas —va fer ell amb un gest de no voler concretar res—. ¡No cobraré pas abans de fer la feina! Així vindreu més per aquí. Els morts són reconsagrats, si no els veniu a veure us vénen a veure ells. ¿Sabeu què em va passar un altre dia? Em vaig descuidar una eina i vaig venir a la nit, negra nit, a buscar-la, i vaig veure tot de llumenetes entre les mates del jardinet. De bon primer em vaig espantar, perquè també vaig veure ombres que s'alçaven i corrien a amagar-se amb xisclets de sorpresa i rialles ofegades, i jo em vaig pensar que eren els joves del poble, que venien aquí per cardar tranquils i d'amagat, però després ja no n'estava tan segur... Després he pensat que eren els morts, que volen aprofitar aquesta llibertat que ells no van poder viure i que surten dels nínxols a treure's els impediments que els van martiritzar en vida.

—¿I no coneixeu qui hi ha al panteó? Hi ha unes lletres grosses que llegeixo des d'aquí: «Família Dalmau-Bonet.»

—M'hi pixo cada dia al damunt. Ja veieu el cas que en faig.

Jo vaig interrogar-lo amb la mirada.

—Em van fotre fora de la feina, fa temps. Això sí, els de dins no els toco per res, i això que em donen feina, perquè sempre que hi entro hi trobo algun entrebanc: que si una capsa de mistos, que si una goma higiènica, que en deien abans..., fins i tot una dentadura postissa, hi vaig trobar un dia. Les portes semblen de ferro colat i són com d'escaiola.

—Ho dieu per posar-me la por al cos, oi? —vaig riure jo.

—Ho dic perquè aquí jo he vist de tot. I aquests —l'home va girar al cap en direcció al panteó— no s'espanten de res. Tenen més galtes que un porc empapussat.

—¿Treballàveu per a ells?

—Amb ells no se sap mai per a qui treballes. Tan aviat era a la nova urbanització, com a la fàbrica de carn, com a la Mallola... I amb els papers passava el mateix, tan aviat constava en un lloc com en un altre. Feien el que volien. Fan el que volen, vaja.

—¿La Mallola? —vaig repetir jo—. ¿Són els amos de la Mallola?

—De mitja comarca, són els amos. I ell és l'alcalde més important. Però tenen les arrels aquí. Per això conserven la masia, tot i que ja no hi viuen.

—Però a la Mallola hi viu gent, hi ha els masovers, els discapacitats...

—Sí, el rebuig, vaja, les rampoines. Vull dir que l'amo no hi viu. La casa serveix, ara, de quarto de mals endreços.

—Exagereu. M'han dit que hi viu la dona, la Laura.

—Un esperit benaventurat. Una bleda arronyacada que no va enlloc.

—Està malalta, pobra. ¿La coneixeu?

—L'he vista unes quantes vegades, quan feinotejava per la casa. La vida li fa pampallugues, com un ciri sense ble. Un mal lleig al pit, diuen. Fa la viu-viu, com un pollet, amb calmants i vitamines. La masovera li cuina tots els requisits, capons i brous que només amb l'olor ja revifen, però es veu que ella no pot empassar-se res. Ja fa temps que està així, sí. Abans era una rosa del jardí, una dona que feia girar el cap a tothom quan passava. Diuen que feia tronar i ploure, quan era jove, igual que el seu home, que no en deixava cap per verda. Tenia molta requesta, tanta que els primers temps de la malaltia deien que venien galants de fora a visitar-la a ple dia o d'amagatotis. Però en diuen tantes coses, fan còrrer tantes falòrnies..., hi ha molts barrufells per aquí.

—¿El marit la ve a veure sovint?

—Volia deixar la feina de l'Ajuntament i tot, per estar amb ella, però li ho van treure del cap, perquè sense ell, els seus, els de la seva corda, vull dir, ho perdrien tot. No té recanvi, sembla.

I això que ja fa anys que hi és. El seu pare ja en feia, d'alcalde, en temps d'en Franco.

—Però la Laura està ben atesa, té dues o tres dones al seu servei.

—¿Dones? La Palmira, que és amb la que tinc tractes un parell de cops l'any per netejar la tomba, és com un sergent malcarat, la masovera ja està passada, i la noia, la Berta, és com mig monja, corsecada. ¿Sap què passa? Que quan un home està sol tant de temps, les coses no van per bon camí.

Me'l vaig mirar, com per fer veure que no ho entenia.

—Ell viu al pis de la família, el de tota la vida, a la plaça de la Catedral, un pis com un palau i un lloc tan gran, un home sol..., amb els diners que li cauen de les butxaques..., i amb els trencacolls que hi ha avui dia pertot arreu..., no sé si m'explico.

L'home va fer un gest amb el cap i abans de sortir del cementiri, mentre l'acompanyava cap al racó on tenia els estris de la feina, vaig comentar-li si coneixia el metge que portava la Laura.

—¿El doctor Molins? —va dir ell—. Té molt renom. A vegades venia a la Mallola amb altres metges. Tots són entesos amb els..., amb les criatures, que ja no són tan criatures. Venien amb una mena d'ambulància amb aparells i els feien passar a tots per l'adreçador, i omplien un munt de papers, no sé què carai en feien, de tanta paperassa, els papers no han curat mai ningú, que jo sàpiga, és clar que a aquests pobres lirons no els han de curar de gairebé res.

—Ho deuen fer per la filla. ¿Es diu Laura també, oi?

—Sí, li diuen Laureta, però ja és granada. Abans els portaven a Còdol Dret a veure els cavalls, però ara han arreglat la pallissa perquè puguin fer-hi les seves cures, i porten un cavall o dos un parell de dies a la setmana. Es veu que els cavalls els eixereixen com una medecina.

Li vaig dir que ja rebria notícies meves a l'Ajuntament, i vaig donar-li el número del nínxol perquè hi donés un cop d'ull de tant en tant.

—Ho faré. Però els morts volen veure la família, no pas a mi.

Em vaig acomiadar de l'home i vaig sortir del cementiri. El sol s'amagava darrere uns núvols immensos i una mica ennegrits. El poble, amb el campanar sobresortint, s'arraulia vora el riu i semblava acollidor, a distància.

Em va tornar la frisança de marxar, un neguit estrany, com quan en els dies d'estiu de la infantesa notava que ja en tenia prou, que enyorava la ciutat i el seu desordre indiferent.

19

En arribar a l'hostal, en Ton va voler parlar amb mi, però jo vaig pretextar feina i li vaig dir que ja ens veuríem a l'hora de sopar, que em pugessin un entrepà i fruita a la cambra, per dinar. No em veia amb cor de dir-li res, ara. Era com si ja l'hagués esborrat d'alguna llista mental i no m'importés gens el que pogués dir-me per justificar les seves connexions amb l'Albert Deltell del *Confidencial*.

A l'habitació, vaig obrir el quadern on guardava les notes per al guió. Quan tornés a Barcelona, bé hauria de justificar d'alguna manera el temps concedit. Oficialment, jo era allà per feina. No m'havia de deixar entabanar pel parell de conspiradors de via estreta que m'assetjaven. Amb una manotada, amb un sol moviment, els podia desemmascarar. Podia anar a veure l'alcalde, per exemple, i dir-li tot el que complotaven contra ell. Era estrany que un cas que jo creia tan senzill de desfer semblés tan complicat. I encara més rar que la parella de conspiradors s'haguessin posat a les meves mans de manera tan casual, tan oberta. No hi volia pensar més.

Vaig començar a escriure noms i connexions al quadern. La Laura ja no podia ser una dona burgesa, això ho veia clar, tot i que tenia curiositat per conèixer bé la Laura de la Mallola, perquè pressentia que era el darrer testimoni que em quedava per descartar definitivament una Laura benestant, la dona d'un dels homes més poderosos de la comarca, amb poder polític i tot, com a model de la moderna insatisfacció femenina. M'agafava a aquell clau per justificar les ganes de tornar a la Mallola i descobrir els seus secrets. O el que jo imaginava que eren els seus secrets.

Les dones benestants ja havien aconseguit la llibertat, el problema que se'ls presentava ara era com sobreviure a la llibertat conquistada. Aquest, potser, era el nou repte: què fer amb la llibertat. Els homes i les dones eren més lliures que anys enrere, però ara no sabien què fer d'aquella rierada d'energia sobtada, i per això no paraven de moure's, buscar, viatjar... ¿Potser la insatisfacció podria quedar reflectida en el nou turisme sexual que porta molta gent, sobretot homes però també dones, a anar a l'altra banda del món, de Cuba a Tailàndia o la República Dominicana, a la recerca de plaers prohibits i de la parella que no han sabut trobar al veïnat? Una Laura o una Emma o una de les dues Annes que viatgen a qualsevol d'aquests paradisos sexuals en cerca del seu ideal era una altra visió, però el cap de programes no acceptaria aquest enfocament del tema. Diria que no hi havia pressupost per a viatges, ni per contractar actors o actrius estrangers —l'ideal havia de ser exòtic—, i sobretot no podíem desvirtuar el mite situant-ne les peripècies fora de la terra que l'havia creat. Diria més o menys això. El mite i les arrels eren fonamentals, la filosofia del programa, diria, obligava a no allunyar-se dels codis morals en què s'havien format.

Però els codis morals havien canviat, tot i que les televisions anessin amb compte a l'hora de reflectir el canvi. Els manaies no entendrien que la invasió del caos sexual que ens obsedia, que reduïa l'amor a simple mecànica sexual i la fidelitat a una comoditat contractual, suposava una dramatització diferent de la d'un vulgar fulletó de sobretaula. La Laura o les Annes o l'Emma modernes havien de trencar els codis que encara les encotillaven i arribar a la sacietat i al desplaer per entendre que tota civilització té unes regles, uns límits, unes obligacions. ¿Els barrots de la gàbia del mico que va inspirar la *Lolita* de Nabokov? Jo volia dibuixar els barrots de la gàbia que encara empresonaven moltes dones, però el cap de programes i els seus ínclits assessors el que volien era fer gràcia al públic majoritari mostrant les ganyotes imitatives de micos i mones, prescindint de si eren en una gàbia o no.

Cada cop veia més clar que la figura central de la nova sèrie havia de ser una dona immigrant com l'equatoriana Consuelo o una dona de poble com la mare d'en Marçal, sense cap més horitzó que la supervivència d'elles i de les famílies. La rebel·lió, ara, la feien dones que encara no havien sortit de la gàbia. Per a elles, el sexe no era tan essencial com la situació social o laboral. En el seu temps, la Laura i les seves companyes literàries semblava que només havien de trencar les convencions morals que les encadenaven per aconseguir la unió completa amb l'home desitjat. Però un cop satisfeta la passió, ¿què quedava de les altres cadenes que les lligaven? Hi havia, al meu parer, un gran treball d'imaginació en els deliris de llibertat d'aquelles dones. Rebutjaven uns marits avorrits, burgesos, rutinaris, calculadors, hipòcrites..., que no havien estat capaços d'encomanar-los cap passió, ni tan sols la domèstica. I la imaginació els havia presentat altres alternatives millors. Al final s'havien sotmès, com la Laura lamentable que torna a Comarquinal a contemplar «el somriure dels Sants», o s'havien suïcidat, com l'Emma Bovary o la Nora d'Ibsen i la Karenina. No sabem ben bé com les hauria tractat la realitat. No havien pogut comprovar allò que diu Calderón: «*Que me mate la verdad y no la imaginación.*»

Sabia bé què eren els mals de la imaginació. Comences imaginant allò que no saps de l'altra persona i després imagines allò que sospites i allò que voldries que fos veritat, perquè mai la coneixes prou bé, l'altra persona, l'ànsia de possessió és tan forta que voldries esbrinar tots els seus moviments i converses i desitjos i sensacions, i acabes instal·lant-la dins teu com un eco del teu pensament, atrapat per la seva imatge entendridora, maltractadora, feridora, adorable..., de tal manera que quan la tens al davant necessites afegir a la realitat la imatge que te n'has fet perquè sigui completa i puguis desitjar-la tal com és o no és, o sigui tal com l'ha fabricada la teva imaginació.

M'havia passat amb la Júlia i en Bernat. Els havia conegut per separat, en una de les moltes aventures que sorgien tant amb els convidats i el personal de la tele, com a les sales d'espera dels aeroports. Pertanyien a la generació posterior a la meva, ens devíem portar deu anys, la generació dels que per anar-se'n al llit amb algú només necessiten el magnetisme d'un contacte ocular sense paraules ni obligacions, sense demà.

Però amb la Júlia i en Bernat ens havíem fet amics. Ens vam veure més vegades, sempre per separat, fins que un dia vaig tenir la mala pensada de convidar-los a dinar perquè es coneguessin. Havia començat a imaginar-los com si fossin germans bessons. Tenien cossos semblants, esvelts, flexibles, elegants, com eterns adolescents, pell fina de les que «es podien resseguir amb una gota d'oli», que hauria dit El Gran Meaulnes. Els esmerlits. A més eren generosos i educats, disposats a complaure i fàcils de complaure. Els havia arribat a considerar com les dues meitats d'una sola persona, com les dues parts dividides de l'únic androgin de Plató. Tan bon punt es van veure, tots dos, vaig notar que s'agradaven, no pas sexualment, en Bernat no anava mai amb dones, «no funcionava», deia ell, sinó per una atracció íntima, una mena d'afinitat espiritual que a mi encara em va doldre més que la física. En acabar el dinar ells dos es van intercanviar els mòbils i a mi allò no em va agradar i tampoc no em va agradar que no m'agradés. Van establir una relació eròtica però no genital, tots dos pertanyents a un gènere vacil·lant, que nedava entre dues aigües. Al cap de pocs dies vaig assabentar-me que la Júlia havia passat uns dies a Dublín aprofitant uns billets que en Bernat havia aconseguit de la seva companyia. I després van venir Zuric, París, Londres un parell de cops i Miami, el lloc més lluny on van arribar. En tornar parlaven d'hotels, d'espectacles, de bars, d'amics que havien fet... Quan van convidar-me a una d'aquestes escapades, jo ja m'havia tancat en el meu paper de tercer exclòs de les seves intimitats. Em quedava sol al meu apartament i començava a imaginar tots els detalls de l'aventura, on eren, què deien, com reien, com es passejaven, quins museus visitaven..., i sobretot la imatge de la parella per carrers i restaurants omplint amb les seves rialles franques tots els espais, admirant amb les seves figures tota la gent que tenia la sort de trobar-se'ls. Pensava que era un privilegi poder-los estimar a tots dos i ser posseïdor de dos sexes, com els hermafrodites, complet, rodó, tancat, empresonat en la meva perfecció i en la meva solitud.

Passat el cap de setmana, quan ell o ella trucaven a la porta o em telefonaven, el cor em feia un salt, com si un toc màgic em curés de la llangor que m'havia tingut postrat al llit o al sofà totes les hores sense ells. Els havia imaginat en tots els decorats i totes les combinacions. ¿Què feien, què es deien, com s'entenien, quines confessions es feien, quins secrets compartien...? Només els tenia en la imaginació. Quan els tenia al davant, eren com una petita il·lustració del gran llibre que els contenia dins meu. Vaig arribar a preferir més les imatges guardades i imaginades que la realitat de les seves visites, perquè quan els veia, buscava rastres de l'absent en la roba del que tenia amb mi, l'olor del cos de l'altre en la pell present, les paraules noves que s'havien dit, les experiències inèdites que compartien, les confidències que s'havien fet, els plans que havien projectat... I cada cop em trobava més feliç en el paper de testimoni absent de la seva amistat. Els demanava les fotografies dels seus viatges, les factures dels restaurants i els tiquets dels teatres on havien anat, les capses de mistos dels hotels on havien dormit..., tot, en una mania de col·leccionista de les traces de la seva intimitat. Volia saber-ho tot d'ells i confrontar-ho amb el que havia imaginat. Quan les meves previsions no coincidien amb la realitat, em desprenia de les imatges fabulades amb una mica de recança, com si m'hagués traït a mi mateix. Ells dos es portaven igual que abans, amb la mateixa despreocupació i naturalitat, entraven i sortien de casa meva i de la meva vida, sense demanar res ni esperar cap futur. Era un joc, un joc agradable i res més. Sabia que la Júlia anava amb altres tios, i que en Bernat sortia de tant en tant a discoteques de cap de setmana o a reunions del grup de gais cristians, i alguna vegada que els havia demanat què significaven les trobades que podien fer-hi, els *lligues* en deien ells, em miraven amb sorpresa, com si no entenguessin la pregunta, «no volen dir res», «és una estona i prou», «tothom sap el que vol», «no tenen cap importància», deien, i alguna vegada que jo els insinuava si jo per a ells o ells per a mi eren el mateix, responien que era diferent, «amb tu som amics», deia l'un, «valoro la teva amistat», deia l'altra, i no anaven més enllà ni jo m'atrevia a exigir-los més, i potser tampoc hauria estat capaç de fer-me a mi mateix preguntes més compromeses, ells eren més joves, em deia, i jo potser començava a experimentar les primeres tristors de la maduresa o de la vellesa, segons com es mirés, la nostàlgia amb què mirem els cossos més joves i amb què envegem les seves ànsies de tastar-ho tot i provar-ho tot, fins i tot posant en risc altres valors, però jo veia al meu entorn que companys de més edat, heteros o gais, anaven igualment de bòlit i no s'aclarien amb els seus sentiments i les seves relacions, qui no es divorciava tenia una amigueta o un amiguet d'estranquis, i es podien comptar amb els dits d'una mà els casats o casades ben establerts i satisfets, amb fills o sense, no era cosa de l'edat, doncs, era una altra cosa, la insatisfacció general que ens envaïa a tots, la desorientació personal, la mateixa inestabilitat dels llocs de treball que influïa en la provisionalitat total de la vida...

Els programes de consells psicològics parlaven de la crisi de la parella i tothom es mirava el seu cas, com si fos obligatori per estar al dia experimentar algun daltabaix a casa, i els programes que en deien d'educació sexual predicaven unes relacions netes, higièniques, mecàniques, sense cap emoció, i popularitzaven termes tècnics com *fel·lació*, *cunnilingus*, *orgasme múltiple*... o la mateixa *bisexualitat*, dels quals pocs anys abans ningú no havia sentit parlar, i tots ens trobàvem com davant de l'aparador ple d'estris d'un sex-shop i ens demanàvem quin era el que ens corresponia o quin de nou podíem provar per descobrir el que, deien els sexòlegs, amagàvem en la part fosca i reprimida que tots portàvem sense saber-ho. Era difícil en un clima erotitzat com aquell —el cap de programes havia fet una enquesta per veure si la pel·lícula porno que passaven cada cap de setmana a mitjanit podia ampliar-se a dos dies més a altes hores i a gèneres nous com el cinema gai i el sexe dur, perquè tothom tenia dret a la seva porció de felicitat sexual—, era difícil en un clima com aquell destriar el que la Júlia i en Bernat tenien d'autèntics o d'encomanat per la moda del moment.

¿Com podien pensar a planificar una sèrie amb una Laura i totes les seves frustracions entre un públic acostumat a passar de l'assassinat sense causa a l'adulteri sense sentit? Després del temps de l'alliberament sexual, no era possible mostrar a la pantalla una protagonista amb frustracions sentimentals o repressions eròtiques, si no era com un cas gairebé patològic o en un paper secundari i còmic, com una relíquia del passat. La Laura actual, l'Emma i les Annes serien unes dones neuròtiques, sexualment i emocionalment confoses, malhumorades, queixoses, insatisfetes, obsedides pels diners i pel seu físic, i amb una o dues operacions de cirurgia estètica al damunt, preocupades pel nivell social que ocupaven, addictes a les fórmules fàcils i orientals d'autosuperació personal i als manuals exòtics de saviesa espiritual que apaivagaven les lleugeres inquietuds de transcendència..., amb un amant nou cada temporada i un parell de divorcis com a mínim. Les tragèdies, amb diners i oportunitats de refer la vida cada cop que es fa un mal pas, es converteixen en comèdies de psiquiatre.

Em reafirmava en la meva primera intuïció: la Consuelo equatoriana o la mare d'en Marçal eren les úniques que m'interessaven per protagonitzar les presons en què encara vivien moltes dones al començament del segle XXI. I potser la Laura de la Mallola, si arribava a treure l'entrellat de tota la xarxa que l'envoltava. La dona guapa d'un alcalde democràtic fill d'un prohom franquista, tancada en un casalot al mig del bosc, sofrent d'una malaltia estranya, potser era l'heroïna que necessitava.

La dona d'en Ton em va portar el que havia demanat per dinar i em va preguntar si em trobava bé. Vaig dir que sí, que només estava cansat, que tenia molta feina. Al vespre, segurament, faria el mateix per sopar, vaig avisar.

Després de dinar, vaig repassar el que havia escrit al quadern de notes i amb prou feines vaig entendre res. Tot eren noms i fletxes que els connectaven. Els presumptes títols de la sèrie, tots amb la paraula Laura, es barrejaven amb els noms de les persones que havia conegut o de les que havia sentit parlar, des d'en Marçal i la seva mare fins a l'alcalde, en Joan, o la Consuelo de la Regina, tots convertits en possibles personatges. Era com furgar en el destí de les persones, això de convertir-les en personatges. A vegades, però, passava al revés, que els personatges influïen en les persones. A mi, per exemple, la Laura literària m'empenyia a entendre la Laura real que havia descobert a la Mallola. Entre la vida i la ficció potser passava el mateix que entre les enraonies de la gent i la veritat. Sempre hi havia alguna cosa de cert, per poc que fos.

Al quadern també hi havia anotacions del poema «La Pantera» de Rilke, que no sabia com ni per què apareixia en el paper. ¿Potser perquè la mirada de la Laura me n'havia recordat els primers versos, que diuen que la mirada de la bèstia s'ha cansat de tan observar els barrots que té al davant, de manera que ja no hi pot entrar res més, i li sembla que hi ha milers de barrots i que darrere d'ells no existeix cap món? Veia els barrots de la barana del porxo de la masia mentre recordava els versos. ¿O eren els ulls dels cavalls els que m'havien recordat el poema, quan el poeta diu que només de tant en tant i sense fressa s'aixequen els cortinatges que amagaven les pupil·les i deixen passar les imatges cap endins, relliscant pels rígids músculs immòbils, i cauen al fons del seu cor i s'hi dissolen? Tot es dissolia al cor de la Laura i dels cavalls. La Laura i els cavalls, tots es morien sense presses.

Els cavalls lents i panxuts, prenyats de mort. La Laura dels ulls petits, cecs a la vida.

En el quadern també hi havia interrogants com ¿divorci?, ¿amants?, ¿fills?, ¿tribunal?, ¿advocats?..., que no recordava si es referien a qüestions que volia incloure en el guió o a problemes que pensava que podien afectar la Laura real, la de la Mallola.

Em vaig estirar al llit per fer una mica de migdiada i per un moment vaig pensar a trucar algú. A en Bernat i a la Júlia, però no volia que es pensessin que els enyorava, i el primer potser ja era a casa. Volia convèncer-me que no era orgull, que era la necessitat d'enfortir-me i no dependre de ningú. ¿Enfortir què, la sabata desaparellada? No podia trucar a en Dani i en Gerard o a El Gran Meaulnes, perquè encara no feia gaire que havia marxat i es pensarien que em passava alguna cosa, i a més no els podia explicar gairebé res. ¿Qui més quedava?

Abans de caure en el son, sovint em venia un somieig estrany, com una visió àmplia, completa, d'un paisatge oblidat i sovint poblat de personatges coneguts i desconeguts, que, la majoria de vegades, m'omplia de satisfacció. Poques vegades aconseguia recordar aquelles visions, només em quedava la impressió que havia sigut com l'experiència que vivien els músics, que abans de posar-se a tocar repassen un moment la partitura i és com si la interpretessin en silenci dintre seu, en un moment senten la peça de cap a peus, perquè la tenen tan sabuda, tan assajada, l'han feta tan seva, que la porten a dins com els batecs del cor i per això només de tancar els ulls la senten d'un cop íntegra. El mateix que em passava a mi amb les visions d'abans dels primers moments del descans o del son, la capbussada enrere, al temps remot, als paisatges primordials, quan el cos es confonia amb la natura i es dissolia en aigües pures, amb imatges lucífugues que es posaven al meu costat o apareixien al final del trajecte, quan l'esperit reposava.

Aquella tarda, a l'hostal, se'm van presentar les imatges del pare i de l'àvia, que s'aturaven just al peu del llit, acollint-me després d'un viatge llunyà del qual no recordava res, i començaven a discutir, sempre que es veien discutien.

—¿De què serveix tenir fills —deia l'àvia—, si al final se'n van a la seva?

El pare callava, només movia el cap, atabalat, com sempre.

I de sobte apareixia la mare. La mare era jove i alegre, com si la mort prematura l'hagués preservada del rovell, la decrepitud, la soledat i la vellesa. La mare del somni no deia res, tampoc, només em somreia i se m'acostava per posar-me la mà a l'espatlla.

—¿Amb qui estàs tu, ara —li deia l'àvia com un retret—, com un bou sense esquella?

La mare i el pare es miraven i somreien amb complicitat, com si fossin bons amics i no haguessin perdut mai la connivència. Això feia enrabiar més l'àvia, que, mirant el pare, el recriminava amb uns mots que jo em prenia com adreçats a mi:

—Sense una dona no ets ningú. Jo dic el que he de dir, faig de pare i de mare, jo, així com tu has hagut de fer de mare i de pare.

Les figures començaven a esvair-se, els pares no deien res, ara ni em miraven, només se sentien les queixes de l'àvia mentre jo em quedava sol, desemparat:

—¡Jo sóc tan diferent...! —es planyia—. ¡Hauria fet les coses tan d'una altra manera, si hagués sigut per mi! De rucs n'hi ha amb lletres i sense. ¡Tants llibres i tan poc seny, redéu!

20

Aquestes visions semblava que no deixessin rastre, però se'm clavaven a dintre i a vegades tornaven al cervell com records de la vida real, i sovint m'havien donat la clau per entendre comportaments rars o sortides extemporànies que havia tingut de sobte, irreflexives, i que després entenia que eren provocades per aquestes aparicions nocturnes.

El matí, en despertar-me, vaig veure molt clar que el que havia de fer era anar a l'Ajuntament de Comarquinal a veure l'alcalde. La visita a la màxima autoritat era la solució de tots els problemes. Primer, marcar distàncies amb el periodista Albert Deltell del *Confidencial* i el seu sequaç, el cap de personal. Segon, l'alcalde era el marit de la Laura, i alguna cosa en podria treure de conèixer la persona que ella havia acceptat per compartir la seva vida. Tercer, ell podia autoritzar-me l'entrada a la Mallola. Amb l'excusa de prendre notes per a un proper reportatge televisiu sobre el tractament d'infants i joves discapacitats a la comarca, com a mínim obtindria un permís per visitar la pallera on tenien el taller. La visita era una jugada perfecta, d'un tret matava tots els pardals.

En Ton i la seva dona es van mostrar amables i no em van dir res. Com que el vespre passat no havia baixat ni a sopar, devien haver comprès que la seva conducta m'havia dolgut.

A la ciutat, vaig anar directament a la Casa de la Vila, sota les voltes de la plaça major. Veure l'alcalde era difícil, em van dir a consergeria, però podia parlar amb una secretària que em faria omplir una sol·licitud... Mentre el funcionari em parlava, jo vaig tenir la sensació que havia fet un mal pas, que m'acabava de ficar a la gola del llop. Amb una excusa vaig sortir al carrer, alliberat de l'opressió que notava al pit. Era covardia, potser, o prudència, o aprensió... Altre cop la imaginació em jugava una mala passada. Quan el funcionari em parlava d'omplir papers, jo ja veia la casella on hauria de posar la professió, el motiu de la visita... i tots els ets i uts, i la fitxa que traurien de la sol·licitud i les comprovacions que farien de la meva identitat, i les conseqüències nefastes de la meva iniciativa. Llavors, ¿què significava la idea claríssima amb què m'havia llevat aquell matí? Potser era la intuïció que a l'Ajuntament hi havia el desllorigador de tot el que buscava, però res més.

Anava a entrar a una cafeteria de les voltes, quan una senyora d'una cinquantena d'anys, la cara pintada, la cabellera deixada anar i tenyida d'un ros escandalós, amb un vestit elegant, i fermall de joies a la solapa de la jaqueta, collaret i mocador de seda al coll i bossa de cuiro de marca, es va plantar davant meu, barrant-me el pas, i amb una veu impertinent em va abordar:

—Ai, ¿de què el conec a vostè?

Jo em vaig quedar parat, un punt molest per l'agressivitat.

—¿De què pot ser que jo l'hagi reconegut? Ajudi'm..., el tinc vist i no sé d'on, ara mateix. Jo retinc totes les fesomies, no se me n'escapa ni una.

Jo intentava esbossar un somriure tímid, dubtant entre l'amabilitat i la irritació.

—¡Ah, ja ho tinc! ¡De la tele! ¿Vostè surt a la tele, oi?

—Em sembla que s'equivoca..., em pren per un altre.

—¡Impossible! ¡No em dirà que no treballa a la televisió, vostè! Li puc dir tots els programes en què ha col·laborat.

I amb els ulls tancats es va posar a recitar una colla de programes en els quals jo havia fet de guionista. I també va recordar les vegades que havia aparegut en alguna tertúlia o taula rodona, sobretot a magazins de sobretaula o per suplir algun convidat que a darrera hora havia fallat. No tenia escapatòria i em vaig rendir.

—¡Ai, quina gràcia que em fa veure'l aquí, en persona! ¿Entrava al bar a esmorzar una mica, oi? L'acompanyaré, si no li fa res.

No vaig tenir més remei que seure a la taula que ella va triar i fer bona cara. La dona no parava de xerrar, els programes que li agradaven, les cares conegudes que li queien bé o malament, «¡ai, no m'he presentat!», va dir en un moment de menys atabalament —«com que el conec a vostè, no pensava que vostè no em coneix de res a mi!»—, i tot seguit em va comunicar que es deia Martina Dou i que tenia una agència immobiliària, no parava de parlar i jo només havia d'assentir i somriure, i en un altre moment de calma en què semblava regirar tots els records per trobar-ne algun perquè la xerrameca no s'apagués, va dir:

—¡Ara hi caic! ¿Sap que tenim amics comuns? Millor dit, una amiga comuna. És una amiga. ¿Oi que coneix la Núria Murta? Ella m'havia parlat de vostè, m'havia dit que es coneixien...

Núria Murta. Era una de les dues dones que m'havia apuntat per veure i parlar. Només ho havia fet amb la Regina Loris i havia deixat la Núria als llimbs.

—¿Sap que ets aquí, la Núria? —va dir mentre treia el mòbil de la bossa i començava a pitjar botonets—. Et puc dir de tu, ¿oi? Ets més jove que jo. ¿Li truquem per dir-li que ens hem trobat o prefereixes anar d'incògnit? A vegades, els famosos s'estimen més passar desapercebuts... ¿Què t'ha portat a la ciutat, feina o turisme?

Jo vaig dir que feina i ella m'interrogava amb els ulls mentre premia el mòbil, com per demanar-me si trucava a l'amiga o no. Com que no vaig dir res, ella va connectar amb la Núria.

—Diu que ens convida a dinar —va fer, apartant-se l'aparell de la cara, després de parlar un moment, interrogant-me altre cop amb la mirada.

Vaig arronsar les espatlles. No tenia delit per oposar-me a la força desfermada d'aquella dona excessiva. Vam quedar per dinar plegats. Com que no recordava on vivia la Núria, ella gairebé em va obligar a acompanyar-la a la immobiliària, em va presentar la plantilla de tres secretàries, em va ensenyar plànols dels terrenys i de les obres que estaven fent per la comarca, em va fer seure una estona mentre ella despatxava amb una de les noies i feia tot de trucades. S'havia tret el mocador i part de les joies, i ara es movia per l'oficina vestida com la majoria de les dones amb professions liberals: vestit gris, jaqueta plana, pantalons i camisa blanca, tot plegat d'un to impersonal que la masculinitzava. Al final vam sortir per anar a ca la Núria, a la part vella de la ciutat. No sabia si el seu imperi venia de la seva personalitat o d'aquella vestimenta que la protegia.

Una dona empresària, em deia mentre passàvem pels carrers estrets, una dona emprenedora i autònoma. No devia estar casada, pensava, perquè no imaginava cap home capaç de resistir la seva empenta. Abassegadora. El futur serà femení, era el tòpic habitual, com el que deia que els homes farien més atenció a la seva part femenina d'ara endavant. ¿Però com sabien quines eren les virtuts específicament femenines, si les dones no havien pogut expressar-se lliurement fins feia quatre dies? ¿Era específicament femenina la iniciativa enèrgica de la Martina Dou, una mena de desbordament frenètic que em marejava? I si les alliberades mostraven sobretot qualitats considerades masculines, ¿com podíem descobrir els homes la feminitat que suposadament havíem d'imitar? ¿Quina era, exactament, la manera de ser pròpiament femenina?

Caminant pels carrerons i les baixades de la part vella, després de passar per les vies més comercials amb els aparadors plens de les esqueles i els fullets contra l'alcalde que ja coneixia, tenia la impressió que anava a la recerca de trossets de mi mateix que un grup de coneguts hagués guardat de temps enrere, com retrats antics que ara anava a recuperar. Era una sensació de familiaritat que m'angoixava una mica. Les petites ciutats de províncies no permeten l'anonimat com les grans urbs, i més si hi has tingut parents i amics, gent que guarda records de tu.

Barrejar la raó dels homes amb la profunditat emocional de les dones era el lema que m'havia explicat un dia un professor de sexualitat de la universitat, parlant de la bisexualitat. Tornava a les meves cabòries per allunyar-me de la xerrera de la Martina Dou, que m'explicava les obres de clavegueram i enllumenat que calia emprendre en el barri vell si no volien que els immigrants, magribins la majoria, hi establissin definitivament una mena de casbah, i de com el pla municipal de construir un aparcament subterrani en aquella part era un pretext per netejar la ciutat en tots els aspectes. El professor explicava el mite clàssic de l'hermafrodita com a ésser superior, i que ningú no podia comprendre bé els misteris de l'amor fins que es decidís a portar, com el vell Tirèsies, tots els sexes possibles.

«¡Laura, torna!», vaig veure altre cop empastifat en una paret amb tot d'altres inscripcions conegudes. Vaig mirar la Martina de reüll, però ella parlava i semblava no adonar-se de res.

La casa de la Núria era un antic palau mig tronat per fora, però que a l'interior conservava tota l'excel·lència de les cases nobles, amb pati central per entrar els carruatges, amb baixadors i pedrissos i argolles per fermar els cavalls..., ara tot ocupat per un parell de cotxes utilitaris. L'escala àmplia portava al pis principal, amb sales grans i fosques, dobles cortines en balconades i finestrals, murals a les parets i aranyes als sostres..., tot una mica rebregat, amb un aire estantís i fred, com un convent desert.

La Núria ens esperava a la porta. Feia un parell d'anys que no ens havíem vist. La vaig trobar igual, petita, prima, delicada, elegant, la seixantena molt ben portada, cabells blancs ben pentinats, vestit jaqueta amb faldilla de color bordeus i brusa de color de rosa, un collaret de perles petites i brillants... Impecable. Somreia, ens va fer un petó a tots dos i ens va portar a la part de la casa que va dir que era «habitable», perquè de la resta, «qualsevol dia la immobiliària de la Martina o una altra en farà una destrossa, ja no es pot mantenir un casalot així, ni els fills ni els néts no hi volen viure».

La part habitable era un apartament que s'havia fet fer, a la part més solella, que donava a un jardí interior, amb totes les comoditats d'un pis modern, «un loft, li he fet», va riure la Martina. La taula era parada i, amb pocs preàmbuls, una vella criada que la Núria tractava amb familiaritat ens va servir el dinar.

—No sabeu que bé que m'hi trobo tota sola, aquí —va sospirar—. No surto gairebé mai. La Francina em porta cada dia el cabàs del mercat, sort en tinc, d'ella. No són els anys, és que ja no m'interessa res. Llegeixo i escolto música, i xerro amb els amics que vénen sovint a passar l'estona. Això sí, cada any passo quinze dies a la muntanya i quinze en una ciutat gran, Londres i Nova York, sobretot.

La vella Francina servia amb una pulcritud i una discreció totals i somreia una mica quan la mestressa li tirava alguna floreta. La Martina Dou movia els ulls d'un angle a l'altre, i això em va fer sospitar que la seva proximitat amb la Núria era per estar a primera línia en el moment que la propietària de tot aquell bé de Déu es decidís a vendre.

La Núria va recordar a la Martina els motius de la nostra amistat, va repetir que darrerament ens havíem vist poc i em va demanar què m'havia portat a la comarca. Li vaig explicar l'encàrrec de la tele de fer el guió per a una sèrie sobre la Laura que havia patit de desamor en aquella mateixa ciutat, possiblement en aquell mateix barri. Era allà per localitzar vistes, si se'n podia dir així, i elles ho van interpretar per inspirar-me. Totes dues van riure.

—¡Ara surten amb aquest ciri! —va fer la Núria—. ¡Si ja ningú no se'n recorda, de la pobra Laura! Veig molt poc la televisió, però jo diria que ara els gustos han canviat: a vegades, fent zàping, he atrapat dones que conten els seus adulteris amb tots els ets i uts, homes que parlen de les seves dificultats conjugals, homes amb homes, dones amb dones, fins i tot marramaules o putes declarades que expliquen com tiren l'ham als homenots amb tècniques apreses en aquests mons de Déu... ¡Un xarbascat sexual que ja no atura ningú!

Per aquesta escletxa va ser fàcil que totes dues parlessin obertament de les seves experiències, dels seus temps.

—Al meu temps era terrible —va continuar la Núria—. Jo em vaig casar molt jove, als divuit anys. Era la pubilla d'una casa rica, fabricants de telers, tallers mecànics, en deien, i pràcticament em van casar amb un dels hereus més vistosos de la plana. Un cognom de tota la vida. Una fortuna. Dic que m'hi van casar perquè no vaig poder veure de prop cap més noi de la meva edat que l'Artur. Els nois i les noies vivíem completament separats. Em van plantificar l'Artur al davant i no me'l van treure fins que m'hi van casar.

La Martina reia i hi afegia petits comentaris:

—¡Abans era així! Encara hi ha qui recorda com els diumenges es passejaven per la plaça major els nois per una banda i les noies per una altra per poder-se mirar d'esquitllentes. ¡Hi havia jovent que anava a missa i als novenaris i sermons de quaresma només per poder veure els nois o les noies!

—Vaig venir a viure en aquest casalot i al cap de poc em vaig adonar que el meu matrimoni no era pas tan feliç com m'havia imaginat. Pensa que les úniques paraules d'amor que sentíem eren les que deien els artistes al cinema i per això les copiàvem, procuràvem fer i dir el mateix. L'Artur ni m'agradava ni em deixava d'agradar. Em va sobtar que es comportés de manera més grollera i directa que els galants de les pel·lícules. Es va morir fa més de trenta anys, i ara el recordo amb un punt de simpatia. Penso que es devia trobar tan atrapat com jo, però els homes tenien més camp per córrer. Avui faria riure que digués que és l'únic home que vaig tenir...

—No us penseu, que encara hi ha moltes dones així... —va fer la Martina, però ningú no n'hi vam fer cas.

—Us ho resumiré en tres paraules. Tu, Martina, ja ho saps: capellans, notaris i metges. O, si voleu, directors espirituals, patrimoni i ginecòlegs.

Em vaig quedar una mica parat. La Núria va continuar:

—Així que vaig entrar a la casa, la sogra em va imposar un director espiritual de la seva confiança. L'havia d'anar a veure cada quinze dies. Li havia d'explicar com anava amb el meu home. Tot. Fins i tot per sortir de casa havia de demanar permís, volien saber on anava, amb qui anava i per què hi anava. Naturalment, aviat em vaig adonar que el director espiritual era el mateix que tenia la sogra, o sigui que tot el que li confessava era com si li ho confiés a ella, tot pel bé de la família, per la continuïtat i el bon nom de la família. A poc a poc vaig anar dient-li menys coses, fins que vam acabar, com aquell qui diu, parlant del temps o de les virtuts teologals. Vaig tardar deu anys, que aviat és dit, a desempallegar-me'n. I quan me'l vaig treure del damunt, la sogra me'n va voler posar un altre de més jove. Es pensava que amb un altre de la nova fornada em tornaria a collar. Però ella ja era molt gran i no va poder lligar-me tan curt un altre cop.

—Ara també existeix, això —va dir la Martina—, hi ha grups religiosos que fan igual.

—Tota l'espiritualitat es reduïa a la submissió al marit, a la resignació cristiana i a tenir fills. En vaig tenir cinc. I ell, el meu home, no parava mai a casa, semblava l'hereu escampa, en tenia una a cada cantonada, i jo, que m'ho ensumava, no ho vaig veure clar fins passats molts anys, quan ja m'era igual, tant se me'n donava. I llavors hi havia els fills, els estudis i els enamoraments dels fills, i jo em trobava massa gran per començar una nova aventura. Per altra banda, ¿on podia buscar-la, una nova oportunitat?

La Núria em va mirar amb simpatia, com per recordar-me l'amistat que havia tingut amb el pare. Una amistat que no havia portat mai enlloc.

—Els notaris. Abans de casar-nos vam veure tants capellans com notaris. Em penso que conec tots els despatxos notarials de la ciutat i alguns de Barcelona. Al costat dels pares, primer, després amb el meu home, després amb els sogres, més tard amb els fills..., em penso que m'he passat mitja vida a cal notari. El patrimoni s'ha de conservar. Tot per l'hereu, tot per la prosperitat de la casa, tot per l'home. Capitulacions no n'hi havia, tot era en règim de beneficiari, o sigui que el marit anava xuclant a poc a poc tot el dot de la dona. ¿No era una invasió de la propietat, això? Les dones, fins després de la mort d'en Franco, no podíem ni obrir una merceria sense el permís de l'home o del pare. La submissió era total.

—Jo em vaig independitzar de seguida —va apuntar la Martina—. Així que vaig sortir de les monges, vaig engegar els capellans a fer punyetes. Amb respecte, això sí, però sempre he fet el que he volgut. A casa, el pare ho tenia molt clar, i el fet de ser filla única em va ajudar. M'ho va deixar tot a mi. El dictador ja l'havia dinyat, és clar. I els nòvios que vaig tenir, no els vaig deixar acostar ni de lluny a cap escriptura. I això que n'hi va haver algun que ho va intentar...

La Martina va fer una mirada intel·ligent a la Núria, i aquesta va somriure amb un punt de malícia i va dir:

—En Joan Romeu, que feia tronar i ploure. Era de la pell de Satanàs.

—¿Era...? —es va redreçar la Martina—. Encara ho és. Geni i figura... Ara, però, té ungles de gat i cara de beat.

Vaig estar a punt d'intervenir-hi. ¿Parlaven d'en Joan Romeu, l'alcalde?

—Els metges, els ginecòlegs —va continuar la Núria—, eren el tercer misteri de dolor del rosari de desgràcies. Potser els menys culpables, ja ho veus, però igualment presents. Primer, perquè els sogres van voler assegurar-se que podia «omplir la casa», ho deien així, «aquesta fa per a la casa i per al llit». El llit volia dir els fills. Amb l'excusa del canvi de vida, vaig passar pel ginecòleg abans de passar per la sagristia, a veure si era bona per criar. ¡Que innocent que era, jo, me'n faig creus!

—Ara, amb les píndoles, no hi ha tants problemes.

Les dues dones van riure. Jo hi vaig intervenir:

—¿Com és que es va deixar perdre un partit com en Joan Romeu? Tinc entès que ara és l'alcalde, ¿oi?

—¿Ara? —va sorprendre's la Núria—. De pare a fill, no han deixat de manar mai.

—Perquè no era un partit —va fer la Martina—, era un saltamarges, l'esca del pecat, era. Aquest no anava per casar-se. Però a mi em va anar bé per al negoci, em va obrir moltes portes...

—És el seu mètode, obrir portes per tancar-les quan ets a dins —va riure la Núria—. Hi ha restaurants i negocis coneguts, des de farmàcies fins a botigues de moda de pell, que també s'han beneficiat dels seus favors. A en Joan no li van les dones encongides, li agraden les que tenen empenta.

Les dues dones es van mirar amb murrieria. Jo vaig pensar en la Regina Loris, i vaig estar a punt de preguntar si ella també havia «fet el burro», com deien a la comarca, amb l'alcalde, però em vaig contenir. Vaig dir, per portar l'aigua al meu molí:

—Però en Joan Romeu bé va acabar casant-se amb alguna al final...

—Era com una subhasta, ¿oi, Núria?, les dones se'l rifaven, i ell era la toia més alta. Va casar-se quan ja estava tip de córrer-la, la trentena repicada o més de quaranta i tot, en tenia, quan el seu pare ja tenia una cama a l'altre barri, i va triar una noieta vint anys més jove que ell, una noia guapa que va trobar prop de Barcelona: la Laura.

—No era rica, però era intel·ligent. Amb carrera i tot.

La conversa es va encallar, com si el nom de la Laura fos un obstacle massa gros.

—Sembla que teniu la ciutat esvalotada —vaig dir jo per desencallar la situació i tornar al tema que m'interessava parlant de les auques que en parlaven—. He vist esqueles i pasquins pertot arreu. «¡Laura, torna!», diuen les parets.

—Ha esclatat una lluita que fins ara es mantenia d'una manera somorta —va dir la Núria—. L'Adrià Feliu es vol carregar l'alcalde.

—¿Qui és l'Adrià Feliu? —vaig preguntar jo.

—Al principi, la mà dreta de l'alcalde —va dir la Martina—, però es van barallar i ara són enemics mortals. Tenen el partit dividit en dos bàndols. A Barcelona es pensaven que l'Adrià s'acontentaria amb la presidència del No-sé-què Comarcal de Promoció i Economia i que amb l'equilibri de poders els tindrien a tots dos contents, però així que l'Adrià s'ha vist amb més autoritat i més pressupostos que l'Ajuntament per repartir, ha plantat cara i li han sortit partidaris i homes de palla com bolets.

—En Joan Romeu ja fa massa temps que mana —va fer la Núria—, potser ja seria hora que deixés el poder, però no a les mans del traïdor de l'Adrià Feliu.

—Els nou-rics, els aristocarnis i els especulicràtics, que els diuen, han guanyat la batalla econòmica als antics terratinents i industrials de la pell i del tèxtil, i ara volen el poder polític. L'Adrià és el seu home.

—Però en Joan és l'únic que pot parar els peus a aquests depredadors. Si no els aturem, convertiran la ciutat en un polígon industrial. Abans, deien que aquí hi havia fam, fred i fanatisme, però si aquesta colla arriba a l'Ajuntament hi haurà fems, fuets i fulanes. Les tres efes.

—Purins, pàrquings i putes —va riure la Martina—. I abans eren preveres, peles i penitència. Les tres pes.

—L'engrinya ve de fa temps —va continuar la Núria—, la d'aquests dos, vull dir. Abans, eren carn i ungla, però quan en Joan Romeu va fer aplicar des de l'Ajuntament la llei de la depuració de les aigües residuals, moltes indústries contaminants, sobretot les adoberies petites, no van poder pagar unes instal·lacions molt costoses de tractament d'aigües i van haver de plegar, traslladar-se a altres indrets o vendre el negoci als grans grups. La família de l'Adrià va ser una de les perjudicades i l'alcalde no va tenir pietat.

L'Adrià no va poder impedir la ruïna de la família. Alguna cosa devia passar entre ells dos perquè es declaressin la guerra. L'Adrià va tirar endavant com a advocat, i com a polític va apartar-se de l'ombra de l'alcalde i li va plantar cara. Els líders de Barcelona es van espantar, perquè es desfeia el tàndem que els assegurava totes les victòries electorals. L'un representava l'experiència i la tradició, i l'altre, la innovació i el risc. Es van pensar que donant a l'Adrià una moma com la presidència del Consell o el que sigui Comarcal de Promoció i Economia resoldrien el problema, i el que van fer va ser afegir més llenya al foc. Van donar armes a l'Adrià per tornar la pilota. I ara no saben com resoldre-ho.

—En Joan va conèixer l'Adrià al despatx que tenia a Barcelona i el va posar al seu costat. Es pensava que amb això tindria un gos fidel tota la vida. És el que fa amb tothom, homes i dones: comprar-los, corrompre'ls, anul·lar-los..., obrir-los la porta per tancar-la després i fer-los presoners.

—Amb tu no va poder, i amb l'Adrià tampoc.

—Amb la requalificació de terrenys industrials en comercials per facilitar la instal·lació de supermercats, s'ha posat tots els botiguers en contra —va afegir la Martina—. I no parlem d'urbanitzacions ni de clubs esportius...

—El que no entenc —vaig intervenir— és per què es fiquen amb la Laura.

Les dues dones es van mirar.

—A la ciutat —va fer la Núria— hi ha un manual de bona conducta que fa que ningú s'atribueixi cap informació. Tot és «m'han dit», «he sentit a dir», «m'ha semblat entendre que deien», «m'ha arribat...».

—És de mala educació fer-se veure massa —la va ajudar la Martina—. La discreció és essencial i la falsa modèstia, la virtut suprema. No despuntar en res. Potser és una defensa contra el vici suprem: l'enveja. Tot són capelletes que s'enverinen les unes a les altres.

—Aquí no s'ha de quedar malament mai, amb ningú, per res.

—«Ja caurà del cimal algun dia», diuen quan algú destaca.

M'adonava que les dues dones donaven voltes per no parlar del que els havia preguntat.

—¿La Laura està malalta, oi?

—Diuen que no pot durar gaire... —va fer la Núria—. Fa temps que viu com enclaustrada a la Mallola.

—¿Què té?

—Càncer. Diuen que no es pot operar. Diuen, diuen, sempre diuen..., han dit tantes menes de càncer que ja no en queda cap que no hagi tingut. Però fa estrany que no l'hagin portada a alguna clínica dels Estats Units amb fama de curar-ho tot. Tenen diners a cabassos.

—¿La porten els metges d'aquí?

—El doctor Molins, el cap de sanitat a l'Ajuntament. Promouen, amb l'alcalde, un Centre de Salut per a Disminuïts Psíquics que també és mal vist pels hospitals que hi ha.

—Segurament ho fa per la filla. M'han dit que té una anomalia.

—Ells diuen que ho fan per la gent de la comarca. Volen curar-los amb cavalls i què sé jo.

Vaig preguntar com era que s'havia casat amb la Laura podent triar una pubilla més rica.

—La Laura Sants era una estampa quan en Joan s'hi va casar. Ella n'estava molt enamorada i els primers anys es passejaven els caps de setmana per la plaça major com dos nuvis acabats de sortir de la capsa. Ella parava poc aquí, s'estava molt a Barcelona perquè hi tenia un despatx obert, amb altres socis, una assessoria d'empreses. En Joan no ho veia amb bons ulls, això, i va aconseguir que traslladés la feina aquí. Però el remei va ser pitjor que la malaltia, perquè ella va mantenir el despatx obert allà, amb un soci al davant. L'accident de la filla la va tombar. No sortia de casa per res, fins que li van diagnosticar la malaltia i es va traslladar a la Mallola, i ja no l'hem vista més. Segur que la conducta d'ell tampoc l'ajuda en res. Diuen tantes coses...

—Ell continua perseguint les faldilles com si tingués vint anys —va dir la Núria—. La darrera martingala que se li coneix és una romanesa blanca i rossa com un tortell de nata, una d'aquestes noies que treballen als pisos per a senyors. Es va saber perquè ell, des de l'Ajuntament, li va fer els papers que ella i la seva família necessitaven per quedar-se, però no l'ha treta del pis ni de la feina, deu esperar que la Feli de ca la Gitana es mori per convertir-la en mestressa, un altre negoci de la família.

—Tot el que sé jo és pels comentaris que em fa en Quimet del súper, que els porta els queviures dia sí dia no amb una furgoneta, així ells no han d'anar ni al mercat. Alguna vegada he vist la Palmira a la farmàcia a buscar les medecines o anant a cal metge per la cama, que té inflada.

¿Per què no els deia que ja havia vist, ni que fos per uns minuts, la Laura amb el seu vestit blanc transparent, com un fantasma flotant per la sala de la masia?

—A l'auca que he llegit als aparadors, no deixen gaire bé la Laura —vaig insistir—. ¿No en fan una gra massa?

Les dues dones van fer una magarrufa d'escepticisme. La Núria va dir:

—Una dona com cal pot ser atacada amb calúmnies en una campanya de linxament polític del marit, però mai pot ser bescantada. Les mentides són armes polítiques, la maldiença, no.

—¿Què vols dir?

—Vol dir —va ajudar-la la Martina— que ella tampoc és una santa.

La Núria va fer un gest amb el coll com si s'empassés els darrers escrúpols que li impedien parlar clar i va dir:

—El soci que portava el despatx a Barcelona va morir en un accident de cotxe quan anava amb la filla de la Laura. La nena, que patia una discapacitat lleu, va quedar afectada de veritat. Un accident gens clar...

—¿La filla de la Laura...?

—Sí. La discapacitat forta li ve de l'accident, abans potser hauria pogut curar-se —va aclarir la Martina.

—En Joan no es fia ni de la seva ombra. Feia seguir la seva dona per un detectiu privat cada vegada que baixava a Barcelona, això és el que diuen. La Laura i el soci es trobaven fora del despatx, en un pis de solter que tenia ell, sembla. Un dia ella va baixar amb la filla, per fer-la servir de tapadora o fer callar les males llengües, vés a saber. El soci va portar la nena a casa d'uns amics, una festa infantil, amb el cotxe. Així la Laura i ell podien estar sols una estona. Algú havia buidat el dipòsit del líquid de frens i en un revolt el cotxe es va estavellar contra un camió. Ell va morir a l'acte i la nena va quedar tocada.

—L'hospital va trucar al despatx, la policia en va trobar el número al cotxe. Però la Laura ja no hi era, se n'havia anat al pis on es trobaven. I la secretària va trucar a en Joan, a l'Ajuntament. La Laura va ser la darrera a conèixer la desgràcia.

—Com pots suposar, la ciutat en va anar plena una temporada sencera. No es parlava de res més. Que si havien parlat amb el mecànic, que havia tocat el cotxe conxorxat amb el marit, que si l'alcalde no hi tenia cap culpa i que tot havia estat un accident, que si ella ho havia fet fastiguejada per les porcades d'ell, que si ell no sabia que la seva filla acompanyaria la mare, que si el soci era l'amor de la seva vida i ja preparaven el divorci, que si el que volia el marit era carregar-se la parella... El que vulguis, van dir.

—En Joan no hauria passat mai per la vergonya d'un divorci —va assegurar la Martina—. Sobretot si era ella el que el demanava. Hi pots pujar de peus.

—Tot ha quedat enterrat per les desgràcies, ara. I com que en Joan segueix manant, no se'n traurà l'aigua clara mai.

—També van dir que l'Adrià Feliu era el director de l'orquestra dels escurçons.

Les dues dones van tornar a parlar dels vicis de la ciutat: ara eren l'opacitat, l'amiguisme i els negocis bruts. Secrets, màfia i corrupció, deia l'altra. La conversa es va anar esmicolant fins que la Martina va mirar el rellotge i es va esverar; l'esperaven al despatx i va marxar escapada.

En quedar-nos sols, la Núria em va dir mentre m'omplia de nou la tassa de cafè:

—¿Com has trobat la ciutat?

I sense esperar la meva resposta va afegir:

—No ens acabem de treure del damunt la lepra de la boira i tot el que això comporta de manca de visió. Si la boira és espessa, ja saps què passa: perds la consciència de si vas enrere o endavant. Jo sospito que anem cap enrere, però estic desorientada i no ho podria assegurar.

21

EN SORTIR DE CA LA NÚRIA, VAIG PASSEJAR-ME UNA ESTONA pel barri vell. Molts carrers eren plens de negres i magribins. Dues mesquites, m'havien dit que hi havia dues mesquites pel barri, en garatges o espais atrotinats.

Cap al tard vaig agafar el cotxe per tornar a l'hostal. En Ton i la seva dona no es veien per enlloc, com si la vergonya els hagués fos, o això era el que jo imaginava. En arribar a l'habitació ja tenia el pla per tornar a la Mallola ben precisat. L'únic dubte era si trucar a en Dani i en Gerard, o a en Bernat, si havia arribat, perquè em portessin un equip de fotografia tan professional com fos possible. Vaig decidir-me per en Bernat. Amb la seva figura jove passaria millor per ajudant.

Vaig trucar a en Bernat, amb el temor que encara no hagués tornat dels seus vols, però vaig tenir sort: era a casa i, tal com m'havia anunciat, tenia uns dies lliures. Em va dir que m'havia enviat un parell de missatges anunciant-me que arribava. Li vaig demanar que vingués amb el cotxe i portés un bon equip de fotografia, que fos o semblés d'un fotògraf professional. En Dani l'ajudaria a triar-lo o li diria a qui l'havia de demanar, tots els càmeres de tots els estudis aspiraven a convertir-se en grans fotògrafs.

—T'he de veure —em va dir ell, però no em va voler dir per

què. Ja em feia estrany, vaig pensar, que acceptés l'encàrrec tan de pressa.

Després em va demanar si estava sol.

—Cap problema —vaig dir jo, adonant-me que en Bernat no sabia res del motiu de la meva visita a la comarca.

Vaig localitzar a la llista de telèfons el súper de què m'havia parlat la Martina. Vaig demanar per en Quimet, el que portava els queviures a la Mallola. Es devien pensar que era un nou encàrrec perquè de seguida s'hi va posar. La veu era la d'un home jove. Li vaig explicar que era un fotògraf que preparava una exposició sobre masies i cases senyorials de la ciutat i la comarca, que no tenia cotxe i que m'havien dit que la Mallola valia molt la pena, que sabia que ell hi portava les compres dia sí dia no, i si podia anar amb ell, en la furgoneta, a donar un cop d'ull al paisatge i al casal, que li pagaria bé el servei, que m'interessava que també m'informés d'altres indrets i masies.

En Quimet va semblar encantat, i va afegir que no solament els portava la minestra, sinó que també s'ocupava del càtering —va dir aquesta paraula— dels alumnes del taller un parell de cops a la setmana. Semblava satisfet del servei que feia i del càtering amb què s'omplia la boca cada cop que podia, com si fos el mot màgic que obria les portes de la prosperitat. Vam quedar que ell em vindria a buscar l'endemà al mateix hostal, que no li suposava cap marrada. Si en Bernat havia arribat, portaria els aparells de fotografia, i si no, m'hi acostaria sol a provar sort.

M'havia agafat un encaterinament que no m'explicava amb aquella Laura. Era com un repte que em feia a mi mateix, com una fita on havia d'arribar abans de tornar enrere. Encara no m'havia desprès d'aquell joc o d'aquella mania infantil de proposar-me desafiaments, com ara no trepitjar, tot caminant per la vorera, cap juntura de les lloses, o convocar la bona sort o la mala sort fent-me pronòstics arbitraris, com quan esperava un taxi i no n'arribava cap dir-me que si comptava els cotxes que passaven fins a deu, el següent, l'onzè, seria el taxi que esperava. Hi devia haver altres adults que feien el mateix, però jo no deixava de considerar-ho un tret més del caràcter infantil, immadur, que conservava. Les persones serioses no feien aquestes ximpleries. I aquella tossuderia amb la Laura era una d'aquestes ximpleries.

El meu interès actual no tenia res a veure, em deia, amb la Laura televisiva. Per a la sèrie servia qualsevol Laura amb la condició que emocionés el públic, i per a això, amb uns quants temes d'actualitat barrejats amb la història d'una parella qualsevol n'hi havia prou: maltractaments, abús de poder, dificultats per obtenir el divorci, el problema dels fills, un amant en l'horitzó com a contrafigura de la parella estable... La majoria dels fulletons que triomfaven a la pantalla feien retrocedir a segles enrere la temàtica i les formes de tot l'art narratiu. El Déu era l'audiència que reclamaven els anunciants, i la màquina era l'excitació i els sobresalts constants que reclamava el mitjà.

Amb la Laura real em passava el mateix que amb l'equívoc del *Confidencial*, que com que no perdia res fos quina fos la meva decisió, podia permetre'm el luxe de jugar fort. En el cas dels polítics i de l'Albert Deltell podia jugar a la mentida, perquè en qualsevol moment podia fer esclatar la veritat. En el cas de la Laura, la real i la fictícia, podia entrar en el misteri d'aquell món de cavalls, infants ferits i dones presoneres de la seva malaltia, perquè qualsevol història d'amor vulgar, amb tots els tòpics acumulats, em servia per sortir del pas.

Era segur que ni a la tele ni a la política el públic acceptaria la veritat. La veritat de la política era la promesa constant d'un futur millor. El futur. Com en l'amor, que sense futur és només sexe. El trencaclosques de la sexualitat ple de prejudicis i el de l'amor carregat d'idealisme. El futur és una il·lusió. Polítics, amants, il·lusionistes.

Però l'amor i la sexualitat que sovint l'acompanya sempre desafien alguna norma, pensava. Són transgressors per naturalesa. Per això, fins i tot en els matrimonis més ben avinguts i estables, sovint ell o ella es permeten una escapada cap al cantó fosc del desig. Zones fosques inexpugnables en bona part, encara. Potser s'haurien de preservar aquestes zones, perquè representaven els espais de llibertat més radical de cada individu, el reducte privat on ningú podia accedir, i sovint, ni el mateix propietari hi tenia accés quan volia, només ho podia fer quan la força esbojarrada que s'hi coïa esbotzava els murs de contenció i inundava el continent; llavors el mateix portador s'adonava de la violència de l'impuls i s'espantava. Havia d'aprendre a controlar-la o deixar-se portar per aquell braó que el treia fora de si i li mostrava, com en un desdoblament, qui era de veritat.

¿Una Laura posseïda per un *amour fou* o qualsevol passió forassenyada? ¿O només l'adulteri burgès i encara ben raonat i resolt? Els directius i el públic televisiu ho acceptarien tot si acabava bé, si hi havia una indulgència final. Per això Emma Bovary i Anna Karenina s'havien suïcidat. Per això la prostituta Nana de Zola, que va més enllà que aquestes dues, acaba malament, podrint-se sota els ponts del Sena. Per això, la Laura torna a la ciutat dels Sants, per contemplar el somriure beatífic dels benpensants. Torna al ramat. La redempció per la mort o el penediment. Uix!

Quan vaig baixar a sopar, en Ton se'm va acostar a la taula amb posat de be esquilat. Va intentar donar-me unes explicacions que no li demanava.

—No ens deixen de petja —s'excusava—. Ens truquen cada dia, ells.

Ells. No vaig tenir ganes de demanar-li ni qui eren ells. L'Albert Deltell del *Confidencial*, el primer, era evident. I els serveis turístics de l'Ajuntament o del Consell Comarcal, allà on tinguessin els informants. Vaig aprofitar la bona disposició per demanar-li un favor:

—¿No deus tenir pas una bona màquina de retratar?

—Digital —va dir—. El darrer model. Una meravella. ¿La vols?

—M'aniria bé per afegir unes quantes il·lustracions al projecte que estic fent sobre la comarca. Demà me'n portaran una, però no sé a quina hora arribarà la persona que me la deixa.

Va dir que no hi havia cap problema, que a primera hora del matí la tindria a la meva disposició. Vaig afegir que l'ajudant que em portava la càmera segurament es quedaria a dormir un o dos dies. No calia que preparés cap altra habitació. A la meva hi havia dos llits. «Cap problema», repetia ell, que no sabia com treure's la culpa del damunt.

L'endemà al matí, en Bernat no havia arribat. En Ton em va explicar com funcionava la màquina digital i vaig sortir a fora per esperar en Quimet.

La furgoneta va resultar ser un tot terreny darrer model, ple de caixes de verdures i ampolles d'aigua i bosses de vianda. En Quimet era un noi d'una trentena d'anys, galtaplè, colrat, robust i benhumorat.

—Bona parròquia —vaig comentar, girant el cap enrere per indicar la carregada, així que el cotxe va arrencar.

—N'he tingut sort, d'aquesta gent —va dir ell, somrient—. Jo no sabia ni què era un càtering, abans de conèixer-los. Tenia una botigueta de res i ara tinc un súper, i si tot va bé n'obriré un altre ben aviat. De moment fem àpats per a algun parvulari i alguna festa familiar. Vam començar amb els dinars dels nanos del taller..., si se'ls pot dir nanos, pobrets guillats.

En Quimet era xerraire, no parava. Devia ser d'aquelles persones que omplen els silencis amb xerrera, i la distància amb les persones desconegudes, amb petites confidències per acostar-s'hi amb un indici d'intimitat.

—No es pensi, però, que també hi ha problemes. No tot són guanys. El més pelut és el tracte amb el personal, són de futim, per cada un de bo que llogues, hi ha cada element! ¿Sap què li dic? Que els millors són els que vénen de fora. Tant que diuen, i els més de fiar són els estrangers. Ara arriben ucraïnesos i romanesos. L'encarregat del súper és romanès i s'entén molt bé amb els que són de fora. Un romanès que té família aquí, també. Recomanat pels serveis socials de l'Ajuntament.

En un moment de pausa, em va mirar d'esquitllentes i em va demanar, com si fins aquell moment no hi hagués caigut:

—Ja ho deuen saber, a la Mallola, que els va a veure, ¿oi?

—Vam quedar l'altre dia amb la Laura... —Vaig somriure jo, evasiu—. Em va dir que li agradaria que els fes un retrat. A ella i a la filla.

—¿La filla? ¿Vol dir que quedarà gaire bé, pobreta?

Es va posar vermell i em va mirar avergonyit, com per demanar-me perdó per l'atreviment.

—No ho dic pas per ofendre, Déu me'n guard, però, amb la mà al cor, algunes criatures de les que tenen al taller no són pas per ensenyar enlloc. No vol pas dir que no es facin estimar, això és una altra cosa. Una desgràcia com una altra. Ha tingut mala sort, el pobre senyor Romeu, tot li ha anat bé menys la família. La filla, que s'ha quedat així, i la pobra Laura, que cada dia que passa perd una mica més, ara ja és com un paper de fumar, no sé ni com té humor per fer-se retratar.

—Deu voler tenir un record.

—¿Abans no es fongui del tot, vol dir?

—No ho sé. Potser ho fa per la filla o pel marit.

—¿Pel marit? ¡Ca! El senyor Romeu se l'estima molt, però té altres maldecaps, ara. Un home sa i amb els darrers cartutxos per rebentar, com ell..., ja m'entén el que li vull dir i no voldria que ningú s'ofengués.

—Amb la seva posició, deu haver d'anar amb compte...

—Ell rai, amb diners només ha d'aixecar el dit. Massa encanteris que hi ha ara, i no només per al jovent. Una discoteca fa striptease d'homes per a les dones, solteres, casades i viudes, totes a obrir la boca davant els patracols que els ensenyen aquests bandarres. Vull dir que les dones ja no són el que eren, s'han desfermat com el bestiar i ja no hi ha qui les aturi. I de drogues no en vulgui més. Tot empastifat.

—¿La majoria de traficants deuen ser estrangers, oi?

—L'alcalde els ha ajudat molt, els que arriben sense papers, vull dir. Els ha buscat feina, no els ha deixat tirats al carrer com si fossin parracs, però n'hi ha que són d'una altra pasta, han crescut agafats a un altre aspre allà a la seva terra.

—Però bé deuen treballar, alguns.

—De manobres, molts. I en algunes fàbriques.

—Em pensava que ja no quedava res del tèxtil.

—De les fàbriques d'abans, les de filats i teixits, res, ni una. Ara són les fàbriques de botifarres, fuets, bisbe, negra, magre, foie, pizzes..., tot és indústria ara. La més forta és la Pornet, la que més gira, ven a tot arreu, ja en deu haver vist els anuncis a la televisió.

—Es deuen haver fet d'or, aquests.

—Van començar com jo, de zero. L'amo tenia una sala de desfer i prou. Però va descobrir que els porcs es poden matar dues vegades i es va fer ric. ¿Sap què vull dir, oi? Els animals que es moren d'accident o d'alguna altra cosa els compren a baix preu per tornar-los a matar com si fossin vius.

Jo vaig mirar-lo amb sorpresa.

—Ara ja no —va fer ell, com per calmar-me—. Però fins fa poc hi havia carronyers que traficaven amb la carn del bestiar mort. Carronyers, els deien. Els veterinaris feien els ulls grossos a l'hora de signar les guies de transport del bestiam, sense veure els animals. No tots, és clar. Els carronyers ja sabien amb qui havien de tractar.

No em vaig atrevir a preguntar res. En Quimet va acabar:

—Aquí, per fer-se ric, s'ha de tenir molta diligència, poca consciència i llevar-se d'hora.

En Quimet va passar pel davant de la porta d'entrada a la finca sense aturar-se i jo vaig estar a punt de preguntar on anàvem. Ell ho va notar, i va parar el cotxe després de la reixa i em va dir:

—¿Volia baixar aquí, oi? És que jo entro pel darrere, vaig directament a l'antiga pallissa on hi ha el taller. Per la porta del bestiar.

—És igual. Entraré pel darrere. Encara millor, perquè he arribat abans d'hora.

El cotxe va continuar la marxa, voltant el jardí pel camí de carro que resseguia la paret de pedra i guix.

—Millor —vaig repetir—, així no hi ha perill que em trobi amb el carrabiner de la Palmira.

—És com la mestressa, tothom la tem. Jo l'entretindré una estona.

Vam quedar que primer pujaria ell a la casa gran amb les caixes del mercat i així veuria com pintaven les coses, i si de cas, o sigui, si veia que la Palmira tenia males puces, miraria d'endurse-la a fora, al taller, per parlar-li del càtering nou que tenia pensat i així jo podria pujar a parlar amb la noia, la Berta.

Vam entrar per una tanca feta amb troncs mig partits, al darrere de la pallissa. Hi havia un cavall roig pasturant pel prat i un parell de gossos. En Quimet va aparcar al costat de l'ampla porta de la pallissa taller, tapada amb fusta i vidre per deixarhi només una porta normal. En sentir-lo van sortir un jove amb texans i camisa de franel·la que semblava prou eixerit i dos nois, un dels quals era en Marçal. Sense dir res, van ajudar en Quimet a treure caixes i bosses d'aliments i les van entrar al taller. Vaig guipar pels vidres de la porta: una colla de nois i noies de diferents edats havien deixat de treballar amb fustes de colors i tenien l'atenció abocada a l'exterior, cap a nosaltres.

En Marçal em mirava per la cua de l'ull amb posat tímid, com avergonyit. El noi portava un esparadrap gruixut en un costat del cap; li arribava fins al front i, segons com, semblava que hi portés un mocador blanc lligat. Acabada la descàrrega, en Quimet em va presentar al jove i va dir que era l'Enric, el monitor del grup, i que jo era un conegut de la família que m'esperaria un moment al cotxe o al taller, mentre ell anava a portar la vianda del mercat a la casa gran.

L'Enric em va invitar a entrar al taller.

—¿O potser li agradaria més veure com treballem amb el cavall? —va dir.

Vaig mirar en Marçal i vaig llegir una mena d'esfereïment a la seva mirada. No, vaig dir, que no fessin res mal fet, que jo m'esperaria a fora, i el monitor no va insistir més i va entrar amb els dos nois.

La cara d'una noieta ens observava, encastada al vidre de la porta. Era una mirada encesa, brillant, una mica estranya, com si fos guenya, i que anava acompanyada d'un somriure a la vegada beneitó i innocent. Portava trenes, i la cara ovalada, la pell blanca i els trets regulars li conferien un aspecte angèlic, d'una bellesa absent, feia la impressió que irradiava una aura de bondat. Altres cares de nois i noies se li van acostar, i tots reien i es clavaven empentes, fins que el monitor els va cridar a l'ordre.

—¡Dèlia! ¡Ian! —va reptar un noi i una noieta, i a mi em van estranyar aquells noms.

Els voltants del taller eren plens de bancs amb estris de treball dels gànguils. Hi havia pots i figures de fang a mig pastar, cordes lligades amb diferents nusos, moltes figures geomètriques de fusta pintades i sense pintar, retalls de cartons i fullola, saquets de serradures...

La casa gran era un tros enllà i tot d'arbres, oms, pollancres i salzes, la protegien de la proximitat de l'antiga pallissa, amb un prat d'herbes i matolls tot descurat i un caminet pelat, trepitjat, que portava a l'entrada de la masia. Semblava una casa senyorial de molts anys, les pedres fosques, amb pengims de molsa i regalims d'humitat. Era la part obaga i es veien només un parell de finestres tancades. En una cantonada hi havia una torreta amb un espiell, esquifida i aparentment inútil, residu d'alguna pretensió defensiva.

Al fons del tancat, cap avall d'un prat que s'inclinava suaument i que al final es confonia amb el bosc i segurament arribava a la fondalada del riu, hi havia unes construccions i unes cabanes, que vaig suposar que devien ser els corrals, però no n'arribava cap fressa ni ferum.

El cavall roig, desfermat, acostava el morro a l'herba del prat i movia la cua, tranquil. Si no hagués sigut pel ventre pesant i els moviments feixucs, no hauria sospitat que fos vell i que haguera anat a parar en aquell lloc per morir-hi. Segurament l'havia portat en Marçal, i això em feia pensar que el noiet ja devia haver superat l'esverament del sacrifici del cavall que havia caigut.

En Quimet em cridava amb un xiulet fluix des d'una cantonada de la casa gran i vaig acostar-m'hi.

—Només hi ha la masovera i la Berta, la noia. La Palmira se n'ha anat a ciutat per un assumpte greu, amb el masover. No sé què deu haver passat. Diu que no pot trigar a tornar, que mai no és gaire estona fora.

Jo portava la màquina de retratar penjada a l'espatlla. Vam anar tots dos cap a la porta de la masia. Ens esperava la masovera, fregant-se les mans amb el davantal.

—¿Diu que la Laura li va demanar una foto? —em va dir així que em va veure, amb veu dubtosa.

Jo li vaig dir que sí, que el dia que el seu home va haver de matar el cavall accidentat, m'ho havia demanat, que li feia molta il·lusió. Que era un moment, només.

—Però si no està gens arreglada —la dona buscava excuses—, tot just s'acaba de llevar i no s'ha ni vestit, encara. Triga una hora o dues a pintar-se la cara i a empolainar-se els dies que es veu amb cor d'alçar-se del llit. No sé si voldrà, amb el trasbals que tenim. La Palmira és la que ho hauria de dir. I amb el traüt que portem tot el matí, només ens faltava vostè. Esperi, que ho vaig a demanar a la Berta, que sap més de què va tot.

Ens va deixar sols a l'entrada, mentre ella pujava cap amunt. En Quimet va dir que mentre jo feia els retrats, ell anava a donar un cop d'ull a l'estable, que no trigués gaire, que havia de tornar aviat al súper.

Van tornar la masovera i la noia. La Berta somreia, i em va semblar més guapa que el primer cop que la vaig veure.

—Ella ha sentit que és aquí i diu que pugi —va dir, mig amoïnada, mig animada, com si per un cantó li sabés greu la meva visita i per l'altre fos còmplice de la seva mestressa—. Però li ha de donar temps per quillar-se una mica.

—Si vol només parlem de què vol exactament i torno un altre dia.

—No, no, ara que és aquí, millor matar-ho tot. La Palmira no sé què diria.

La masovera es va quedar a baix i la Berta i jo vam pujar a la sala.

—¿La Palmira no hi és? —vaig demanar-li tot pujant l'escala.

—Ha anat a veure l'alcalde i no ha volgut dir-nos quina bertranada havia fet, aquest cop, la quitxalla. N'han degut fer una de grossa, perquè se la veia amoïnada. Segur que ha anat a demanar a l'amo que els tregui d'aquí d'una vegada. Ella no ha estat mai partidària de deixar-los la pallissa, però jo penso que per a la Laura jove és el millor que podien fer. La Palmira sempre està com gat i gos, amb ells.

A dalt, a la sala no hi havia ningú. Una penombra tèbia i perfumada omplia l'espai i desdibuixava els mobles, les cadires entapissades, els reclinatoris vellutats, les calaixeres de ditada, els quadres antics, les marededéus disfressades de pastora tancades dins d'una campana de vidre...

En silenci, la Berta va obrir la vidriera que donava al porxo on jo ja havia estat la primera vegada i va demanar si tot estava a punt per rebre la visita. Devia dir que sí, perquè la noia es va apartar per deixar-me passar. Tota la llum del matí em va sorprendre com si de sobte em cobrís un mantell brillant.

La Laura seia, reclinada, en una llarga butaca de vímet, amb el respatller inclinat i els peus en el reposador, com si fos ple estiu. En una tauleta, també de vímet, al seu costat, hi havia una gerra de suc de taronja i una altra de llet, dos gots buits, i una safata amb torrades, galetes, melmelada, mantega i xocolata. En una safata més petita, que semblava de plàstic, hi havia una agulla hipodèrmica, una capsa de medecines i un potet que també devia ser-ho.

La Laura portava un vestit llarg, com una camisa de nit, amb una bata llarga del mateix color blanc torrat, molt delicat, de seda o d'algun teixit bo pels plecs i els reflexos que feia, unes sabatilles del mateix estil i una mantellina de color rosa que l'abrigava. Els cabells eren groguencs, com de palla seca amb clapes negres a les arrels, amb una cinta estreta i clara al mig del cap que posava una mica d'ordre a l'esbulladissa.

Així que vam passar la vidriera del porxo em va somriure i va fer una inclinació amb el cap perquè segués al seu costat. La Berta va començar a omplir els gots i a demanar-nos si volíem alguna cosa més. Ella va dir que no, que no volia res, que no tenia gana a aquella hora, i jo també vaig dir que no. La noia va retirar la safata, l'aparell injector i les gerres a una taula de fusta en un racó del porxo, va deixar només els gots i les medecines i es va ficar a dins, a la sala gran.

—M'agrada tornar-lo a veure... —va fer ella en veu fluixa—. Ha portat la màquina de retratar, veig. Però avui em penso que la Laureta no es troba gaire bé. Ha anat al taller amb una mica de febre, no està ben catòlica.

—No pateixi. Ho farem un altre dia, quan li vagi bé. Si vol, puc fer les seves. És una càmera de prova. Avui o demà m'arribarà la bona.

—¿Jo sola? ¿Vol dir que val la pena? M'hauria de maquillar bé i posar-me alguna cosa amb cara i ulls. Fa tant de temps que no surto, que no vaig enlloc, que tot em deu anar deu canes gran i deu estar passat de moda. Per a un altre dia em prepararé bé, amb un vestit que s'hi adigui. No l'esperàvem, avui.

—Com vulgui...

La Laura parlava amb dificultat, arrossegant algunes paraules. L'esforç només es notava en la veu, i el cos i la cara semblaven reposats.

—No t'esforcis... —li va aconsellar la Berta, que no s'allunyava de nosaltres—. Si et canses, m'ho dius. I quan vulguis, et prens la pastilla. La Palmira ho ha deixat tot preparat.

La Laura va fer un gest com per dir-li que no s'amoïnés, que la deixés tranquil·la. De prop, la cara se li veia plena de minúscules arrugues que s'encreuaven formant rectangles, com petites rajoles, sobretot a l'entorn dels ulls i de la boca, i tenia un color pàl·lid, sense vida, tot plegat com si la pell anunciés un esquarterament imminent. Els ulls eren apagats i els tancava sovint com si la llum els ferís, però quan els obria es distingien dues taques de color verd poma, un verd fi que intentava lluir per darrer cop. Malgrat la devastació de la cara i de la figura, que s'endevinava delicada, prima i fràgil, tota ella mantenia el record d'una bellesa que encara imposava.

—Si no té ganes de parlar, per mi no faci compliments. Quedem per al dia que tot estigui a punt i ja està.

—No, no... —va protestar ella, alçant la mà com per impedir que me n'anés—. Així em distrec una mica. La televisió m'avorreix, sempre el mateix. La vida...

Va fer un gest amb la mà alçada i després de mantenir-la enlaire un moment la va deixar caure, com si la vida s'ensorrés amb ella.

—La vida... —va acabar— ens porta allà on vol.

—I no pas allà on volem nosaltres —vaig dir jo per dir alguna cosa.

La Laura em va mirar amb un punt de condescendència.

—Abans tenia moltes fotos, però amb tant trasbals n'he perdut més de la meitat. No les miro mai, em fa pena veure'm... tan diferent. ¡Berta!

La noia va sortir i ella li va dir que li portés l'àlbum de fotos del canterano. Jo no trobava paraules per estirar la conversa.

—De la meva filla em penso que no n'hi ha cap. I això que té un cos ben fet i una cara maca. Els..., als afectats com ella gairebé no se'ls nota res, però les fotos d'abans de l'accident ens feien mal al cor perquè ens recordaven com havia sigut, de petita. I a més, els advocats ens les van demanar per demostrar al tribunal com estava abans de la desgràcia. Coses de les assegurances. I no ens les van tornar, les fotografies, no sé si se les van quedar els jutges o la companyia asseguradora.

Va callar un moment per trobar forces per continuar, com el caminant que puja una muntanya i de tant en tant s'atura per agafar aire.

—Després, tot i que va quedar força bé, vam anar esperant que es fes gran per retratar-la, suposo que amb l'esperança que amb la creixença milloraria o li desapareixerien els tics i se li fixaria la mirada.

S'aturava, cansada, mirava la tauleta amb els gots i les capses i continuava.

—És com si la persona retratada s'hagués aturat en un moment de la vida, s'hagués mort una mica. ¡Canviem tant! Si la persona retratada viu lluny pots mirar la foto amb més seguretat, però si la tens al costat sempre hi ha la temptació de fer la comparança. Els retrats són sempre iguals, com el temps i els records, veritat i mentida alhora: són el que veiem i el que sabem.

La Berta va portar l'àlbum i la Laura el va agafar. El va deixar a la falda, com si no s'atrevís a obrir la memòria, mentre hi passava la mà amb delicadesa i continuava parlant:

—Ara, la Laura ja no canviarà gaire més. ¿Vostè no té fills? La vida canvia con un mitjó amb els fills, això volia dir-li abans, quan li parlava de la vida. ¿Vostè viu a Barcelona, oi?

Sense esperar la meva resposta va obrir l'àlbum lentament, i passava pàgines sense parar-hi atenció ni aturar-se a mirar cap fotografia, com si fullegés un llibre. A mi em van semblar retrats estranys, reproduïts en un paper senzill. Es va parar quan va veure la fotografia d'un home jove, ben plantat, de trenta anys més o menys, esvelt, amb vestit negre de ratlles i camisa blanca amb el coll obert, la mirada franca, somrient... La Laura va tancar els ulls, mentre mantenia la pàgina oberta i el retrat de l'home ofert a la meva curiositat.

—¿Veu? —parlava amb els ulls tancats—. És el que li deia. És com si fos mort. ¡Quina trampa, quina tristesa, les fotografies!

Jo em preguntava qui podia ser. Ella va tancar l'àlbum com si no pogués suportar la contemplació de més retrats.

—Els àlbums de fotos són com els llibres de família. Però aquest era un meu company de facultat, el meu soci, era com de la família. ¿Ha dit que vostè viu a Barcelona, oi?

Jo vaig dir que sí.

—Va passar fa anys, però m'agradaria saber què se'n va fer, del despatx que compartíem. El meu marit es va ocupar de tot i a mi em queda una recança... A vegades, ve gent de Barcelona i els demano que mirin què se n'ha fet, del local, que me'n diguin alguna cosa, però no em fan cas, se n'obliden o em prenen per boja. Ara he entès que el meu interès pel despatx és perquè voldria recuperar les fotografies de la nena que vam portar al judici. Deuen ser allà, en algun racó del despatx, si existeix encara. Els dono l'adreça i els demano que si alguna vegada passen pel davant m'enviïn una postal per saber si encara és obert i si es poden recuperar els retrats...

Es va aturar, com perduda. Després va continuar:

—¿Coneix algú que no guardi un àlbum privat i secret, diferent de l'àlbum familiar? A vegades tinc la impressió que no va passar, l'accident, vull dir, que m'enganyen, com si em volguessin dir que la Laura també es podia haver mort, i que encara sort... És com si guardés un àlbum privat en una capseta secreta, tancada amb pany i clau, enterrada al fons d'una calaixera, embolicada amb roba de seda i de la qual només jo tinc la clau.

Em va semblar que desvariejava. ¿Ningú del seu entorn podia satisfer aquella curiositat i recuperar les fotografies? Era ridícul que hagués de demanar als visitants que li enviessin una postal per saber si l'antic despatx havia canviat o encara funcionava. Em vaig veure obligat a dir, sense gaire convicció:

—Si me'n diu l'adreça...

—¿Se'n recordarà? —va tancar els ulls per recordar el carrer, el número, i després va precisar que era el principal—. El carrer Muntaner, cantonada amb Mallorca, número 112..., no, no, és Mallorca cantonada amb Muntaner... La firma és, o era, una societat limitada, Promotors i Consultors d'Empreses...

La Laura va somriure, abaixant el cap i agafant-se el braç amb una mà, com si notés alguna molèstia.

—Han passat molts anys..., potser s'ha canviat de lloc —vaig dir jo.

—M'envia una postal del port, si no hi troba ningú. Només una postal.

—¿En tot aquest temps, no ha tornat a veure cap persona del despatx?

La Laura va estirar al cap enrere i la llarga corba del coll es va tensar fent un arc, com un jonc vençut pel vent. Mantenia la mà al braç però sense moure-la, com en un gest de protecció.

—Em van obligar a tallar amb la vida d'abans. No els havia d'haver fet cas, però jo no era ningú en aquell moment. No em van deixar veure res..., per això guardo aquesta espina secreta. És com l'àlbum de fotos: un instant congelat que pot representar tota la vida.

—Moments, sí —vaig intentar dir alguna cosa—, tot són només moments.

—¿Sap què trobo? Que se'n parla massa, d'aquestes coses, i l'amor vol silenci, si se'n parla molt s'esbrava. Silenci i secret. És una aventura privada que cadascú ha de resoldre a la seva manera.

—Potser se'n parla tant perquè convertim un afer privat en públic i intentem que els moments feliços durin tota la vida.

—¿Aquestes fotos són per a tota la vida? Són la fixació d'un temps i després hi ha qui les estripa i hi ha qui les guarda per recordar, de tant en tant.

La Laura es fregava el braç amb la mà i semblava neguitosa.

—Perdoni —va dir—, però em penso que no li faré gaire servei. Els malalts som d'una altra raça.

La Berta, que entrava i sortia del porxo a la sala, en veure el neguit de la Laura s'hi va acostar per dir-li:

—¿Vols la pastilla, ja?

—Potser sí.

La noia va agafar la capsa de medecines de la taula i en va treure una pastilla. Jo em vaig aixecar per anar-me'n, però la Laura va dir:

—No cal que se'n vagi. Després estarè més animada. És un moment.

La Laura va empassar-se d'un cop la píndola que li havia acostat en un platet la Berta, i després va beure un glop d'aigua.

—Després et cal descansar —va protestar la Berta.

La capsa de les píndoles era la mateixa que havia vist en la meva visita anterior: Retard.

Mentre la Berta sortia del porxo amb el got, la Laura va estirar el braç i va dir:

—Silenci i foscor. Silenci i secret. Mirades i poques paraules. Misteri.

Va moure el braç estirat i sense adonar-se'n va clavar un cop a la tauleta. La capseta i la petita safata dels blísters van caure a terra. Jo vaig córrer a recollir-ho i la Laura ni es va moure. Quan anava a deixar-ho tot a la taula, la Laura va mormolar:

—És per llençar a les escombraries. Hi ha un cubell a baix.

Jo em vaig ficar la capsa i la safateta buides a la butxaca de l'americana. Esperava la reacció de la malalta. Potser la visita ja no donava per més.

—Moltes nits somio —deia la Laura amb els ulls mig tancats, com si el son l'anés prenent a poc a poc— que tot torna a ser com abans...

La veu se n'hi anava... La Laura movia la mà sense aixecar el braç, com si apartés una mosca empipadora. Vaig alçar-me sense dir res i vaig començar a recular cap a la porta de la sala.

—Ara està tranquil·la —va dir una veu al meu costat—. Dormirà una estona i reposarà.

Era la Berta, que s'havia aturat al llindar del porxo, amb una manta fina a la mà. Segurament la hi posaria a les cames perquè no agafés fred.

—A vegades se li esbarria el cap, pobreta. Tan aviat diu una cosa, com passat un moment en diu una altra. ¿Per què vol els retrats, si ja no té esma per a res?

La Berta em va acompanyar fins al portal. La masovera va sortir a dir-me adéu.

—La majoria de fotografies de l'àlbum són trossos de revistes que ella s'entreté a retallar quan està de filis. Tria les que li recorden algú, alguna persona coneguda. Com que no surt mai, pobra. La fotografia del jove que li ha ensenyat és de les poques de veritat, és antiga, d'algun parent o amic, abans de casar-se.

Jo devia fer una cara estranya, perquè la Berta va afegir de seguida:

—Es veu que vostè no està acostumat a tractar amb aquests malalts. Són especials perquè pateixen dues malalties: la que tenen de veritat, i la que els dóna la quantitat de calmants i potingues que han de prendre per no patir tant.

En Quimet m'esperava a la cantonada i em va demanar com havia anat mentre pujàvem al cotxe.

—Bé... —vaig dir jo, sense convicció—. Diuen que hi deixarà la pell, ja ho saps.

En un racó del prat, avall de la pallissa, vaig veure en Marçal i el cavall roig al mig d'un cercle de joves asseguts. En Marçal em va veure i va aturar els moviments que feia fer a l'animal. Jo vaig saludar-lo amb la mà alçada però ell no es va moure. Em seguia amb els ulls, només. Al vidre de la porta del taller, les cares de tres noietes tornaven a aixafar-se i deformar-se com una caricatura, amb els ulls esbarriats girats a l'infinit.

—¿Vostè també porta el menjar als de Còdol Dret? —vaig preguntar jo durant el viatge. Potser era la imatge d'en Marçal i el cavall roig al prat, al mig dels gànguils, el que m'havia portat a fer-li la pregunta.

—No. Allà hi va molt poc aquesta colla, un cop cada quinze dies a tot estirar, i només hi passen la tarda.

—Em pensava que hi tenien un altre taller, a Còdol Dret. O almenys és el que havia entès jo.

—Bé..., això era abans, quan encara no tenien la pallissa preparada. Ara hi van poc.

—¿I per què els calen dos llocs?

—Abans només en tenien un. Aquí estan millor. Ara deuen anar allà baix, a Còdol Dret, pels cavalls. No poden pas portar tota la cavallada aquí. Però aquí no hi vénen els estrangers. A Còdol, sí que hi van els immigrants.

—¿Són immigrants discapacitats?

—Es veu que sí. N'hi ha alguns, són joves. Diuen que allà les van passar molt putes, vivien a les clavegueres, diuen, com rates. Romanesos, són.

Em va deixar a la porta de l'hostal.

En Bernat m'esperava al bar amb la màquina de retratar al taulell.

22

EN TON DONAVA CONVERSA AL MEU AMIC DARRERE EL TAUlell, i així que em va veure es va apartar, discretament. En Bernat es va alçar i va venir a fer-me un petó.

—He deixat la bossa a l'habitació. L'hostaler m'ha donat la clau. Li he dit que em quedaria fins que tu marxessis. Tinc quinze dies lliures...

Vam anar a seure a una taula del menjador. En Ton ens va servir un aperitiu. En Bernat va deixar la màquina de retratar en una cadira.

—En Gerard i en Dani m'han dit que no podem faltar a la seva festa. I El Gran Meaulnes m'ha dit que li portis algun record, encara que només sigui un palet de riera. M'ha hagut d'explicar què era un palet de riera.

—Són els *Rolling Stones* —vaig riure jo.

—Sí, ara ja ho sé. Fa servir els palets de decoració, i si no diu que li portis un ram de gallarets i clavells de pastor, i ortigues, sobretot ortigues. ¿Per què les vol, les ortigues?

—Serveixen per curar tot de tropells, són màgiques.

—No t'ho creus ni tu.

—Demana-ho als herbolaris i a molts metges. És més fàcil creure en la medicina natural que en les rucades dels teus gais místics.

En Bernat, que en una altra ocasió s'hauria empipat, aquell dia es va prendre bé la meva al·lusió als gais cristians. Va aprofitar-ho per començar un sermonet sobre els esforços del seu grup per donar una mica de dignitat a unes relacions tan malmeses. «¿Malmeses? —replicava jo—, ¿malmeses per qui?» Era com un joc de provocació amable, una conversa lleugera sobre temes seriosos que amagava temes greus que no es deien perquè ensorrarien la lleugeresa de la conversa. En un moment determinat, jo vaig dir, per oposar-me a la seva tesi d'una nova responsabilització en les parelles de tot tipus:

—Però si avui dia la societat se sent més ben representada pel divorci que pel matrimoni. El divorci a la carta, la patologia de l'amor, convertit en símbol dels temps. La dessacralització de l'amor, segons el vostre llenguatge.

—Ara el moralista ets tu.

—El sexe són faves comptades i l'amor, en canvi, s'escapa sempre.

—¿Tracta de com retenir l'amor en temps turbulents, el serial que prepares?

Jo vaig fer un gest amb les mans, indicant amplitud, vaguetat, com dient que era un tema massa vast per resumir-lo en una història per al consum massiu.

—Les històries clàssiques, Romeu i Julieta, per exemple, o Tristany i la bella Isolda, eren només sublimacions del somni etern, de permanència dels sentiments. I Madame Bovary, Anna Karenina, Hedda Gabler, Ana Ozores, Laura... i tantes d'altres són l'expressió de la insatisfacció de les dones presoneres d'unes institucions rígides, inamovibles, creades pels homes per perpetuar de manera artificial els sentiments. Un hivernacle.

—¿El divorci i la llibertat sexual han posat fi a la insatisfacció?

—La insatisfacció que ens corca ara és d'una altra mena. L'excés d'oferta de possibilitats és com abans l'escassetat d'oportunitats d'elecció.

En Bernat em mirava, encuriosit. Els ulls verds, sempre riallers, ara semblaven més posats. ¿Havia madurat de sobte, sense jo adonar-me'n? El trobava més pàl·lid, més prim, els pòmuls més marcats i la pell de la cara tibada, amb una fesomia una mica oriental —caucàsica, deia ell— i dues entrades marcades a la cabellera. La trentena. L'inici de la maduresa. El cos atlètic, jove, de raça petita, segons ell. Un punt d'abandonament en els gestos i les paraules, potser també d'herència oriental, pensava.

—Ara hi ha altres maneres d'estimar —va dir en Bernat— que abans no es coneixien o no s'admetien.

—Això no canvia res. Dues persones, del sexe que siguin, i una sola compenetració o insatisfacció.

—O dues. No és tan fàcil.

Mai ens havíem plantejat obertament aquesta qüestió. ¿La Júlia quin paper hi jugava, en aquell joc?

—¿Podem estimar amb la mateixa intensitat més d'una persona al mateix temps? —vaig portar la provocació al límit.

—Jo he decidit que no —va dir en Bernat, de dret.

Me'l vaig tornar a mirar.

—¿Què et passa?

—Això. Que he decidit que no puc estimar més d'una persona.

—Em pensava que te'n passava alguna de grossa, em vas alarmar quan vas dir que havíem de parlar.

—¿Ja et pensaves que havia arreplegat la sida?

—No diguis bestieses.

Ens vam quedar a dinar al mateix lloc on érem. La dona d'en Ton ens servia amb un cert mirament, com si no acabés d'entendre com havia de tractar el nou hoste.

—Han mort tants amics —va fer en Bernat—, que és normal que ho pensessis. M'he fet les proves i estic net. I ara, perquè ho sàpigues, els malalts de sida ja no es moren com mosques, com abans...

A la tarda em va acompanyar amb el cotxe a Còdol Dret. Ens vam endur la màquina.

—Me l'ha deixada en Dani —em va dir—. La va demanar al company de feina amb el qual s'ha embolicat.

Baixàvem pel camí tort i rocallós que portava a l'antiga colònia tèxtil. El paisatge era agrest, garrigós, i el riu lluïa al fons de les cingleres com un do procedent de terres més generoses.

Em vaig imaginar en Marçal pujant i baixant cada dia per aquells verals, sovint amb l'euga o el cavall que menava. ¿Com se'ls havia acudit d'obrir un taller de recuperació en aquells mons de Déu? Em preguntava si la teràpia amb els cavalls moribunds o l'estalvi de les instal·lacions de la fàbrica desocupada compensaven la despesa del transport dels gànguils cada vegada que hi anaven. Per això la filla de la Laura no hi acudia. En Marçal li portava un cavall a casa, a la Mallola. L'alcalde havia instal·lat una escola a casa seva per a la seva filla. Tot un luxe. I els altres alumnes servien de comparses. Després de tot l'educació és una tasca que sol comportar aprendre a conviure amb els altres. Els altres feien d'extres, de companys, de teràpia social.

—¿En què penses? —em va despertar en Bernat.

—No res. Coses meves.

Vam aparcar a l'esplanada davant la porta principal de la fàbrica. Era tot desert i en Bernat i jo vam començar a caminar per un dels dos carrers que envoltaven l'edifici, amb les casetes idèntiques a banda i banda.

—Això sembla el *béguinage* de Bruges —va dir el meu company—. Saps què és, ¿oi?: les casetes dels convents on els soldats deixaven les dones, les *béguines*, tancades quan marxaven a la guerra. Amb el cinturó de castedat posat.

—Era una colònia, abans. Els obrers tenien aquí l'escola, l'església, el capellà, l'economat..., fins i tot en comptes de cobrar amb diners rebien uns cupons que servien de moneda per pagar els queviures. No els calien ni els cèntims.

En Bernat s'encaminava cap a les casetes, però jo li vaig fer un senyal perquè em seguís a l'interior de la fàbrica. Havia descobert una porta oberta al costat dels grans finestrals de vidres opacs, glaçats, a la cantonada de l'entrada principal, tancada amb cadenats enormes.

Devia ser un antic despatx i ara hi havia sis o set taules escolars, cadires desordenades, un armari amb llibres, formes geomètriques de fusta, boles de vidre, capses de cartó, pintures... A la paret, rètols turístics de paisatges muntanyosos i un mapa antic de la península Ibèrica.

En una taula més alta, apartada, que devia ser la del monitor, hi havia tot de papers i quaderns. M'hi vaig acostar per tafanejar-ho tot. Els quaderns eren de dibuix, amb els fulls plens de figures humanes i de cavalls pintats de manera infantil, amb noms a sota: Miranda, Foc, Speed, Storm...

Un dels papers era un document oficial. Portava un encapçalament que deia «Taller ocupacional 2, Centre mental de referència, Comarca, Metge en cap, Psicòleg, Activitats», i una llista de noms, una trentena, encapçalada per en Marçal, el nom i els cognoms, seguit d'altres noms del país, que a la meitat de la llista canviaven per noms estrangers: Iliana, Iulian, Delia, Ian, Jon, Rudica, Laisa, Aziz...

En Bernat badava per una de les finestres més interessat per les casetes que per l'interior on érem. Jo vaig doblegar el document i me'l vaig ficar a la butxaca de l'americana. Hi vaig trobar la capsa i la safateta buida que m'havia endut de la taula de la Mallola, la de les medecines de la Laura.

—Una escola ben precària... —vaig comentar obrint una altra porta que donava a l'interior de la fàbrica.

La porta s'obria a una nau immensa, una antiga quadra on hi havia hagut les màquines, telers o el que fossin, i que ara es veia buida, immensa, atrotinada, abandonada, amb la llum somorta que filtraven els finestrals glaçats, algunes caixes per terra, ferros doblegats, peces trencades... Molt a prop de la porta de la classe on érem hi havia alguns aparells de gimnàstica, barres a la paret, matalassos per terra, un plint trencat, un cavallet...

—Ja ho entenc —vaig dir—. Fan servir aquest espai de taller de pintura o jocs i per fer les classes teòriques, i aquesta part de la fàbrica de gimnàs.

—¡Què t'empatolles! —va dir en Bernat—. No entenc res. ¿Vols dir que hi ha algú que fa classe en aquest lloc?

Jo no vaig dir res. Vam sortir a fora. Moltes cases tenien les portes del davant i del darrere obertes, tot ben esbatanat, i algunes tenien munts de palla a terra i arreus de cavalleria penjats a la paret.

—Serveixen de boxs —va dir en Bernat, mentre entràvem a una caseta i sortíem al darrere, al jardinet que donava al prat ample i semicircular amb el bosc al final.

Els cavalls pasturaven amb tota llibertat pel verd, apartats i com aixoplugant-se a l'ombra dels arbres, faigs i alzines la majoria. N'hi havia una dotzena, tots de colors foscos, i de lluny només se'ls notava l'edat pels moviments feixucs, la pesantor del ventre i l'excessiva curvatura del llom.

En Bernat va treure la màquina de retratar de la funda i, quan es disposava a fotografiar els animals, va sortir en Pere, l'amo, d'una de les casetes de més avall i va fer un crit:

—Ep! Res de fotografies, aquí. Això és un terreny privat. Prohibit el pas, ¿no ho han llegit a l'entrada?

—No hem vist cap rètol —vaig dir, i era la veritat—. Perdoneu.

En Pere era de complexió robusta i es devia acostar a la seixantena, tot i que la rogentor de la cara colrada pel sol, la gorra al cap i la vigoria de les passes en feien dubtar.

—Ens hem vist abans —vaig dir jo—, a l'hostal d'en Ton i a la Mallola, quan van haver de sacrificar el cavall.

L'home va fer que sí amb el cap, mentre deia:

—Ahir en vaig haver de fer marxar un que tafanejava massa. ¿No sou pas de la mateixa llodrigada?

—¿Ahir..? —vaig sorprendre-me'n—. No. Vam ser aquí amb en Ton de l'hostal fa poc, però ahir no. Vam parlar amb en Marçal, el noi dels cavalls. Ell us ho podrà dir.

—No sé pas què li ha passat avui a en Marçal —l'home semblava més confiat—. És rar, perquè no falla mai. Ja l'adondaré demà, quan vingui, segons què em digui. Aquests vailets, sembla que no, però es fan grans, com els altres..., i comencen a no tenir el cap allà on l'han de tenir. Ja us vaig dir l'altre dia que era millor que parléssiu amb mi.

—Només volíem parlar una estona dels cavalls. En Marçal ja ens en va explicar força coses. És per a un documental.

—¡Ai caratxo...! ¿Voleu els cavalls, només, o els cavalls amb el grup del taller que juga amb ells?

—De moment només volem veure el lloc, el paisatge... ¿Cada quan vénen els del taller?

—Depèn... En Marçal ve gairebé cada dia, però.

Em vaig girar en direcció a la fàbrica, per preguntar alguna cosa sobre el taller, però no trobava la manera. ¿A qui havia hagut de fer fora el dia abans que tafanejava massa?

—¿Puc fotografiar els cavalls? —va demanar en Bernat, aprofitant el moment d'encallament.

—Sí —va dir l'home—. Feu, feu amb tota llibertat.

En Bernat va acostar-se a la pastura dels cavalls i en Pere i jo ens vam quedar on érem, al marge entre els jardinets de les casetes i el prat.

—¿El taller no és pas l'escola, oi? —vaig demanar jo indicant la fàbrica amb el cap.

—No, abans sí que hi havia una escola per a la quitxalla de la colònia, però ja no en queda res. Era al costat de l'església, que qualsevol dia també caurà. Quatre trastos de l'antic estudi que vam poder salvar els vam portar a un racó de la fàbrica. El capellà feia de mestre. No sé què hi buscava ahir aquell pocavergonya que vaig haver de treure a bastonades.

—¿Un lladre?

—No ho semblava pas. Anava ben vestit, amb cartera i tot, com el metge.

—¿Ho heu denunciat?

—Em va dir que era d'una constructora, un tècnic, que venia a veure com es conservaven els edificis, com aguantaven la humitat i coses així. Però el vaig atrapar remenant tots els papers i llibres del taller. No se'n podia pas endur res, no hi ha res que valgui la pena. Em va dir el nom de la constructora, però n'hi ha tantes. Al poble sol n'hi ha tres o quatre i a la ciutat no es poden ni comptar. Si continuen així no quedarà ni un pam de terra per plantar-hi res. Ho podeu ben dir a les notícies, que no podrem pas viure, així.

Tots dos vam mirar en silenci com en Bernat s'ajocava per retratar un grup de cavalls al fons del prat.

—¿Quants són al grup? —vaig dir jo per trencar la pausa.

—Una dotzena, a vegades no hi arriben. Són criatures delicades, ho arrepleguen tot, sempre n'hi ha algun que no acaba d'estar fi.

—Deu ser carregós traslladar-se fins aquí amb autocar cada vegada.

—No es pensi, a ells els agrada que els portin en cotxe. I treuen el monitor de polleguera, perquè no paren de moure's i fer barrila. N'hi ha que no poden parar ni que els lliguin amb cordetes, és el seu... defecte, diguem-ne, la seva tara. I d'altres que no es mouen ni amb empentes. Però cada vegada vénen menys.

En Bernat tornava amb nosaltres tot enfundant la màquina.

—Si decidim venir a fer el documental, ¿a qui hem de demanar els permisos?

—A l'Ajuntament de la ciutat —va dir en Pere—. Els amos van deixar l'administració de la propietat a l'Ajuntament. Jo els pago un lloguer per les cases i el prat. Em fan un bon preu perquè els deixo els cavalls per als nanos. Els cuidem molt bé, els cavalls. Tenim un cementiri especial per a ells, amb el seu nom i tot, cosa que moltes persones no arriben a tenir.

—¿I a la Mallola? —vaig dir jo començant a caminar cap al carrer—. ¿No és una murga anar i venir amb un cavall d'aquí cap allà tan sovint? Perquè allà hi ha un altre taller, com aquí, ¿oi?

En Pere va fer un gest alçant les dues mans i posant cara d'interrogació.

—No són iguals —va dir al cap d'un moment de suspensió—. Es veu que els d'allà, els nanos, vull dir, són més... perjudicats, no sé com dir-ho. Alguns no es poden moure del lloc i per això en Marçal els porta un cavall. No hi ha tan tros, tampoc.

Havíem sortit al carrer i ens acostàvem al cotxe.

—I després... —va afegir l'home— hi ha l'alcalde, la filla de l'alcalde, vull dir, que també està espatllada. Per això va muntar aquests tallers, per fer recuperació. N'hi ha que milloren molt, i amb el temps se'n surten, pobres.

—Sí... —vaig dir jo—. I m'han dit que també vénen xicots de fora, joves immigrants: romanesos, magribins...

En Pere va tornar a fer el gest d'abans amb les mans alçades a mig aire i la cara de no saber on posar els ulls i no va dir res. La boca li feia una ganyota estranya.

En el viatge de tornada, en Bernat em va demanar què buscava en aquells mons perduts. «Res, coses meves», li vaig respondre. Jo tenia el cap en un altre lloc, tot i ser conscient que ell m'havia dit que volia parlar. Temia una confessió del seu nou enamorament, i per això retardava el moment. Vivia sempre amb l'ai al cor, ens podíem deixar en qualsevol moment. Cada vegada em cansava més aquest vaivé sentimental.

—Hauries d'arribar-te amb un salt a Barcelona —li vaig dir—. ¿Recordes el laboratori del doctor Tortosa?

—¿Vols dir en Magí Tortosa, el metge? —va dir ell.

—Necessito que examini això amb urgència —li vaig donar la capsa i la safateta que m'havia ficat a la butxaca a la masia—. I que em digui què és, què hi troba, més enllà del que puguin dir els prospectes.

En Bernat va agafar la capsa i la petita safata platejada i i s'ho va mirar.

—Sembla un calmant fort. Un opiaci. ¿No em diguis que per aquests mons de Déu també esnifen o es col·loquen amb aquesta merda?

—Digues a en Magí que ja li ho explicaré tot quan torni a Barcelona.

—Molt bé. Demà al matí a primera hora hi aniré, però aquesta nit xerrem una estona a fons.

No recordava que mai m'hagués parlat tan seriosament. No vaig gosar demanar-li res més.

A la nit vam sopar tranquil·lament, amb en Ton i la seva dona vetllant-nos amb una nova cortesia, sempre amatents, però sempre a una distància prudent.

—Es tracta de nosaltres —va començar en Bernat—. De la nostra relació.

Jo vaig activar tots els senyals d'alarma, disposat a escoltar qualsevol cosa.

—És difícil de dir el que vull dir-te —va continuar ell—, però aquests darrers dies hi he pensat molt, en nosaltres..., en mi..., i m'agradaria...

Era un to de veu i un posat que no li coneixia. Sempre m'havia semblat una persona despreocupada i desinhibida, tot i la seva vena mística, que els darrers temps s'havia intensificat, que, com gairebé tots els amics gais que coneixia, es prenia amb més seriositat el plaer que el sexe —i per això solia acompanyar els contactes físics amb tot tipus de substàncies estimulants— i la llibertat que el plaer —i per això tenia tendència a fer sexe en llocs anònims i foscos dels quals podia escapar-se en qualsevol moment—, i que fugia de compromisos expressos i basava l'estabilitat en les relacions obertes i sinceres —mentre m'ho confessis tot i tornis al corral és que la relació continua viva—, com si els desenganys matrimonials dels pares l'haguessin immunitzat contra la fidelitat jurada i els lligams imposats per la societat.

Jo no deia res i deixava que ell es descabdellés tot sol. Potser m'havia convertit en la mena de persona que atreu les confessions dels altres, que fins i tot les provoca amb el seu posat de buda savi i omnicomprensiu, com si fos una mena de parallamps sentimental, que és capaç d'entendre totes les desgràcies alienes, perquè ningú no sap que ell mateix no s'entén com és ni veu clar cap dels camins que emprèn.

—Sento que m'he fet gran.

—Però si només en tens trenta-tres, de confessats —jo vaig intentar fer broma.

—¿A quina edat et vas fer gran tu?

Tocat. ¿A quina edat m'havia trobat madur per no continuar jugant a l'atzar dels contactes i buscar alguna cosa més profunda en l'amistat? A l'edat de les decepcions, anava a dir-li, però vaig aprofitar que en Ton s'acostava per dir-nos si volíem res més, per fer un gest a en Bernat indicant-li que continuéssim la conversa a dalt, a l'habitació. A l'edat del cansament, també li podia dir, quan el goig de les noves trobades es transforma en una rutina embafadora. Quan ja no esperes res de les sortides noctures i t'acontentes amb el que tens més a mà. No esperar miracles deu ser una de les maneres de pactar amb la vida ordinària. Et fas gran quan trobes un cert goig en la rutina dels sentiments i de la vida, quan t'hi acostumes i se't converteix en una crossa vital.

A dalt, ajaguts al llit, en Bernat ja s'havia oblidat de la pregunta.

—¿No entens el que vull dir-te? És que no tinc paraules. M'agradaria que estiguéssim més junts, això vull dir-te. Que estiguéssim més l'un per l'altre.

—¿Viure plegats, vols dir?

—¿Per què no?

—¿Has pensat en la Júlia?

—Per això volia parlar a fons.

Estirats al llit, de cara al sostre, no ens miràvem, en Bernat i jo, i així la veu ressonava a l'habitació de manera una mica impersonal, neutra, com si parléssim de qualsevol cosa. Jo pensava que segons amb quin estirabot em sorprengués, sempre tenia la sortida de dir que havia acceptat d'anar-me'n un parell de cursos als Estats Units, a la Universitat de Phoenix. I m'odiava una mica per aquesta carta que em guardava amagada a la màniga, per aquesta superioritat que em donava el fet de poder-me escapar en el darrer moment segons quina fos la seva proposta. Alguna cosa dintre meu em renyava per no jugar net, i em deia que d'aquesta manera no aconseguiria mai un lligam total, definitiu, amb les relacions que tenia. Havia d'aprendre el risc de donar-me sense reserves i d'acceptar de la mateixa manera la donació dels altres. M'havia de purificar de la malfiança i l'obliqüïtat que posava en la meva conducta en el tracte amb els amics. Fins i tot en el malentès que s'havia produït amb l'Albert Deltell del *Confidencial* i el cap de personal, m'havia deixat portar per aquest vici d'amagar les cartes, de deixar que els altres fessin el pas endavant i es comprometessin, mentre jo em deixava temptar per la idea de fugir en el darrer moment, de no plantar cara als problemes i solucionar-los de pressa i sense embuts. ¿Era una herència de la pusil·lanimitat del pare i de la difidència de l'àvia, tot plegat?

—Només volia provar com era l'amistat amb la Júlia —va dir ell—. Volia saber què tenia que t'agradés... però al final ja no m'interessava, ja em feia nosa... Penso que fa nosa a la nostra relació.

—¿Nosa?

—Jo no sóc com tu. No puc estimar dues persones alhora. Sóc diferent. No ho puc explicar.

—T'expliques molt bé. El silenci és la millor explicació.

Vaig estar a punt d'afegir que els pobres i els tolits que demanen almoina pels carrers o a les portes de les esglésies només allarguen la mà i no diuen res. És molt més eloqüent l'exhibició muda dels monyons o les conques buides. Les mancances criden sense veu.

—¿De debò que ho entens?

La veu em feia l'efecte d'una súplica. Jo vaig fer que sí amb el cap i el vaig mirar als ulls. Sentia que ens trobàvem en un moment perillós, que ell portava de manera inconscient l'estimació que ens teníem fins al límit fràgil de la pietat, de l'almoina.

Un gest estalviaria moltes paraules. Podíem parlar del model de relació d'en Gerard i en Dani, però jo ja sabia que a ell no li agradava el pacte de relació oberta entre tots dos. M'ho havia dit alguna vegada, trobava que una casa cal que tingui finestres i portes i balcons, però que si les obertures són tan amples, vol dir que les parets són molt escasses i el sostre no s'aguanta, s'enfonsa l'edifici. Tot i que ell era sensible als teòlegs gais i a la teologia eròtica, en Bernat arrufava el nas davant l'acceptació d'una certa promiscuïtat per punt de la teologia gai i lèsbica, quan es deia que la monogàmia era una imposició de la societat heterosexual i patriarcal, i que calia reformular el concepte de fidelitat segons la relació que s'havia negociat o el que es definia com a «hospitalitat promíscua» com a tret característic de la tribu marica, i aquell no era el moment de tornar a discutir aquestes coses. Si demanava atenció era perquè li passava alguna cosa, no era feliç o no es trobava bé. Si voleu que algú us estimi, deia la Júlia, feu-vos un tall amb un ganivet i deixeu-li que es curi la ferida. Un gest mut seria la millor resposta.

Mentrestant, en Bernat s'havia despullat en la penombra del quarto. S'havia estirat de nou al meu costat, només amb una samarreta de màniga curta i eslips. Vaig girar-me cap al seu costat per abraçar-lo. La meva mà li premia l'esquena per atreure'l cap a mi, i ell es va estremir com si li hagués fet mal.

—¿Què tens a l'esquena?

—Res. Una caiguda l'altre dia per la pista mullada. Havia plogut i van estar a punt de cancel·lar el vol.

Li vaig arremangar la samarreta. Tenia un parell de blaus a l'esquena i al costat.

Em va venir al cap l'esquena d'en Marçal i el cavall vell que la hi frevaga amb la llengua.

23

MENTRE EN BERNAT ERA A BARCELONA, JO VAIG INTENTAR posar al dia les notes per a la feina televisiva.

A l'hora d'esmorzar en Ton es va mostrar més humil, com si es volgués fer perdonar la deslleialtat amb servilisme. Li va estranyar que en Bernat se n'anés a Barcelona tan aviat, sol, i que anunciés que potser a l'hora de dinar ja hauria tornat, i que si no, a l'hora de sopar segur. Jo vaig pensar que si havia de comunicar als seus enllaços tots els nostres moviments, això el portaria de bòlit.

Potser a en Ton i la seva dona els passava com a les meves heroïnes de ficció, que no podien suportar la mediocritat asfixiant que els envoltava i se'n salvaven a través de la delació, de l'espionatge dels seus hostes, com una manera de sentir-se superiors als seus clients, ja que ells controlaven els seus afers i les seves vides mentre els aixoplugaven. Era com l'adulteri per avorriment, o en el temps actual el sexe com a passatemps, una escapada circumstancial, com una droga. Aquesta hipòtesi era més amable que imaginar que havien acceptat ficar-se en el món miserable del petit espionatge local pressionats per l'ambient angoixós de la política comarcal, per por del cacic i dels seus esbirros. Potser s'agemolien davant del poder perquè buscaven favors especials, subvencions per al turisme rural o qualsevol altra prebenda. Una mena de prostitució professional.

Les meves adúlteres corrien a la recerca d'una felicitat quimèrica. ¿Quina altra sortida li quedava a una dona malcasada, o avorrida del marit, dos segles enrere? Però ara la mateixa situació era impensable, en general. Només en el cas d'una pobra dona immigrant, com l'equatoriana Consuelo, o d'una dona de poble carregada de problemes i sense un home que li fes costat, com la mare d'en Marçal, seria creïble una reacció d'aquest tipus, una fugida que avui dia ja no seria cap a un altre home, sinó cap a uns altres horitzons.

Per això vaig començar a imaginar arguments més arriscats, sempre amb una dona insatisfeta com a protagonista. ¿Per què no ens atrevíem a fer una sèrie en què els objectes —roba de marca, electrodomèstics japonesos, ordinadors portàtils, agendes electròniques, gravadores, telèfons mòbils, potingues dels tractaments de bellesa, cotxes, estris de golf, apartaments a la costa, viatges i creuers...—, i fins i tot l'amant massatgista o professor d'anglès, tota la fotralada que el consum immoderat ofereix a les dones benestants d'avui dia, són els que es revolten quan s'adonen que no són més que substituts d'un desig de plenitud que ells no poden satisfer i acaben abandonant la propietària, que s'ha de suïcidar perquè no pot suportar la solitud, com els nens que ploren desolats perquè els han tret la televisió del dormitori?

M'adonava que no podia fer que la protagonista fos una dona sense recursos i sense una mínima educació. Les dues forces que governen el món són el diner i el sexe. Només si el primer element, l'or, no té urgència, el segon, el plaer, acapara tota l'atenció. En el cas de la Bovary, de la Karenina, de la Laura, de l'Ozores..., no hi ha només una atracció física cap a un home que no és el marit, hi ha també l'atracció d'una vida més ambiciosa i més brillant, el castell, el palau, la gran ciutat, el món sagrat..., l'alta societat d'abans, la societat mediàtica, ara. L'home és el camí que les portarà a un altre món.

La bellesa també corromp. Aquest element no es podia menystenir, anotava. Les dones que aspiraven a deixar la sordidesa i la vulgaritat de la vida quotidiana pagaven el canvi amb la seva bellesa. No era imaginable l'aspiració cap a un estatus social superior sense la seducció de la bellesa de la pretendenta.

Assegut a la taula de l'habitació, imaginava i escrivia noms, idees, arguments... ¿I un Mister Bovary? Impossible, era Don Joan i tots els seus deixebles. ¿I un canonge que penja els hàbits per ajuntar-se amb una duquessa? També estava fet feia temps. Els homes, m'adonava, havien passat pels mateixos camins que les dones, alguns abans, alguns després, o els estaven passant ara. ¿Una Laura transsexual tindria algun sentit? Era tot un altre problema que desplaçava la insatisfacció social i sexual cap a una de biològica, el destí seria la biologia, no la rigidesa de les lleis socials que encotillaven els gèneres. I a més, hi havia el perill de caure en la farsa o la comèdia alegre.

Van trucar al tefèfon de la cambra.

—¡No tens mai el mòbil encès! —em va renyar la veu d'en Bernat—. Així no és estrany que els de l'hostal et controlin.

—¿Què diu en Magí Tortosa?

—Que anem amb compte, que d'on hem tret aquesta potinga...

—¿Vols dir que...?

—Xssst..., la línia no és segura.

—¿Quan tornes?

—Després de dinar. D'aquí a un parell d'hores.

—¿Res més...?

—Diu que el vagis a veure quan tornis.

Em vaig estirar al llit, com si no pogués aguantar dret l'onada de satisfacció que m'omplia el pit. A poc a poc em vaig anar desinflant i la calidesa que em pujava a les galtes es va refredar perquè un fred estrany em naixia al ventre. Estava desconcertat, com quan et despertes al mig d'un malson.

Em vaig alçar d'un salt, perquè si em deixava vèncer pels dubtes, no faria res de bo.

El metge Molins va ser el primer nom que em va venir al cap. ¿Com podia veure'l? En aquest moment no podia provocar més situacions casuals, perquè tenia la impressió que trepitjava un terreny nou i que m'hi podia enfonsar. Per altra banda, em demanava per què havia de veure'l a ell o qualsevol altre. ¿És que jo era responsable d'alguna cosa? ¿Qui m'havia cridat per fer de jutge o de policia? Com havia dit el cap de programes quan feia un quant temps li havia parlat dels rumors que corrien per la Santa Casa, un dels nombrosos noms amb què el personal anomenava els estudis de televisió, en els quals s'afirmava que el cap de personal havia afavorit una empresa de treball temporal que es va presentar al concurs obert per portar públic i hostesses als programes en directe, «no ens emboliquem en qüestions que no ens pertoquen, ja tenim prou treballs a fer bé la nostra feina, només ens caldria ocupar-nos de com van els altres departaments, com si els guions que parim fossin de premi Nobel», i més tard havia afegit amb un to definitiu: «Després de tot, ¿qui som nosaltres per esmenar la plana a algú? No ens ha cridat ningú per arreglar el món.» L'amic que m'havia revelat la corrupció del concurs, director d'una empresa competidora, en comunicar-li el resultat de la meva gestió, em va consolar dient: «Som una multinacional. Ja estem acostumats a treballar en repúbliques corruptes.»

I ara tornava a trobar-me en una situació semblant. M'adonava que, com en el cas de l'empresa de treball temporal, havia arribat al límit de la meva actuació, fins i tot n'havia traspassat una mica la frontera i m'havia endinsat en el que no eren territoris de la meva incumbència. Fins ara, tenia l'excusa de la casualitat i el malentès, però tirar endavant i investigar el metge, per exemple, ja eren figues d'un altre paner. Alguna cosa dins meu em deia que havia de seguir, que tot plegat no era més que un joc que em divertia i em sorprenia a la vegada, que si anava amb compte de no quedar envescat me'n podia sortir sense dificultats. Era un repte per a mi mateix. De tant en tant s'havia de temptar la sort, provocar-la, com en els reptes infantils. Si alguna cosa sortia malament i havia de fugir escaldat, seria senyal que havia d'abandonar l'empresa i la feina que m'embrutia, i acceptar el lloc a la universitat ianqui. Fugir, com sempre, fugir constantment. Com el pare. Fugir, amagar-se, ajupir-se, callar, tancar els ulls, no veure res, no dir res, no ser res.

Mentre baixava l'escala per anar a dinar, em deia que segurament tot plegat no era res més que imaginació, intoxicació dels arguments suats dels fulletons, fum, la quimera d'un món excitant i ple de passions, com el vi de la felicitat que havia pujat al cap de les meves adúlteres de novel·la. Els malfets dels somnis d'una justícia imaginària en un món ideal, pur, inexistent.

En Ton intensificava les maniobres d'aproximació i em va demanar si volia que guardés alguna cosa del dinar per al meu amic. Li vaig dir que no, que ja s'espavilaria. En Ton semblava sincerament penedit, el seu posat i la cara amable m'ho deien. Potser ja no li demanaven que els informés perquè s'havien adonat de la inconseqüència dels meus moviments. Precisament ara, vaig riure per dintre, que per fi començava a trepitjar terra ferma.

—Se n'haurien assabentat igualment... —va dir-me en Ton, capcot, com si reprengués una conversa antiga—. Tenen regidors a tots els ajuntaments, i els de turisme sempre poden demanar les fitxes dels clients.

—És igual, deixa-ho —vaig dir jo, que no tenia ganes de discutir—. Però t'havia avisat que volia tranquil·litat, que no m'empipés ningú.

—Ells ja t'hi feien, aquí, pel que es veu.

—No busquis excuses —hi havia un to de rancúnia en la resposta.

—No voldria ficar-me on no em demanen —va continuar ell amb veu humil—, però em sembla que hi ha algú que enreda la troca.

—¿Què vols dir?

—T'ho dic de bona fe, perquè vegis que no tinc cap interès a perjudicar-te. Per mi seria més fàcil no dir res. És el que m'aconsella la dona. El periodista va tornar ahir quan tu no hi hi eres.

—¿Vols dir l'Albert Deltell, del *Confidencial*?

—Sí... A la comarca no el pot veure ningú. Té fama de trafica, de portainformes. Va venir amb un altre paio que no conec.

—¿No era el que l'acompanyava l'altre dia?

—No. Era un home com tu o com jo, però més cepat, més catxes. No va dir res en tota l'estona.

—¿Què volien? ¿Ho pots dir?

—Van preguntar amb qui t'havies vist, qui t'havia telefonat, on havies anat..., insistien a saber si t'havia visitat algú que jo no conegués.

—En Bernat. ¿Els vas dir res d'en Bernat?

—Vaig entendre que al teu amic ja el coneixien. Els vaig dir que no, la veritat. També van demanar si tenies ordinador portàtil a l'habitació.

—¿Van pujar a comprovar-ho?

—No. Estic segur que anaven al darrere d'alguna altra cosa.

No vaig saber què dir, si donar les gràcies o preguntar-li alguna cosa més. Però es veia que en Ton no sabia gaire res més. Li vaig posar la mà al braç i li vaig dir:

—Gràcies. No entenc què carai busquen ni per què s'han fixat en mi.

—No en facis cas. Hi ha molts tabernacles. Però del mala llet aquest, no t'en fiïs ni un pèl.

Em vaig estirar al llit per fer la migdiada i esperar l'arribada d'en Bernat, però la conversa amb en Ton m'havia destarotat. Era una sensació estranya de desdoblament, de no ser un mateix, de representar un paper que no has demanat, d'oferir una visió als altres que no és la que tens de tu mateix... La sexualitat heterodoxa ja comporta una part d'engany, un esquinçament íntim, tot i que les dues porcions quedaven ben definides, la imatge pública i la privada, però en aquest cas s'esborraven les dues imatges i això produïa un mareig, un sentiment de trobar-se descol·locat, sobretot perquè una de les parts era buida, com si habitessis amb un fantasma. ¿Una prova més que tot plegat feia mala olor? Potser a mi m'havien pres pel paio que ara buscaven i per fi es desfaria el malentès.

Mig endormiscat, em va espantar la trucada del telèfon. Era en Ton.

—Hauries de baixar —va dir—. Demanen per tu.

—¿Qui?

—Baixa. Vénen de part de l'Ajuntament.

En Bernat encara no havia arribat. Vaig baixar a recepció, estranyat, amb la impressió que per fi havia arribat l'hora dels aclariments, de les explicacions, però sense saber exactament què s'havia d'aclarir o a qui devia una explicació.

M'esperaven, drets, un home d'una cinquantena d'anys, alt i cepat, ben vestit, i un mosso d'esquadra més jove i primet al costat. Van dir el meu nom i jo vaig assentir amb el cap.

—Ens hauria d'acompanyar —va dir l'home—. El senyor Joan Romeu, l'alcalde, el vol veure.

—És un assumpte greu, delicat —va afegir el mosso uniformat.

Vaig mirar en Ton, que observava l'escena darrere el taulell. Ell va copsar la meva inquietud i va dir:

—No sé de què va. No m'ho han volgut dir. Quan arribi el teu amic li diré que et vingui a buscar amb el cotxe.

—¿Els coneixes? —vaig preguntar a en Ton.

Abans que en Ton pogués dir res, l'home va treure's una placa de la butxaca i me la va ensenyar tot dient:

—Brigada de menors.

En Ton va fer un gest d'impotència, i jo vaig seguir els dos policies a fora, on hi havia un cotxe dels mossos que ens esperava. Al volant hi havia un altre mosso. El company va posar-se al seu costat i l'home de la brigada i jo vam seure al darrere.

Durant el trajecte a la ciutat, gairebé no vam badar boca.

—Nosaltres no podem dir res més —va dir el de la brigada en un moment determinat—. Volem evitar l'alarma a la comarca.

Em passaven pel cap totes les fórmules que havia escoltat al cinema o llegit en novel·les de lladres i serenos en situacions semblants, «¿de què se m'acusa?», «¿porteu papers del jutge?» i sentències per l'estil, però no vaig dir res. Almenys no m'han emmanillat, pensava. Em porten a l'Ajuntament, no al jutjat, em deia.

L'home de la brigada de menors i jo vam entrar a la Casa de la Vila per una porta del darrere, en una placeta on donaven els carrerons del barri vell. Vam travessar tot de despatxos plens d'arxius fins que vam accedir al vestíbul on ja havia estat un moment feia pocs dies. Els municipals ens saludaven amb una lleu inclinació. Vam pujar l'escala de marbre blanc fins al primer pis. A la sala espaiosa, de parets plenes de pintures d'època, hi havia persones ben vestides i d'uniforme de la policia nacional i dels mossos, tots drets, parlant en grups. En arribar nosaltres van callar. Un xicot amb corbata fosca, amb posat i vestit de funcionari, se'ns va acostar i va dir que ens esperaven, que el seguíssim.

Vam entrar al despatx de l'alcalde. El senyor Joan Romeu era assegut darrere una taula de fusta tan brillant i polida que semblava de vidre. L'alcalde anava en mànigues de camisa i no es va aixecar. Al seu davant hi havia dues persones, un home més o menys de la seva edat, la cinquantena llarga, i una dona amb pinta de funcionària de confiança, també de mitjana edat, que van aixecar-se en arribar nosaltres. Es van presentar com un regidor i la secretària.

—Diria que no sap res —va dir el de la brigada que m'havia acompanyat.

Ens vam quedar tots dos parats al mig del despatx, de cara a la taula rutilant. Darrere l'alcalde hi havia banderes i retrats del rei i de dos o tres polítics autonòmics. A la nostra esquena entrava una llum especial, com un arc de Sant Martí pintat a l'aire, perquè els vidres de les finestres eres de colors, com vitralls.

—Seguin —va dir l'alcalde.

Però ni l'home ni jo no ens vam moure.

—¿Què sap d'en Marçal Roca?

¿Volia dir en Marçal dels cavalls? Sense esperar cap resposta, l'alcalde va afegir:

—A casa seva i als tallers, no en saben res des d'ahir a la nit.

—¿Vol dir que...?

—Ha desaparegut. Hem remogut cel i terra i no el trobem enlloc.

—Però jo..., ¿per què... hauria de saber-ho?

—Ahir va ser a Còdol Dret i el dia abans a la Mallola, fa poc havia anat a casa seva, al poble, per parlar amb la mare d'ell... ¿Quin interès té en el noi?, ¿què busca...?

—El dia de l'accident amb el cavall, vostè també hi era pel mig —va dir l'home de la brigada—, no hi havia ningú més quan la bèstia es va estimbar. ¿Què va passar, exactament?

Jo vaig repetir altre cop el motiu de la meva visita, la sèrie que preparava per a la televisió sobre la comarca amb tots els detalls. Vaig explicar l'accident amb el cavall i tot el que havia passat després fins al sacrifici de l'animal, que jo no havia presenciat perquè a la masia m'havien fet quedar pensant-se que jo també havia pres mal. La mort del cavall havia afectat en Marçal, vaig afegir. Per la cara que feien, notava que les meves paraules no els acabaven de convèncer.

L'alcalde em va preguntar de què havia parlat amb en Marçal i jo li vaig dir que sobretot de cavalls, de poca cosa més.

—Però, ¿per què hauria volgut fugir sense avisar ningú? —vaig preguntar jo—. Suposo que el noi no tenia diners ni coneixences per anar gaire lluny... ¿Quin motiu podria tenir?

L'alcalde i els altres reunits es van mirar, com si ells ho sabessin, com si es preguntessin si m'ho havien de dir o no.

—Hi ha un motiu —va dir a la fi l'alcalde—, i és per això que volem atrapar el vailet aviat, i sense fer massa fressa.

Jo vaig esperar que continués, que digués quin era el motiu, però l'alcalde va girar els ulls a un altre angle i no va dir res. El silenci feia nosa. Em va venir al cap de seguida l'esquena zebrada d'en Marçal i vaig pensar que s'havia escapat dels càstigs d'algun manaire adult. Però només vaig dir:

—Tenia passió pels cavalls, i la mort del que portava al taller el va afectar molt. En Pere em va dir que hi havia un cementiri de cavalls, ¿oi?

L'alcalde es va mirar amb el regidor. La secretària tenia els ulls plorosos. L'home de la brigada em va preguntar:

—¿Sap on és?

—Al poble tothom ho deu saber. No pot ser gaire lluny de Còdol Dret.

—No és un lloc per amagar-se, el cementiri —va dir el regidor—. Una colla ha resseguit tot el bosc sense trobar-lo.

L'alcalde va fer un gest amb la mà, cansat, com si volgués treure's alguna molèstia del damunt.

—No ho sé... —va mormolar—. Algun dia haurem de parlar a fons, vostè i jo.

Vaig suposar que es dirigia a mi, perquè els altres em van mirar. La secretària va demanar permís per sortir i l'alcalde va fer que sí amb el cap.

El de la brigada va dir que potser valdria la pena que l'acompanyés a donar un cop d'ull al cementiri dels cavalls, encara que només fos per exhaurir totes les possibilitats. L'alcalde va fer el mateix gest desmenjat d'abans, com dient «feu com vulgueu». Se'l veia atabalat, desorientat, perdut, com si la desaparició d'en Marçal l'hagués deixat sense esma. L'home va iniciar la sortida indicant-me amb els ulls que el seguís. Abans de passar la porta, l'alcalde va dir:

—No em mouré d'aquí. Us espero, a veure què heu vist. I ens veurem les cares, vostè i jo.

El regidor va començar a dir alguna cosa, però l'alcalde el va tallar:

—Deixa'ls. Que no quedi res per escurar.

A fora, l'home, que em va dir que es deia Argenta, només el cognom, Argenta, com per evitar qualsevol familiaritat, va demanar un cotxe per no donar més feina als mossos.

—¿Vostè sap on és?

—A Còdol Dret. En Pere, l'encarregat, ens acompanyarà al cementiri.

Conduïa en silenci, la mirada fixa a la carretera, i de sobte va dir:

—Ha fugit espantat perquè han descobert que la filla de l'alcalde està embarassada. ¡Tan jove! I amb el problema que té.

No m'ho esperava. Així doncs, aquest era el motiu. ¿I com sabien que era ell? Potser no tenien cap més prova que la seva fugida. Però no vaig dir res, no sabia què fer per encertar-la. Ell va dir, com si em llegís el pensament:

—La noia ho ha dit, que es veien d'amagat amb ell.

En els moments més tristos se m'acudien els pensaments més esbojarrats, i llavors la veu del cervell va reaccionar amb un «¡redéu, quins monitors!», tot i que no sabia res de la disciplina que els responsables del taller imposaven als joves. Si al món en què em movia la promiscuïtat era el pa de cada dia, derivada en part del descontrol de les emocions, com podien educar aquells nois i noies en el control dels impulsos més urgents, sobretot a ells, que es movien per l'emotivitat més primària, deien. ¿De qui era, doncs, la responsabilitat dels actes d'uns menors mentals?

Baixàvem pels revolts polsosos de l'antiga colònia sense dir res. L'excolònia presentava l'aspecte desolat de sempre. En sortir del cotxe, vam veure en Pere, que sortia de la porta lateral de la fàbrica i anava a veure qui arribava. Jo vaig fer les presentacions i en Pere va dir tot seguit, com disculpant-se:

—Aquests vailets no saps mai com tractar-los. Diuen que se'ls ha de fer sirgar, com als altres, però a vegades és per massa i a vegades per massa poc. I això que en Marçal és dels més espavilats. No sembla..., ja m'enteneu.

Li vam dir que volíem anar fins al cementiri i es va sorprendre.

—Aquest matí, amb un parell d'homes de per aquí, hem rampinat mig bosc i no hem trobat res. Com si s'hagués fos.

Quan va saber que l'alcalde coneixia les nostres intencions, va semblar que li trèiem un pes del damunt.

—A l'altra banda del riu també han passat el rasclet —remugava en Pere, mentre ens guiava cap al fons del carreró—, sense cap resultat. No entenc quina en devia portar de cap.

L'Argenta semblava corprès pel silenci profund i l'abandonament total del lloc. Al final de la colònia vam passar pel costat de l'esglesiola i d'un edifici annex de l'antiga escola, amb totes les portes i finestres obertes, ben esbatanades, que mostraven la desolació d'aquells espais convertits en estables, amb munts de palla, forques, senalles i corretges penjades en claus clavats a les parets. Vam sortir a la part del darrere, a frec del bosc, amb el prat verd humit i els cavalls vells amorrats a l'herba, quiets, taciturns, amb els ulls entelats de tristor, l'esquena corbada pel pes de la mort.

El bosc era d'un verd més intens i els arbres tapaven el cel i feien una ombra transparent, protectora, càlida. En Pere seguia un corriol que devia conèixer, mig amagat per l'herbam. Vam arribar a una clariana amb tot de fustes i marbres plantats a terra, sobre uns munts de terra remoguda, com les tombes d'un cementiri.

—És massa a prop —va dir en Pere—. I no hi ha cap mena d'amagatall.

L'Argenta semblava interessat pel que veia.

A les fustes i els marbres hi havia inscrits els noms dels cavalls enterrats de forma destacada, alguns amb les dates de naixement i mort, els noms dels pares i la llista de premis obtinguts i de carreres guanyades, d'altres amb una fotografia de l'animal emmarcada en un ròdol de ferro, totes amb algun detall personal, una ferradura, un estel, mig cercle.

Mentre en Pere i l'Argenta miraven pels voltants del cementiri i entraven i sortien del bosc, jo vaig quedar-me a buscar la tomba del cavall mort feia poc d'una esllavissada. «Star», posava el marbre sobre un munt de terra al costat d'un sot buit que només es notava si t'hi acostaves. Com si algú hagués tret una part de terra, amb les grapes o una pala petita, just per comprovar que no hi havia cap cos enterrat.

Vaig mirar les altres tombes i en dues passava el mateix, si bé amb menys volum de terra remoguda.

—Els lladres són una plaga —va comentar en Pere, a poca distància.

—¿Lladres...? —vaig repetir jo, sense entendre de què em parlava.

—Hi ha lladres de bestiar —va dir ell—. No hem tingut temps d'acabar-ho d'aplanar tot.

—¿Carronyaires? —vaig recordar, jo, els que es fan rics matant les bèsties dues vegades.

—Quan els enxampem, tornem a enterrar les bèsties. Però a vegades vénen a la nit i no hi ha ningú que els pugui aturar.

—¿Ho saben les autoritats sanitàries? ¿Ho heu denunciat?

En Pere em va mirar com si fos ximple, com si no fos capaç d'entendre una obvietat. Després va fer un gest amb les mans obertes cap endavant i amb el cap inclinat com per dir «¡naturalment, ves amb quina surt aquest, ara!». I va afegir:

—Són casos rars. Les inspeccions dels veterinaris són molt punyeteres. Això ho fa algun pagès de mala mort o hostalots mig atrotinats que s'ho pastifegen ells mateixos.

L'Argenta mirava les inscripcions i feia veure que no ens sentia.

Jo pensava en l'esverament d'en Marçal el dia del sacrifici del cavall. ¿Qui m'havia dit que el noi repetia que no volia que portessin el cavall al cementiri, que volia que l'enterressin sota un munt d'herba perquè així els cavalls morts s'anaven fonent fins a convertir-se en torrents d'aigua, i prement l'orella contra el terra se'n podien sentir les petjades, que ressonaven al fons dels pous i de les torrenteres?

—¿Hi ha alguna font per aquí a prop? —vaig demanar.

—Més avall —va dir en Pere caminant cap al bosc—. Hi ha un bon tros de camí, però. Ens hem apartat del riu, ara.

—Anem-hi —vaig dir, decidit.

En Pere semblava encantat d'allunyar-se del cementiri. L'Argenta no va dir res i ens va seguir. El corriol feia pendent, ara, i el bosc era cada cop més espès i fosc. Va arribar un moment que vaig dubtar si en Pere sabia on ens menava.

Ens vam aturar perquè en Pere va alçar la mà i es va girar per mirar-nos. Després va indicar silenci amb l'índex davant la boca. Se sentia la fressa d'un frec de mates i una veu llunyana que cridava. Primer va aparèixer un gos negre amb la llengua a fora, panteixant i fent voltes, cada cop més lent, al voltant nostre. Després, en vam veure un altre també de negre, que es va aturar en acostar-se'ns.

—Els gossos d'en Gustau —va dir en Pere.

Amb la mà i un cop de peu sense objectiu va fer apartar el primer gos i va comentar:

—En Gustau no pot ser lluny. Els crits deuen ser d'ell.

A poc a poc vam tornar enrere, atents als crits cada cop més clars. Eren els noms dels gossos i les ordres perquè tornessin, però els gossos no es movien, girant el cap, inquiets, entre la veu i nosaltres.

Del bosc va sortir un home d'una quarantena d'anys, alt i robust, vestit amb una mena d'uniforme forestal: pantalons caquis, botes negres, camisa de quadres, i una armilla que feia joc amb les calces, plena de traus, butxaques i bossetes.

—Som nosaltres, Gustau —el va saludar en Pere—, jo i uns senyors que repassem el bosc.

—¿No em sentíeu? —en Gustau s'acostava, nerviós—. Cridava que hem trobat el noi. Els gossos estaven esverats. No sabíem qui éreu.

Mentre agafàvem un camí amunt, en Gustau mirava de respondre a les preguntes que li fèiem tots alhora. Deia que ja des del matí havien trobat els gossos de la gossera molt nerviosos, com si a la nit alguna cosa els hagués esverat. Ell i la seva ajudant arribaven cada dia amb cotxe a primera hora a la cabana on preparaven els terrenys per a la nova urbanització, i havien trobat senyals que algú havia intentat entrar-hi, esbotzant la porta i el reixat. Al primer moment havien pensat que algun grup ecologista dels que no paraven de protestar pel que consideraven una agressió al paisatge i una requalificació urbanística intolerable havia assaltat la caseta, però els danys eren molt lleus i no s'hi van capficar més. Però com que els gossos no es calmaven, després de dinar havien desfermat els més dòcils perquè sortissin a córrer una estona pels voltants. Quan es van adonar que els gossos anaven i venien, amb lladrucs estranys, van decidir seguir-los i en un sot, no lluny de la cabana, havien trobat el noi mig acandit i amb un peu torçat.

—Hem trucat de seguida als mossos i ens han dit que els esperéssim. No poden tardar.

Quan vam arribar a la cabana, en un tros de bosc pelat i amb una gossera al costat, els mossos ja hi eren. A dintre, hi havia dos policies uniformats i la noia que feia ajudant d'en Gustau al voltant del llit de campanya on estava estirat en Marçal. El noi feia cara de cansat, pell bruta i cabells esbarriats, el vestit ple d'esgarrinxades i fulles i brots enganxats. Un peu nu, que la noia li embenava.

Així que em va veure, a en Marçal se li va animar la cara. Va provar d'incorporar-se, però l'ajudant li ho va impedir. Em vaig asseure a la cadira del costat de la llitera i li vaig agafar la mà, que era freda com el glaç. L'Argenta es va apartar per trucar pel mòbil. En Pere va intentar un reny:

—¡Quin catús...! ¿Que no regeixes bé...?

Però en veure que el noi ni se'l mirava i els altres no li fèiem costat, va callar. Els dos mossos parlaven entre ells d'avisar la família, de si el metge ja s'havia post en camí, i de si havien d'avisar el jutge o amb un atestat o un informe n'hi hauria prou.

Vaig notar que en Marçal em premia la mà amb força i tremolava una mica. La noia ja havia acabat l'embenat i recollia els materials en una farmaciola. Els dos mossos havien sortit a fora i parlaven amb l'Argenta, en Gustau i en Pere.

—Direm que seguies un cavall que s'havia esgarriat —vaig dir al noi—. Un cavall rebel.

En Marçal va fer que sí amb el cap i em va mirar amb els ulls grossos, espantats.

—No et preocupis —li vaig dir en veu baixa—. Si vols, jo parlaré amb els pares. Els direm això del cavall.

Però jo mateix m'adonava que l'excusa del cavall no s'aguantava i a mi em mancava experiència i vivències familiars per parlar de segons què als joves. La sabata desaparellada es trobava altre cop indefensa davant la complexitat de la vida. Però sentia la necessitat de protegir aquell noi, una mena de responsabilitat que ningú no m'havia atorgat per determinar el destí d'aquella vida jove, un sentiment que no sabia si era de paternitat o de germandat —dues sabates desaparellades per diferents circumstàncies— que m'empenyia a compadir-lo i a ajudar-lo. Tornava a pensar en la maledicció dels fills de Sodoma, de què es lamentava El Gran Meaulnes, unes ànsies de paternitat que no havia sentit mai fins aleshores. Potser eren la terra, els records, les arrels que deien, que em presentaven la necessitat d'una família, d'uns fills, com a única possibilitat real d'eternitat, de victòria sobre el temps.

—El masover... —va mormolar en Marçal—, ell m'ha dit que havia fet mal a la Laura, que la Laura plorava i que la seva mare l'havia renyada, que em tornaria a pegar fort, amb les xurriaques dels cavalls...

Veia la imatge del masover ferotge.

—No pateixis. A la Laura no li passa res. La seva mare és amb ella i no li fa mal res..., ja ho veuràs.

Hi havia enrenou a fora. Va entrar el metge Molins, a qui havia vist d'esquitllentes a la Mallola amb el mateix maletí negre i el posat esquerp, amb una dona que semblava infermera per la bata que portava a sota la jaqueta i un altre home.

En veure el metge, en Marçal es va posar tens i va tancar els ulls. Jo el vaig agafar de la mà, per infondre-li confiança. El metge em va fer enretirar i es va asseure de cantó a la llitera, al costat del noi. En Marçal va obrir els ulls i li vaig notar un lleuger tremolor als llavis. Em vaig asseure a l'altra banda del llit. Sense dir res, el metge li va examinar la cara, els ulls, la boca. Després li va prendre el pols i va treure un estetoscopi del maletí i li va aplicar al pit mentre es posava els auriculars a les orelles. Passat un moment va treure's l'aparell i va buscar una caixeta al maletí. A dins hi havia tots els estris per posar injeccions. Mentre omplia la xeringa amb el líquid d'una ampolleta en Marçal em va agafar la mà i jo vaig notar que un tremolí el sacsejava lleument de dalt a baix, com un corrent elèctric, i va mormolar:

—No...

Jo vaig dir, amb la veu més amable possible:

—¿Vol dir que ho necessita?

El metge em va mirar amb cara hostil, com si em demanés qui era jo per ficar-me en el seu diagnòstic. Ja tenia l'agulla a punt i va dir al noi que es girés i s'abaixés els pantalons. Però el noi es va tombar cap al meu costat i em va prémer la mà amb força. El metge el va agafar pel braç i el va arrossegar cap a ell.

—¡Prou criaturades! —va dir, sec—. I vostè, deixi'l estar. No és la seva feina.

Jo no em vaig poder contenir. Era conscient que la ràbia que sentia venia de la visió de la Laura ensorrada a la cadira del porxo fregant-se el braç amb la mà i d'imaginar-me a sota la pell violàcia tot de punts blaus i morats, com un eixam de mosques vironeres, i també que la compassió per en Marçal era el detonant de la meva ira, però em vaig deixar portar per la força cega i vaig agafar en Marçal i el vaig portar cap el meu costat, mentre deia:

—¡No està a punt, ara, per punxar-lo! Més tard, potser.

El metge em va mirar, sorprès. Es va fer un silenci tens, i jo vaig mirar la capsa que havia tret del maletí i que havia deixat a la tauleta, al costat de l'ampolleta buida. En Marçal m'estrenyia la mà amb més força i el tremolor li sacsejava els peus. Li vaig posar l'altra mà a l'espatlla per tranquil·litzar-lo, per protegir-lo.

—Deixem-lo tranquil, una estona. No està per potingues, ara.

El metge tenia la mà alçada amb la xeringa a punt i em mirava com si m'hagués tornat boig. L'Argenta i els mossos havien tornat a entrar i ens miraven, sorpresos. Les dues persones que havien entrat amb el metge no sabien quina cara posar.

—Necessita un calmant... —va dir el metge en to decidit.

—Millor que no —jo vaig abaixar la veu—. No l'amoïnem més.

El metge va mirar les persones que ens envoltaven, sobretot les dues que havien entrat amb ell, i va dir:

—Aquí hi ha personal sanitari del centre: una infermera, un psicòleg... Tots vostès són testimonis d'aquesta intrusió intolerable, una usurpació de funcions.

Amb un gest enèrgic, el metge va agafar el noi pel braç amb la mà lliure per fer-lo posar d'esquena, però en Marçal va començar a moure el cap d'un cantó a l'altre fent que no, com si li hagués agafat un atac de pànic, mentre cridava paraules estranyes que semblaven insults i potser ho eren pel poc que podíem entendre.

El metge es va enretirar, caut, sense deixar de brandir la xeringa. Jo no em vaig moure, i de sobte en Marçal se'm va abraçar i va amagar el cap al meu coll, mentre continuaven el tremolor i les paraules inconnexes.

—¡És inaudit...! —s'apartava el metge, abaixant el braç i agafant el maletí—. Necessitava un calmant. És evident.

L'Argenta i el psicòleg es van emportar el metge a fora. Els mossos també van sortir. Vam quedar sols a la cabana en Marçal, la infermera, la noia ajudant i jo.

En Marçal a poc a poc es va anar calmant. Així que el vaig notar més assossegat el vaig tornar a estirar a la llitera.

—No vull que em facin mal —deia ara, i jo no sabia exactament per qui ho deia.

—¿Et fa mal l'esquena? —vaig preguntar.

El noi no va dir res.

—T'hi podrien posar alguna crema —vaig suggerir jo.

En Marçal va fer que no amb el cap. Jo em vaig acostar a la infermera i a la noia i els vaig dir en veu baixa:

—Li haurien de fer una revisió general. Porta senyals de cops i esgarrinxades que no són d'ara.

Elles em van mirar amb desconcert. Anava a dir alguna cosa, però a fora se sentia fressa, l'arribada d'un cotxe i un somiqueig que s'acostava. A la porta va aparèixer la mare d'en Marçal, menuda, fosca, plorosa i encorbida.

Es va acostar al noi lentament, com si tingués por, mentre mormolava:

—Marçal...

Tots vam sortir a fora menys la infermera. Les darreres paraules que vaig sentir que la dona deia em van fer estremir, i em va semblar que abandonava el noi a la seva mala sort:

—¿Què has fet, què diuen que has fet...?

Al costat d'un dels cotxes, l'Argenta i el metge discutien al mig d'un cercle format pels mossos, els altres homes i la noia ajudant. Així que em va veure, l'Argenta em va dir:

—Ha trucat l'alcalde per si us podeu veure demà al matí, que ara no li va bé. No vol que tot això arribi als diaris i a la televisió comarcal.

—Estic segur que a l'alcalde —va dir el metge, amb rancúnia— no li agradarà gota saber la nefasta actuació que heu protagonitzat aquí, sense cap justificació ni autoritat.

Em vaig sentir replicar, perquè era com si fos un altre que parlés:

—La seva, d'actuació, sí que és desgraciada.

—¿Com s'atreveix...? ¿Què sap vostè de mi?

Abans m'havia semblat que em tractava de vós, o potser era que parlava en plural perquè es pensava que érem més d'un.

—He vist com tracta els pacients. En Marçal té l'esquena plena de fuetades.

—Això ho ha de dir als seus monitors i no a mi.

—Vostè és el responsable de la salut dels nois.

—¿Què sap vostè del tracte amb aquesta canalla? N'hi ha que s'autolesionen, no controlen bé els seus actes, experiementen amb les ferides... ¿Què sap vostè dels seus problemes?

Vaig quedar desconcertat. ¿Autolesions?

—Vostè i jo ens tornarem a veure les cares, ja ho crec que sí —va dir.

—¿I les drogues que recepta...?

Em vaig aturar. Tenia la sensació que anava massa lluny, que m'embalava massa. M'havia deixat portar pel remolí de ràbia que ho arrossegava tot: en Marçal, la mirada desolada d'en Marçal, els cavalls panxuts i quiets esperant la mort, la Laura, el fantasma translúcid de la Laura movent-se per la casa com en una presó, la imatge de la fila dels gànguils amb la cara buida i el cos pesant donant-se les mans, l'opressió de les mirades interrogants de la gent, la murrieria i la malfiança d'en Ton i la seva dona, l'interrogant dels silencis d'en Bernat, la frustració d'una paternitat que no havia sentit fins aquell moment, els records de l'àvia i del pare incrustats al paisatge d'aquella comarca...

M'havia d'asserenar. La mirada del metge, reptadora, ell plantat davant meu esperant que em descabdellés amb més acusacions. La mà de l'Argenta, que em premia el braç per dir-me que ja n'hi havia prou, que el cotxe ens esperava.

—¿Què més? —deia el metge—. ¿De què parla? ¿Què s'empatolla?

L'Argenta m'estirava pel braç cap al cotxe.

—En Marçal té l'esquena com un mapa. ¿Deixa marcats així tots els seus malalts?

—Anem —deia el policia—. Deixeu-ho córrer. Això no porta enlloc.

—No em faci riure —el metge semblava una mica tocat, ara, la veu era més vulnerable, si bé l'esforç per mantenir-la ferma la feia més estrident—. ¿Vol una consulta per comprovar com aquest vailet esbojarrat ha destrossat una pobra noia amb menys seny que ell?

Em deixava portar per l'Argenta, però tenia el cap girat en direcció al metge i al grup. Em recava anar-me'n sense deixar ben clar el que havia volgut dir, però no podia fer gran cosa més, perquè era difícil passar dels indicis i les aparences a la veritat ben establerta. I no volia que aquell metjot quedés amb la cara alta.

—Una consulta, sí, això, per demostrar que vostè no té consciència. Ni vostè ni les autoritats que el mantenen en el càrrec.

—¿Què vol dir...? —la veu del metge feia aigües.

—Ho sap prou bé, el que he dit.

L'Argenta havia aconseguit ficar-me al cotxe dels mossos, i abans de tancar la porta vaig veure que tots feien costat al metge, el qual, amb un esforç per alçar el cap, em cridava:

—¡Com si no sabés tothom de quin peu calça! ¿Quin cas farà la gent d'un pervertit com vostè?

L'Argenta va tancar la porta i es va asseure al meu costat al seient del darrere, mentre un dels mossos seia al seient del conductor.

—¡Marica! —sentia la veu del metge a fora.

El cotxe dels mossos ens va portar fins on havíem deixat el de l'Argenta, a l'antiga colònia.

24

HAVÍEM FET EL TRAJECTE AMB EL COTXE DELS MOSSOS EN silenci, potser frenats per la presència dels uniformats. Però al cap de poca estona de fer camí en el cotxe que menava l'Argenta, per la pujada costeruda que portava al poble, ell va començar a parlar amb cautela, com si tingués por de ferir-me o com si temptés el terreny:

—¡Has armat un bon xarbascat!

Jo vaig trigar a respondre. Em feia mandra començar una conversa que podia acabar en una altra discussió. No em feien mal els improperis del metge, em preocupava d'on havia tret la injúria, què sabia de la meva vida i quina mena de xarxa d'informacions s'havia teixit al meu voltant.

—En Marçal té l'esquena plena de marques —vaig dir—. No s'hauria de permetre aquest maltractament.

—Demà t'espera l'alcalde —va dir ell—. A mi m'han cridat només per ajudar-los en aquest cas. No tinc cap mena de competència, aquí.

Tirava pilotes fora. Va continuar:

—Vés amb compte, demà. Em fa l'efecte que el metge és un escurçó que pica fort i segur que avui mateix escalfarà les orelles de l'alcalde en contra teu. Hauràs d'aclarir tot el que has dit.

—Tot són coses que he vist, no me les he pas inventades.

—Però s'han de tenir les espatlles molt ben cobertes per parlar amb segons qui i de segons quines coses. Amb el cap calent, es diuen disbarats que obliguen a demanar excuses, després.

¿Demanar excuses? ¿A qui...? ¿A aquell metjot de mala mort que només s'ocupava de subministrar calmants i estupefaents als malalts presoners de la seva malaltia? Em vaig mirar l'Argenta amb recel.

—A vegades —va dir— no hi podem fer res. Hi ha crims que no es castiguen mai i criminals que surten absolts del tribunal.

Me'l vaig tornar a mirar. ¿Què m'estava dient? Em volia fer entendre que no em fiqués allà on no em demanaven, és clar.

—A totes les paelles, per netes que semblin, se'ls pot trobar una ditada de sutge si se'ls grata el cul. És millor no remenar gaire.

¿Per què m'indignava? ¿Per què no podia callar i deixar que tot caigués sobre el cap del primer que passava per sota? ¿Era el mateix reconsagrat rigor moral del pare que no volia deixar-se contaminar per res que fes olor de podrit, allò que em revoltava? ¿Era la mala consciència de la doble condició sexual —que, diguessin el que diguessin els companys alliberats com en Dani i en Gerard, encara no havia desaparegut del tot— allò que m'obligava a sublevar-me davant les injustícies reals o imaginades per presentar-me per una vegada com una persona noble, pura, incontaminada, justiciera, i marcar d'aquesta manera la distància que em separava dels corruptes, dels injustos, dels grassos i satisfets? Era com dir que ara la distància la marcava jo, que era jo el que em separava d'ells, jo decidia que no volia formar part del ramat pútrid dels benpeixats benpensants hereus de la terra, fills d'Adam i predilectes de l'Altíssim. La vida m'havia rebutjat i jo mirava amb lupa tot el que hi havia de rebutjable en la vida dels altres. ¿Era aquest neguit de la diferència el que ens impedia acomodar-nos amb tranquil·litat i resignació a la marxa del món, a considerar inacceptable el mínim d'envilíment que comportava la vida pública? Nosaltres, com deia El Gran Meaulnes, els gloriosos fills de Sodoma, que havíem viscut anys de putrefacció en les nostres vides, de dissimulació fosca, d'ambigüitats calculades i dobles vides fraudulentes, ¿qui érem per denunciar la podridura i la mentida? I ara, el pobre Marçal també havia caigut en el parany, també tenia el cul de la paella brut, també li podien tancar la boca amb un insult. ¿I la Laura, quina taca oculta la mantenia en aquell castell encantat de la Mallola? ¿Havíem de deixar que tota aquella gentota ens manés i ens enganyés simplement perquè no érem com ells?

—¿Et deixo a l'hostal, oi?

—Vaig dir que sí de nord, emboirat en la meva irritació.

En Bernat m'esperava al bar amb cara de resignació. La dona d'en Ton em va servir una copa de vi i després es va ficar a la cuina amb un somriure de conill dient que se li feia tard per al sopar.

—¿Has entès bé el que t'he dit per telèfon? —va començar en Bernat.

—Em penso que sí.

—M'ha parlat de mòrfics orals, opiacis, que ara es prenen per via oral. Una pastilla al dia deixa el pacient sedat vint-i-quatre hores. És morfina. M'ha dit si hi havia injeccions i altres potingues al mateix lloc on has trobat la capsa, i li he dit que no ho sabia. A la petita safata buida hi ha trobat restes de droga pura.

—Hi havia un aparell injector, sí.

—M'ha dit que vagis amb compte, que no portis el carro pel pedregar, que no sé què vol dir.

—Que no m'emboliqui. No passa res, aquí no passa mai res. Aquí els carros no s'encallen, s'estimben.

—No seria normal, ha dit, combinar un tractament de morfina amb una droga de mercat.

—¿Què més?

—Que les persones que ho prenen tenen les ninetes petites, les pupil·les puntiformes, ha dit, estrenyiment i una tolerància al dolor que no és normal. Els agafa una somnolència agradable, un estat de felicitat.

—És el que temia.

Després vam començar a parlar del que ell anomenava «el nostre tema», una conversa que va continuar a l'hora de sopar i després a l'habitació. Jo el deixava dir sense intervenir gaire, només amb algun comentari irònic sobre la seva dèria amb la teologia gai i lèsbica, perquè jo estava capficat en tot el que havia passat i en les línies generals del guió que havia de presentar aviat.

—Demà marxem —vaig decidir—. Després de parlar amb l'alcalde, tornem a Barcelona.

—Com vulguis. Encara no hem decidit res del nostre tema.

—En parlarem, en parlarem... ¿No estàs bé ara?

—A vegades, tinc por...

La vena mística d'en Bernat el portava sovint a mostrar la seva vulnerabilitat, com el pecador que exhibeix els seus pecats i espera la comprensió i el perdó. També la penitència, potser. Me'l vaig mirar amb tendresa.

—Per a tu és fàcil —va continuar—, perquè jugues a dues bandes.

—Ho sabies des del primer moment.

—Al primer moment sempre esperes que l'altre canviï amb el temps.

Jo no vaig dir res.

—No et demano pas que ho facis. Vaig conèixer un excapellà a l'Associació de Gais Cristians que parla del bi-Crist i això m'ha ajudat a entendre moltes coses. Diu que la Trinitat és ambigua, que no té gènere, tant pot ser masculina com femenina i va més enllà de la unió de dues persones...

—¿Bi-Crist? ¿Què és això?

—Jo no ho sé explicar. Jo ho entenc com un Crist que va més enllà dels gèneres, que els transcendeix. També hi ha un Crist negre, i un Crist femení, la Crista...

—El Gran Meaulnes diria que això és una contradicció en els termes. Aquesta gent t'omplirà el cap de vent. ¿Et confesses amb aquest excapellà gai?

—Només l'he vist un parell de cops. I ara s'ha separat de l'associació. Els troba tous, poc radicals. Diu que així com hi ha el sexe de vainilla, el *vanilla sex*, dels americans, hi ha la teologia de vainilla, de gelat de maduixa, diu ell, que no qüestiona les regles dominants de la condició de la dona ni de la sexualitat hetero... Ell segueix els teòlegs de la teologia marica, *queer*, en anglès.

—No crec que tinguin gaires seguidors, ni aquí ni als Estats Units.

—Els primers cristians eren quatre gats, també. M'agradaria que li sentissis explicar la teoria de l'hospitalitat per justificar la promiscuïtat del món gai i el tancament egoista de la família patriarcal.

—Parles com una feminista dels anys vuitanta.

—El que vull dir-te...

—Ja ho sé, Bernat, el que em vols dir. Però em sembla patètic que facis servir arguments inspirats pels cristians, els mateixos que des de fa segles han condemnat a tots els que no fóssim de sexualitat hetero al foc de la terra i de l'infern.

—Les coses canvien. Hi ha arguments per establir qualsevol forma de relació sense haver de renunciar a res, ni tan sols al compromís cristià.

—Molt bé, si això et fa feliç. Però recorda que arriben una mica tard, quan tothom qui més qui menys ja s'ha espavilat. I ara, sisplau, deixa'm treballar una estona. He d'enllestir el guió o l'esbós de l'argument, com a mínim.

En Bernat es va posar a llegir i jo vaig obrir la carpeta de notes a l'escriptori. De reüll vaig veure el títol del llibre, tractava de la influència de Foucault en la telogia eròtica. «No sé pas què en farem, d'aquest noi», vaig dir-me, recordant una frase de l'àvia.

Veia l'argument clar. Millor dit, dos arguments, dues opcions. La primera era la Laura immigrant o pobra dona de poble que es deixa omplir el cap pels mirallets que li presenta la nova societat, etcètera, i el marit s'ha quedat aturat en els vells costums. La segona opció seria conservar la Laura incrustada encara en les estructures burgeses, però ella està intoxicada també pels aires nous que ha respirat a la universitat o a les escoles empresarials, i el marit continua considerant-la d'alguna manera com una propietat, de manera que ella li planteja el divorci, però ell no pot admetre una cosa així, perquè el seu orgull d'hereu d'una de les famílies cabdals de la comarca no li permet acceptar que una dona, la seva dona, el deixi per un altre, i llavors, en combinació amb un metge que li deu favors i que l'ha portada en l'etapa depressiva després de la mort en accident del fill o la filla, li fa creure que té un càncer greu i la comença a medicar amb tota mena de drogues, i així la té lligada i sense voluntat al seu albir, com una esclava, com enterrada en vida a la masia familiar, com un trofeu de caça que el taxidermista ha dissecat en el saló principal perquè les visites puguin contemplar la presa abatuda i lloar els mèrits i la pietat de l'amo.

En Bernat s'havia quedat adormit amb el llibre a la gira del llençol. Vaig anotar alguns detalls que havia de perfilar, com l'agressió del mascle —en aquest cas— i l'imperi del seu poder servint-se de les formes actuals de dominació —la droga, la propaganda, el consumisme...—, que feien innecesari el suïcidi de la Laura, com havien hagut de fer Madame Bovary o Anna Karenina i tantes altres. Aquí no hi havia cap ritus d'exorcisme de l'autor ni cap transsexualisme espiritual de l'artista mascle, la televisió presentava els fets com a objectius, l'autor artista desapareixia esborrat per la fascinació de les imatges, només comptava el que sortia a la pantalla, ningú no mirava qui o quins eren els guionistes de la sèrie. Aquí hi havia el poder en estat pur, brutal. Si traduïm un clàssic al llenguatge modern, siguem més cruels, més durs, tal com ho és el poder. El poder vol conservar-se. ¿Qui renuncia al poder, fins i tot sabent i tenint l'experiència que el poder és pervers i corrupte? Tots s'autoenganyen dient que volen el poder per posar-lo al servei dels altres, per millorar la vida dels més dèbils, per fer el bé... Excuses. El poder es reprodueix a si mateix i tendeix a augmentar sempre i a aixafar tots els obstacles que troba al seu pas.

L'endemà al matí, en Bernat i jo ens vam llevar d'hora. El comiat amb en Ton i la seva dona va ser fred, tots dos estaven atabalats preparant l'esmorzar dels hostes. Vam tenir la precaució de dir que el més segur era que tornéssim al cap d'un parell de dies, una setmana pel cap llarg, i que passaríem el matí a l'Ajuntament de Comarquinal parlant amb l'alcalde. La veritat de la visita a l'alcalde ens protegia i feia bona, pensava jo, la mentida de l'avís de tornada a la comarca, perquè això faria pensar als meus espietes que encara no havia acabat la feina, i així aconseguiria que em deixessin tranquil a Barcelona, com a mínim els dies que necessitava per aclarir la situació.

Mentre jo pujava a l'Ajuntament, en Bernat aparcava el cotxe i feia un volt per la ciutat. Vam quedar que m'esperaria a baix, a la porta o als bancs de l'entrada de la Casa de la Vila, una hora més tard. Una hora seria suficient, calculava, perquè l'alcalde em digués tot el que m'havia de dir.

El senyor Joan Romeu em va rebre al cap de poca estona d'haver arribat. Un funcionari em va pregar que passés al despatx que ja coneixia. L'alcalde, dret al costat del finestral que donava a la plaça porticada, fumava un puro tot just encetat, i el fum i l'aroma del tabac començaven a empudegar tot l'ambient. En lloc de donar-me la mà, va allargar la que no tenia ocupada amb l'havà per assenyalar una butaca de cuiro que hi havia davant seu i em va dir:

—Segui, segui, jove... Aquí comencem la feina a primera hora, ja ho pot veure.

Jo vaig seure i de seguida vaig trobar-me incòmode. Potser perquè la butaca era baixa i m'hi trobava enfonsat, empetitit, i ell es mantenia dret a pocs metres i això el feia aparèixer com un gegant en plena llibertat, la qual cosa em feia sentir gairebé presoner, lliurat a la seva disposició. A més, em coïa la paraula «jove» que havia fet servir d'entrada, una exageració que hauria pogut ser amable dita per segons qui i segons com, però que en la seva boca s'acompanyava d'un to de condescendència molt propera a l'insult, era com si em tractés d'inexpert, de passerell, de xitxarel·lo. Jo ja no era el que se'n diu un jove, tot i que la diferència d'edat entre ell i jo devia ser considerable. Era com si jo li hagués dit «hola, home» o «hola, senyor», el tractament creava una distància, una fredor. No feia pinta de vell, però se li notava la seixantena llarga, amb la panxa prominent, la calva avançada i els pocs cabells blancs ben planxats, els ullets enfonsats, galtaplè, els moviments lents, la veu de canonge arrepapat al càrrec..., una figura que desprenia energia, autoritat i seguretat.

—No té fills vostè, ¿oi?

Ho va dir amb el mateix to amb què abans havia dit «jove», com la constatació d'una dada ja sabuda. I després de concedirme un instant per permetre'm una resposta innecessària, va continuar:

—M'imagino que no s'ha casat mai.

La fórmula que va fer servir em va permetre dir alguna cosa, prou indefinida per no comprometre res.

—¡Home! Dit així..., queda una mica estrany. Fins fa poc se suposava que el casament era per a tota la vida. Ara, tal com van les coses, ja no se sap què vol dir casar-se ni per quant de temps es pacten els casoris.

L'home va acusar el cop. Jo em sentia satisfet, sobretot d'haver pogut rebaixar-lo d'una manera natural a la categoria d'home. L'alcalde va anar a seure a la seva butaca darrere la taula presidencial, mentre deia, somrient:

—M'he expressat malament. Té raó, amb les parelles de fet inscrites, les parelles no inscrites, les parelles de prova o com es digui, el divorci i totes les lleis que fan i que permeten tots els experiments, ja no sabem on som.

—Sóc solter —vaig afirmar— en els papers, però a la vida tinc parella.

—Ho deia perquè l'experiència de viure en parella fa veure les coses amb més ulls que els d'un mateix. Els fills també et canvien.

—Aquestes situacions, com tot, afecten cadascú de manera diferent.

—Sí..., hi ha qui es pren les responsabilitats molt a la fresca.

—Pertanyen a la intimitat de les persones. Mentre no facin mal a ningú...

L'home es va repapar a la butaca i va fer un parell de pipades amb els ulls perduts abans de comentar:

—¿Vol dir que només som responsables en la vida pública? A vegades el mal que es fa en privat té conseqüències per als altres. Un rumor, per exemple, o les xafarderies que es diuen en una reunió privada s'escampen i fan més mal que la pesta bubònica. Molts periodistes viuen d'aquesta porqueria.

—Els que ho fan és perquè troben empresaris o polítics que els compren el material a bon preu. Això si no són els mateixos manaies els que els paguen per inventar falsedats i els ajuden a propagar-les.

L'home em va mirar amb ulls durs. No es devia esperar la meva reacció, vaig pensar. Però jo ja havia tirat la capa al toro, que deien, i tant em feia el que pogués pensar o passar.

—La política és una feina dura —va dir, en to reflexiu—. O mates o et maten. Els càrrecs no solen durar gaire temps. Jo fa gairebé vint-i-cinc anys que sóc a l'ofici, pràcticament des de les primeres eleccions. I abans, en aquesta mateixa taula, hi hauria trobat el meu pare. I en temps dels carlins, el meu rebesavi, n'estic segur. Ho portem a la sang.

—¿Ells li van ensenyar el secret de la supervivència?

L'alcalde es va alçar i va acostar-se a un armari que hi havia en un angle, un pany de paret pintat amb els estucats i les motllures de la resta del despatx. Va obrir la porta i vaig veure tot de retrats i banderes, nacionals, locals i autonòmiques, fins i tot una bandera republicana, vaig veure, amb la franja morada inconfusible, tot guardat com en un magatzem. Es veien els retrats de Franco, el de l'anterior president de la Generalitat, el de José Antonio, el fundador de la Falange, el d'un senyor que devia ser l'alcalde antic...

—El secret de la supervivència és canviar el retrat i la bandera quan toca. No ofendre ningú. Obeir el que mana tenint en compte que servim el poble. El poble és l'únic que no canvia mai i que ens manté en el càrrec. Només hem de ser lleials al poble, a les seves necessitats, al seu progrés. Aquesta és la base del meu ideari.

Em recordava els mítings electorals: necessitats, progrés, lleialtat, confiança, poble..., paraules, discursos, mentides, vent, buidor, no res. El vent que infla les banderes i inflama els cors.

—¿Vostè es pensa que tots tenen clar cap on han d'anar? ¿Vostè creu que un d'aquests mitjacerilles morts de gana que busquen fer carrera en la política i fan mans i mànigues per fotre'm fora té algun interès més enllà d'omplir-se la butxaca i inflar-se de vanitat?

—Hi deu haver de tot... —vaig insinuar jo.

—No n'hi ha ni un que valgui la pena. Ni aquí ni a Barcelona. Allà, encara són pitjors perquè les estratègies, els pactes, les combinacions, les renúncies, els caragirats, les traïcions, les punyalades a l'esquena... són a l'ordre del dia. Però miri, Roma és lluny i Déu és aquí, com va dir un bisbe nostre a un nunci emprenyador.

—És la impressió que tenim els que ens ho mirem des de fora.

—Miri, fan córrer tota mena de boles per ensorrar-me. Diuen que sóc aquí per enriquir-me, com si la meva família no hagués tingut diners des de sempre. Ens ha vagat d'enriquir-nos, si era això el que ens empenyia als càrrecs públics. No entenen que el que ens empeny és l'ambició de portar el país endavant. Res més.

Jo no gosava mirar-lo perquè no em veiés la incredulitat als ulls.

—Miri —repetia—, han dit de mi tot el que es pot imaginar i una mica més. Com a periodista, ja ho deu haver copsat. M'han enfangat amb tota mena de brutícia. I no solament a mi: han parlat malament de la meva família, de la meva dona, dels meus pares... No respecten res.

Em feia la impressió que l'home es defensava, però no podia entendre de què, ni per quina raó em feia aquell discurs.

—Jo no sóc periodista —vaig dir—. Sóc aquí com a guionista. Ja li deuen haver dit que estem preparant un serial basat en *Laura*, la novel·la que transcorre en aquesta ciutat.

L'home em va mirar amb murrieria. Una mirada que buscava la meva complicitat.

—*Laura*... —va repetir—. Ja sap que aquí aquest llibre no ens va fer gaire gràcia. Ens presentava com una gent tancada, gasiva, orgullosa...

—És només una novel·la, una ficció.

—Aquestes coses, ja li ho he dit abans, fan mal tot i que no ho sembla. ¿És per això, per trobar una altra Laura, que va voler parlar amb la meva dona?

Les seves paraules em van desconcertar i no vaig saber què dir.

—Va entrar a la Mallola amb excuses per veure la Laura ¿No porta les coses massa enllà? Fins i tot en la lluita política hi ha un límit.

—Va ser per casualitat. En Marçal s'havia fet mal en caure del cavall...

—No cal que s'escarrassi a explicant-me el que ja sé. També va darrere en Marçal, i m'agradaria saber per què. ¿Què vol saber?

—Tot el que ell sap dels cavalls desnonats, la manera com els prepara per a la mort. I saber com es va fer mal a l'esquena, semblava un sant Llàtzer.

—Amb aquests vailets cal anar amb molt de compte. ¿Sap que sovint es fereixen ells mateixos?, n'hi ha que han arribat a automutilar-se. No controlen les emocions ni els actes. Ja ha vist el que ha passat.

—Les flingantades a l'esquena no pot haver-se-les fet ell sol.

—Miri: la fantasia li pot servir molt als serials, però a fora, al carrer, les coses van d'una altra manera. L'única cosa amb què ens assemblem amb la tele és que no hi ha gairebé ningú a certs nivells que hagi aconseguit la feina de franc. No ens enganyem. No sé què li han encarregat ni qui ho ha fet, però m'ho imagino. Però sigui quina sigui la feina que ha fet, no crec que li serveixi de gairebé res.

Ara l'alcalde em mirava desafiant, com si volgués transmetre'm algun missatge que anava més enllà de les paraules. Jo el vaig mirar als ulls, també, i abaixant el to de veu, gairebé cordial, com si li allargués la mà, vaig dir:

—Hi ha hagut un malentès. Des del primer moment, l'Albert Deltell del *Confidencial* em va prendre per l'esbirro d'algun capgròs que venia a completar un dossier d'irregularitats per ajudar el Comitè Central a decidir sobre el contenciós que tenen obert amb militants importants del partit.

—Si fos així, tampoc no ho diria.

—Però és que no és veritat.

—¿Llavors per què ha dit coses que no havia de dir en la seva renyina amb el metge? ¿Per què ha entrat a llocs, com a casa meva, que no havia d'haver trepitjat per a res? Em sé defensar molt bé tot sol, i si em busquen em trobaran, ja ho crec, que em trobaran.

—¿És una amenaça?

—De cap manera. L'he cridat per demanar-li que parli del que fem pels infants i joves amb problemes, com els tractem, com els eduquem, com contractem bons metges i psicòlegs, com obrim nous tallers per tota la comarca...

Em vaig quedar parat. No sabia com m'ho havia de prendre.

—Volem que la nostra feina en aquest terreny es conegui. Vostè podria ser un bon aliat. No li dic que em respongui ara mateix. Pensi-ho, torni a visitar-nos i trobarem una fórmula beneficiosa per a tots. Nosaltres ens hem de donar a conèixer pel país i jo no confio en les agències de publicitat. Les agències cobren un ull de la cara i no fan la feina que pot fer un bon guionista que sap com utilitzar els mitjans, ja m'entén: entrevistes, reportatges, programes documentals..., aquests materials.

—No sé què dir, la veritat... Penso que no sóc la persona adequada. Jo no sé com va un gabinet de comunicació, que és en realitat el que sembla que em proposa.

—Per començar podem col·laborar en el guió que diu que prepara. Si fan una sèrie amb la ciutat com a decorat, l'Ajuntament i algunes entitats i indústries importants podrien col·laborar-hi. Podria mostrar la teràpia dels cavalls, per exemple, i això ja seria un gran què. Diuen que a tots els serials que fan hi surt propaganda d'aquesta mena, des de la més comercial, com un supermercat, fins a la que marca la Conselleria d'Assistència Social per fer acceptables a la població grups marginals, des dels moros fins a les lesbianes.

Vaig sortir del despatx amb un mal gust de boca. Vam quedar que pensaria la seva proposta i en tornaríem a parlar, ens trucaríem més endavant.

Quan em va donar la mà per acomiadar-me, altre cop dret i acompanyant-me fins a la porta, em va dir com un pare que aconsella un fill esgarriat:

—El nostre mal no vol soroll, i mai millor dit. Siguem discrets. I si la proposta que li he fet per al serial no és acceptada, suggereixi un altre clàssic que no molesti ningú, una obra medieval de prestigi, per exemple.

En Bernat va endevinar de seguida que la reunió no m'havia acabat de fer el pes. M'esperava, amb cara d'avorriment, assegut en un banc de l'entrada. Vam anar a treure el cotxe del pàrquing i vam emprendre el viatge de retorn cap a Barcelona.

—Fas cara de pomes agres.

—No he vingut aquí per trobar-me amb la podridura del poder, sinó per constatar la podridura de l'amor.

Vam riure tots dos per la solemnitat de la sentència. Bon títol, va opinar en Bernat: la podridura de l'amor.

—Potser és el mateix... —vaig comentar, al cap d'una estona.

—Per veure la perversió de l'amor no calia que sortissis de casa. De Barcelona, vull dir.

—Però aquí he trobat gent que pateix perquè estima un cavall o un record.

En Bernat va estar a punt de dir alguna cosa però es va contenir. Vaig pensar que anava a dir que potser era una altra mena de perversió.

—Potser és una altra mena d'estimació més neta —vaig dir jo.

—¿De debò no heu parlat de res més?

—De debò. Amb aquest tio no es pot parlar seriosament de res. Té la murrieria i l'exhibicionisme dissimulat dels grans cafres que dóna la nostra terra.

—¿Podràs fer alguna cosa per la gent que pateix pel que sigui, un cavall o un record? —va dir en Bernat.

—Em sembla que només podré explicar-ho.

—¿De què servirà això?

—El sol fet d'explicar a algú, amb paraules o imatges, la infelicitat, ja vol dir que hi ha una possibilitat de superació. Una desgràcia explicada conté sempre la viabilitat de la salvació. És com una endevinalla, que té la solució en les preguntes que fa.

—Llavors —va dir en Bernat—, tu i jo hauríem de parlar més.

25

EN ARRIBAR A BARCELONA, EN BERNAT EM VA DEMANAR PER quedar-se a dormir a casa. M'ajudaria a netejar-ho tot després dels dies que feia que era fora, va dir. Jo hi vaig accedir una mica de mala gana. Necessitava estar sol, pensar en tot el que havia viscut, posar en ordre les notes, redactar el resum del guió que havia de portar al cap de programes, decidir si acceptava el lloc a la Universitat de Phoenix, Arizona, o si em capbussava més en la feina de guionatge i en la de grimpar cap a algun càrrec important..., tot això que se'n sol dir una reflexió sobre el meu futur, la crisi dels quaranta o quaranta-cinc, l'entrada a la maduresa..., totes aquestes coses.

En Bernat es va mostrar discret i treballador, i mentre ell anava al súper a buscar el sopar, vaig poder tancar-me a l'estudi a redactar el resum del guió. Tenia tot de trucades registrades al contestador del telèfon i tres missatges de veu. Com sempre, vaig començar pels que em feia menys mandra d'escoltar.

El primer era d'en Gerard, que em recordava que dijous celebraven la festa d'aniversari, la dels quinze anys de parella i la d'en Dani, ¡en feia quaranta!, que hi hauria tots els amics i que podia portar qui fos: en Bernat, la Júlia o algú que no s'espantés del que podia trobar, que no calia que comprés res, però com que sabien que jo era un ésser convencional, que no se m'acudís comprar-li una corbata, que ja no en portava ningú —ningú dels nostres, és clar, deia—, que millor un foulard de seda o unes sabatilles de colors fluorescents de marca, unes esportives ben guapes, seria una manera delicada de dir-li que encara era jove d'aspecte, li traurien anys del damunt, perquè ja començava amb la neura de fer-se vell i mirar tractaments antiedat, antiarrugues, anticalvície i antitot. *Bye*, s'acomiadava.

La segona era de la Júlia. Amb veu melosa em preguntava com m'anava tot, que ella havia estat a Milà enfeinada amb la presentació de la nova temporada, que havia conegut un pavo sensacional i que n'havíem de parlar, hetero total, dels d'abans, *ancien régime*, una joia de les que ja no es troben, però que en volia parlar amb mi perquè jo li havia obert moltes perspectives —ella en deia perspectives, de les aventures amoroses—, que en parlaríem a fons, que com anava amb en Bernat, que el cuidés bé, que darrerament el trobava una mica fleuma, enfavat, enfonsat, potser, espiritual, depre, vaja, que no sabia què li passava, que li truqués quan tornés i parlaríem de tot. *Ciao*.

La tercera era de l'Albert Deltell del *Confidencial*. Amb to neutre em deia que no m'havia pogut veure abans que jo marxés, que ja sabia que havia parlat amb l'alcalde, que estigués alerta perquè hi hauria canvis aviat, a nivell local i a nivell de conselleries —tot era «a nivell» d'alguna cosa per a ells—, una remodelació a fons per assegurar el final de la legislatura, que havia sentit sonar el meu nom per a algun lloc de responsabilitat, que necessitaven un independent —o algú amb fama de ser-ho, afegia amb sorna— per guanyar credibilitat, que hi havia una persona interessada a parlar amb mi, que no el coneixia, es deia Jordi Sala, home de confiança de l'Adrià Feliu, i que ell mateix es presentaria, ja em trobaria als estudis de la tele o em trucaria a casa, cap problema, i després parlava d'un dossier que no vaig entendre bé, o no es va saber explicar, si el rebria o me l'havia de llegir i tornar, el final era confús, segurament perquè la cinta ja no donava més de si.

Les trucades registrades sense missatge eren de números familiars, com el del departament de guions, i alguns que no coneixia. Vaig prendre'n nota i l'endemà, quan tornés a la feina, ja me n'ocuparia. En Bernat m'esperava per sopar.

Mentre era a la cuina, vaig notar que el meu amic feia gestos amb els braços, estirant-los o fent-los girar com si volgués moure la clavícula, i també movia el cap a un costat i l'altre, endavant i endarrere, com si volgués provar la consistència del coll. No vaig fer cap comentari. A taula, també vaig notar que tenia alguna dificultat en el braç en allargar-lo per omplir el plat o en agafar el pa de la panera quan la tenia allunyada. I de tant en tant, torçava el cap com si li fes mal alguna vèrtebra.

Al llit no va voler que li passés la mà per l'esquena.

—Ja t'ho vaig dir —em va recordar—, que vaig relliscar a l'escaleta de l'avió. No té cap importància.

No recordava què m'havia dit que li havia passat, però juraria que no era una relliscada com deia ara. I notava que això m'apartava una mica d'ell sense jo voler-ho, me n'allunyava perquè interpretava els seus gestos i els blaus de l'esquena com a signes d'una vida no compartida, una vida secreta, una vida aliena a l'afecte que ens mostràvem. Amb la Júlia em passava sovint el mateix, tornava dels seus viatges amb un altre color, més torrada pel sol, o un altre pentinat, s'havia canviat el tall dels cabells en una nova perruqueria de moda, o lluïa un mocador o un rellotge nous, el moneder o la bossa plena d'objectes mai vistos, i això em provocava també un allunyament momentani, una estranyesa, una fredor, la constatació que havia viscut altres experiències en altres mons on jo no era, que jo només podia conèixer si ella m'hi feia entrar amb les confidències que em feia o les explicacions que em donava.

No era gelós, o jo no m'hi considerava. No podia ser-ho. No podia exigir a les meves parelles l'exclusivitat que jo no els podia oferir o no estava disposat a imposar-me. Coneixia bisexuals que amagaven la seva doble naturalesa, que vivien en un món obert amb la dona, generalment eren casats i amb fills, i vivien d'amagat el món tancat i secret de les aventures masculines. Jo no havia tingut necessitat d'amagar res. Entenia el goig de la fidelitat total, de la confiança mútua gairebé fins al límit del sacrifici, de la pertinença a una sola persona, però no creia que això pogués durar gaire, excepte en casos especials que no coneixia. Jo havia experimentat alguna vegada la ràbia d'una traïció o d'una infidelitat, però em dolia més la mentida o la dissimulació que la deslleialtat. I procurava refer la relació reparant els lligams i demostrant la meva estimació a còpia de regals, vacances compartides, comprensió. Tot i que mai m'havia donat bons resultats i a la llarga havia constatat que, quan algú s'allunya, és per no tornar o com a mínim per no tornar amb les mateixes condicions.

En Bernat i la Júlia ja m'havien agafat amb una certa experiència. Ja no plorava per les seves absències ni em recriminava per les meves desercions. Havia après a comprendre que tots necessitem un espai personal inviolable i secret per poder respirar. De la mateixa manera que en el cas d'en Gerard i en Dani, em semblava que una relació tan oberta que no tenia ni parets, no podia aguantar-se perquè la teulada no els podia aixoplugar quan anessin mal dades; una habitació pròpia, encara que només fos per poder somiar, era imprescindible per no ofegar-se en l'atmosfera enrarida de l'exclusivitat domèstica.

És clar que la domesticitat que ofegava alguns podia ser per a altres si no la felicitat, potser sí una vida més amable que s'hi acostés. Les meves adúlteres, per exemple, que es revoltaven contra la petitesa dels horitzons matrimonials —la Nora i la Hedda Gabler d'Ibsen, com La Regenta, la Bovary, la Karenina i la Laura— eren vistes com a privilegiades per les serventes que les envoltaven, les quals envejaven la seva sort, eren dones que s'ofegaven allà on l'equatoriana Consuelo o la mare esquifida d'en Marçal haurien trobat un tros de paradís. ¿I la domesticitat sobtada que li havia agafat a en Bernat, què era? ¿N'hi havia prou amb la part femenina dels homes, o en la projecció que feien els novel·listes dels problemes de les dones, per entendre bé els seus fantasmes?

Em semblava que els homes d'aquestes heroïnes, des del regent Don Víctor fins al senyor Muntanyola de Comarquinal, eren uns enzes de molta envergadura. Fins i tot les figures dels seductors, l'Álvaro Mesía, que es proposava des del primer moment beneficiar-se La Regenta, o l'advocat Ramon Soler, que mira amb bons ulls la Laura, eren també presoners del seu paper de galants de fireta, de seductors professionals, de mascles lligats i encaixonats per les convencions i els tòpics. ¿El jardiner i amant de Lady Chatterley significava un canvi de model? Lady Chatterley, en tot cas, havia mirat cap avall, cap a un individu de classe més baixa, quan les dones, encara ara en bona part, saltaven les barreres de classe mirant cap amunt, amb un bon matrimoni, i els homes, encara ara també en bona part, saltaven les convencions socials i trobaven la libertat mirant cap avall, amb dones més lliures, més pobres i més liberals. Les dones encara buscaven ser acceptades en el rigor de les convencions socials, i els homes encara buscaven alliberar-se'n, trencant les regles i els prejudicis. La moral burgesa havia acceptat en bona part la llibertat sexual com un atot econòmic més. Havia aconseguit preservar en bona part, ni que fos amb reformes, les estructures, al mateix temps que es permetia totes les llibertats.

Sempre em passava el mateix en acabar el primer esborrany d'un guió, i era que em començaven a corcar els dubtes sobre si la feina feta serviria per fer un pas endavant més definitiu o no serviria de res, i sobre la vigència de l'ofici que feia. Ara em trobava en l'estadi dels dubtes en què més d'un cop havia estat a punt d'estripar tot el material que havia reunit. ¿Per a què servia la nostra feina, si havíem de calcular tots els trucs i episodis i giragonses de l'argument per acontentar directius, anunciants, consignes polítiques, públic en general...? ¿Aturàvem o empenyíem els espectadors cap a un futur més nou? ¿No érem més aviat un aturall si ens encantàvem en les contemplacions del que passa ara, avui, aquí, amb els petits conflictes sentimentals dels contemporanis?

Per sortir del cul-de-sac, aquella nit, a casa, assegut al despatx amb el quadern de notes al davant, mentre en Bernat era a la cuina atrafegat amb el sopar, em repetia per animar-me que no hi havia a Comarquinal una dona més coneguda que la Laura, igual que de totes les adúlteres russes la Karenina era la més famosa, com La Regenta a Vetusta i l'Emma Bovary a tot Normandia. El públic, la humanitat, parlava d'elles com si fossin persones de carn i ossos, com si haguessin existit de veritat. Existien. Vivien en la nostra imaginació i formaven part dels nostres somnis, del nostre vocabulari, dels nostres models, de la nostra educació moral. Una ficció —havia dit un novel·lista— que canvia alguna cosa en el món, també es converteix en realitat.

Era el poder de la ficció, la inevitabilitat de l'univers imaginari. ¿Havíem de rebaixar la coneixença fictiva d'aquests personatges, tractar-los com a ciutadans de segona categoria, coneguts d'esquitllentes en els barris baixos de la novel·lística, amistats de les quals ens avergonyim quan ens les trobem per casualitat en el regne de la realitat? ¡Ben al contrari! Ells, els personatges fictícis, són allò que manca a la realitat per ser completa, satisfactòria, total, entenedora. L'univers imaginari és infinit —pensava—, una galàxia inacabable, i la realitat, un petit planeta o potser només un puntet del planeta que coneixem. La ficció, un univers immens, llunyà, desconegut, que conté tots els sistemes. ¿Per què ens encaterinem a viure en un racó de món únic i limitat si podem habitar-ne molts, si podem escollir campar en dos o tres espais alhora? ¿Per què ens hauríem de privar d'ampliar i expandir les nostres vides per respirar amb més llibertat uns aires nous?

La ficció televisiva tenia mala fama. ¿No s'equivoquen els milions d'espectadors que es passen cada dia hores i hores davant dels televisors —i els que ho fan amb un llibre a les mans, com abans s'embadalien escoltant els trobadors i els cecs que cantaven i contaven històries fantàstiques a les places i mercats— per contemplar d'alguna manera unes vides fictícies, i participar-hi, que són veritat i mentida a la vegada, però en les quals ells saben com destriar el gra de la palla i treure de tot plegat una substància misteriosa que els ajuda a viure? ¿Què busca tota aquesta gent? ¿Una clau per interpretar les seves vides? ¿Una compensació imaginària a les seves —¿i per què seves?, ¡nostres!—, a les nostres existències limitades?

¿Havíem d'atribuir aquesta addicció a les ficcions ordinàries a la poca imaginació del públic? ¿L'espantaven els horrors del veïnat i del món embogit i es refugiava en la ficció per oblidar-los? ¿Trobava en les exageracions dels serials i les novel·les populars la singularitat i la sorpresa que mancaven en les generalitzacions i en la fragmentació pausada de la vida diària? ¿Li agradaven els excessos i l'expressivitat que hi trobava? ¿No es confonia massa sovint el que era una recerca d'alguna mena de veritat i de bellesa, embolcallada per l'emoció, per part dels lectors i els espectadors, amb els fantasmes i les imaginacions que ells mateixos es creaven i així es deixaven portar per aquest corrent imaginatiu en el qual sovint s'ofegaven?

Era igual. Tots reclamàvem la nostra dosi de Retard, de ficció addictiva, sense la qual ens era més difícil continuar l'esforç de tirar endavant. Era la il·lusió de l'amor ideal, de l'amor que supera l'estadi del desig i ingressa en el palau dels somnis de la fidelitat a prova de tot, de la derrota de la mort, de l'amor més poderós que la mort, de la promesa d'eternitat ara encarnada en la petita pantalla o en la ficció més matussera.

Podíem desacreditar els serials industrials i malforjats de la televisió, abandonar la novel·la al seu carrer sense sortida, riure'ns dels arguments exagerats, burlar-nos de les coincidències i dels personatges encartonats, elevar la ciència i la raó a l'altar dels nous déus, cremar els llibres, tancar les biblioteques, fer callar els escriptors enfollits, matar la imaginació..., que al final la boja de la casa tornaria amb qualsevol excusa, disfressada de qualsevol teoria, emparant-se en qualsevol artifici..., per infectar els espais nets i asèptics, ben desinfectats per la tecnologia i els raonaments precisos, amb el seu poder transgressor, corruptor, total.

Entre les frases recollides durant la visita a la comarca, hi havia la de l'antic bisbe de la ciutat que replicava al Nunci, suposo, quan el renyava per la seva lleu heterodòxia: «Roma és lluny, Déu és aquí.» El que volia dir l'alcalde, en Joan Romeu, era: «El Partit és lluny, el Poble és aquí.» Ells, els del *Confidencial* i els seus sequaços, es deixaven portar pel que imaginaven de mi, com jo pel que imaginava de la Laura i en Marçal. «La Realitat és lluny, a fora, la Imaginació és aquí.» Premem l'accelerador i forcem la imaginació perquè aparegui la realitat. ¿Què esperen els milions d'espectadors de les mentides de la tele? Esperen lligar caps, que tot tingui un sentit —¡com a mínim a la tele, a la novel·la!—, que puguem imaginar la vida més entenedora i suportable. Hipòcrites lectors, televidents nyeu-nyeus, que confieu en els dogmes de la realitat, quan la realitat la majoria de vegades s'acontenta només amb les aparences, amb la versemblança n'hi ha prou. Com en els millors serials televisius, tot és creïble, si es presenta com a versemblant, semblant ver. Fins i tot el que ens sembla la realitat del sexe és mera aparença: heteros, homos, bi, trans... ¡simple aparença! No n'hi ha prou amb la contundència de l'aspecte físic per conèixer la veritat amagada en la imaginació de cada persona. ¡Oh, meravella de l'androgínia, de la indeterminació, de la intersexualitat! ¡Estimat Tirèsies, cec, visionari, hermafrodita..., torna!

M'animava jo mateix i em repetia, entossudit a voler donar per bona una feina que potser no tenia més mèrit que l'esforç mesell del condemnat a una servitud voluntària: hipòcrites, hipòcrites, desconfiats, ¿per què busqueu encuriosits indicis de realitat furgant les biografies dels autors? ¿Us satisfaria descobrir d'on treuen aquests mons els escriptors i els guionistes? Només els innocents, els nens i els ingenus bons lectors o espectadors no necessiten aquest contrast amb la realitat, només ells tenen fe i viuen satisfactòriament en els dos mons. Déu viu en els ignorants, en els confiats, en els purs de cor. Només els nets de cor veuran Déu.

Sí, sí, un esforç final en favor de la ficció, em repetia.

Acabem el guió. Salvem l'imaginari. ¡Preservem la Laura Sants! Capítol final.

26

EN BERNAT NO TENIA VOLS FINS UNS QUANTS DIES MÉS TARD. Jo vaig tornar al despatx de guionatge l'endemà mateix. Per arribar al meu lloc havia de passar per la redacció d'informatius, i sempre que havia estat uns dies fora i tornava a entrar al gran espai de notícies ple de taules enganxades les unes amb les altres, presidides pels ordinadors i carregades de papers i retalls de diaris, tenia la impressió que penetrava en territori enemic i que tota aquella gent, la majoria només coneguda de vista, em mirava amb hostilitat. Després comprovava que ningú havia notat la meva absència. De fet tampoc notaven la meva presència. Devia ser un individu perfectament prescindible, d'aquells que no tenien poder per fer ni mal ni bé.

Els companys de guionatge —un desmenjat coordinador de guions que era un «xusquero» en l'argot de la casa, o sigui una relíquia dels primers anys de funcionament de l'empresa; la secretària arxivadora de guions rebuts, refusats i acceptats, i el corrector dels guions en marxa— van ser els únics que em van saludar quan vaig arribar, però com si me n'hagués anat el dia abans, sense preguntar res. El coordinador, que ocupava un despatxet de parets de vidre, a la vista de tothom, només va moure un instant el cap en veure que tornava a la meva taula de la sala comuna per capbussar-se de nou en els papers que estava llegint.

La secretària i el corrector, des de dues taules al costat dels armaris arxivadors, van esperar una estona que jo tragués els papers de la cartera, mirés la correspondència que m'havien deixat a la safata i engegués l'ordinador per donar un cop d'ull als e-mails. Jo ocupava una taula més gran al costat del gran finestral i entre ells i jo hi havia una mampara que ens aïllava, però que —excepte quan rebia alguna visita— estava apartada per deixar passar més llum a l'interior on eren ells dos. Des de la taula del fons, el corrector em va dir:

—¿Ja saps les novetats?

Va ser l'únic signe indicatiu de reconeixement dels dies que havia passat fora.

Quan el company s'alçava per venir-me a contar les novetats, el coordinador va sortir del despatxet, se'm va acostar amb els seus aires tranquils de sang d'orxata, em va posar la mà a l'espatlla en un gest d'intimitat insòlit en ell, un gest entre protector i amenaçador, i em va dir:

—El director demanava per tu. Truca-li quan puguis. Et vol veure.

Jo vaig pensar que es referia al cap de personal i em va venir un mal a la panxa, una mandra de tornar a remoure malentesos i falses interpretacions.

El coordinador va afegir, abans de sortir com sempre a mig matí a esmorzar i a llegir la premsa al bar:

—Suposo que ha anat tot bé i que has carregat piles per engegar la nova sèrie. Ja en parlarem quan n'hàgiu parlat amb la productora.

Al número intern del cap de personal no contestaven. Vaig notar que el corrector m'observava des del seu lloc.

—¿No et contesten? —em va preguntar—. És que han fet una escabetxada.

—¿Qui han tret?

El corrector em va dir el nom del cap de personal. Vaig deixar el telèfon com si m'hagués enrampat. El coordinador havia dit el director, vaig recordar. Vaig pensar-m'ho dues vegades abans de tornar a agafar l'aparell.

—Diuen que han descobert, entre altres coses, l'entesa que tenia amb una ETT per contractar els temporals en exclusiva, en perjudici de les altres empreses. Rebia comissions, diuen. Tot és ple de rumors.

La secretària ens mirava, divertida, com si li fes gràcia tot el que passava.

—A tot l'equip de personal li caurà el pèl —va dir la dona, després d'un moment de silenci—. Bé, a tots els que hi estiguin embolicats.

Vaig trucar al director. La seva secretària em va dir que m'esperava després d'una visita que tenia, qüestió d'una horeta.

—¿I el cap de programes? —vaig demanar, mentre preparava la carpeta amb els apunts del guió.

—S'ha salvat... de moment —va fer el corrector.

Només vaig dir «ara torno» en sortir per anar a l'altre mòdul a veure'l. Trauria el cap i li diria que ja havia tornat, que podíem parlar de la nova sèrie quan volgués. Tenia el despatx a la mateixa planta que el director i, si no hi era, m'esperaria per a la segona visita.

Les males llengües deien que el cap de programes l'única cosa que programava era com retallar els pressupostos de les produccions que encarregaven a les productores privades, la majoria als Set Magnífics.

Em va saludar així que em va veure pel corredor, des de la gàbia de vidre que era el despatx.

—¿Tot bé? —em va dir al moment d'entrar. Li notava una amabilitat desacostumada.

Vaig obrir la carpeta i ell va fer un gest per impedir-ho:

—¡Oh, no, no, no cal! Res de guions, encara. Abans ha d'acabar de passar aquesta tamborinada.

Mai no havíem parlat de política, ni de política d'empresa ni de l'altra, i em va sorprendre aquesta al·lusió directa a la crisi que semblava passar la casa. Em parlava com si jo en sabés alguna cosa. Però jo vaig posar cara de dir: «¿Doncs què hi faig jo, aquí, si no és per això?»

—Les dones —va dir amb to amical, diferent de l'expeditiu que feia servir per a la feina, com si pensés en veu alta davant d'un company—, les dones, que reclamen la paritat que se'ls va prometre a les eleccions. Com que no poden posar-les totes a les conselleries, les col·loquen en llocs directius aprofitant la remodelació anunciada.

—¿Volen posar una dona?

—Una o dues, depèn. I en llocs de responsabilitat. Però aquí cal una mà de ferro i els noms que corren no crec que canviïn res. A les empreses i als partits, si el poder no avança cal tallar les branques estèrils. I aquí cal una remodelació, com al Govern. El continuisme ens faria caure en l'esterilitat.

Em mirava després de dir això per endevinar la meva reacció, però jo assentia discretament com un alumne aplicat i no deixava escapar cap comentari ni cap gest. Jo mirava de fer cara de dir que tenia tota la raó i res més. Mai s'havia expansionat d'aquella manera amb mi.

—Les dones són una mena de termòmetre de la sensibilització de la societat davant de gairebé tots els conflictes —va dir, com si recités una lliçó—. Ara tenen les portes obertes de la política, però la majoria encara s'ha d'obrir camí gràcies a l'amor, amb un cos ben fet i amb bons sentiments.

Em va semblar que el cap de programes em mirava amb un cert aire de commiseració, com si em volgués dir: «Bon noi, jo intento parlar-li de problemes greus i ell voldria atabalar-me amb el seu guionet.»

—Si canvia el Govern, com anuncien, els guions hauran d'adaptar-se a les directrius del nou equip, sobretot els de contingut més compromès amb el país, com és el cas de la revisió dels clàssics. Han criticat alguns programes de derrotistes, perquè no contenen prou informació útil. Volen que tot tingui un sentit, que quedi clar el fil històric que ens uneix a tots i que ens fa superar les dificultats

Era difícil d'entendre. Jo diria que l'únic fil històric que unia les dones d'abans amb les d'ara era la condició femenina i res més. ¿Quin era el fil històric que unia els gais si no la condició homosexual? Les altres condicions, com en el cas de les dones, eren tan diverses com les que unien i desunien els altres mortals. Però vés a saber què entenien per fil històric els que havien donat la consigna.

—El director et vol fer una proposta interessant —va dir, indicant amb el cap el corredor per on passava el director acompanyant una visita fins a la porta de l'ascensor—. Diuen que ell serà el futur conseller de Cultura.

El director em va fer un senyal en passar de tornada al seu despatx i el vaig seguir. La secretària va somriure en veure'ns entrar.

—Molt bé, molt bé —repetia el director, donant-me copets a l'espatlla.

Era un home amable, elegant, els cabells blancs de galant madur, impecablement vestit, d'ulls i gestos serens, la cinquantena ben portada. Em va indicar que segués al sofà, i ell va asseure's al meu costat. Havia entrat una dotzena de vegades en aquell lloc, només per discutir algun programa amb tot l'equip. Era un espai agradable, lluminós, funcional, amb els símbols i els retrats oficials imprescindibles, distribuïts amb discreció.

—Sembla que ets el nostre home —va riure—. Un independent de confiança.

Tenia la impressió que m'havien parat una trampa. ¿Els anys de feina anònima i rutinària portaven a un càrrec important sense pagar res, sense carnet de cap partit, sense padrins...?

—M'enduc el cap de programes a la Conselleria amb mi. Tu tens experiència, no tens enemics declarats, no estàs malament amb ningú, ets una persona lleial i arrelada al país, capaç d'entendre un pacte de fidelitat no escrit per millorar els serveis públics... El lloc de cap de programes quedarà lliure. I també hi ha un cap de comunicacions de Presidència vacant.

El director se'm va quedar mirant. Esperava la meva resposta.

—Moltes gràcies. Em ve una mica de nou tot això.

—Pensa-ho un parell o tres de dies i en tornem a parlar. El teu pare va deixar un bon record entre els amics, i en certa manera tots estem una mica en deute amb ell. Les circumstàncies d'aquell moment no van permetre promocionar-lo com es mereixia.

No sabia si parlava seriosament o es tractava d'un xantatge sentimental.

—Gràcies... —vaig repetir—. Tinc una oferta d'una universitat americana, però m'ho pensaré molt seriosament.

—És una oportunitat única, que t'obre les portes de les empreses del sector i les de la política.

—¿Quan es farà la remodelació?

—D'aquí a una setmana o dues a tot estirar. Això si els diaris no comencen a atacar abans d'hora.

Quan era a la porta, em va recordar:

—Discreció total, sobretot entre el personal de la casa.

No vaig tornar al despatx perquè em semblava que m'hi ofegaria. Vaig sortir a passejar per la ciutat, a esbargir el cap, a mirar aparadors per comprar algun regal per a la festa d'aniversari d'en Gerard i en Dani. ¿Què diria en Bernat quan ho sabés? ¿I la Júlia? A ells els encantava que treballés a la tele, i el que els estranyava era que de tant en tant tingués dubtes sobre si continuar aquella feina o passar a la universitat per ensenyar literatura. Suposo que el contacte i la intimitat amb un càrrec important, si era famós millor, hauria augmentat la seva autoestima o fins i tot hauria afegit interès a la nostra relació. Ja els en parlaria més endavant. Era una decisió que havia de prendre sol.

En arribar a casa em va trucar la Júlia. ¿Havia escoltat el missatge gravat? Em vaig excusar per no haver dit res abans, tot just ahir havia arribat de fora..., les excuses habituals. ¿Quan podíem veure'ns? M'havia d'explicar moltes coses. Aquella nit no podia, vaig dir, tenia un munt de feina per fer. Podíem dinar plegats l'endemà. Vam quedar al restaurant del centre on ens trobàvem sempre.

A la nit, quan ens disposàvem a sopar, em va trucar el Jordi Sala anunciat per l'Albert Deltell, el periodista confidencial.

—¿Ens podríem veure demà al matí, al lloc on digui?

—No el conec de res, no sé per què vol parlar amb mi.

—Tinc uns documents que li interessarà veure. El senyor Adrià Feliu també li agrairia que els examinés.

—No tinc res a veure amb dossiers ni res que s'hi assembli. I no tinc el gust de conèixer el senyor Adrià Feliu.

—És... una qüestió personal.

Tenia el cap molt clar, com si allò no em passés a mi, com si fos l'escena d'un guió que després es podria corregir, esborrar o refer al meu gust. Sabia que no havia de cedir a cap xantatge, això era la primera lliçó que havia après en la meva doble vida. I estava a punt d'engegar-lo a pastar fang, segons com anés la conversa.

—Les qüestions personals no m'interessen.

—Quan les conegui no pensarà el mateix.

—No tinc temps per perdre. Digui'm de quin tema es tracta o tallo.

—No són assumptes per parlar per telèfon.

Em van passar pel cap tot de noms. Vaig dir el que em va sortir amb més urgència, el que em semblava més oportú:

—¿Laura Sants?

La resposta no va ser tan ràpida aquest cop, la veu va esperar un instant a respondre, com si el nom l'hagués agafat de sorpresa, com si no s'esperés que l'endevinés tan aviat. Va parlar amb veu més tova, reculada:

—Això ho diu vostè.

Anava a dir el nom d'en Marçal però em vaig aturar a temps. Era estúpid acceptar el joc amb aquell desconegut i descobrir la llista dels noms que m'anguniejaven.

—¿Quin altre tema pot ser? Digui.

—M'estimaria més donar-li el material a mà.

—¿Quin material?

—Documents compromesos, ja li ho he dit. Miri el diari demà i sabrà per on van els trets.

—No ho vull saber. No parlo amb desconeguts. I no torni a trucar o avisaré la policia.

Vaig penjar de cop. No hi va haver cap més trucada.

No volia pensar-hi, però en el fons del cervell aquella veu continuava burxant-me tota l'estona. Per calmar-la em deia que el millor seria parlar l'endemà mateix amb el cap de personal cessat i aclarir-ho tot, parlar amb el director, telefonar a l'Albert Deltell si calia... Tot l'endemà, ho sacrificava tot a la pau del moment, com sempre. L'experiència em deia que sovint els conflictes es podreixen si no s'airegen, i que si no s'alimenten amb més xerrameca acaben consumint-se en si mateixos.

Amb les relacions sentimentals passava el mateix, s'acabaven lentament com un foc que s'apaga. La Júlia, segurament, l'endemà em presentaria les cendres, i en Bernat mantenia l'escalfor perquè havia substituït l'ardor per la voluntat i l'encegament per l'afecte.

«¿Fins quan penses quedar-te?», volia preguntar a en Bernat, estirats tots dos al llit, però em vaig retenir i vaig dir una altra cosa:

—¿Què és el més fort que has fet per amor? Per mantenir al teu costat una persona que estimes, vull dir.

En Bernat em va mirar, estranyat. No era la mena de preguntes que solia fer-li.

—¿A la vida real o a la ficció?

—Tu no et dediques a escriure.

—Però tu sempre fas preguntes amb doble intenció per construir els teus personatges.

—¿Vols dir que els guions són una còpia de la vida?

—Al revés. El públic sol copiar la seva vida de les vides fictícies que veu a les pel·lícules, als serials o a les novel·les. Abans, diuen que els xicots es declaraven a les noies amb les mateixes paraules que sentien dir als artistes a la pantalla.

—¡Avui dia ja no es declaren ni els joves!

—El sexe mut, el dels quartos foscos o els locals d'intercanvi de parelles troben models en la pornografia. ¿Per què caldria aquest material si no hi hagués una part de fantasia fins i tot en aquest tipus de contactes?

—No has respost a la meva pregunta: ¿què series capaç de fer per mantenir al teu costat la persona que estimes?

En Bernat em va mirar, burleta, com si em volgués fer entendre una evidència.

—Hi ha gent que mata per evitar que la parella, la dona en la majoria de casos, l'abandoni. O sigui, que hi deu haver persones disposades a tot.

Era el que volia sentir. Després li vaig parlar de la Júlia. ¿Com era que no m'havia dit que estava embolicada amb un italià? En Bernat va dir que creia que m'ho havia de dir ella, que ell no volia ficar-s'hi. Em va demanar si ara en buscaria una altra i jo vaig dir que no ho sabia.

—Un món mascle —vaig riure—, sense cap dona, és una mica limitat, ¿no trobes?

Ell em va tractar de cínic i va pronosticar-me que cap dona acceptaria el paper que jo li assignava en les meves relacions. «Elles —va dir— són més llestes que nosaltres i no es donen amb tanta facilitat com els homes. Són més llargues, elles.» Jo vaig dir que ja ho veuríem.

L'endemà no em vaig recordar de llegir els diaris fins a la tarda. L'avís del misteriós Jordi Sala se m'havia confós amb l'amenaça amagada de la seva veu i em vaig passar el matí entre la universitat i el consolat americà per recollir papers per enviar a la Universitat de Phoenix. Pensava que era una manera de deixar passar el temps fins al moment de respondre a l'oferta del director. Feia les gestions maquinalment, com si el titular fos un company que m'hagués encarregat la feina, i pensava que deixaria el paperam preparat sense decidir res, com una mena de pla B per si les coses sortien malament, com un paracaigudes. També vaig trucar al doctor Magí Tortosa per dir-li que ja parlaríem més endavant, i ell em va dir que no corria pressa, que ja ho havia dit tot a en Bernat, que era només per avisar-me que no m'emboliqués amb segons qui, perquè a la petita safata hi havia trobat restes perilloses, «ja saps què vull dir».

La Júlia es va presentar al restaurant una mica tard, ja em pensava que s'havia oblidat de la cita i em disposava a dinar sol. Anava carregada de bosses de compra i vestia de manera còmoda, com si sortís del gimnàs i ho hagués aprofitat per entrar a les botigues d'alguna galeria comercial. Es va disculpar dient que aquells dies «anava de bòlit», no donava l'abast amb la feina i el cap li rodava... i «el cor també», va afegir picant-me l'ullet amb picardia.

Li vaig parlar de la nova sèrie i ella em va demanar si havia trobat el que buscava i li vaig dir que sí, que a comarques tot rodava bé, «els cors també», vaig afegir somrient amb complicitat.

—¿Has trobat la teva... adúltera provinciana?

La pregunta em va recordar, de sobte, l'adreça que m'havia donat la Laura perquè anés a mirar què s'havia fet del despatx que compartia amb el seu soci i si podia recuperar les fotografies de la filla. Hi aniria qualsevol dia, caminant cap a casa. Vaig dir, gairebé sense pensar:

—Els adulteris es perdonen, ara, sobretot si són mutus. He trobat que el que no es perdona és la pèrdua del poder. Com diuen a *La Regenta*, «*aquí lo serio es el dinero*». I fixa't si han passat anys des d'aquells temps, i ja les lluites pels diners eren ferotges. L'important no és conservar l'amor sinó el patrimoni, els guanys, les prestacions, la manutenció...

—Sí, avui podem sortir fàcilment de les trampes morals, sentimentals o sexuals; les difícils són les econòmiques o professionals.

Li vaig afagar la mà per damunt de la taula, i em va confessar que havia trobat un noi italià que s'havia traslladat aquí per portar les botigues d'una firma comercial d'articles de luxe, que en Bernat ja ho sabia, ¿no me n'havia dit res?, jo vaig dir que no, era molt discret, en Bernat, és una perla, va dir ella, conserva'l, em va aconsellar, mentre jo pensava que potser per això se m'havia mostrat més festós i proper des que havia arribat, es diu Gino, parlava la Júlia, un dia te'l presentaré si en tens ganes, però més endavant, ara no ens veurem com abans, és una situació nova, però em fa molta il·lusió, ho entens, ¿oi?, vull provar si amb en Gino, ¿t'he dit que es diu Gino?, poso una mica de serenitat a la meva vida..., jo li vaig dir que potser acceptaria l'oferta d'una universitat americana, i ella se'n va alegrar dient que ja era hora que sortís d'aquell cau de mediocritat que era la televisió, que era la millor decisió que podia prendre si volia fer alguna cosa seriosa a la vida, no ho sé, arribar a catedràtic o escriure, i no quedar-me aclofat gargotejant banalitats sentimentals per fer plorar tietes i concos que no tenen res més per distreure's, jo acotava el cap dient que potser tenia raó, que m'ho pensaria, tot i que ho havia dit de nord, sense pensar, només per tenir alguna cosa interessant a dir, alguna novetat com la que ella m'acabava de confessar, i després no sé com va sortir el tema de la maduresa, potser perquè ella va dir que ja era hora que poséssim seny, i jo vaig comentar d'una manera que no sentia que no hi havia pensat mai, en la maduresa, i després que l'única cosa que n'havia experimentat era un punt de cansament físic que no s'havia traduït en el meu cas en un cansament de viure, més aviat al contrari, jo notava la maduresa com un més bon coneixement i deseiximent de les coses i de les persones, com un saber triar millor com i amb qui passar el temps que fuig, i mentre ho deia pensava que era una manera elegant de trencar la relació i dir-li adéu, com si el que hagués fet el primer pas per anar-se'n fos jo, i ella va dir allò tan suat però tan d'agrair que ha estat bonic mentre ha durat, una bella bogeria de joventut, jo, una bogeria compartida, ella, una experiència... i frases banals per l'estil fins que ens vam aixecar, ens vam fer un petó i ens vam separar, tots dos en direccions oposades.

Caminant per la vorera, em trobava una mica culpable pel sentiment d'alliberament que experimentava. Potser no me l'havia estimada bé mai. Potser no m'havia estimat bé mai ningú. Potser era incapaç d'estimar i per això anava d'un punt a l'altre sense aturar-me en cap port ferm. Se'm va acudir que potser m'exigia massa a mi mateix com el pare s'exigia a si mateix, segons la idea que me n'havia fet i que segurament no es corresponia amb la realitat, i el que havia de fer era el que feien la majoria de persones que coneixia, que era deixar-se anar, tirar pel dret, emparellar-se i desemparellar-se amb papers o sense tantes vegades com convingués, i actuar segons els sentiments i els antulls del moment, i canviar com canvien les circumstàncies, el vent i les persones. Però al pare, la confiança que havia posat en els sentiments o en la voluntat de ser fidel als sentiments d'un moment, tampoc li havia anat gaire bé. Abans la gent aguantava més, hauria dit l'àvia, tenia més paciència i no esperava grans miracles dels sentiments, ni tan sols ho esperava del sagrament del matrimoni, i quan parlava del seu home, l'àvia, jo tenia la impressió que ella era una dona fonamentalment fidel, que hauria estat lleial a qualsevol home que ella hagués triat, i que l'amor intens que sentia pel seu marit, fins i tot després de mort, era l'arbre que havia crescut en el terreny ferm on havia sembrat la fidelitat primera.

Caminava com en un somni, mig inconscient, veient llums i persones, però sense distingir clarament on era ni qui passava. Tenia por que aquell remolí d'esdeveniments no se m'endugués d'una revolada, em tragués de mi i de la meva seguretat rutinària. I va passar com quan camines per una vorera i de sobte, al mig del carrer, a frec teu, sents un xoc de metalls i vidres, un accident de cotxe, alarmes, crits, sirenes..., i tu t'atures i no saps què fer, allà aturat com un estaquirot, i el temps també s'atura, i quan te n'adones l'ambulància ja s'ha endut el ferit i la grua, el munt de ferralla, i llavors tu reacciones i ets conscient de la desgràcia que t'ha passat pel costat.

Sense proposar-m'ho em dirigia cap a l'adreça que m'havia donat la Laura. No sé per què ho feia, tenia registrat al cap tot el que m'havia dit, però no volia anar-hi fins més endavant. Potser buscava inconscientment una seguretat que em protegís de l'abandó de la Júlia. Una preocupació nova que omplís el buit produït per la seva absència. Alguna cosa que esborrés el neguit soterrat que m'havia fet néixer aquella ruptura. Havia de moure'm, fer coses, per calmar-me.

Passava pels quioscos de diaris i m'aguantava per no comprar-los. Vaig entrar a una botiga de regals i vaig triar per a l'aniversari d'en Gerard i en Dani un transistor petit per escoltar al bany, d'un disseny impactant, segons la paraula que va repetir el dependent. A la sortida, vaig comprar els diaris, un bon plec. Vaig entrar a una cafeteria amb butaquetes i taules amples que convidaven a llegir, i vaig obrir el primer diari.

A la pàgina interior, en la secció de política local, hi havia un article d'un quart de pàgina amb un titular discret, així: «Sospites de corrupció a l'Ajuntament de...», i deia que el mateix partit del Govern havia iniciat investigacions, seguint una denúncia presentada a Brussel·les, amb el resultat de sospites fonamentades d'una colla de casos de malversació de fons comunitaris a la comarca centrades en un Centre de Salut per a disminuïts psíquics lleus: en els dos tallers projectats aprovats i pagats, cadascun segons la seva especialitat, només s'havien limitat a habilitar edificis industrials i agrícoles deshabitats fent-los passar per obra nova, i les matrícules presentades estaven inflades, de manera que constaven com a pacients germans i parents dels disminuïts, i fins i tot fills d'immigrants, etcètera. No el vaig llegir fins al final, perquè podia veure-ho i endevinar-ho tot. Els altres diaris, fins i tot els més propers al Govern, portaven el mateix. Un d'ells anunciava més reportatges sobre els terrenys adjudicats inicialment a l'edifici del Centre de Salut i que després de múltiples requalificacions estaven a punt de convertir en urbanització de vacances, i sobre el nomenament irregular anys enrere de l'actual director del Centre i els seus lligams amb l'alcalde.

A cada paraula que llegia, em sentia més apartat de tot allò. No em concernia, em feia fàstic. Només la figura de la Laura i d'en Marçal barrejades amb els cavalls vells esperant la mort tot pasturant immòbils, amb el cap a terra, com si amorosissin amb la llengua la terra que els havia d'acollir, m'acostava a aquell indret.

¿Els beneficiava a ells l'escàndol que esclatava? Més aviat no, pensava, perquè tots dos, el noi i la Laura, s'havien convertit ja en dues estàtues de sal, en dues torres voltades de muralles, en dos cavalls abandonats, perduts, oblidats de tothom, esperant el final enmig d'un prat d'herba verda. Em preguntava si jo podia fer-hi alguna cosa i no hi veia cap solució. Perquè ells dos ja estaven condemnats, i afegir més denúncies no els deslliuraria de la trampa en què havien caigut.

Ningú no signava els escrits dels diaris. Eren un resum de notícies, la redacció o un anònim corresponsal de la comarca. ¿La gent de l'Adrià Feliu havia aixecat la llebre? Anaven a carregar-se l'alcalde. Cops mortals. ¿Com reaccionaria en Joan Romeu? Vaig sospitar que jo només havia estat una distracció, potser ni tan sols un error, un reclam per atreure l'atenció i deixar les mans lliures als que feien la feina i investigaven de veritat. ¿L'interès a tapar-me la boca i tenir-me quiet era perquè cap de les dues faccions encara no m'havia situat en el seu camp i es malfiava que no treballés en secret per a l'enemic? ¿Per què, la trucada estranya d'aquell misteriós Jordi Sala?

Tot m'allunyava de la ciutat, de la feina, d'aquella situació. Fins i tot la Júlia se m'allunyava, i potser la seva fugida era un signe del que havia de fer jo. En el meu cas, ara hi queia, més que una fugida era una amputació. Com sempre, però, no volia pensar-hi. Demà, l'endemà, més endavant ho veuré clar, el temps dirà el que haig de fer... Ajornem-ho tot, com a mínim, fins després de la festa d'aniversari d'en Gerard i en Dani.

Encaboriat per tot això, caminava sense nord. Em deia que havia d'esbargir-me un mica abans d'arribar a casa, però tenia consciència que, amb l'excusa de fer temps i calmar-me una mica, em dirigia cap a l'adreça que m'havia donat la Laura. Muntaner cantonada Mallorca o al revés, el número ho marcaria, un principal, havia repetit. Em vaig trobar davant d'una façana noble, modernista, amb els baixos ocupats per una cafeteria moderna. Cap rètol als balcons. Un portal gran de fusta antiga. El número indicat.

Vaig entrar a la cafeteria i em vaig asseure a la barra. Hi havia poca gent, i un cambrer d'una seixantena d'anys, calb, amb panxeta, molt ben uniformat de blanc i negre, em va servir un cafè. Semblava amable, i li vaig demanar si no hi havia un despatx d'assesorament d'empreses en aquell edifici, no en recordava el nom exacte, Consultors i Promocions, alguna cosa així.

—Que jo sàpiga, no —va dir l'home.

—És estrany... —vaig fer jo, decebut.

L'home va fer un gest obrint els braços com si volgués abraçar algú. Em va tornar a mirar amb interès i va dir que ara tot eren pisos de luxe. Va tornar a fer un gest ampli amb els braços i em va tornar a mirar amb fixesa, com si esperés que la meva insistència l'obligués a parlar de nou, però jo no vaig dir res, veia clar que ell tenia ganes de parlar i que les pauses que feia eren només comprovacions per assegurar-se de la meva bona disposició.

—Fa temps, al principal, hi havia hagut el taller d'una modista de luxe —va dir amb precaució—. Però quan l'alta costura ja no funcionava perquè fins i tot les dones riques s'havien començat a posar minifaldilles i texans, van plegar.

L'home em va mirar altre cop com si no m'hagués apamat bé i va afegir, en un to especial:

—Això és el que deien.

—¿Què vol dir?

—Que deien que era un taller d'alta costura.

—¿No ho era?

Aleshores va dir que ara, avui dia, això ja no feia mal a ningú, tal com estan les coses, va dir, potser fins i tot és un mèrit, vés a saber, tot plegat era una tapadora que servia per dissimular una de les millors cases de la ciutat, va fer un gest d'apreciació, de les que no surten als diaris, i va acabar afirmant, com en una sentència definitiva: discreció i luxe.

La revelació em va sorprendre i divertir alhora. Vaig dir:

—¿Una casa...? ¿Vol dir...?

—¡No, home, res del que es pensa! Només si es porta la parella. Cites i alguna disbauxa, ja se sap.

Li vaig preguntar si n'estava segur. Ell em va respondre si volia que em confessés l'edat que tenia, que era evident que tenia els seus anys i que havia vist i sentit de tot. I va afegir:

—Miri: d'una perfumeria del meu barri deien el mateix: que hi entraven noietes a tafanejar, i per una altra porta de l'entrada del costat hi entraven els homes, els clients, i es trobaven a dins a fer la feina. A la gent li agrada imaginar coses d'aquestes. Però bé ha de trobar-se en algun lloc, la gent que vol una mica de fandango.

—Però vostè no en té constància, no va veure res.

—¡Si li digués les senyores empolainades, amb barret i tot, que he vist baixar del taxi i entrar al portal de pressa perquè no les veiés ningú! Però, és clar, anaven a veure la modista. En una ciutat com aquesta hi ha d'haver de tot.

L'home va riure d'una manera que em va semblar vulgar.

Vaig deixar passar un moment, perquè l'home no es pensés que ja havia tret de la conversa tot el que n'havia de treure, i al final vaig dir gràcies i vaig sortir.

No sabia què fer. ¿S'havia confós la Laura quan em va donar aquella adreça? ¿Era el lloc on es trobava amb el seu soci, el seu amant, fora del despatx? ¿On l'havia coneguda exactament en Joan Romeu, de jove? ¿La mantenia el seu marit en aquell estat per fer-li purgar les culpes passades...?

Després vaig recordar que la Laura havia dubtat en dir-me el nom dels carrers, s'havia confós entre Mallorca i Muntaner. ¿I si mirava el mateix número però al carrer Mallorca? Tot i que la coincidència de l'únic número que m'havia donat a la cruïlla dels dos carrers era prou eloqüent.

El mateix número al carrer Mallorca era un edifici d'oficines. Vaig entrar al vestíbul, amb miralls, un sofà, plantes i quadres, sense conserge. Al directori metàl·lic de la paret amb el nom de les empreses que ocupaven cada pis, el principal corresponia a una societat que s'anunciava com a Promo Consulting, SL.

Em ballava pel cap que havia vist o sentit aquest nom en algun lloc. En arribar a casa miraria els papers que havia portat de la comarca, a veure si en trobava alguna cosa. Quan ja arribava a casa, vaig adonar-me que era el mateix nom que figurava a la targeta que m'havia donat el primer dia que ens vam conèixer l'Albert Deltell, el confidencial. M'havia despistat perquè a la targeta hi havia un nom, no recordava quin, ara. Era el telèfon on havia trucat des de l'hostal demanant per aquest nom, i m'havien dit que el titular estava reunit al Consell General. Política. Era la protecció de l'Albert Deltell, la garantia, havia pensat en aquell moment. La cuirassa.

Així doncs, la Laura no s'havia equivocat. Però, ¿per què havia confós els dos carrers? La distància entre el principal d'un carrer i el de l'altre era mínima, una passejada, l'espai i el temps ideal per escapar-se amb qualsevol excusa i tornar a ser al despatx sense problemes. ¿Amb quin pretext es podrien recuperar les fotografies de la filla de la Laura? ¿Havia d'enviar-li una postal i no pensar-hi més...?

En arribar a casa, vaig trobar un sobre gruixut a la bústia al meu nom, «personal», deia. El remitent era Jordi Sala. El devien haver deixat després de sortir jo al matí, perquè en passar per l'entrada, el correu ja havia passat i no havia deixat res. Pujant a l'ascensor, sospesava el sobre, semblava un llibre de butxaca.

En Bernat no era a casa. I ara que la Júlia m'havia deixat, apreciava més la seva companyia. Vaig deixar el sobre damunt la taula i vaig aclofar-me al sofà. Procurava tenir el cap clar i decidir en fred si havia d'obrir el sobre o no. La temptació de l'ajornament, com sempre. Com si el fet d'ignorar les coses desagradables contribuís a la seva desaparició, a la seva entrada a la consciència. També apartava la sensació d'amenaça que el desconegut feia planar sobre l'existència. Ara tenia el cap ocupat pel comiat de la Júlia i la descoberta dels dos pisos de la Laura, excuses perfectes per no omplir-lo amb més cavil·lacions. Però alguna força secreta devia treballar a dins meu, perquè sense pensar-ho, d'una revolada, vaig agafar el sobre i el vaig obrir.

Eren fotocòpies d'una pàgina web tretes d'una impressora d'ordinador, en blanc i negre. De seguida vaig reconèixer les fotos d'en Bernat nu, exposat, com un reclam. Amb un cop d'ull vaig tenir-ne prou. Era la pàgina treta d'un club privat que penjava els anuncis dels socis a la xarxa. Hi havia sis fotografies en diverses postures, i amb tot de material per a una sessió per als iniciats al que el mateix logo de la pàgina proclamava: «*hard-sex*», sexe fort. Creus, cadenes, fuets, caputxes, màscares...

Vaig deixar els papers damunt la taula i em vaig tornar a aclofar al sofà amb els ulls tancats. Lluitava entre el desig de mirar altre cop les imatges i el d'estripar-les i llençar-les al més lluny possible. La sang em pujava a les galtes, però no sabia per quina raó: indignació, vergonya, excitació, ràbia, curiositat, menyspreu, por..., una barreja d'estupor i perplexitat.

La vida oculta d'en Bernat. El seu costat secret, amagat. Semblava un xicot transparent, senzill, sense complicacions. Ara entenia els morats de l'espatlla i l'excusa de la caiguda de l'escaleta de l'avió. ¿Per què no m'ho havia confessat? No destriava si em sabia més greu per la manca de confiança o per l'allunyament que el seu món secret representava. El primer impuls va ser de rebuig, no el veuria més, que s'enfonsés tot sol en aquell univers fosc que l'atreia. Després, a poc a poc em vaig anar calmant i a la imatge d'en Bernat s'hi va sopreposar la imatge de l'esquena zebrada d'en Marçal resseguida amorosament per la llengua del cavall.

¿Havia de fer com el vell cavall amic i amorosir-li les ferides? La solució, com sempre, em va semblar que era deixar passar temps, no dir res, mirar que fos ell qui es descabdellés tot sol i m'expliqués en quins ambients s'havia ficat... Si jo acceptava la feina als Estats Units, bé hauríem de tenir una conversa seriosa abans. De fet, em donava una excusa esplèndida per trencar la relació amb ell. Em va costar acceptar que no podia ser hipòcrita i que no podia aprofitar aquell material obtingut amb el xantatge que em feien per humiliar-lo i abandonar-lo. ¿La seva vena mística era una expiació o una penitència per fer-se perdonar aquell món secret? Em vaig indignar amb mi mateix: ¡no s'havia de fer perdonar res, en Bernat! ¿Qui l'havia de perdonar?

Només em podia doldre a mi, i amb mi havíem pactat una relació respectuosa i lliure. Potser la inquietud religiosa que mostrava només era un senyal d'alarma, un avís de la insatisfacció que amagava. Gairebé totes les relacions que havia tingut s'havien acabat bé, en l'amistat i l'afecte, ¿per què amb en Bernat havia de ser diferent? Les velles paraules de traïció, gelosia, lleialtat, sinceritat, possessió..., i totes les que acompanyaven la passió dels primers dies, deixaven pas a unes noves preguntes més pràctiques, com si s'havia protegit bé en aquella mena de relacions, si era un episodi anecdòtic i una curiositat passatgera o una tendència profunda, si mantenia contacte amb algun grup dels mateixos gustos o els havia trobat per atzar...

La qüestió del xantatge em preocupava menys. Els xantatgistes es quedarien amb un pam de nas quan sabessin que desapareixeria del país, que me n'anava per un curs o dos com a mínim a una universitat nord-americana, totes les seves maniobres quedarien desactivades quan em veiessin allunyar-me sense dir res. Era una qüestió de dies. Totes les sospites i malentesos desapareixerien com el fum.

¿I en Marçal i la Laura?¿Els havia d'abandonar a la seva dissort? Se m'acudien tota mena de solucions, des de mirar de trobar el periodista autor dels reportatges als diaris i dir-li el que sospitava fins a exposar en el guió que preparava la cadena tot el que havia vist i que la ficció servís de denúncia. Però m'adonava que tot eren excuses per no pensar en les fotografies d'en Bernat. En el fons dels pensaments alguna cosa em cremava i mantenia la seva roentor. Potser el xantatge era més eficaç del que creia i la meva fortalesa no era tan sòlida com em pensava. Tot feia mal. Tot matava. La veritat era difícil d'acceptar. No es podia potinejar com la imaginació. La realitat s'imposava i havíem de deixar-la a la inèrcia de les seves lleis. No hi podia fer res. No s'hi podia fer res. La imaginació, les ficcions, presentaven un univers tancat, complet i emmotllable, amb solucions per a tots els problemes, però la realitat no era així. Era tossuda, la realitat. Tot passava davant nostre com un paisatge que contemplem des de la finestra d'un tren que no podem aturar i nosaltres només copsem fragments de la vida dels altres, fins i tot dels més estimats i més propers. El tren passa i no s'atura mai. Hem d'imaginar el bosc complet, el poble complet, la ciutat completa, la vida que deixem enrere. Només ens aturem a les estacions, només podem conèixer una mica les estacions, els petits fragments de realitat preparats per donar als viatgers aqueferats un sentiment de comoditat i de completesa. Només toquem trossets de vida dels altres als baixadors on ens permeten sortir un moment i tenir una visió un pèl més àmplia. Res més. La resta són imaginacions, sospites, desitjos, fum.

Quan vaig aixecar-me ja s'havia fet fosc. En encendre la làmpara em vaig adonar que hi havia un paper escrit a sobre la tauleta, al costat del llum. La lletra era d'en Bernat i em deia que havia intentat avisar-me tot el dia pel mòbil que la festa d'en Gerard i en Dani era avui, que no me n'oblidés, que ell no m'esperava perquè sortia a comprar el regal, que ens trobaríem a casa dels amics per sopar, que m'esperaven allà.

Al moment de mirar el rellotge i adonar-me que faltava només mitja hora per a la festa, va sonar el telèfon. El dubte va durar un instant: de seguida vaig decidir no agafar-lo. Fos qui fos, no volia respondre. No volia parlar amb ningú, ni amb en Bernat si em trucava per avisar-me que feia tard, ni amb el desconegut Jordi Sala si em volia collar més fort. No hi era i prou. No havia de donar explicacions a ningú. Jo també podia tenir una part fosca i secreta que ningú tenia dret a conèixer. Si s'emprenyaven, millor. Veia ben clar que el càstig que els imposava era una rebequeria infantil, però no podia fer-hi res, no tenia voluntat per agafar el telèfon. Que imaginessin el que volguessin: que m'havia mort, suïcidat, desaparegut, escapat, fugit, amagat... M'era igual. Necessitava apartar-me d'ells. Lluny. Fora. La sabata desaparellada.

El telèfon no parava i jo ni l'escoltava. Sense pensar, com un somnàmbul, em vaig trobar obrint armaris i buscant la maleta més grossa, i triant roba d'hivern i amuntegant-la damunt el llit, com si preparés una gran viatge. Quan el telèfon va parar, vaig seure, cansat, a la butaca de l'habitació. Ara, la maleta i els munts de roba em semblaven estranys, com si ho hagués preparat un altre.

D'un revolada vaig obrir la porta i vaig sortir de casa. Quan demanava l'ascensor, vaig sentir altre cop el telèfon. No en vaig fer cas. Al carrer, vaig posar-me a caminar sense saber on anava. Semblava que tenia el cap buit, però em vaig posar la mà al front i bullia. Estava enrabiat amb mi mateix perquè no volia que la vida secreta d'en Bernat m'afectés, però m'afectava. Com m'afectava la ruptura amb la Júlia. I la descoberta dels dos pisos de la Laura.

Era difícil desprendre's del sentiment de possessió total, quan estem amb algú. Devia ser alguna cosa corporal, física, alguna víscera desconeguda que se sentia commocionada, un sentiment ancestral del qual ens era difícil oblidar-nos. Seguretat. Vanitat. Orgull ferit. Era difícil esborrar tots els tòpics quan l'afer et tocava de prop. Una cosa era la infidelitat i una altra, la dimensió desconeguda. Em vaig animar perquè començava a fer-hi broma.

Em vaig trobar davant de la casa d'en Gerard i en Dani. Es veia la terrassa de l'àtic il·luminada i al carrer arribava algun crit, rialles i música. Em vaig quedar parat una estona, sense saber què fer. M'ho agafaria com un joc, de manera que si en el darrer moment, en ser davant de la porta, decidia anar-me'n, ho faria. Em considerava lliure de qualsevol obligació, com si els darrers descobriments m'haguessin desresponsabilitzat de qualsevol compromís.

Pujava l'escala lentament, no havia volgut agafar l'ascensor. L'ascensor era massa ràpid i jo no tenia cap pressa per arribar enlloc. Abans de ser a dalt de tot em va envair una sensació de seguretat, una mena de fortalesa nova, com si em retrobés a mi mateix tot sol, sense dependències ni obligacions de cap mena amb ningú: amb la Júlia s'havia trencat el fil delicat que ens unia, amb en Bernat estava decidit a tallar tots els lligams i amb la Laura tot es perdia en un món de boires i dubtes que me'l feia estrany. El secret d'en Bernat era el que em coïa més. M'havia donat una bona excusa per engegar-lo a pastar fang. Com havia dit El Gran Meaulnes en una ocasió, en descobrir que l'amant de torn li posava banyes, «m'acaba de regalar una perxa olímpica per fer-li el salt i deixar-lo abandonat com un gos». Em sentia alliberat de qualsevol obligació, fins i tot del lligam d'amistat. I aquest sentiment, tot i que notava que estava format per una barreja d'orgull ferit, de ressentiment, de venjança i fins i tot de nostàlgia del passat, m'enfortia. Era un home nou, una altra persona.

Al darrer tram d'escala se sentia la música més alta i la xerrameca dels convidats més a prop. La porta del pis era oberta, mig ajustada, i en sortia una faixa de llum que il·luminava el replà fosc. Vaig empènyer la porta i vaig entrar.

Al vestíbul hi havia globus de colors penjats a tot arreu, peces de roba deixades de qualsevol manera al sofà i bosses de regals a terra. Totes les portes obertes i convidats que entraven i sortien de tot arreu, menys del vestíbul. La lluminària grossa i la música venien de la terrassa, al fons de tot. Jo avançava a poc a poc pel corredor i amb un cop d'ull a cada banda comprovava què passava a dins. A la cuina un grup de nois i noies preparaven begudes i entrepans. Al lavabo, amb la porta ajustada, un noi ros premia contra la paret una dona. A l'habitació dels hostes hi havia tres homes joves fumant herba o haixix per l'olor que en sortia. Al despatx, que servia d'habitació de convidats, una parella de nois petonejant-se. Al menjador vaig trobar-hi, sol, assegut al sofà, amb una copa a la mà i els ulls emboirats, El Gran Meaulnes, que em va fer un signe de benvinguda amb el cap i em va somriure. Vaig sortir a la terrassa, tota enflocada amb paperets i globus de colors. Hi havia parelles ballant i una fila de convidats repenjats a la barana, altres eren asseguts en cadires, els coixins escampats per terra, rient i conversant. A la primera ullada em va semblar que tots portaven vestits blancs o molt clars, la majoria eren homes, tot i que hi havia també dones i parelles. Vaig veure en Bernat, omplint les copes de dos joves que no coneixia, asseguts a terra amb les cames plegades. Ell no em va veure. En Gerard i en Dani, d'esquena, inclinats a la barana, tampoc no em van veure. Vaig tornar a entrar al menjador.

El Gran Meaulnes va obrir els braços, oferint-me lloc al seu costat, al sofà.

—¿No surts? —vaig dir, mentre ell m'omplia una copa de cava.

—M'estic retirant, jo —va dir, amb falsa resignació i un somriure franc—. M'estic retirant de tot. Des d'aquí puc contemplar la festa sense molestar.

—¿Molestar...? Tu ets de la família.

—Els altres són joves i als joves no els agrada que els recordin que el temps fuig.

—¡Però si tens més marxa i més requesta que la majoria de figurins que hi ha a fora!

—«És saviesa la decrepitud del cos —va recitar—: quan érem joves vam estimar-nos i res no sabíem.»

Va fer una pausa i va reprendre amb un sospir:

—Gràcies, Déu t'ho pagui. Però arriba un moment, ja t'ho trobaràs, que t'abandonen fins i tot les il·lusions. És el pitjor de la, diguem-ne, maduresa. La mort de les il·lusions. Res et fa gaire goig, ja.

—¿No vas al Bakú?

El Bakú, segons el que m'havia dit ell mateix, era un local especialitzat en trobades de joves amb madurs, i pel que deia, ell era considerat just en el límit d'edat per baix.

—No gaire. Passa que lligar també cansa al cap dels anys... ¿I tu, què? ¿Com va la feina sobre la insatisfacció de les dones avui dia, o alguna cosa semblant?

—Alguna cosa semblant.

—Si en els meus temps..., ¿t'has fixat que dic «els meus temps» com si aquests ja no els visqués? Si quan jo era jove hagués tingut aquesta llibertat del jovent d'avui..., em sembla que m'ho hauria passat molt bé, però al final, ara, la insatisfacció seria la mateixa.

—¿Què vols dir?

—Potser només són coses de l'edat, però penso que així com abans tots corríem darrere de l'amor ideal sense atrapar-lo mai, avui tots correm darrere del sexe ideal amb resultats no gaire més satisfactoris.

—Com a mínim tenim més experiència.

—Vols dir més experiències. O sigui, més fracassos. Darrerament hi he pensat sovint, en això. En això i en la mort. Estic content de tota la gent que he conegut i estimat, i que m'han estimat, és clar, encara que no hagi durat gaire. Em saben greu moltes coses que he fet, i haver perdut el temps en aventures estúpides, però d'estimar, ni que sigui un moment, no me n'he penedit mai. No sé si se'n pot dit insatisfacció o resignació, d'això.

El Gran Meaulnes va riure. De seguida va moure el cap i va afegir:

—¡Quina conversa més ximple, per a una festa! No és l'amor el que produeix insatisfacció. És la mala llavor que portem a dins, és cosa de la mateixa bèstia... —Va canviar de to i va continuar, més alegre—: ¿I tu, què?, ¿com aneu amb...?

Es va quedar sense saber què dir i tots dos ens vam posar a riure.

—¡Ai, perdona! Tu estàs més exposat que nosaltres als desastres amorosos.

En Bernat va entrar al menjador amb una safata a la mà. En veure'm va dir, tot anant cap a la cuina:

—És la del 23-F, ¿te'n recordes?

De moment no hi vaig caure, però després vaig recordar la proesa, segons ells, d'haver-se passat la nit de l'assalt al Congrés dels Diputats en un *meublé* de la Rambla amb un militar, de manera que no van assabentar-se del que havia passat fins que ell es va presentar al quarter i ella al despatx.

—Això és història antiga, i si la continues repetint es convertirà en llegenda —va dir la Magda, somrient, amb un to de repte suau—. ¡Com si jo fos l'única que ha sabut un fet important l'endemà d'haver passat, perquè era amb el meu amant en un apartament secret! ¡Moltes desgràcies familiars han quedat ignorades fins a mig dia després, i més i tot, perquè el pare o el marit eren al llit d'incògnit amb el seu rotllo!

Ens vam quedar tots una mica parats, com si allò fos l'inici d'una altra confessió. Però com que la Magda no continuava, en Gerard va dir:

—Tots aquests són de confiança, no diran res a ningú. I a més, ja ho sabien tot. Tu mateixa al llarg dels anys ho has anat dient a molta gent.

—¡Desgràcies familiars i tot! —va fer El Gran Meaulnes aflautant la veu i movent les mans en un gest exagerat de marieta de comèdia antiga—. *¡Mon Dieu, c'est incroyable!* Jo em pensava que ja no es podia arribar més baix en l'ofuscació i l'envilliment... ¡Parlo del 23-F, és clar!

Tots vam acceptar la broma amb un somriure. En Gerard, pensant que el tema ja no donava més de si, va tornar a la terrassa, i en Bernat va recollir els gots buits i va ficar-se a la cuina dient que portaria més beguda.

La Magda somreia amb simpatia, satisfeta de com havíem acceptat la seva agudesa. Però es devia creure que les paraules d'El Gran Meaulnes eren una manifestació d'incredulitat i, després d'un moment, va afegir:

—És tan cert com que ja és de nit. Ho he viscut jo mateixa al despatx.

—¿Un director, un cap de departament, un polític de categoria...?

—De categoria regional —va riure la Magda davant les temptatives del vell amic—. No puc dir res més. És una història vella, també. Amb conseqüències més tràgiques que la meva. La dona era al llit amb el seu amistançat quan el cotxe que portava la seva filla a una festa es va estavellar. L'empleat que conduïa es va matar i la nena se'n va sortir pels pèls, amb conseqüències greus.

—¿L'amistançat, que dius tu —va dir El Gran Meaulnes—, uix quina paraula més antiga, prefereixo maromo, era el teu superior?

La Magda va fer que sí amb el cap. I com si no es pogués contenir perquè la història era massa excitant per tornar-se-la a empassar quan ja n'havia assaborit un tros —la tenia sencera a la boca i li coïa al paladar, i a l'estómac encara li hauria picat més, l'havia de treure tota—, va afegir de pressa:

—Sí, i el més bo és que la senyora amb qui s'entenia era la dona del seu cap immediat, el capitost del seu partit.

L'embalament de la Magda em va deixar sense paraules. No em calia sentir res més, tenia tots els personatges anònims identificats, excepte el xicot que portava el cotxe. Notava a la gola i al front una calor molesta, potser era l'inici d'una febrada. Rumiava una excusa per marxar. Buscava amb la mirada en Bernat per demanar-li que em tragués d'allà.

—Va ser terrible —continuava la Magda, ja en un to més assossegat—. La nena va quedar trastocada i el marit no els va perdonar mai la befa, perquè tot i que hi van tirar tanta terra al damunt com van poder, es va saber que ella estava amb un altre. Van aconseguir que el xicot mort, un empleat del despatx a qui van demanar el servei de portar la nena a una festa infantil, passés com l'amant, o el maromo, que dius tu, i així en van deixar el polític al marge. Els va costar un ull de la cara tapar la boca i acontentar la família del pobre noi. Indemnitzacions, no en vulgueu més.

—¿I els dos...? —va fer El Gran Meaulnes—, els dos rivals, vull dir, ¿com van acabar?

—El marit va fotre l'altre fora de... —la Magda es va aturar un moment com si se li hagués ennuegat la paraula, però de seguida va tirar endavant—, en fi, del lloc on eren, una administració oficial, però no va poder-lo expulsar del partit. Tots dos tenien bons padrins. Ara estan a mata-degolla.

Va arribar en Bernat i abans que tornés a asseure's jo vaig dir que em perdonessin, que havia tingut un dia molt carregat i no em trobava gaire bé.

La Magda es va alçar també i va dir que m'esperés un moment. De seguida va tornar a la sala amb un moneder negre a la mà. En va treure una targeta i me la va donar, per trobar-nos algun altre dia amb més temps. Mentre jo deia que quan li truqués li donaria la meva adreça i el meu telèfon, que ara no portava res al damunt, vaig donar-hi un cop d'ull. Escrit a mà hi havia el telèfon particular. La targeta posava el seu nom i a sota: «Promo Consulting, SL, c. Mallorca, núm. 120, pral. 1a.»

—¿Ho portes tu sola? —vaig dir jo per dir alguna cosa, perquè havia identificat de seguida l'adreça on havia estat feia poc.

Llavors ella va tornar a treure una altra targeta del moneder i me la va donar com a resposta a la meva pregunta. Era una targeta idèntica a l'anterior, només que en lloc del nom d'ella, posava: «A. F. Porta. Director General.»

—¿Porta? —vaig dir—. ¿El teu cap es diu Porta?

—Adrià Feliu Porta és el nom complet, però per evitar suspicàcies, com que els polítics han d'anar amb compte amb els negocis privats, es fa dir Porta, el darrer cognom. Un dia parlarem, si vols, de com combinar la funció pública amb la feina privada, sempre que no hi hagi un conflicte directe d'interessos.

Ens vam fer un petó i vam sortir. El Gran Meaulnes va baixar amb nosaltres. El vam acompanyar fins a un taxi i ens vam dir adéu.

En Bernat i jo vam caminar un bon tros sense dir res. Jo notava una expansió pulmonar, notava que respirava millor. Devia ser l'aire del temps, vaig pensar. Fins que vaig dir-me que la Laura, per fi, ocupava el lloc que li corresponia. L'adúltera castigada. La muller infidel que havia provocat amb el seu caprici una petita guerra local. Immediatament, però, em vaig sentir culpable de pensar així, potser no havia estat una rampellada, sinó un alliberament de la grapa del marit, una salvació de la fèrula matrimonial. La sensació d'equilibri que havia experimentat no era res més que els escorrims de l'educació catòlica que havia rebut i que ho basava tot en una compensació ordenada de valors i contravalors, de virtuts i defectes, de premis i càstigs, i que contrapesava el plaer il·lícit amb la culpa, el pecat i la penitència. Un codi binari, ben anivellat. Però aquest equilibri no existia, només era el lenitiu d'una justícia il·lusòria que ens havien inculcat pares i mestres per immunitzar-nos contra les asimetries i devastacions vitals. La Laura i en Marçal no tenien cap mena de compensació, cap pes ni bo ni dolent a l'altre plat de la balança. Però jo no podia evitar, tot i que em recava, sentir-me alleugerit, fins i tot una mica alegre, com si tot plegat no tingués res a veure amb mi, com si passés totes les responsabilitats a la targeta del senyor Adrià Feliu Porta. Ell era el parallamps de la situació. Jo, finalment, tornava al meu paper d'espectador imparcial, neutre. Al final vaig dir a en Bernat:

—El millor que tens és el silenci.

Ell s'ho va prendre com una broma i va somriure.

—Ets com un gat que va a la seva i no es fa notar —vaig insistir.

—¿Per què ho dius?

—No m'expliques mai res dels teus viatges. Ni de la teva vida.

—¿Què vols saber?

—¿Hi ha alguna cosa que hauria de conèixer?

En Bernat va tardar un moment a respondre.

—¿Vols dir que m'has de conèixer millor per viure junts?

Anava a dir alguna cosa, però em vaig adonar que la conversa prenia l'aire d'una disputa domèstica per qüestions de banyes, com una parella convencional que es malfien l'un de l'altre, i me'n vaig avergonyir.

—Fins ara hem fet una vida molt... lliure, no sé si això aguantarà una convivència més tancada.

—Això ho has de dir tu.

—Tu també tens el teu racó secret, amagat...

En Bernat no va dir res.

En arribar a casa, ens vam trobar amb les maletes i els pilots de roba amuntegats a l'habitació. La llumeneta intermitent del telèfon avisava de les trucades no ateses. En Bernat va asseure's a la butaca de l'habitació sense dir res, amb els ulls clavats a terra.

—Em sembla que acceptaré el lloc a la universitat ianqui. Ho he regirat tot per veure la roba que necessitaré.

Ell va alçar al cap i sense mirar-me va preguntar:

—¿Vols que me'n vagi?

Jo vaig agafar la còpia de la pàgina d'Internet i la hi vaig donar:

—M'han enviat això —vaig dir—. Aquest vespre ho he rebut.

En Bernat s'ho va mirar un moment, aparentment tranquil.

—És increïble... —va comentar en veu baixa—. Hi ha gent que no mereix viure. ¿Qui t'ho ha enviat?

—Un tal Jordi Sala, ¿el coneixes?

—No... —en Bernat va deixar la còpia damunt la tauleta del telèfon amb un gest d'enuig, i va dir amb la veu una mica alterada—: No entenc per què t'ho han fet arribar.

—Per fer mal. Temen que sàpiga més del que sé i així compren el meu silenci. És un avís.

—Però això és cosa meva. Tu no hi tens res a veure.

—Si vols viure amb mi, és cosa de tots dos.

—És una criaturada. Una disfressa i unes postures per cridar l'atenció. Me les va fer un amic que es mou en aquest món, té un bar *leather*, va ser una broma.

—Més que una broma sembla una exhibició.

—El tio va voler penjar-les per provar qui picava. Jo no en sabia res. Quan m'ho va dir em vaig emprenyar amb ell i ja no el veig, ara.

No sabia distingir si la veu era sincera o era una simple excusa de tràmit. Tenia una veu juvenil, que a mi no em semblava mai falsa. Me'l mirava per trobar-li algun tret indicador de la duplicitat, però no notava res. Els ulls empetitits, potser, o una ganyota a la boca que volia ser un somriure, però res més. De sobte, va repetir:

—¿Vols que me'n vagi?

Em va sobtar aquella insistència. Vaig asseure'm davant seu sense dir res i vaig allargar la mà com per tocar-lo, en un gest que em va semblar estúpid al mateix moment de fer-lo.

El record de la seva pell, el rebuig d'una sexualitat estranya, un punt de dignitat ofesa, una curiositat morbosa pels secrets que amagava..., tot de sentiments contradictoris em confonien. I una nova atracció, com si aquell aspecte inèdit de la seva conducta me'l fes desitjable d'una altra manera, com si el rebuig inicial l'hagués apartat de mi per situar-lo en un altre espai, sota una altra llum, i ara el veiés amb fredor, convertit en un estrany, desproveït de sobte de les qualitats afectives que ens havien lligat, transformat en un mineral, en un objecte exposat en un aparador, en una cosa sobre la qual podia decidir acostar-m'hi o allunyar-me'n, un producte humà del qual podia disposar al meu antull, tot plegat produïa una sensació de poder, de domini, de llibertat, de possessió de mi mateix sense gens de dependència ni responsabilitat cap a res..., tot això me'l feia veure com si fos una altra persona, com si aquella persona considerada en alguns moments única de sobte s'hagués transformat en un individu prescindible, intercanviable, una cosa.

Vaig posar-me a parlar sense saber ben bé què deia, per omplir el silenci, però per dins pensava en el canvi de la relació amb l'amic. Deia:

—A la tele m'han ofert un càrrec important. Però si l'accepto i em quedo aquí, hauré de pagar el favor d'alguna manera. I no vull entrar a la política, no m'interessa. No vull perdre energia amb reunions i comitès plens de gent que només té ambició de poder, que no aspira a res més que el poder. Demanaré una excedència d'un any de la feina i acceptaré el lloc a la universitat. Als d'aquí els diré que ho aprofitaré per fer uns cursets en alguna facultat d'audiovisuals per portar les darreres tècniques quan torni.

—Per mi, no et preocupis. Em sap greu..., tot això. Als xats d'Internet hi entra tothom, és ple de fantasmes, hi ha de tot. T'asseguro que no hi ha res de seriós, una criaturada... No m'hauria imaginat mai que algú s'ho agafés com..., que s'ho prengués com un anunci de veritat.

—És evident que coneixien la nostra relació. Vés amb compte. Per mi i per tu...

Seguia la conversa de nord, mentre pensava que en les relacions establertes, matrimonis de dret o de fet, es devia produir en algun moment una estalonada com aquesta, dos que van al mateix pas es descompassen i un estalona l'altre, i això els fa adonar que no van al mateix ritme i potser ni tan sols es dirigeixen a la mateixa meta, la causa del desajust podia ser més o menys important i fins i tot involuntària, però per petit que sigui el desacord pot arribar a convertir-se en una fractura, un deseiximent sobtat o lent, que comporta la conversió de l'amor en una obligació, la possessió en una nosa, l'aventura en una seguretat, i a partir d'aquest moment els dos membres de la parella ja no són iguals, ja hi ha un culpable i un innocent, una raó i una desraó, una norma i una excepció, un dels dos s'ha avançat i ha provocat l'estalonament de l'altre.

Sentia una cremor al pit i em vaig alçar per anar a la cuina a buscar un got d'aigua.

—¿Vols beure alguna cosa? —vaig dir, sense mirar-lo.

—No, gràcies...

Era difícil barallar-se amb ell, pensava mentre obria la nevera. Tenia una dolcesa, una disponibilitat, una acceptació de tot el que l'envoltava, que el convertien en una de les persones més aptes per a la felicitat que havia conegut. Aquesta adequació a tot el que l'envoltava —persones i ambients— era al mateix temps la seva virtut i potser el seu defecte. Quan no era al teu costat, es trobava exposat a qualsevol influència per poc forta o suggerent que fos.

Quan vaig tornar a la sala, en Bernat no hi era. Era sorprenent, perquè no havia sentit la porta del carrer. Vaig anar a l'habitació i el vaig trobar nu, agenollat al peu del llit, amb el cap inclinat sobre el matalàs.

Em vaig estirar al llit sense tocar-lo.

—Tinc por... —vaig dir.

Ell no va dir res ni es va moure. Després d'un silenci vaig continuar:

—Vull dir que no sé si he pres la decisió correcta.

Ell va alçar una mica el cap per dir:

—Deixa't portar per la intuïció. No hi pensis. Però diuen que fugir del perill és sempre la millor solució.

Es va alçar i es va estirar al meu costat. Em vaig adormir de seguida.

Quan em vaig despertar, la llum del carrer il·luminava lleument el vel de gasa que tapava el balcó. En Bernat, embolicat en els llençols, dormia a l'altre angle. Vaig llevar-me per anar a la sala.

La llumeneta del telèfon continuava pampalluguejant. Hi havia un munt de missatges. Vaig mirar els números des dels quals havien trucat, gairebé tots eren del mòbil d'en Bernat o de la casa d'en Gerard i en Dani. N'hi havia, però, uns quants amb el prefix de Comarquinal. Si hagués sigut un mateix número potser l'hauria esborrat, però tants números diferents van fer que escoltés els missatges.